毒牙

夺命金三角

唐 忍★著

时事出版社

图书在版编目（CIP）数据

毒牙:夺命金三角/唐忍著．—北京：时事出版社，2013.1
ISBN 978-7-80232-560-9

Ⅰ.①毒…　Ⅱ.①唐…　Ⅲ.①长篇小说—中国—当代
Ⅳ.①I247.5

中国版本图书馆 CIP 数据核字（2012）第 285127 号

出 版 发 行：时事出版社
地　　　址：北京市海淀区巨山村 375 号
邮　　　编：100093
发 行 热 线：（010）82546061　82546062
读者服务部：（010）61157595
传　　　真：（010）82546050
电 子 邮 箱：shishichubanshe@sina. com
网　　　址：www. shishishe. com
印　　　刷：北京百善印刷厂

开本：787×1092　1/16　印张：18.5　字数：295 千字
2013 年 1 月第 1 版　2013 年 1 月第 1 次印刷
定价：32.00 元
（如有印装质量问题，请与本社发行部联系调换）

目　录

第一卷　亡命金三角

向前倾下去，与地面呈现70度角时猛地向后摆腿，一记漂亮的蜻蜓点水式后摆腿正中凌峰的心口！这一脚力气奇大，凌峰中招后一口鲜血喷涌而出！鲜血直流！

“啊！”一个海盗冲到贝鲁特跟前，端起刺刀便刺向他的心口。贝鲁特使出浑身力气将挡在他面前的死尸举起来替自己挡了一刀，“豁”的一声，锋利的刺刀直把死尸刺穿，半截雪亮的刀尖从死尸的背后冒出来直抵住贝鲁特的心口！

凌峰的眉头忽然一皱，隐隐感到一丝异样，转瞬之间，他觉得自己浑身一紧像是被什么巨大的东西包裹住，接着就是“轰隆轰隆”几声震耳欲聋的巨响声！巨大的爆炸声就在身边，就在距离凌峰几十公分的地方，他的耳朵和脑袋“嗡嗡嗡”地响个不停，整个世界颠倒，嘈杂不堪！

然而，不可思议的一幕发生了！就在“龙卷风”想出手杀死龙靓的前一秒，龙靓好像先知一般料到了他的目的，完全凭借腰力和腹部的力量将身体在空中停住，整个人斜在半空中旋转起来，以近乎不可能的动作从他的头顶越过落在他身后，还不等“龙卷风”反应过来就在背后将他反手扣住，左手扣住他的脉门让他动弹不得，右手的食指和中指紧贴在一起扪在他的前臂上！

第二卷　血色罂粟花

第一卷

亡命金三角

第一章　杀！杀！杀！

灰蒙蒙的天根本分不清敌我，凌峰完全杀红了眼，一把乌黑通亮的夜王刺上浸满鲜红的血液，浓浓的血液顺着刀尖一滴滴落在灰色的泥土上。

前面就是云南中部的亚热带丛林，浓重的墨绿色一眼望不到边际。潮湿闷热的空气本就让人倍感窒息，更别提还夹杂着一股浓重的生物腐烂气息。这里地形环境极为复杂，Y国、M国和T国的特种侦察兵常在这一带活动。谁都不会想到，就在这片散发着死亡气息的热带丛林里，正隐藏着一股外来的顽强生命。

黎明前的最后一抹黑暗还未散去，几滴露水透过林叶间微小的缝隙洒落在地面的腐叶上。凌峰和吴邪静静地潜伏在一处落满腐叶的湿地中，褪色的丛林迷彩服紧紧贴在两人身上。几只蚂蝗在暴露的手臂和小腿上叮咬，两人却不为所动，一动不动地藏在灌木丛里，两双鹰一般犀利的眼睛直直地逼视着前面茫茫无尽的丛林深处。这是难得的短暂的休息时间，下一次的休息或许在几个小时后，也可能在几天后，只要脚下还是中国大陆的土地，他们的心里就不能有一刻松懈。

凌峰和吴邪静静地潜伏在灌草丛深处，任蚂蝗叮咬他们暴露的结实的肌肉。潮湿闷热的气候每时每刻都有让人窒息的危险，然而他们两人却安静得像冬眠的蛇，不，他们比蛇还要无声无息，完全融入到大自然的静谧中去，任谁都不会想到杂草丛生的灌草丛中会隐藏着如此坚强的生命。

凌峰，雇佣兵，曾服役于中国东南军区“蓝剑”特种大队；吴邪，雇佣兵，也曾服役于“蓝剑”。

目前的局势很不乐观，吴邪和凌峰已经成为瓮中之鳖，被几股力量团团包围！东南方向是“蓝剑”特种大队的特战组，西北方向是“灵狐”特种大队特战组，而身后一直尾随的是东北军区“猎鹰”特种大队和西南军区“黑虎”特种大队组成的联合特战组。中国陆军四大王牌特种大队联手，让凌峰和吴邪根本没有喘息的机会，他们已经两天两夜没有合眼，长时间的体力消耗让他们临近崩溃的边缘，全凭着超强的体能和顽强的意志才支撑到现在。

绝对不能停下脚步！已经没有任何多余的时间了！凌峰和吴邪的心里很清楚，前面迎接他们的是中国缉毒警察在边境的封锁线和M国边防兵！与陆军四大王牌精英特种部队“蓝剑”、“黑虎”、“猎鹰”、“灵狐”比起来，中国缉毒警察和M国边防兵的封锁线要松散一些，这是“复兴”部队唯一生还的机会——穿过封锁线，逃到M国境内！

凌峰和吴邪从杂草丛中一跃而起，端着突击步枪一前一后快速向前奔去，犀利的目光炯炯有神，仿佛弓弦上绷紧的箭矢，身形却飞燕般轻盈矫健，落地无声，形同鬼魅，只在林间留下两道模糊的黑影。

“沙沙沙——”一阵疾风吹过树叶的声响从远处传来，凌峰和吴邪同时警觉地停下脚步，在细微的声响中，他们竟听出异样来——敌人来了！

在中国陆军四大王牌特种大队中，“猎鹰”以闪电追踪闻名，作战行动迅速形如鬼魅，杀敌人于无形之中。“黑虎”精通搏击术和格斗，单兵作战能力超强，是四大王牌特种部队中最强的。“蓝剑”以潜伏渗透著称，“灵狐”则以百步穿杨的枪法独霸一方。

四大王牌特种大队特战精英联手绝对不容小觑，除非出现奇迹，否则凭吴邪和凌峰两个人绝对没有半点生还的可能！

凌峰和吴邪迅速蹿到茂密的灌草丛中找好掩体，将身体隐藏在暗处，目光在林间游弋，捕捉一点点的风吹草动，后发先至、以静制动才是兵家之道。

此刻，吴邪和凌峰的眼中满是秋水般的波澜不惊，仿若狭路相逢的绝世剑客在决斗时的无畏，不是孤注一掷，而是必胜的心境！士别三日当刮目相看，他们不再是中国陆军精英“蓝剑”的军之锐芒、国之利刃，而是“毒牙”，“复兴”部队的“毒牙”暗杀组，一支效力雇佣兵公司、专门执行绝密暗杀任务的幽灵组！在两人眼中，除非“蓝剑”、“黑虎”、“猎鹰”、“灵狐”联手能阻挡他们，否则任何一支单独的特战组都只是两个字——摆设！

闷热的丛林里安静得没有半点声响，只是偶尔有寂寞鸟儿的鸣叫划破林间的静谧。凌峰轻轻伸手扒开面前的几株枯草，侧过脸细细聆听，耳边传来常人难以听见的声响，是人快速移动摩擦草叶而发出的细微声音！是一公里以外的比风吹过还要微弱的气息！

微弱的气息越来越清晰，凌峰却非常祥和安宁，丝毫没有杀戮的前兆！虽然距离有一公里之远，凌峰却能清楚地感觉到敌人的存在，甚至他们的伪装、他们的武器、他们的表情都“看”得一清二楚！

正面迎来的敌人在三个以上，以相互掩护前进的三角队形交替迅速前行，行动的步伐老练迅速。这不是什么千里眼、透视眼，而是在厮杀中成长起来的直觉！超强的第六感！

凌峰的心头一惊，眉头不自然地皱起，这怎么可能?！在他的预想中，最先追上他们并和他们交锋的会是“猎鹰”，但是从来者的行进速度和队形判断，他们绝非“猎鹰”特战组！

吴邪的担心和凌峰一样，来者不是“猎鹰”特战组，而“黑虎”、“蓝剑”、“灵狐”亦不会在这么短的时间内绕到前方和他们正面交锋，那前面出现的是什么人?

M国的特种侦察兵！凌峰和吴邪的心头同时闪现出对方的身份，随即对视一眼，冷漠的眼神仿佛雪山上的千年寒冰！既然来者不是中国陆军，事情就简单多了——狼来了，就要用利刃去厮杀！

茂密的亚热带丛林枝叶繁茂、遮天蔽日，林间的能见度不过两米，是真正的伸手不见五指、不见天日！别说是在夜晚摸黑前进，就算是在白天让最优秀的探险家来，也是寸步难行！

“敌人来了。”凌峰目不斜视地轻声说道，语气中却带着不容置疑的坚定。

吴邪面无表情，古铜色的刚毅面孔上写满冷漠，两条浓重的眉毛稍稍扬起，他扭过头望向身边的凌峰，低声问道："你怎么知道?"

"直觉。"凌峰的逼视着面前漆黑一片而又充满杀机的亚热带丛林，褐色的眸子清澈而深邃，"你不是也知道嘛。"

说话的同时，凌峰的左手下意识地移到腰间，手指轻轻触到腰间悬着的利刃上。这把"夜王刺"是通体乌黑的三刃利器，能斩金断铁，手柄上刻着一个日文的"皇"字，是二战时期凌峰的祖父从一位日军上将手里缴获的，相传为日本天皇御赐，饮过无数人的鲜血。整把利器黑光闪烁，即使在夜间刃口也会发出幽幽的寒光，让人不寒而栗。

"几个人?"吴邪伏在灌草丛中没有动弹，他丝毫不怀疑凌峰的直觉。作为兄弟他可以替身旁的凌峰去死，但是作为真正的雇佣兵，他决不甘心输给任何人。

"三个以上。"凌峰的眼中闪过一丝光亮，这是他的习惯，不论任务困难与否，每一次他都有必胜的信心和敢于冒险的无畏，"要不要报告萧大队?"

话音刚止，凌峰在一瞬间愣住了，脸上的肌肉不自觉地抽搐了一下，犀利的目光在那一刻黯淡下来，像是坠入黑暗中无尽的深渊。

吴邪没有太大的反应，默默扭过头，眼神从凌峰身上已经褪色的破旧丛林迷彩上划过。他慢慢地闭上眼睛，一颗不易察觉的泪水从眼角滑落。

突然，吴邪像是换了一个人，年轻刚毅的脸庞写满绝望，右手转眼间揪住凌峰的衣襟，左手"啪"的一拳狠狠打在他脸上。凌峰没有招架，结结实实地挨了一拳。

"噗——"凌峰朝地上吐了一口血水，抬起胳膊拿沾满污泥的袖口抹去嘴角的血迹。

"啪、啪!"吴邪抽了凌峰两个嘴巴子，"你醒醒！你醒醒！凌峰你给我听清楚，这里没有萧大队，也没有该死的'蓝剑'特种大队！你不再是特种兵战士，我也不是，永远都不再是！我们现在是雇佣兵！是双手沾满鲜血的雇佣兵!"

"吭——吭——"凌峰咳嗽了两声，嘴角流出一抹鲜红的血液，他愣愣地盯着吴邪愤怒的面孔，默默地从迷彩口袋里取出一只盾形臂章。臂章上绣着一支利剑和"蓝剑"两个字，这是"蓝剑"特种大队的臂章。

就是这支利剑，曾经斩杀过无数敌人的头颅，但是此刻已经被泥浆水玷污，失去了昔日的锋芒。

“信念？忠诚？全部都是虚伪的、骗人的！扔了它，没用的东西！”吴邪抬脚“嗖”地踢掉凌峰手里的臂章，愤怒地对他吼道，“我们是雇佣兵！雇佣兵！为钱卖命的血腥的雇佣兵！该死的‘蓝剑’，该死的特种部队！我们被抛弃了！明白吗？被抛弃了！这里不是‘蓝剑’的训练场，是中国！是M国！我们是大陆的通缉犯！”

凌峰打了一个哆嗦，浑身的汗毛都竖起来。抛弃，一个多么刺耳而又让人心寒的字眼，更加让人不能接受的还是被自己引以为忠诚的信念所抛弃。要知道，对一个战士而言，信念是他全部的精神支柱。

在云南中部的某个亚热带丛林里，两个国家最优秀的特种兵战士即将相遇，他们不会有半点犹豫，而会用战士最有效也最野蛮的方式——杀戮——来解决彼此的生存问题！

“唉——”凌峰仰面长长地叹了一口气，等他再次睁开眼睛时，眼里那抹绝望已经荡然无存。

“M国的特种侦察兵马上就要过来了，要不要迎上去？”吴邪问。凌峰忽然顿住，他太了解吴邪的个性了，为了避免节外生枝，他平和沉稳地说道：“这里还是中国境内，‘蓝剑’、‘黑虎’他们随时会出现，还是避开M国的特种侦察兵吧。”

吴邪一愣神，原本愤怒的脸庞旋即露出骄傲的笑意。沉着稳重，大兵压境仍旧淡定自若，这是他最佩服凌峰的地方，无论在何种遭遇下，凌峰都能很快克制自己的情绪，哪怕自己一直坚信不移的信念已经不复存在！不过吴邪不喜欢凌峰的保守，他可是天不怕地不怕的。

“直接杀了他们！”吴邪可不管凌峰的劝阻，面无表情地说完，犀利的目光中闪过一丝杀气。

“别乱来！”凌峰快速伸手按在吴邪的肩头，“这里还是云南境内！我们有重要任务在身，别耽误‘复兴’部队撤出中国大陆！和M国特种侦察兵正面交锋，要是把‘蓝剑’、‘黑虎’他们引来就麻烦了！”

“哼！你怕？”吴邪冷笑一声，从鼻子里泄出一口气，略带几分讥讽地看向凌峰，“我还以为凌峰天不怕地不怕，想不到你也有怕的时候！”

“我不是怕这几个M国特种侦察兵！他们好对付，一刀抹了就解决了，但这里是中 M 交界，前面肯定有中国的边防岗哨，那里有无线电通信，要是被发现就糟糕了，‘复兴’部队的撤退计划也就泡汤啦！”凌峰冷静地分析当下的处境，和刚才的他简直判若两人。

“嘶嘶——”一阵林风吹过，半人高的灌草丛发出细微的响动，虫鸣声断断续续地从远处传来。

凌峰眉头一皱，目光已经改变了方向。虽然刚刚只是一股很平常的林风，但是凌峰敏锐的神经早已捕捉到潜在的危机，他的后背一阵发凉，一个很不好的念头涌入他的脑海。

吴邪观察到凌峰表情的变化，直觉也告诉他潜在的危机正在一步步逼近，他轻轻动了动嘴唇，从牙齿缝挤出几个字：“怎么了?”

“情况不妙，恐怕他们是执行任务的特种侦察兵!”凌峰小声回答，额头上渗出一抹细细的汗水，“更糟糕的是另外几个方向也出现了同样的情况，他们正快速向这边靠拢!”

灰蒙蒙的夜色中，只能勉强看到三步之内的静物。凌峰悄悄摸出腰间的夜王刺，鹰一般的眸子在恐怖的黑暗中扫过。吴邪也拔出随身携带的鬼头刀，这把鬼头刀是他亲自锻造的随身利刃，和普通的鬼头刀有很大的不同：不仅尺寸上要小巧得多，更重要的是它用的是西域玄铁，刀锋锐利，通体如墨一般乌黑，仅有刀刃颜色稍浅，虽只比普通的丛林匕首大一点点，但却锐利许多，刀柄尾端刻着的一只青面獠牙的阎罗鬼更是让人不寒而栗。

凌峰和吴邪两人均衣衫褴褛、满面污泥，一点雇佣兵的模样也没有，倒像是沿街乞讨的乞丐，只有他们手中寒光闪闪的利刃和鹰一般犀利的眸子散发着逼人的戾气。

“这样最好！自己送上门！省得咱们去找。”吴邪冷冷地说着，瘦削的面孔没有半点儿表情，只有一对乌黑的眸子散发着腾腾的杀气。

远处一颗炮弹“轰”的一声炸开，明晃晃的火光照亮了这片亚热带丛林边缘的草甸，虽然只是短暂的一瞬间，凌峰敏锐的鹰眼依旧发现了前方黑暗中的那一抹别样的颜色，那是迷彩服，异国特种侦察兵的丛林迷彩服。

吴邪也发现了即将到来的致命危险，他心里很清楚，对方是特种兵，而且很有可能是正规的特种侦察兵，杀伤力自然不是普通侦察兵能相提并论的。

双方的距离不超过五米，一场厮杀不可避免，值得庆幸的是这片亚热带丛林在中国境内，这就意味着M国的特种侦察兵是不敢开枪的！一旦他们在中国开枪，必然会引起两国的纠纷！

凌峰目测面前的M国特种侦察兵在3个以上，但是别的方向还有脚步声在快速逼近，一旦他们全部赶到，吃亏的必然是他和吴邪！

短兵相接，一场厮杀不可避免，凌峰和吴邪在人数上处于劣势。但他们会胆怯吗？笑话！堂堂“复兴”部队“毒牙”暗杀组的两颗“毒牙”会惧怕M国的特种侦察兵？就算他们是一块钢板，“毒牙”也会在钢板上啃出两颗牙印来！况且凌峰和吴邪还占着时间上的优势！

从刚才的形势来看，M国特种侦察兵是在执行任务，只是碰巧遇到了凌峰和吴邪，并不知道他们的存在。

在炮弹炸开闪亮时他们的眼睛还处在晕眩适应阶段，这是最佳的进攻机会！两人从嗓子里吼出一股最原始、最豪放的声音：“杀！”

刚刚交手凌峰就发现对方的手段迅速、敏捷、有效，绝对是短兵相接的高手，他们是另外一个民族引以为傲的最坚强的战士！

灰蒙蒙的天根本分不清敌我，凌峰完全杀红了眼，一把乌黑通亮的夜王刺上浸满鲜红的血液，浓浓的血液顺着刀尖一滴滴落在灰色的泥土上。

他侧身躲过前面一记飞脚，右脚忽然发力，犹如一支贴身利箭闪到M国兵侧面，左臂轻扬，把锋利的夜王刺捅入对方的小腹部，手腕稍一发力撕开了敌人的小腹，鲜红的血液瞬间染红了M国侦察兵的身躯。

后面又一个M国侦察兵冲过来，手里同样是闪着寒光的军刺，凌峰双臂发力把面前失去抵抗力的M国兵甩到身后当挡箭牌，同时右脚飞起直踢在对他有威胁的M国侦察兵的左肋区。只听“咔嚓”一声清脆的骨头断裂声传来，M国兵的左臂微微弯曲，前臂回收抵住受伤的左肋区，右手的进攻却没有慢下来，闪着寒光的军刺转眼间已经刺向凌峰的心口。可就是这一个微小的动作让他暴露了自己的弱处，凌峰在侦察兵的军刺下疾射而出，人在空中变换招数，左手化拳为掌，一掌震得他刺向心口的军刺偏离了方向。

凌峰趁机闪身躲过军刺的攻击，右手反握刀柄用夜王刺寒光闪闪的刃口在M国侦察兵的喉咙上轻轻一划而过，一朵鲜艳绚丽的血花瞬间炸开。

M国侦察兵的眼睛瞪得老大，到死也不明白对手到底是不是人，因为那种速度和技巧配合那么完美无缺！在他倒下的同时，凌峰一记锁喉早已扣向离他最近的另一名M国侦察兵，食指和拇指稍稍一用力，“咔嚓”，清脆的喉骨爆裂的声过后，又一名M国侦察兵倒下了。

“嗖——”一阵极快的风声悄然而起，向凌峰的身体飘去。凌峰闻得风声，眼角一斜，瞄见背后一个黑影已经悄然而至。他并未忙着转身迎敌，而是向前方不远处一棵高大得可遮天的榕树跑过去。

追击凌峰的黑影速度很快，但是凌峰的身形移动得更快，转眼间已经来到树下，右脚飞起，左脚尖点地而起，“嗖”的一声风响后一跃到坚实的树干上，双腿收敛弯曲转身发力反弹，只见又一个灰色的身影迎着追来的黑影直冲而去。

凌峰的速度极快，如同幽灵鬼魅，令追击的侦察兵防不胜防，还没有来得及做出防御招架，凌峰的右膝盖就狠狠顶撞在他的面门上。凌峰人在半空中身手依然矫健，右臂屈曲，右肘猛地磕在M国兵的天灵盖上，一记凶狠霸道的连环招式“鬼拜佛”顷刻间完成。这“鬼拜佛”是凌峰拿手的一击必杀，膝顶肘磕两记爆头必死无疑，讲究的是速度、力量、技巧的完美融合。

凌峰在空中飞身落下，被他击中的侦察兵“轰”的一声摔在地上，脑门上血流如注，就好像盛开的血玫瑰。整个面门深深地凹陷下去，几处断骨刺穿皮肉暴露在外面，露出森森白骨，煞是骇人。

不到几分钟的工夫，已经有三名M国特种侦察兵死在凌峰的手上。这就是“毒牙”！“复兴”部队的王牌“毒牙”暗杀组！他的杀伤力绝非昔日的“蓝剑”可比！

凌峰出手的同时，吴邪正被四名M国特种侦察兵团团围住，短兵相接，双方出手的都是致对方于死地的狠招，绝不会留下半分情面。他正面一记鞭腿扫翻了前面的M国侦察兵，侧身后退时听到后面呼呼的风响，接着是入骨的刺痛，一把锐利的军刺划破了他的后背。

吴邪咬紧牙关，一个快速转身扬臂挥刀，手里的鬼头刀在空中一扫而过，站在他身后偷袭的两名M国侦察兵的鼻梁骨登时断成两截，眼睛被划破刺瞎，血水染红了脸庞，惨叫声不绝于耳。吴邪纵身而起，右脚纵风起舞，一记“龙摆尾”快如闪电般“啪啪”扫在两个受伤的M国侦察兵的面门上。这招“龙摆尾”是吴邪在“蓝剑”时练就的绝技，可以凌空连着踢翻五人，整个特种大队无人可比！

“轰、轰——”两具高大的躯体轰然倒地，鲜红温热的血液喷涌而出，染红了亚热带丛林肥沃的土地，染红了吴邪褴褛不堪的丛林迷彩，也染红了他那颗失去信念的心。

吴邪鹰一样的眼睛血红，道道血丝布满整个眼球，背上被军刺划出的伤口足有十公分长，不断地涌出鲜血。他顾不得去理会，右手反扣着鬼头刀和剩下的两名M国侦察兵继续对峙。

“吴邪，你没事吧？你的背上在流血！”凌峰望见吴邪后背上那道长长的伤口，心头一惊。他是兵刃行家，一眼就看出这处伤口已经深到骨头，要不是脊柱的保护，军刺完全可以刺破前面的内脏。

“没事，我现在的感觉好极了！”吴邪丝毫不为背部的伤口所动，嘴角扬起一个耐人寻味的弧度。

“吴邪，别逞强！剩下的两个人交给我！”凌峰握紧散发着血腥味的夜王刺，一步步挪到吴邪身边，眼睛一直紧紧地盯着那两个M国侦察兵，虽然知道对方奈何不了自己，但他还是不敢大意，特种侦察兵是可以在败境中求生的。

“终于找回这种感觉了！我还以为这辈子都不会再有和死神战斗的感觉了，这种感觉实在是太好了！”吴邪转头望着凌峰的眼睛神秘地说道，话音中透着一股莫名其妙的兴奋。

凌峰闻得吴邪的话全身一惊，半晌后也露出和吴邪一样诡异的笑容，右手缓缓收起夜王刺插回腰间，他感到曾经的吴邪又回来了！那个在枪林弹雨中连眉头都不会皱一下的“蓝剑”特种大队的冷血杀手吴邪又回来了！

两个M国特种侦察兵听不懂凌峰和吴邪在说什么，但是特种战士特有的直觉让他们感觉很不好，两人分散开来慢慢包围上来，一左一右两把军刺直向吴邪心口刺来。吴邪不敢硬接，尽管两把嗜血的军刺早已渴望他的热血。

两个侦察兵深知先发制人的道理，虚手一晃，两把寒光幽幽的军刺已然暗藏于手掌之中，弹腿一跃，如同两支急速飞出的箭矢射向吴邪。

吴邪并不着急躲避，与其躲避不如伺机反攻，后发先至才是兵家之道！

这两记刺击显然拼尽了全力，快如闪电、疾如烈风。吴邪也没曾料到敌人的攻击会忽然变得如此凌厉，身形刚一停顿，军刺已经到眼前，他侧身拧腰缩腹，脚步稳扎地面，身体却在一瞬间以不可思议的速度扭成螺纹型，军刺的血槽紧贴着他的身体划过去，撕开了破旧的丛林迷彩，露出里面黝黑结实的肌肉。

M国侦察兵攻击失败，心里为之惋惜的同时也不得不为吴邪的身手所折服，单看吴邪刚才躲避的独特方式就知道不是自己所能达到的境界！

可特种侦察兵是短兵相接、近身搏杀的高手，应变能力几乎无人能比，一击不中，立刻扭动手腕变刺击为削砍，手法变换速度之快绝对让人瞠目结舌！

“复兴”部队的“毒牙”又岂能让人挫了锐气、磨了锐芒？在M国侦察兵的军刺将要触及他胸膛的那一刹那，吴邪的身体忽然向后弯去，以不可思议的柔韧程度避开M国侦察兵的削砍。

吴邪单手撑地支撑住身体，左手拔出腰际的鬼头刀一扫而过，猛烈地撞上M国侦察兵手里的军刺，刀刺相碰火星四溅、响声呜呜。随即，吴邪先M国侦察兵一步，抬脚一记鞭腿想要扫掉他手里的军刺，却不想M国侦察兵的反应也够快，虚晃一个步子就闪了过去。

“呼”的一声风响，在吴邪发起进攻的同时，右边的M国侦察兵挥刺而起，尖利的军刺直直刺进他的右后肋区，鲜血顺着豁开的伤口涌出，“滴嗒滴嗒”，一滴滴落在散发着腐臭气息的泥土上。还好吴邪反应够快，在军刺刺入躯体的瞬间挥起鬼头刀一刀斩下M国兵的手臂，而军刺只是捅进他身体很短的一部分。

“妈的，去死！”吴邪大吼一声，扬起左臂用肘部狠狠地磕在M国兵的脸庞，接着手腕发力，雪亮的鬼头刀刺穿了他的脖颈。吴邪大口喘着粗气，脸上是如冰霜一般的冷酷，眼睛里是血一样的颜色，充满杀气。

“啊——”最后一名M国侦察兵发出撕心裂肺的怒吼，右手化掌为一记劈砍逼向吴邪左眉。吴邪闻得风声弯身躲避，反手把鬼头刀捅向M国侦察兵的腹部，“呲——”一声肌肉撕裂的声音过后，鬼头刀划破M

国侦察兵的胸前，笔直地刺入肺脏。

“挡我者，杀！”吴邪自心底发出一声怒吼，双手把 M 国侦察兵的身躯往后一推，纵身跃起，右脚一个连摆，“砰砰砰砰”四记“龙摆尾”都击在 M 国侦察兵的面颊上。伴随着颈骨碎裂的闷响，M 国侦察兵的脖颈被“龙摆尾”强大的力量硬生生地扭了 180 度，颈部的碎骨划破皮肉露出森森白骨，鲜红的动脉血如同开闸的洪水般飞溅。

“扑通——”吴邪支撑不住，一个趔趄单腿跪倒在地上，右手里的鬼头刀深深插进地里才支撑着没有倒下。凌峰几步跨到吴邪身旁弯下身，从自己的丛林迷彩上“呲”地撕下两条长布条缠住他的伤口，关心地问道：“吴邪，没事吧？你伤得不轻。”

“嘶——”吴邪倒吸一口冷气，咬紧牙关笑道，“没事，我终于找回战斗的感觉啦！”说完踉踉跄跄地站起身子，和凌峰在空中“砰”地把拳头撞在一起：“同生共死！”

第二章　交锋

凌峰的手习惯性地摸到战靴上的夜王刺，眼睛一刻也不曾离开前面的高飞和刘天。作为特种兵，一击必杀，绝对不会给对方以喘息的机会！想到这里，凌峰的眼神一冷，右手紧紧握住夜王刺，慢慢向前逼近："兄弟，你们挡不住我，我不想杀你们，别逼我！"

茂密高大的丛林遮天蔽日，火辣辣的阳光被浓绿的树叶阻隔在丛林之外，只有几个细小的叶间缝隙播洒下几许阳光。

"沙沙沙——"树叶不自然地抖动了几下，在浓绿色的树叶中，负责阻击凌峰和吴邪撤退的"蓝剑"特种大队的特战小组就隐藏在其中。严旭看了看旁边斜靠在树干上闭目养神的熊少辉，好像有什么话要说，张了张嘴却最终没有出声，只是把手里的狙击步枪搂在怀里，学着熊少辉的样子闭眼靠在树上。

熊少辉从树上撕下一片树叶塞到嘴里慢慢咀嚼起来，脸上没有半点多余的表情。严旭微微把眼睛睁开一条缝，偷偷瞄熊少辉，他的耐心在一点点地崩溃，他着急了，真的着急了，已经两天两夜没有合眼了！他和熊少辉就这样一直安静地隐藏在茂密的树叶间，没有食物只有少量的水。这些都不是问题，他是特种兵，这些对他来说早已习以为常，最让他受不了的是根本不知道为什么要这么做。

“斩首”行动已经接近尾声，“猎鹰”特种大队的任务很明确：潜伏在中 M 边境线上，阻止“复兴”部队逃往 M 国！可是现在他和熊少辉竟然在云南中部的这片亚热带丛林里，潜伏在“黑虎”特种大队的封锁线以外！

为什么？严旭好几次想开口问组长熊少辉，可每一次话到嘴边却开不了口：难道还信不过自己的生死兄弟吗？

“怎么，有话要说？”熊少辉把嘴里咬烂的树叶吐出来，睁开眼望着严旭。

“班长，我知道不该怀疑你，可是我实在不明白咱们为什么要在这里潜伏，萧大队不是要我们在边境线上设封锁线吗？”严旭问道，这个问题已经让他纠结太久了。

熊少辉没有过多地解释，抓起望远镜“啪”地扔给严旭：“前方两点钟方向距离一百米左右的灌草丛，你自己看！”

望远镜里是一片杂草丛生的阔叶植物，下面是几片斑驳破败的腐叶，而在那一抹浓浓的碧绿中有着些许不协调的暗绿。严旭慢慢放下手中的望远镜，其实他心里很清楚，就在那片灌草丛里潜伏着中国陆军王牌精英——“黑虎”特种大队的特战组！

“班长，我知道前面潜伏的是‘黑虎’！可是我不明白咱们为什么要躲在他们后面，还不能被他们发现。我们的任务不是在中 M 边境线上伏击凌峰和吴邪嘛？”这个问题严旭两天前就想问熊少辉了，他知道凌峰和吴邪是他的偶像前辈老大哥，但是作为一名军人，他心里很明白服从命令就是天职！

“闭嘴！不用你教我！我知道自己在做什么！”熊少辉火了，眼睛里满是熊熊燃烧的怒火，他何尝不知道自己的使命，可是“兄弟”这个字眼不是随便就能磨灭的！在熊少辉心里，凌峰和吴邪永远是他最尊敬的大哥，即使现在他们是雇佣兵！

一阵细风轻轻吹过，两道灰蒙蒙的黑影在树林间快速穿梭，所经之处的杂草微微折腰，浅浅的脚印片刻便恢复不见。

凌峰和吴邪手持突击步枪，一前一后地搜索前进，眼神机警敏锐，步伐轻盈矫健，一人前进时后面人负责掩护，配合默契，行动迅速，可以说他们了解对方甚至超过了解自己！

刚刚和M国的特种侦察兵交过手，凌峰和吴邪都挂了彩，凌峰的伤势比吴邪要轻很多，只是手臂上被匕首撕开一道豁口。吴邪的背上被军刺划出一道深可见骨的伤口，伤口上缠着凌峰用迷彩服做的临时绷带，暗灰色的迷彩绷带已经被血水染成灰黑色，换做别人可能会疼得晕过去，可是吴邪不但忍住了钻心刺骨的疼痛，还以惊人的速度撤退，丝毫没有落到凌峰后面。他就是一块会说话的钢板！“复兴”部队最尖锐的“毒牙”之一！

几乎是在同一时间，凌峰和吴邪的脚步慢下来，凭着超强的第六感，两人感觉到了潜在的危机：他们进入了别人的埋伏圈！

从林里一片寂静，到处是让人心寒的寂静，连“啾啾”的虫鸣声也不再响起，仿佛它们也被这一刻的气氛感染，不愿意搅乱这暴风雨来临前的最后一份宁静。

对方身形未现，却早已将气息糅合到大自然之中。凌峰在心中暗暗感叹：妈的，高手来了！能将自己隐藏到这种地步，绝非一般人！对方不是“黑虎”就是自己的老家——“蓝剑”！

吴邪慢慢将手中的突击步枪放下，空出手来做出防御的架势，手掌慢慢滑到腰间的鬼头刀上，他明白那帮和他们玩潜伏的也是一把好手！真正的高手对弈是不屑于玩枪的！

“谁？出来！”凌峰拔出战靴里的夜王刺，和吴邪背靠背贴在一起。

几乎就在凌峰喊出话音的同时，“嗖嗖嗖”从三个不同的方向射出几支木制的箭矢，直逼向两人的胸膛，速度奇快，差不多就是白光一闪的工夫！

凌峰和吴邪闻见风声，各自就地翻滚避开飞驰而来的箭矢。“砰砰砰”三声沉闷的声响过后，木箭矢的前端深深地没入树干之中，足足有两公分深！

凌峰站稳脚跟，心里暗叫一声“好悬！”要是木箭矢上抹了见血封喉，就是划破皮肤也够他俩喝一壶的！对方给他们的这个“见面礼”实在是太重了！吴邪在心中揣测，“蓝剑”侧重于潜伏渗透，硬功夫绝没有这么凶狠，那么刚刚放冷箭做“见面礼”的肯定是“黑虎”那帮熊人！

正当吴邪和凌峰在猜测对手身份时，从附近高大茂密的树上“呼呼呼”地蹿出三个身影！其中正面飞下来的黑影身形高大，动作凌厉生风，一招“开山掌”朝吴邪的面门劈来！

赵正雄，35 岁，“黑虎”特种大队中队长，有着铁塔一般庞大魁梧的身躯，擅长格斗和自由搏击，上届全国特种兵格斗大赛冠军，一双蒲扇般的巴掌可以轻易开碑碎石，外家功夫练得炉火纯青。

“黑虎”特战组已经在此地隐藏了几天，赵正雄的耐心在一点点耗尽。他是地地道道的西北汉子，做事雷厉风行，有着烈火般的脾气。就在他快要失去耐心时，凌峰和吴邪出现了！

吴邪和凌峰没来时赵正雄心里隐隐地着急，可等到他们出现时又变得很踌躇。他觉得很惋惜，作为一名特战老兵，凌峰和吴邪是他见过的最有潜力的特种兵，只要稍加磨砺肯定能成为中国陆军特种部队的精英、保卫祖国的国之利刃！可是现在一切都太晚了！

赵正雄对自己的身手不是一般的自信，从接到任务开始压根就没把凌峰和吴邪放在眼里，两个入伍才满三年、进“蓝剑”特种部队才一年多的娃娃能成什么气候？两个小鬼在阎王爷面前还能翻了天？因此他看到凌峰、吴邪进入伏击圈边时，早已耐不住性子，掌上发力，一招“开山掌”朝吴邪劈来。

还好吴邪机敏过人，听见呼呼而来的风声发觉不妙，在间不容发的瞬间闪身躲开。赵正雄一招未中，顺势一个翻滚站稳，手中不知何时多了一把丛林匕首，两尺来长，寒光闪闪。

赵正雄不等吴邪站稳脚跟，手中的匕首就刺向他的腹部，定身，拔刀，攻击，一连串的招数在电光石火间行云流水般倾泻而来，一招之间，凶狠霸道的进攻已经开始，格斗高手的实力绝对让人心生寒意！

换做以前在“蓝剑”的时候，吴邪绝对不是赵正雄的对手，甚至连几个回合都撑不住，但是现在的他已不是以前的他，他是“毒牙”，是“复兴”部队里最恐怖的冷血杀手！吴邪左右闪避，身形矫健迅捷，根本不像重伤在身，每次在赵正雄的丛林匕首快要刺穿身体时都能避开。三个回合下来，吴邪连腰间的鬼头刀都没有拔出，他轻蔑地一笑：“赵队，你的身手一点儿都没有长进！还是那么慢！”

“黑虎”特种部队中队长、全国特种兵格斗冠军、九年军龄的老特种侦察兵，随便哪个身份都是吴邪不能比的，赵正雄哪里受过这样的窝囊气？他的正面进攻居然被吴邪轻易躲过！

赵正雄大吼一声，快速几步向吴邪冲过来，才跑了几步忽然纵身一跃，一记凶猛异常的飞腿直踢吴邪的面门！吴邪看到赵正雄的进攻冷笑一声，飞腿的进攻其实是个幌子，等到他避开后赵正雄会趁机来一个后踢，这才是他真正的过人之处！

吴邪参透了赵正雄的动机，故意做出惊恐的表情，急促地连连后退，然后一摆身体闪过他的飞腿。果然不出吴邪所料，几乎是在双脚落地的同时，赵正雄猛地转身一记鞭腿扫向吴邪。可惜他忘了，吴邪的拿手绝技便是凶狠连贯的“龙摆尾”，可以连续在空中翻腾踢腿五次之多，其力量之大、速度之快让人防不胜防，可以轻易将普通人的骨头踢断！

“啪啪——”吴邪的“龙摆尾”只踢出两腿，便以后发先至之势将赵正雄的鞭腿扫开！令吴邪做梦都想不到的一幕发生了：就在他的“龙摆尾”将赵正雄的鞭腿踢开的一瞬间，赵正雄借着他腿部强大的惯性力量“呼”地反手握住丛林匕首朝他心口刺来！

这一记刺击疾如烈风、快若闪电，整个过程在电光石火间完成，吴邪也未料到赵正雄的攻势会如此凌厉，而他的“龙摆尾”踢出的同时赵正雄已经到了跟前！

赵正雄这一招可谓狠毒刁钻，冒着腿部受吴邪“龙摆尾”重击的危险来完成必杀的刺击，吴邪如若躲闪不及被刺中将必死无疑！在这生死瞬间，吴邪连忙收起小腹，腰间猛然爆发力量将身体扭转，一只脚还在空中的同时，身体在一瞬间以不可思议的柔韧程度弯曲成弓形，赵正雄锋利的匕首贴着他的侧肋“嗖”地扎下去，将侧肋划出一道一公分深的口子！

吴邪心中一寒，冷汗“嗖”的一下冒出来，太危险了！刚才如果再慢一点点，他的心脏现在就被赵正雄的丛林匕首刺穿了！

赵正雄的心中也是一惊，手心渗出一层冰冷的汗水，握着丛林匕首的手不由自主地哆嗦了一下，脸上的肌肉一点点地僵硬。他不敢相信刚刚自己的全力一击居然被吴邪躲过去了，这在一年前吴邪是绝对办不到的呀，这一年来他究竟经历了什么？

凌峰的手习惯性地摸到战靴上的夜王刺，眼睛一刻也不曾离开前面的高飞和刘天。作为特种兵，一击必杀，绝对不会给对方以喘息的机会！

想到这里，凌峰的眼神一冷，右手紧紧握住夜王刺，慢慢向前逼近："兄弟，你们挡不住我，我不想杀你们，别逼我！"

高飞望了一眼旁边和吴邪交手的赵正雄，做好战斗的准备，很默契地和刘天绕到凌峰的两侧。

"凌峰，为什么？为什么会这样？你和吴邪都是我崇拜的大哥！你和赵队在特种兵大赛上比武的时候我就暗自发誓，有朝一日也会站在上面和大哥们交手！凌大哥，你也是特种兵，你知道加入'黑虎'特种大队是多么不容易，就是这个信念一直支撑着我熬过来，可是现在……你告诉我为什么？"

高飞的话情真意切，带着歇斯底里的咆哮吼出心中的绝望。凌峰有些失神，脑海里出现昔日熟悉的"蓝剑"特种大队：那个皮肤黝黑、精神矍铄、略有几许白发的萧大队，还有那个一直把自己当成大哥的周韶。

往昔的记忆一点点闪现在凌峰的脑海中，他冰冷的眼神慢慢变得柔和。吴邪将凌峰细微的情感变化全部看在眼里，心中隐约有一丝担心，如果没有挨那一刀的话他有九成把握结束包括赵正雄在内的"黑虎"特战组，但现在他的速度和力量都大打折扣，唯一的可能就是他和凌峰联手，但他知道凌峰已经动摇了，他是一个重情重义的人，兄弟之间的情谊就是他最大的软肋！

想到这，吴邪举起鬼头刀，正劈，直击，斜刺，三招逼退赵正雄，脚步一晃闪到凌峰身边，大吼一声："别听他们的！为了获得那个大毒枭的军事资料，为了那个虚伪的信念，我们两个人把命都豁出去了，可是我们得到了什么？叛徒！说我们是叛徒！'蓝剑'、'猎鹰'、'黑虎'、'灵狐'都在追杀我们，这就是我们应得的吗？"

"你们以前是祖国最优秀的战士没错，可现在你们是雇佣兵！是叛徒！路是你们一步步走出来的，怨不得别人！"赵正雄的眼中，怒火正在熊熊燃烧。"复兴"部队暗杀世界名流、贩卖毒品、走私军火，是十恶不赦的魔鬼！虽然凌峰和吴邪没有直接进入中国大陆进行破坏活动，但他们加入"复兴"部队就是助纣为虐！贼就是贼！该死！

叛徒，多么尖锐刺耳的字眼！凌峰听见赵正雄口中说出"叛徒"这个字眼，心中压抑已久的怒火"蹭"的一下蹿上来，直直地逼视着赵正雄："我们不是叛徒！"

“是不是叛徒不是你们说了算！不是叛徒你们为什么要杀了马部长?”赵正雄一字一顿地说道，牙齿咬得咯咯直响。

场面变得有些混乱，凌峰和赵正雄被压抑的怒火冲昏了头脑，是与非的解释权永远属于胜利者！吴邪的背上，绷带已经被血水浸透，顺着他满是污渍的衣服滴洒在泥土中，长时间的疲惫让他耗尽了体力，随时都可能倒下去。

刘天小心翼翼地一步步挪动到吴邪的视野范围外，双脚猛地发力向吴邪冲去，右手摆出一副擒拿手的架势。高飞的眼睛一酸，眼角有些湿润，一咬牙在心中默念“吴大哥对不住了”，纵身向前一跃，和刘天一左一右夹击吴邪。

吴邪全部的注意力都集中在赵正雄身上，根本没有觉察到侧面刘天的偷袭，耳朵闻得呼啸而至的风声时已经来不及躲闪或防御了！刘天的擒拿手刚刚触到吴邪的上臂，还未来得及发力便觉得肩头一麻，整条手臂再也使不出半分力气！

刘天侧目一视，心中不禁生出无限恐怖，全身沉浸在无尽的冰冷之中！凌峰不知何时出现在他身边，一把乌黑通亮的军刺插进了他的肩头！

凌峰下手极有分寸，力道恰到好处，夜王刺的三刃血槽有一公分刺进刘天的肩膀，速度之快急如闪电，让人不寒而栗！刘天的身体打着哆嗦，他使劲咽下一口唾沫，暗自惊讶世界上竟然会有速度这么快的人！他甚至连凌峰是怎么出手的都没有看清楚！他心里明白凌峰对他手下留情了，否则就不仅仅是废掉一条手臂，连他的性命都是脆弱的！

树林里静得可怕，啾啾的虫鸣声消失了，只有微风偶尔吹过树叶留下的沙沙声。

凌峰面无表情地擦净夜王刺尖上的血迹，眼睛一眨不眨地盯着刘天，轻声说道：“你们挡不住我，让开！我不想杀你们!”

高飞的眼睛一酸，流出几滴泪花：“对不起凌大哥，职责所在，我不能放你过去!”说罢从战靴里拔出雪亮的军刀，左手反握摆出格斗的架势。这时候，他的眼里不再是犹豫不决的踌躇，而是一种视死如归的无畏，仿佛古代狭路相逢的孤胆剑客。

“别逼我!”凌峰的眼神在一瞬间冷下来，握着夜王刺的手再次攥紧，“我曾经发誓，绝不轻易在中国大陆杀人！即使杀人，也是罪大恶极的人渣！绝对不会杀死自己的生死兄弟！请你不要逼我破坏自己的誓言！”

“妈的，你俩跟他废什么话！他已经不是以前的凌峰了！”赵正雄被凌峰的话激怒了。他是谁？中国陆军“黑虎”特种大队中队长、全国特种兵大赛格斗冠军、特战老兵！连两个受了伤的叛徒都收拾不了，还不让人笑掉大牙？赵正雄箭步一跃，全身力量瞬间爆发，拔出军刺朝吴邪刺去。

吴邪见赵正雄来势汹汹、杀气腾腾，想要躲闪已经来不及，身子虚晃一步，右手拔出腰间的鬼头刀反手一挡，“蹭蹭蹭”，金铁刺耳交鸣之际刀刺火星迸溅，速度之快让人眼花缭乱！

吴邪和赵正雄交手几个回合，身形分合不定。鬼头刀在吴邪手中就像嗜血的毒蛇，阴光闪闪。他进攻的手法诡异少见、形同鬼魅，让人遍体生寒、防不胜防，飘忽不定的招数往往以意想不到的方式进行劈砍刺击，既快又狠。吃亏的是他有重伤在身，失血过多，形势不允许他恋战，在体力上赵正雄要占绝对优势！

赵正雄是外家功夫高手，硬功夫练得炉火纯青，看到吴邪体力不支露出破绽，避开鬼头刀抬腿就是一个正踢，力量之大重逾千斤！吴邪见赵正雄劲招来袭，知道情况不妙，当下收回鬼头刀双臂在胸前一挡，“砰”的一声闷响，赵正雄直踢在吴邪的前臂上，将千斤的力量卸去。

吴邪只觉得双臂一麻，整个人踉踉跄跄地往后退了四五步方才停下。“噗——”吴邪朝地上吐了一口血水，抹去嘴角的血迹，心中苦笑：要不是自己重伤在身，一个小小的赵正雄怎么奈何得了他？难道“复兴”部队尖锐的“毒牙”今天要在这里折了锋芒？

赵正雄表面上波澜不惊，内心却好比被晴天霹雳击中。这一脚真正的力量只有他自己最清楚，放眼中国陆军四支特种部队，能正面接下且屹立不倒者绝不会超过五个！吴邪的身体虚脱到这样的程度还能撑住，真不知道是什么道行了！自己绝不是他的对手！吴邪和凌峰离开“蓝剑”这短短不到两年的时间里，他们到底经历了什么？真不知他们现在是人还是魔鬼？

赵正雄毕竟久经沙场，能很容易地隐藏内心的真实情感。他知道现在要集中“黑虎”特战组的全部力量尽快结束战斗，否则后果不堪设想！

想到这，他极力稳住自己，猛地扬起手臂爆发力量将手中的军刺

“嗖”地甩向吴邪。他的手臂力量大得出奇，军刺射出后就像一颗出膛的子弹飞向吴邪。

吴邪冷笑一声，狗急了果然会跳墙，就连赵正雄这样一流的格斗高手也会放冷箭。如果他没猜错的话，就在他闪身躲过飞来的军刺，或者用鬼头刀阻挡军刺的一瞬间，赵正雄会使出全力来最后一击！

“啪”的一声清脆的金属碰撞声后，赵正雄的军刺在刺到吴邪的前一刻被他的鬼头刀半路拦下来打飞，刀刺碰撞后迸溅出明晃晃的火花。吴邪的眼睛一刻也不曾离开赵正雄，他在等待最后一击的同时给予了最有力的反击！

糟糕，错了！赵正雄真正的目标不是自己，而是和高飞、刘天激战的凌峰！他是想集中力量各个击破！可惜已经晚了，赵正雄在吴邪挡住他投来的军刺一刻便纵身一跃向凌峰冲去，右手摆开一招杀气腾腾、雷霆万钧的开山掌！这一掌来势汹汹、声势浩大，被击中者非死即残！

“凌峰，小心！”

赵正雄这次出手太快，吴邪根本没有时间阻挡，眼看他的一招开山掌就要击中凌峰，吴邪的牙齿咬得咯咯响，无奈却救不了凌峰！该死！难道眼睁睁地看着自己的生死兄弟死去？

“噗——”一颗子弹疾驰而过，接连穿透了无数阻挡的树叶，以闪电般的速度直朝赵正雄射来，几乎是贴着他的身体射进湿润的泥土中。“噗噗”又是两颗子弹射过来，这次是在刘天和高飞近身处，并没有伤人。

赵正雄是久经沙场的特战老兵，反应速度极快，在子弹贴着身体飞过的同时他临时改变了战略，以最快的速度躲进附近的隐藏点，同时高呼：“高飞，刘天，有情况，隐蔽！”

只有短短几秒钟的时间，原来还在厮杀的“毒牙”和“黑虎”都很快隐蔽起来。在敌我不清的情况下，保全自己才是最有效的应变之道！

“妈的，他们有埋伏！怎么一直都没有发现？”隐藏在草丛里的刘天愤愤地嘀咕。敌人用的是狙击步枪，“黑虎”特战组在这里潜伏了几天，居然有敌人在他们眼皮子底下躲了几天，传出去他们还有什么脸面？

“赵队，怎么办？凌峰、吴邪他们有支援！要不要改变作战方式？”高飞趴在草丛里轻轻地扒开眼前的杂草，想在细细的缝隙中找出对方的确切位置。

“啪——”又是一声低沉的声音，高飞的脚下多了一个直径几毫米的小孔，空气中传来一股奇怪的味道。高飞的冷汗“刷”的一下冒了出来，他赶紧把头缩回去。妈的，是高手！高飞在心里念着“南无阿弥陀佛”，要不是狙击手手下留情，他的脑袋早就开瓢了！

赵正雄躲在距离刘天和高飞不远处的一棵大树后面，正在回忆刚才的情形：对方是谁？凌峰和吴邪的支援？这种可能性最大，因为对方只朝“黑虎”特战组开枪，并没有射击凌峰和吴邪！

想到这儿赵正雄在心中暗笑，凌峰和吴邪的“复兴”部队就是这种货色嘛，连射了三枪居然一枪都没中，实在是不怎么样！恐怕是自己太高估凌峰了，“毒牙”的实力不过如此！赵正雄正欲现身引“复兴”部队的雇佣兵现身，脑海里却猛然闪出一个可怕的念头！等等！不是这样的！赵正雄忽然明白是怎么回事了，根本就不是因为对方是三流货色，可每一枪都是贴着身体飞过却并不伤人，这又怎么解释？妈的，绝对是一流的好手！唯一的解释就是对方和狙击手是朋友，至少不是敌人，因为敌人是绝对不会手下留情的！

吴邪的担忧和赵正雄一样，他也被这突如其来的几枪搞得摸不清东南西北。他们在云南中部的这片亚热带丛林里绝对没有半个支援的队友，“复兴”部队早就撤离到中 M 边境线，等待他和凌峰去会合。

“你还傻愣着干嘛？快撤！”凌峰望见吴邪一直呆着不说话，一个翻滚来到他面前，手里端着一把突击步枪。吴邪被凌峰的话惊醒，听了他的话更是疑惑：“撤？怎么撤？‘黑虎’就躲在附近！再说前面还有狙击手！谁知道是敌是友？”

“都不是！”凌峰望了一眼前面碧绿色的树林幽幽地说，眼睛里雾一般的朦胧，像是在回忆很多年前的往事，“也许……是有些人不想我们被抓住，毕竟我们……曾经是兄弟！”

“兄弟？”吴邪墨色的浓眉头一皱，一脸茫然，“谁？”

“我一直把他当做小兄弟，现在才觉得他挺不错的，是个特种兵的好苗子！只可惜我不配和他做兄弟了！”凌峰说得情真意切，眼角有一滴闪亮的泪滴在阳光下熠熠发亮，“撤吧，他要送我们一程！”

吴邪还想再问，凌峰却纵身一跃，抱起突击步枪“嗖嗖嗖”地在丛林间穿梭，几秒钟工夫就只剩下一抹暗色的身影。吴邪的记忆在那把

“蓝剑”的映照下快速从脑海里闪过，可是除了凌峰，就是那个脸庞黝黑的萧大队。

“他们要跑，追！”赵正雄闻见几声很轻微的风吹草动，在大树后面偷瞄一眼不禁大惊失色，凌峰和吴邪已经只剩下两个模糊的影子。他再也顾不得潜伏着的狙击手了，拔出腰间的手枪“刷”地蹿出来。

“赵队，回来！危险！”刘天看到赵正雄冲出隐藏点大感意外，想要喊住已经来不及了，无奈只能一咬牙一狠心，一个箭步冲到他前面堵住他的去路。正欲开口说话，只听见“噗”的一声闷响，刘天的小腿上炸开一朵血花，他重心不稳，一个趔趄栽倒在地上。

赵正雄是个烈性子，做起事来冲锋在前、一马当先，见状“刷”的一下拉开保险就要冲上去。高飞忽然闪到他面前：“赵队，撤吧，他们已经在警告我们了！”

赵正雄看看前面即将消失的凌峰和吴邪的身影，又看了一眼躺在地上的刘天，牙齿咬得咯咯响：“妈的，撤退！”

狙击步枪的瞄准镜里，吴邪和凌峰的身影一点点地远去。熊少辉收起狙击枪，单手扶着树干抓住树上缠绕的藤蔓荡下来，嘴里默念：“吴大哥，凌大哥，兄弟一场，我能帮你们的也只有这么多了！大哥，保重！”

第三章　女俘虏

凌峰墨色的眉头皱成一条线，不敢相信自己的眼睛，视野里，一个女人正惊恐不安地和他对视着！她蓬头垢面的，长长的头发早已凌乱不堪，满是草屑泥渍，身上的衣服难以分辨出颜色，只能通过身形和神态上的细微差别分辨出那是一个女人，而且被绳子捆着！

烈阳当空，赤日炎炎，太阳光炙烤着炽热的大地，云南和 M 国交界的这片热带丛林的土地正充斥着浓浓的战火和硝烟的味道。一棵高大榕树下，吴邪正疲惫地喘着粗气。饥饿、长途跋涉、重伤，换做常人早就累垮了，可他凭着超人的体能和顽强的意志硬是扛了下来！

“嘶——”凌峰用夜王刺从旁边一株不知名的灌木植物粗壮的茎上割下一块绿色的茎块，正要往嘴里塞，忽然扭头看了一眼坐在树下比他要虚弱的吴邪，将手里难得的“水分”扔给他：“接着，你比我更需要它。”

“救——命——”一个微弱的声音从不远处的一片灌草丛里传来，吴邪和凌峰猛地一惊，回身摆出防御的架势，可是身后却空空如也，连个鬼影都没有，哪里还有人的踪影？M 国的特种侦察兵都搞定了，中国陆军的封锁线也被他们撕开一道口子逃了出来，那这个声音会是……

“在那里。”吴邪对凌峰轻轻地扬了扬下巴，指着前面不远处的那片灌木丛。凌峰会意地一点头，左脚一勾一扬把从 M 国侦察兵那里缴来的微声冲锋枪甩给吴邪，右手反握着寒光幽幽的夜王刺，两人一左一右形成一个包抄圈围向那片灌草丛挪去。

“救——命——”轻微的呼救声再次响起，声音软弱无力却又带着几分轻柔，凌峰眉头一皱，心里满是疑惑：怎么好像是女人的声音？

这要是在一般的树林里有女人的呼救声还说得过去，可现在是在哪里？是在热带丛林！是在中 M 交界的茫茫无人烟的热带丛林！怎么会有女人的声音呢？

吴邪小心翼翼地挪着步子，食指已经扣在微声冲锋枪的扳机上，要是有突发事件先一梭子扫过去，就算她是大罗神仙下凡也要先给她放放血！他的心里和凌峰有同样的疑惑，那轻微柔弱的声音是女人的无疑，可是连野外探险队也不会踏入这杳无人烟的丛林，难道还有幸存的 M 国侦察兵在设陷阱等着他们上钩？

“呼——”吴邪轻声唤着凌峰，做了一个开枪的手势。此时此刻，这种情况绝对不是正常现象！凌峰左手持枪摇摇头，右手指了指身后不远处的一棵大树。吴邪是凌峰从“蓝剑”一起出来的生死战友，自然理解他的意思，会意地点点头，端起微声冲锋枪对准目标。

凌峰将夜王刺插进靴子里，轻步后退，不发出半点声响，接着在大树边上找到一根垂下的藤蔓，悄无声息地摸上去。透过层层枝叶间的缝隙，凌峰望向那片灌草丛中，一个人正低伏在草丛间，身体轻微的晃动使得身边的杂草不自然地抖动着。完全是出于习惯，凌峰的手不自觉地再次摸到战靴里的夜王刺。

吴邪的额头上早已满是汗水，不光是因为高温，还有那让人心惊肉跳的神秘隐藏者，微声冲锋枪则对准目标时刻待命。

凌峰墨色的眉头皱成一条线，不敢相信自己的眼睛，视野里，一个女人正惊恐不安地和他对视着！她蓬头垢面的，长长的头发早已凌乱不堪，满是草屑泥渍，身上的衣服难以分辨出颜色，只能通过身形和神态上的细微差别分辨出那是一个女人，而且被绳子捆着！

“是个女的，走，过去看看。”凌峰从大树上一跃而下，边对吴邪解释边朝灌草丛跑去。

女的？这太不同寻常了！吴邪眉头一皱，此刻就算是在他面前出现猛虎、猎豹、野猪甚至黑猩猩他都能接受，但怎么会是女人？而且被反捆着手？

仔细一想凌峰就明白了，眼前这个衣衫不整、饱受惊吓的女人，肯定是刚才那股被他们消灭的M国侦察兵的俘虏！

凌峰和吴邪此时才看清楚那个女人的模样：长发凌乱不堪，身上的衣服也是泥渍满布，还满是被撕开的裂口，仅仅能够遮住身体的特殊部位。她的手被反绑着，脸上嘴角还有未干的血水，身子很虚弱，勉强能够站起来。

女俘虏的警惕性很高，望见凌峰和吴邪围着自己，便用一双疲惫而又布满血丝的眼睛直直地逼视着他们："你们是什么人？"

不等女俘虏做出反应，吴邪从腰际抽出鬼头刀抵在她的喉咙上，锋利而发亮的刀刃直抵在她的颈动脉上，稍稍偏离一寸就会致她于死地："你又是什么人？怎么会在M国侦察兵的手里？"

"吴邪，你在干什么？她已经没有反抗能力啦！"凌峰见吴邪凶狠的模样，怕他杀心已起一时间收不住会杀了女俘虏，忙将她从吴邪的鬼头刀下揪出来，慢慢扶到一片树荫下。

吴邪没有言语，蛇一般狠毒的目光盯了女俘虏半天才慢慢收起鬼头刀。女俘虏身体虚弱，干咳几声眼睛一翻晕了过去，脚跟没站稳一头栽倒在地上。凌峰见状，一只手架住她柔弱的身躯，一只手扔下狙击步枪，在腰间一滑拔出夜王刺在捆着女俘虏手腕的草绳上轻轻一划。

草绳落地的一瞬间，女俘虏的眼睛忽然睁开，伸出手抓住凌峰的衣领猛地一拽，额头直直磕在凌峰的面颊上，右手一翻直接用肘部把他撞得飞了出去。

女俘虏的速度非常快，凌峰都没来得及抵抗就直接被摔了出去。她却没有停顿，就地一翻，朝距离自己很近的、凌峰刚刚扔下的那把狙击步枪翻过去。

女俘虏刚刚站稳脚跟，一只手才触到狙击步枪的枪托，就听见身后"忽"的一声风响，一把微声冲锋枪直砸在她的脑后，女俘虏脑袋一沉昏死过去，而远处的吴邪还保持着甩出枪的姿势。

吴邪跌跌撞撞地走到女俘虏身边，弯下身子用冰冷的眼神盯着这个歹毒的女人，忽然举起鬼头刀对着她的喉咙便要刺下去。

“等等！”凌峰不知是何时过来的，握住吴邪的手没让他砍下去，“没必要杀了她。”

“哼！”吴邪冷哼一声，用讥讽的口气说道，“怎么，她是女人所以你下不了手？”

“你觉得她怎么样？”凌峰很平静地问吴邪，眼睛一直盯着女俘虏的脸，仿佛没有听出他话音中别样的意味。

吴邪愣住了，用一种很奇怪的眼神盯着凌峰：“你……什么意思？”

“从她刚刚伪装昏迷和偷袭我的手段，你觉得她怎么样？”凌峰的眼睛一直盯在女俘虏脸上，似乎想从那张布满泥渍、写满疲惫的年轻脸上看出她的身份来历。

“对于女人而言，她偷袭你的进攻近乎完美，无论是力量还是速度都无可挑剔！”吴邪很认真地说道，一改之前对女俘虏的漠视，“更重要的是，她能在我和你的面前成功伪装昏迷，心理素质和伪装技巧都不是一般人可以达到的！她绝对不是普通人，就是特工也很难达到她的水准！”

吴邪对眼前这个昏迷的女俘虏的评价超乎凌峰的想象，他和吴邪搭档虽然不到两年，但是他们了解对方甚至超过了解自己！

“走吧，带上这个女人回去，她对‘复兴’部队有用！”吴邪说着弯下腰架起女俘虏的一只胳膊，另一只手扶着她的腰肢将她的重量转移到自己身上。

“放开……我……”女俘虏在浑浑噩噩中清醒过来，看到身边的吴邪努力想要挣脱，无奈身体虚弱得连半点力气也没有，而吴邪的胳膊则像老虎钳一般死死卡住她。

“等一下。”凌峰上前握住吴邪的肩膀，把上身满是泥渍和盐渍的丛林迷彩脱下来遮盖在女俘虏身上，“给她穿着吧，她的衣服已经不成样子了……她……毕竟是女人。”

女俘虏丝毫不理会凌峰和吴邪的情意，一双如水般的眼睛里充满敌意和警惕，努力想从吴邪的“老虎钳”下挣脱，嘴里呼喊着：“放开——”

凌峰面无表情地走到女俘虏背后，扬手一记削砍击中她的后颈将她打晕：“你需要安静。”

走在前面的凌峰用夜王刺了结了一条盘在树枝上的花蛇，细细地剥开蛇皮，把蛇肉和蛇血一起吞下，尤其是蛇血，分外的珍贵。在热带丛林，食物固然重要，但水更是必不可少，极度的酷热让身体内的水分快速蒸发，补充水分必须很及时。

凌峰又在丛林里采集了一些止血藤蔓，砸碎后帮吴邪止血。他走在前面用夜王刺挑开挡住前路的大树枝干，又时不时弯腰在阴暗处采集一些绿油油的苔藓。

吴邪跟在凌峰身后，前胸挂着从M国侦察兵手里缴来的微声冲锋枪，腰间挂着他的鬼头刀。他停下脚步，双手一用力，把背上的女俘虏往上垫了垫。

女俘虏的眉头皱了皱，干燥的嘴唇在湿热的空气中咂巴了几下。其实她的模样还是很娇媚、很漂亮的，只不过满身的污渍和连日的劳累受虐让她显得憔悴不堪。她慢慢睁开眼睛，搭在吴邪肩上的手臂不敢乱动，只是微微活动了一下小指头。她的眼睛在吴邪身上瞄了一圈，最后定格在走在前面的凌峰背上的那把狙击步枪上。

“为什么不说话？我知道你醒了。”吴邪的头一歪，轻声问道。

凌峰闻言转过头望向吴邪架着的女俘虏，果不其然，她已经醒来，而且正望着自己。凌峰手腕一转，把夜王刺的尖刺转了个方向：“你不要担心，我们对你没有敌意。”

“你放心，她对我们的敌意已经减少很多了。”吴邪没有停下来，挨着凌峰的身子挤到前面。凌峰也不敢肯定吴邪的话是对是错，虽然女俘虏的眼神还是那么尖锐、警惕，但是身上那种让人难以靠近的气息已经衰减许多：“你怎么知道她相信我们？”

“就凭她刚刚偷袭你的手段，醒来之后趁我不备从我手里夺过枪根本不是问题，可是她没有，直到我发现她醒来都没有！”吴邪轻声细语地说，侧过脸直盯着女俘虏的脸，“我说的对吧？”

“你们到底是什么人？为什么要救我？”女俘虏舔了舔干燥的嘴唇，很吃力地说道。

“第一个问题我不能回答你！至于第二嘛……”凌峰故意卖了个关子，追上吴邪继续为他开道，“我们并不是有心救你，只是既然看到你被俘虏了总不能不救吧？呶，把这些放在嘴里咀嚼，不过千万别吃下去，人体消化不了植物纤维。”

女俘虏没有伸手从凌峰手里接过来那些墨绿墨绿的苔藓，而是疑惑地盯着他。

“看你刚才的身手就晓得你不是凡人，怎么，连这个都不知道?”凌峰反问道，“这是热带丛林里的野生苔藓，含水百分之五十以上！看你的样子应该几天没有喝水了吧，含在嘴里嚼着吧，毒不死人，顶多就是苦涩得让你反胃!”

就这样，凌峰和吴邪在热带丛林里钻了半个小时，直到一棵参天大树挡在面前。凌峰收起夜王刺，抓起一根藤蔓“蹭蹭蹭”几下蹿到树杈上，再用手遮住阳光四下俯视一周，没有异样后蜷伏在树上学了几声咕咕的鸟叫。

“咕咕——”不远处几棵大树边上传来同样的鸟叫声，凌峰听到鸟叫声从大树上荡下来，冲女俘虏点点头，“走吧，见见我们的大老板。”

四个掩藏在几棵大树后面的迷彩军用帐篷进入众人视野，十一二个衣衫褴褛但结实剽悍的男人或坐或卧，在草铺上休息，树杈上还有一个黑人大个子在放哨。

女俘虏用奇怪的眼神打量着这群躲在热带丛林像野人一样的雇佣兵，他们或高或矮，皮肤的颜色也白、黄、黑不尽相同。只见凌峰和一个金发的白人大个子打招呼：“阿贝，过来接个人。”

白人大个子看了一眼吴邪架着的女俘虏，眼睛一亮，讪笑着跑过来：“不愧是‘复兴’部队的‘毒牙’，这么快就突围了！还弄回来一个娘们?这可是热带丛林哎！小哥，哪儿弄来的啊?”

白人大个子是欧洲人，蓝眼睛金头发，皮肤雪白而粗糙，一米九的身高站起来像一座铁塔。他讪笑着跟女俘虏搭腔：“小姐，我叫贝鲁特，大家都叫我阿贝!”

“刚刚遇到了几个 M 国侦察兵，从他们手里救出来的，大老板呢?”凌峰简单答了一句，接着问道。

贝鲁特大手一指，头也不回，眼睛直盯着女俘虏，笑道：“在里面和参谋长聊着呢!”

吴邪跟凌峰指了指一顶帐篷，凌峰从背上取下狙击步枪扔给贝鲁特，大步走进那顶最大的军用帐篷。女俘虏拼命挣扎着，嘴里大叫：“放开我!”

吴邪也不多说话，右手一松女俘虏就“嗖”地滑下来摔在地上。女俘虏倒在地上，死死地盯着吴邪，像要喷火烧死他似的，嘴上还不饶人：“要不是我受了伤，非杀了你不可！”

贝鲁特大献殷勤地蹲下来，一只蒲扇般的大手按在女俘虏的小腿上，关切地问道：“小姐，有没有受伤？”

“滚开！”女俘虏就像一头发怒的母豹，“啪”的一巴掌扇在贝鲁特脸上，接着一脚把他踹翻在地上，“叫你们大老板出来！”

吴邪和贝鲁特都愣神了，贝鲁特是被女俘虏这突如其来的一巴掌给扇得没转过弯来，吴邪则是被她的举动惊呆了！哪个女人敢在一帮逃亡的雇佣兵面前耍横？还敢扇嘴巴子？不要命啦？几秒种后，贝鲁特回过神来，脸上青筋暴起，牙齿咬得咯咯响，挥起铁拳就要砸过来：“臭娘们，老子宰了你！”

贝鲁特刚刚把铁拳扬起来，就觉得“嗖”的一道凉风吹过，女俘虏人已消失不见，同时觉得脖颈一凉，一只女人的手已经牢牢地卡在喉咙上：“傻大个，记住，跟女士说话要有礼貌！对了，你好像没有机会改正了，下辈子长点记性吧！”

“小姐请住手！”只见凌峰从军用帐篷里走出来，身后跟着两个人，一个是身材高大、长满络腮胡子的黄皮肤男人，另一个是面色颇为白净的中年男子，说话的正是走在前面的那个男人，他笑着冲女俘虏一抱拳，“小姐请住手，请原谅贝鲁特的鲁莽。”

女俘虏似笑非笑地盯着面前的三个人，最后还是收回手：“你……就是大老板？”

“哈哈……”男人一阵大笑，走到女俘虏面前说道，“不瞒小姐，鄙人是‘复兴’部队的参谋长——江萨，这位是我们的大老板——邓克宝，请问小姐怎么称呼？”

“小女子姓龙名靓，不知大老板听说过没？”女俘虏轻笑着，说话的同时瞄了一眼身边还在发愣的贝鲁特。

在场的人无不大感震惊，就连一向冷血无情的吴邪都觉得意外极了：面前这个弱不禁风、其貌不扬的小女子竟然会是龙靓——大名鼎鼎的国际黑道金牌杀手！要知道在世界佣金最高的杀手排行榜里，龙靓这个名字绝对可以排在前五名！论级别，邓克宝也得敬龙靓三分，虽然复兴雇佣兵公司的招牌曾经也赫赫有名，但是自从在中国大陆的“沙漠暴风”行动失败之后，名声就不复往昔了，连江萨也得仓促地从云南的热带丛林逃亡出境。

“事情的经过凌峰大致和我说了一遍，不知龙靓小姐怎么会……”大老板邓克宝从江萨身后站出来，眼睛在龙靓暴露的身体上细细打量一番，用手扶了扶架在鼻梁的金丝眼镜，眼中流露出一丝别样的神色，显示出这个雇佣兵大老板的阴险与狡诈。

“邓大老板，我有一个请求，不知能不能跟着你们去 M 国?”龙靓很客气地询问邓克宝，眼睛的余光却略带几分意味地瞄着凌峰，“你们不要误会，我就是想跟着你们去 M 国，我现在的状况你们也看到了，不可能出得了这片热带雨林!”

“哈哈，可以可以，当然可以！龙小姐能和‘复兴’部队同行是鄙人的荣幸!”参谋长江萨很愉快地打着哈哈。他是个很精明的战略家，龙靓的名字他可是如雷贯耳，如果能把龙靓收入“毒牙”暗杀组，“复兴”部队的实力将会达到令人恐怖的程度，对于撤离中国大陆逃往 M 国来说将会是一张厉害的王牌!

第四章　杀戮

凌峰趁着这极短的时间飞身跃到M国兵跟前，右手紧握的夜王刺在M国兵倒地瞬间在他喉咙一擦而过，划破了脖颈的动脉，鲜红的血液呈喷射状溅出，染红了凌峰的脸，连眼睛都是血红血红的！不对，眼睛里的颜色不是血染的，完全就是杀红了眼！凌峰刚刚是下了死手，狭路相逢短兵相接，不是你死就是我亡。

前面是边境线边上最后一片靠近热带原始森林的灌草丛，南部边陲的丛林多半属于M国，只要越过这片热带森林就可彻底逃出中国大陆进入M国境内。

热带森林就像一座巨大的迷宫，那无边无际的林海重重叠叠，看不到尽头。这里的景色极富色彩，山岭丛峰高峻陡峭，到处充满了野性、生机和原始的韵味，可是埋藏在草丛里的江萨却无心欣赏自然风光，反而觉得这里暗藏杀机、恐怖无限。

不远处是M国的一个边防岗哨，每隔几分钟就有两个全副武装的边防兵来回巡逻，想无声无息地从这些边防兵的眼皮子底下逃出中国偷渡到M国可不是一件容易的事。

“把凌峰给我叫过来！”一直潜伏在草丛里的江萨说话了。

凌峰在进入复兴之前一直是“蓝剑”特种大队的特战队员，代号“野狼”，特长是徒手格斗和自由搏击，军事素质绝对过硬，是从基层部队一步步摸爬滚打到特战队员位置的，在国际特种兵比武时和各国特种精英都过过招，经常在中国边境和毒贩交火。

天色灰蒙蒙的，离日出还有几个小时，伸手不见五指，只能依稀辨别出轮廓，凌峰匍匐到江萨身边：“参谋长，凌峰到！”

江萨没有看他，只盯着望远镜里的边防岗哨：“能端掉他们吗？”

凌峰的脸上看不出半点表情，只能看到他的年轻、刚毅和沉稳。他抬起粘满泥巴的脏兮兮的脸庞，目不转睛地望向边防岗哨里的三个人，思索半天后轻轻吐出几个字：“再给我一个人。”

江萨的脸上满是疑惑，望远镜里那个边防岗哨里有三个士兵，加上外面来回巡逻的边防兵，怎么说也有五个人。能干边防兵的都不是吃干饭的，没两把刷子谁敢来这里放哨？凌峰他只要一个人就能端掉他们吗？

“不多要几个人？”江萨再次问道，他知道凌峰和吴邪是最好的搭档，但是他想借这个机会看看龙靓的手段，万一她是空有其名，那“复兴”部队就没必要带上这个拖油瓶。

凌峰微微一摇头：“不了，人多手杂。”

的确，凌峰说得没错，人多手杂，在这种情况之下，兵在精而不在多，多一个人难免多一份危险。

“你要谁帮忙？”江萨问道，他想看看这个号称“野狼”的凌峰能选出何方好手。吴邪的伤口还没有完全复原，他猜应该是刚刚进入复兴的龙靓，她的身体素质和心理素质都非常好，身体已经恢复，解决几个边防兵应该不成问题。

凌峰一愣，用很奇怪的眼神看着江萨，在他的意识里根本就不用仔细想，事先就有了人选：凌峰和吴邪，“复兴”部队里搭配最默契的两颗“毒牙”，只有他们在一起才能发挥出最恐怖的实力！

“吴邪。”凌峰很平静地回答。一颗“毒牙”算什么？在他的骨子里，凌峰和吴邪是分不开的，两颗“毒牙”才能疯狂地撕咬！

“凌峰，我知道吴邪和你是最好的搭档，可是他的伤还没有……”

“参谋长！吴邪如果连这点伤都克服不了，他就不配做‘复兴’部队最尖锐的‘毒牙’！”凌峰面色严峻，眼神刚毅而坚决，没有半点商量的余地。

“我的意思是要不要试探一下龙靓，看看她的实力。”

“不用试了！”凌峰不等江萨说完便打断他的话，“在把她领回来之前我已经和她交过手了，天使杀手的名号绝非空穴来风，二十招之内我没有把握胜她！”

“嗯，很不错。”江萨很满意地点点头，他非常欣赏眼前这个精明的年轻人，老练而沉稳，“‘复兴’部队能有你这样的战士我很欣慰！复兴公司的崛起还得靠你和吴邪！”

凌峰的脸上波澜不惊，没有一丝异样，他转过头盯着远处边境线上那一片最后的原始森林，幽幽地说，“如果我和吴邪完不成任务，这片茂密的原始森林就是我们的坟墓！”

可吴邪现在的样子和一个难民没有什么区别，浑身上下破破烂烂，透过破碎的衣服还可看到他精悍的肌肉。凌峰和吴邪从地上的泥潭里掏出一滩脏泥抹在身上，又把脸上涂满污泥。在丛林作战中，迷彩是很好的伪装，眼下的特殊时期只能用污泥了。

四处都是灰蒙蒙的，散发着腐败的气息。这次凌峰和吴邪的随身装备只有腰间的利刃——夜王刺和鬼头刀，这是在丛林里生存的必需品，比淡水更加珍贵。为了避免在行动的时候发出不必要的声响，他们把身上的冲锋枪和步枪都卸下来。在此情况下，枪是会给他们带来麻烦的。

两名巡逻兵从远处慢慢走近，手里握着半自动步枪，并且已经上膛，可随时射击来犯的敌人。凌峰和吴邪趴在地上，贴着湿漉漉的地皮一点点地挪向 M 国巡逻兵，这里距离那处岗哨有一里的路程，徒手干起来还可以，动枪就不行了。

吴邪把锋利的鬼头刀叼在嘴里，用牙齿紧紧咬住刀背，两只手交替着匍匐向前。凌峰握着的夜王刺寒光闪闪、锋利无比，他用一只胳膊撑着地，靠着身上化的伪装慢慢靠近巡逻兵。

两人在一处草丛停下，把整个身子贴近地面，等待着巡逻兵走进伏击圈。这里的杂草高而茂密，是很好的伏击地点。就在巡逻兵经过两人埋伏地时，两人忽然一跃而起，锋利的夜王刺和鬼头刀同时向巡逻兵的喉咙刺去。

巡逻兵也不是等闲之辈，他们听到风声迅速向后退去，手里的半自动步枪挡在胸前护住心脏，躲过了凌峰和吴邪致命的偷袭。

凌峰早就料到他们会躲过去，脚步落地的同时迅速抬脚一个飞腿再次踢过去，一个刚刚站稳脚跟的M国兵反应稍稍迟一点，可就是这一点让他受到创伤，凌峰的左脚直接踢到他的左胸口上，突如其来的重击把他掀倒在地。

凌峰趁着这极短的时间飞身跃到M国兵跟前，右手紧握的夜王刺在他倒地的瞬间在他喉咙一擦而过，划破了脖颈的动脉，鲜红的血液呈喷射状溅出，染红了凌峰的脸，连眼睛都是血红血红的！不对，眼睛里的颜色不是血染的，完全就是杀红了眼！凌峰刚刚是下了死手，狭路相逢短兵相接，不是你死就是我亡。

短兵相接，利刃在手我就是兵王！吴邪则猛地一甩口中的鬼头刀，右手在同一时间握住飞起的鬼头刀，刀锋一挺就瞄向M国兵的心口，振臂一挥，鬼头刀向M国兵的心口急速刺去。面对吴邪的攻击，M国边防兵怎么可能坐以待毙？他虽不是特种兵，但也经受过严格训练，哪里会让飞来的鬼头刀击中要害？边防兵稍稍一侧身，飞来的鬼头刀就从胸前擦过，射进泥潭里溅起大片水花。

M国兵侧闪的瞬间，吴邪的一记重拳流星般打在M国兵的下颌部，“咔吧”一声，清脆的骨头碎开声预示着他的下颌骨已被打断！M国边防兵的下巴无力地耷拉着，鲜血从口中喷出。

吴邪一个箭步冲到受伤的M国兵身前，一个锁喉扣在他的喉咙上，虎口一紧用力一扭，只听见“咔嚓”一声，M国兵的喉骨被生生地捏碎！他的一双眼睛还惊恐地望着躺在地上、喉咙上被划开一道口子、血流如注的同伴，接着“轰”一声倒在泥潭里。

吴邪的脸上挂着得意的笑容，炫耀似地望向凌峰，这次一击毙命他用得可谓完美，他还很年轻，争强好胜是难免的，尤其是在凌峰面前，他做梦都想堂堂正正地胜过他！

凌峰没有说话，从泥潭里捡起吴邪甩出去的鬼头刀，擦干净上面的泥浆递给他，却眼睛一斜：“我要是你，绝不会让随身利刃离身！”

随后，吴邪和凌峰把两个M国边防兵的尸首扔到草丛深处，换上他们的衣服，端起两挺M国军方不知从哪儿弄来的格兰德步枪往前面的岗哨走去。他们现在的打扮不会轻易让人产生怀疑，但是必须在短时间内干掉岗哨里的三名士兵。他们手里都有军方专用的通讯设施，稍不留神就会和 M 国军方联系，这样一来后果就不堪设想，M 国军队会动用武力驱逐他们出境！

江萨、邓克宝和复兴公司其他的雇佣兵都把头埋低，仅仅露出两只眼睛观察外面的情况。远处两名 M 国边防兵荷枪实弹地慢慢走来，时刻注意着周围的风吹草动。

江萨一眼就看出两人是凌峰和吴邪，凌峰倒是不容易辨认，但吴邪那股子与生俱来的寒气是谁也无法比拟的，人未到寒气已至、霸气已到，让人望而生畏，称他为丛林眼镜蛇一点也不为过。

在所有的雇佣兵战士里面，江萨最看重的就是凌峰和吴邪。凌峰沉着稳重，大兵压境依然泰然自若，是一个不可多得的统帅人才！吴邪则是最坚强、最强悍的战士，虽然他现在所表现出来的才能远远比不上凌峰，但是过不了多久他在复兴公司的威望就会和凌峰比肩！他身上与生俱来的霸气和逆境中求胜的果敢之心是凌峰所没有的。

紧张的形势让士兵的神经变得异常敏感，就连搞通讯的士兵也不例外，岗哨里的三个 M 国兵也做起了兼职的巡逻兵，会时不时出来巡视周围的动静，不仅为 M 国，也为了他们自己的小命。所谓的岗哨其实就是用原木搭建的小屋，起到防雨防日晒的作用，因为是热带，不必考虑御寒的问题。

凌峰和吴邪在 M 国军衣的掩饰下走近岗哨，里面一名年纪稍大的士兵看两名巡逻兵过来，也没产生怀疑，斜瞄了一眼，并没有看出破绽。

凌峰故意把脸侧到一边，不让那三名士兵看到他的样子。吴邪干脆把格兰德步枪竖起来用枪托挡住半个脸。他们的举动让那名老士兵产生了怀疑："外面有什么情况？你们的脸上是怎么搞的?"

吴邪没有想到在这种情况下会有士兵问话，当下不知该如何是好，便握紧格兰德步枪，万一发生意外他这一梭子过去，对方差不多就死啦。

凌峰怕吴邪沉不住气露出破绽坏事，便悄悄地做一个小动作，用胳膊肘顶了顶吴邪手里的格兰德步枪，示意他不要轻举妄动，看看情况再说。

"刚刚巡逻的时候看到一个影子我俩就冲过去，谁知是一头野猪！嚯！好大的一头野猪！咱们这个破地方十几天都见不到一顿荤腥，我俩就想把那头野猪搞来给哥几个打打牙祭，结果——就成这个样子啦。”凌峰说得很轻松，仿佛和熟人闲聊一般，也不去望老士兵的眼睛，就跟没事人一样，往前走几步想要进岗哨。

“哈哈，看你俩灰头灰脸就知道让它跑了！”一个年轻的M国大兵大笑着，“我说你俩真是吃干饭的，连头猪都打不到！去去去，赶紧滚进去把脸洗洗，让人看见还以为是野人呢！”

“就是就是！”凌峰说着往前走，到了吴邪身边时停下来拍拍他的肩膀，“我说兄弟你也别太往心里去，不就是一头野猪嘛！改天老子再搞一头大的来！走走走，赶紧进去，免得给人看见！”

老士兵还是有经验一些，他的警惕并没有因为凌峰的随口一说就放松，相反，凌峰的随便倒是引起他的怀疑。他说是打野猪，但丛林里一直安安静静的，怎么没有听见枪响声？想到这里老士兵越发觉得蹊跷：“等等！你俩把脸转过来！”

“你们都不知道那头野猪有多大！”凌峰故意把说话声音提高许多，装做什么也没有听见，径直往前走，脚步也随之加快，握紧格兰德步枪的手在不经意间碰了碰别在腰间的夜王刺，“我要是动作再快一点，咱们今晚就有野猪肉吃啦！”

“你们两个停下！”老士兵发觉事情不对，陡然起身，另外两名稍微年轻的士兵也受到老士兵举动的提醒，都很紧张地起身望向外面正走近的凌峰和吴邪。老士兵急了，端起步枪朝凌峰冲过去：“我让你们俩停下！”

凌峰仍旧笑呵呵的，仿佛看到好笑的小丑一般，不过脚步却在迅速加快，在距离老士兵五米时，他急速向前迈出半步，右手握住格兰德步枪的枪口，手臂猛地发力将枪身用力一甩，枪托飕地砸在老士兵的脸上。枪托可是金属的，无疑，这一下就把老士兵打蒙了，趴在地上抽搐几下便不再动弹，一片血水很快从他头上流下来浸湿了地上的绿草。

枪托砸中老士兵的后一秒，凌峰扭动身躯，腹部收缩，抬脚一记侧踢，正中冲他冲过来举枪要砸的M国兵的胸口。凌峰的脚力是何等的力度，这一脚直把M国兵踢飞了出去，“扑通”一声落在地上，脑袋撞在树根上昏死过去。

岗哨里的最后一名M国兵趁着两名同伴用生命换来的宝贵时间迅

速跑到话机旁边抓起话筒就要拨号，凌峰暗叫一声不好，这个电话要是接通他们就无路可逃了！M国军队一定会毫不客气地用武力把他们驱逐出境，或者直接把他们所有人遣送回中国大陆，这是最糟糕的结局，凭他们犯下的罪行，要是落到中国警方手里必死无疑！

就在这万分紧急的时刻，“当”的一声，一把鬼头刀闪电般飞来插到放话机的木桌上，硬生生把半个刀身扎进木头里面，连同上面的电话线一同切断！

慌忙之际，那名M国士兵以为电话接通了便叽里呱啦说个不停，结果一眼看到断成两截的电话线，脸色瞬间变得苍白如纸，无半点血色，手中的电话“当”的一声砸在木桌上，眼睛里流露出几近绝望的神色，身子软绵绵地瘫在地上。

吴邪身子一闪来到M国士兵跟前，膝盖毫不留情地抵在他的脖颈上，使劲扭转，只听“咔嚓”一声，士兵一抽搐，眼睛翻了白。

“真有你的！这次多亏了你！要不咱们都得跟阎罗王报到了！”凌峰抹了抹脸上混着汗水的泥渍，“赶紧回去向大老板报告，参谋长还等着制定下一步计划呢！”

“等等！”吴邪取下岗哨木墙上挂着的一把格兰德步枪，校准一下后对着昏死过去的那名M国兵，凌峰走过来挡在吴邪面前：“没必要，他已经昏死过去，等他醒过来咱们早就到达安全地带了！饶他一命吧！”

“砰——”一声轻响，吴邪闪过凌峰的阻拦端枪瞄准射击，一枪正中M国兵的眉心结束了他的性命。步枪近距离射击的强大冲击力将M国兵的前额骨震碎，半个头盖骨撕裂头皮暴露出来，惨白色的头骨上鲜红的血液潺潺流下。吴邪慢慢转过脸，面无表情地对凌峰说：“不成功便成仁，这个世界是强者的天下！唯一的区别就是杀人或者被杀！”

第五章　与狼共舞

野狼和豺狗平时绝对不会合作，除非同类不在且猎物就在跟前，它们才会不计前嫌友好合作，共同猎杀难以搞定的猎物。三只嗜血野兽发狂般循着空气里的血腥味狂奔，饥饿对禽兽的诱惑永远是最大的，哪怕是以死相搏它们也在所不惜。

越过M国的这所岗哨就真正进入M国境内，彻彻底底离开了中国大陆的属地，但是包括江萨和邓克宝在内的复兴公司所有雇佣兵都没有松一口气，相反他们的表情变得异常严峻。如果说离开中国大陆是离开了包围圈的话，那么进入M国这片领域就是进入另一片死亡区域。他们现在位于热带雨林边缘的亚热带稀树草原，这里是野狼、豺狗、猛虎等猛禽出没之地，凶险万分。

前面稀树之间的草丛里不时地可见野兽吃剩下的森森白骨，腐肉上爬满了蠕动的蛆虫，一个白人雇佣兵甚至控制不住呕吐起来，但大多数人只能干呕。几天都没吃东西，胃里早就空空如也，哪里还有东西吐得出来?

一行队伍跌跌撞撞，无精打采地拖沓在潮湿闷热的稀树草原，偶尔传来狼发出的嗷嗷的嚎叫才会提醒一下众人他们还处于危险地带。更可怕的是，森林的不知名处还有M国部队设下的雷区，密密麻麻总共有几万颗之多。不过吴邪对雷区的布置很有研究，有他在就不必担心会踏进雷区。

一阵风吹来，带着热带特有的炎热和干闷，吹干了溃军们身上的汗水，只剩下一片片白白的盐渍。

“嘘——”凌峰迈开的脚步忽然停下来，眼睛盯着前方一动也不动，耳朵仔细地捕捉八方阵阵微风带来的一点点微弱的动静。

江萨抬起手，后面长长的队伍随之停下来，能动的拖着不能动的，十几天的逃亡让他们饥肠辘辘，浑身没有半分力气，只剩下意志力在支持着虚弱的身体。

吴邪把脑袋紧紧贴在地上，山林土匪出身的他有着特有的听觉和视觉，能察觉到平常人察觉不到的细微声响，不过此时并没有什么声音，静悄悄的。

“凌峰，有情况？”吴邪略带几分疑惑地问，他对自己的警觉向来自信，但是为什么还没有发觉异常？

“前面有野狼。”凌峰轻轻地吐出几个字，声音虽小但却含有不可动摇的威慑力。

“哪里？”吴邪四下里看看，除了偶尔吹来的热风就是热带巨大的蚊子在头顶嗡嗡嗡地扇动翅膀。

“一里之外。”凌峰的话简单明了，没有半个多余的字眼。

江萨眼神凝重，回头看看拖拉散漫的部队，真要是遇上狼群，这群队伍能剩下几个还真说不准，不是手里没有杀伤性重武器，他们有压轴的加特林重机枪，还有两挺英国产的维克多重机枪，另外还有三支火焰喷射器，但是凭这十几个体力极度透支的人还有能力战斗吗？江萨陷入深深的沉思之中，半晌才开口问道：“你怎么知道的？”

“直觉。”凌峰不紧不慢地说道，用手摸摸挂在腰间的夜王刺，又看了一眼站在附近的吴邪，说道：“吴邪，跟我去前面查探一下情况。”话音落地的同时，人已经走出几米远，他做事向来雷厉风行，想到什么就是什么，绝没有半点含糊。

吴邪把手里的冲锋枪交给邓克宝，轻声说道：“大老板，帮忙拿一下，顺便把你的丛林猎刀借我用用。”现在这种情况，开枪就等于让 M 国部队来断自己的后路，是自取灭亡！还不如一把丛林猎刀在手实在，不但能砍掉挡路的藤蔓，还能防御野兽猛禽。

吴邪正要去追凌峰，却被一只纤细的手臂挡住，一个身形娇小的倩影忽地闪到他前面："我也去。"

吴邪整个人一顿，拦在他面前的人不是别人，正是他和凌峰一起救回来的女俘虏——大名鼎鼎的黑道杀手龙靓！此时的龙靓已经换了一身打扮，原本满是污渍的衣服已然褪去，现在穿着一件对于她来说稍显大的丛林迷彩，腿部的皮套里插着一把雪狼弯刀，倒也显得英姿飒爽、意气风发。

吴邪的眼睛咕噜一转，细细打量了龙靓一番。"你——"吴邪的话才刚刚说了一半，只见一道亮光闪过，龙靓绑在腿上的雪狼弯刀不知何时已经抵在他的脖子上，随即她眼睛一翻，带着几分不屑说："还有问题吗?"

凌峰的步子很快，呼呼生风的。吴邪跟在后面，不时挥动丛林猎刀砍掉拦在路上的藤蔓，为江萨他们的后来部队清理道路，左手则靠在鬼头刀的刀柄上，以便在发生意外时能很快拔出御敌护身。

"停下。"突然，吴邪的步子随声而止，鹰一般犀利的目光飘忽不定，哪怕一丝风吹草动也逃不过他的眼睛。凌峰也清楚地感觉到了，前面不远的地方有野狼，而且不止一只，很有可能是饥饿的群狼！

吴邪把双脚伸入一处深深的泥潭里来回搅动，直到泥浆把整个小腿全部掩盖，还不时地散发出让人恶心的腐臭味。做完这一切，他朝凌峰和龙靓一努嘴，示意他们也把脚上沾满泥浆。

凌峰知道吴邪是山林土匪出身，对付野狼很有一手，也不多问，学着他的样子把脚上沾满泥浆。龙靓没有在热带丛林活动的经验，她皱紧眉头盯着吴邪小腿上的臭泥浆，虽然对他的举动略有怀疑，犹豫再三最后还是照做了。

四下搜寻后，吴邪在一处地面潮湿的草甸弯下身子，用手指轻轻试触它的质地。泥土在潮湿空气的浸润下异常松软，吴邪的嘴角再次露出满意的笑容，拔出腰间的鬼头刀在手指尖端一划，锋利的刀刃在表皮划出一道细细的伤痕，没有伤及深处，只有一丝极细的血丝渗出。吴邪嘴角一扬，很是满意，鬼头刀的刀刃果然够锋利！

龙靓不知吴邪有何意图，本想一问究竟，见凌峰默不作声也就耐着性子看下去。只见吴邪从旁边的芭蕉树上扯下两片大叶，在两片大叶的衬托下，他用力把松软的泥土压实，右手捏住鼻子手指稍稍发力一捏，血液慢慢流出，滴嗒滴嗒，染红了灰色的泥土，锋利的鬼头刀刃也被血液浸成红色。

后面不远处是一棵热带榕树，苍老的枝干上发出无数碧绿的枝桠。这里气温很适合植物的生长，尤其是榕树，直径在一米以上的随处可见。吴邪伸手一指那棵大榕树，对凌峰和龙靓说："上树。"

聪明的凌峰已经明白了吴邪的意图：脚上的泥浆是为了遮掩人类的气味，血液是为招引群狼，不过野狼的智慧也不容小觑，狼可被称为智慧仅次于人类的动物，它们会上当吗?

吴邪没有理会凌峰和龙靓的犹疑不决，一个箭步跑到榕树下，向前一跃左脚垫在树干上，落脚后再一发力后弹，双手抓住树干一个回荡翻身跃上高处的树干，仿若灵猿一般轻巧。

凌峰不再犹豫，箭步来到榕树下，以同样的姿势翻身上树，论速度、技巧、力度都和吴邪不相上下。龙靓一直在树下看着两个人的表演，虽然表面上波澜不惊，但心里不由得暗暗敬佩，不得不承认两人的功夫绝对不在自己之下！

龙靓也是成名已久的黑道杀手，怎么会轻易认输？只见她急冲向树下，"哒哒哒"一跃而起三脚就飞到榕树上部，反身一弹抓住一根藤蔓，用力一荡落在凌峰身边。这一切吴邪都看在眼里，心里不禁微微一颤，凭他的身手一直难遇上几个匹敌的，而今凌峰和龙靓都不费吹灰之力做到了，尤其是龙靓，虽然在力量上比不上他和凌峰，但在敏捷度和技巧上可谓发挥完美！不过对好胜心极强的他来说，有这样两个势均力敌的对手才更有挑战性，真正的战士生来就是迎接挑战的！

一棵油棕下茂密的草丛晃动几下，一颗毛茸茸的脑袋探出来，长长的、尖尖的嘴巴在空气中捕捉残留的气息，一股淡淡的异类的气息在空气中飘流，更多的是腐臭泥浆的味道，三角形的尖耳警惕地捕捉着任何声响。

是一只野狼，它试探过后才从草丛现出身形，抖擞着身上乱糟糟的蓬松皮毛，慢慢踱着步子，一双贼溜溜的眼睛来回不定，确定没有危险后才对着后面的草丛轻吼一声。草丛里又是一阵抖动，两只体型稍小的东西一跃而出，个头比野狼要小得多，是豺狗。

野狼和豺狗平时绝对不会合作，除非同类不在且猎物就在跟前，它们才会不计前嫌友好合作，共同猎杀难以搞定的猎物。三只嗜血野兽发狂般循着空气里的血腥味狂奔，饥饿对禽兽的诱惑永远是最大的，哪怕是以死相搏它们也在所不惜。

凌峰、吴邪和龙靓趴在树干上看着野狼和豺狗的一举一动，发现三只嗜血野兽已经靠近滴血的鬼头刀陷阱。泥浆的掩藏作用再好也难免残留一点人类的气味，但是饥饿的野兽顾不了那么多，喉咙里发出沉闷的声响，那是它们在警告彼此猎物是自己的。

最后得胜的当然是野狼，它堂而皇之地舔舐刀刃上伪装的血液。两只豺狗分列两旁，虎视眈眈地四下张望，即使饥饿难耐它们也不曾放弃警惕，这是嗜血野兽的本性。

“它……没有感觉吗?”凌峰的身上不禁冒出鸡皮疙瘩，要知道血液是滴在鬼头刀的刀刃上的，野狼舔舐等于是拿刀在舌头上划割，无异于自杀！吴邪轻蔑地看着贪婪的野狼，心里想到：它才不会理会这个，对血腥味的疯狂早已麻痹了它的神经，让它失去了理智，连自己的血液和人类的血液都分不清了。

时间一分一秒过去，野狼仍旧专心地舔舐掩藏在泥土中的血液。两只豺狗等得焦急，喉咙里发出沉闷的声响，警告野狼给它们留下一点食物。还在兴头上的野狼哪里会理会豺狗的吼叫，抬起头瞪了一眼曾经的合作者，继续着它的自杀式掠夺。

终于，野狼的舌头差不多让锋利的刀刃划成了梳子，一瓣瓣一条条地渗出血液，可它哪里会发现草甸上的血液在舔舐下非但没有减少反而越来越多，它舔舐的其实是自己身体里流出的血液！

“轰——”野狼终因失血过多而轰然倒地，插满钢丝般狼须的嘴巴张开，一条被划割得条条缕缕的舌头流出口外。两只豺狗被突发的意外搞得晕头转向，惊恐地望向四周，可是空气里一点人类的气息也没有，更没有半点火药的影子，虽然凭它们的智商还不能理解野狼的死亡完全是贪婪所致。

藏在树上的吴邪面露得意之色，看着下面死翘翘的野狼，没费半点力气就搞掉一个陆上厮杀的好手。

“怎么样，下面的豺狗一人一个?”吴邪对凌峰挑衅道，他那股骨子里争强好胜的劲儿又上来了。此时他眼里只有凌峰，那个在“蓝剑”特种大队他最最崇拜的老大哥，至于龙靓，他根本就不在意她的存在，“敢不敢?”

凌峰是临危不乱、极为稳重的人，怎么会去冒这种险？再说根本没必要去招惹剩下的两只豺狗，只要稍等上一会儿它们就会自动离开。可还没等凌峰拒绝，吴邪早已扶着树干一跃而下，忽地一下跳到两只豺狗面前。

突如其来的庞然大物把两个豺狗惊得鬃毛横竖、连连后退、龇牙咧嘴。凌峰犹豫了一会儿，扭头对龙靓说了句“你待在上面”，便跟着吴邪从树上一前一后跃下。豺狗虽然不敌野狼，对付人类还是绰绰有余的，它们也天生就是在陆地上厮杀的好手。

龙靓安静地伏在树上，用一抹奇怪的眼神打望凌峰的身影，脑海里浮现出那个挥之不去的画面：在热带丛林里，一个身上缠着染血布带的男人用沾满鲜血的夜王刺为她开道，那一抹身影早已深深定格在她脑海里。

豺狗的凶残激发了吴邪好战的本性，两只红彤彤的眼睛就好像浸在血液里。他就地一个翻滚滚到野狼倒下的地方，从浸满血液的泥土里拔出鬼头刀，作出搏击的架势，回头对凌峰说道：“一人一只，看谁先宰了它。”

箭在弦上不得不发，凌峰迅速抽出夜王刺摆出格斗的架势，犀利的眼睛里燃烧起熊熊烈火。两只豺狗慢慢分开距离，它们也知道一对一的道理，根本没有把两条腿的人类放在眼里。

“吼吼——”吴邪大吼两声，举起鬼头刀冲向看中的那只豺狗，飕飕的风声从他耳边急急擦过，连路旁矮小的野草都随之弯身。

凌峰心里大惊，和野兽搏击，防御是人类的本能，吴邪居然主动进攻，除非是有十分的把握，要不就是找死！

豺狗可不会坐以待毙，吴邪出击的同一时间它们就随之起身，咧开嘴巴露出尖利的犬牙，真不知那一颗颗白色的尖牙曾划破过多少动物的喉咙，舔舐过多少鲜红的血液。

一只豺狗高高跃起，直扑凌峰而来。凌峰后退几步躲开豺狗的进攻，不曾想被后面的一根朽木绊倒，接连三个翻滚才避开豺狗的扑咬。稍一定神，凌峰一个鲤鱼打挺翻身跃起，重新和豺狗对峙。

吴邪快要冲到豺狗面前时忽然止步不动，呆愣愣地立在原地，豺狗张开血盆大口直逼他的喉咙，而吴邪就好像中了定身咒一般一动不动！

豺狗的进攻没有停止，露出狡诈阴险的笑意，一排尖利的犬牙眼看就要扣住吴邪的喉管。说时迟那时快，吴邪在豺狗尖锐的牙齿将要咬到喉咙的前一刻鬼影一般飘起来连连退却！

豺狗扑了个空，晃了晃脑袋，龇起脸上的肌肉，暴露出一颗颗锋利的犬齿，稍作停留便第二次朝吴邪扑过来！豺狗是陆上厮杀的好手，反应之快让人毛骨悚然，转眼间尖锐的牙齿已经贴到吴邪的腹部。

吴邪故技重施，再次往后飘了几米躲过豺狗的撕咬，年轻的脸上没有半点恐惧，全是满满的自信！豺狗第二次进攻又以失败告终，耐心瞬间崩溃，嗷嗷对着天空吼了两声便以更加迅速的扑咬对吴邪开始了第三次进攻！

豺狗的奔跑速度非常快，几米的距离在0.1秒的时间内就可跑完！这一次吴邪没有逃跑，左手在身后一摸，原来一把削尖的木刺已经暗藏在身后。豺狗飞身跃起的同时，吴邪后腿猛地一蹬地面迎着豺狗冲去。豺狗一张血盆大口猛地张开，十几颗惨白的尖牙利齿眼看就要咬到吴邪的喉咙！

“嚓——”一声低沉的闷响过后，豺狗庞大的身躯在半空中抖擞几下“扑通”的一声跌落到地上。“滴答滴答……”几滴鲜红温热的血液洒落在地面，接着便哗哗如水流般再也止不住。豺狗嗷嗷地哀嚎着，身体抖擞着一步步向后退去，再也没有了刚才的神气，它的脖子硬生生地被吴邪的木刺刺穿，原本削去皮的乳白色的树枝被染成红色！

想跑？去死吧！吴邪在心中默念道，箭步一跃朝受伤的豺狗奔去。豺狗自知受了重伤没有力量再做激烈的厮杀，哀嚎着一步步向后退去，双眼紧紧盯着冲过来的吴邪。

“嗷——”受伤的豺狗仰天长啸发出最后一次嘹亮狂野的嚎叫，眼神在一瞬间变得冰冷，第四次张开血盆大口迎着吴邪直顶上去，这是最后的拼死一击！

豺狗就是豺狗，永远都是被猎杀者！吴邪在心中冷笑，豺狗的进攻永远都是那么直接、那么明目张胆，他的身体在快要碰到豺狗尖牙时在半空中猛地一闪，贴着豺狗的身体飞过。右手在腰间一滑带出鬼头刀，瞅准豺狗张开的大嘴，反手一挥插到豺狗的嘴里。

兽牙永远也比不上“毒牙”！吴邪随即整条手臂一爆劲，“哗”地将豺狗的嘴撕成两片！

“哧哧……”豺狗的嘴巴硬生生地被鬼头刀的利刃划成两半，下颌耷拉在脖颈上，鲜血如注，血肉模糊。豺狗惊恐得连连后退，吴邪怎肯给它逃脱的机会，一记飞腿踢掉它耷拉的下巴，硬生生地将其皮肉撕裂开来。豺狗的脑袋只剩上颌在不断喷涌着鲜红的血液，吴邪又一记直踢将豺狗击翻在地，紧跟着一跃而起将膝盖猛磕在豺狗的喉咙上，“咔嚓”一声，豺狗的喉管挫断，身体不自觉地抽搐几下，眼睛瞪得滚圆，死不瞑目。

看到同伴被杀死，剩下的一只豺狗发狂了，对着同伴的尸体嗷嗷吠叫了几声，眼睛就像被火焰燃烧了一般！它龇起满口犬牙，两只前爪来回扑打着地面，在寻找时机朝凌峰扑过去。

终于，豺狗看准了时机，四爪同时发力猛蹬地面，“嗖”的一声像一支离弦的利箭射向凌峰！豺狗的攻击太快，快的就像是一阵忽然而来的厉风！凌峰只觉得脸上一凉，豺狗尖锐的利爪已经到了眼前！

凌峰根本来不及招架，转过身纵身闪到距离最近的一棵树上，双脚猛然发力反弹躲过豺狗的扑击。他的身体刚刚离开树干，豺狗便扑过去，粗大的树干上顿时留下四道深深的抓痕，可见其力量绝非一般！

凌峰移动得很快，树影在他身后“呼呼”地一闪即过，但豺狗是丛林的恶鬼，追击的速度快得让人恐怖！热带丛林里高大的树多得出奇，根本就没有一条直的道路可逃，凌峰只能不断地跳跃到树干上闪避，而每一次他躲开后的一秒，树干上都会留下四道很深的让人发怵的抓痕！

吴邪在一边看得很木然，冷冷地看着凌峰被发疯的豺狗追击却不出手帮忙。在他心里，如果连一条走兽都杀不了他就不配是“毒牙”，不配是他的生死兄弟！

杀一条豺狗用得着这么麻烦吗？吴邪看着凌峰被豺狗追得到处跑不由地自问，他知道凌峰宰了这条豺狗绝对绰绰有余，但是他为什么要把一件简单的事情搞得这么麻烦呢？再等十秒钟，如果凌峰还宰不了这条畜生那他就出手结束了它！

一秒，两秒，三秒……七秒过去了，可凌峰还是像耍猴一样遛着豺狗到处跑，吴邪忍不住了，拔出鬼头刀正要冲上去，忽然看到凌峰眉头一挑，眼神在一瞬间冷漠下来，他知道，凌峰该动手了！

凌峰在一棵树上翻身一跳，借着巨大的力量飞出去，但这次他没有落到地上，而是反跳到距离很近的另一棵树上，以快得不可思议的速度拔出夜王刺，右脚发力猛蹬树干又飞回去，只不过这次的高度要矮了一点点。

豺狗一直在凌峰身后拼命追，早已失去耐心，且每一次的扑击都用尽全力，可是这一次，凌峰在豺狗从头顶越过时将夜王刺猛地刺进它柔软的腹部，将柔软而白花花的腹部“哧啦”一下划出一道长长的口子，三刃的血槽饱饮了温热的狼血！

豺狗凄惨地哀嚎一声，肠子、肝脏等脏器“哗”的一下撒落在地上。它又惨叫一声夺路而逃，内脏连着皮肉拖拉在乱糟糟的草甸上，一道鲜红的血迹赫然在目，还没走出五步就因失血过多倒在地上一命呜呼了。

第六章　踏入生命禁区

行进的队伍中不时有人倒下，不单单是被猛虎叼走，还有缺水虚脱、高烧不退、伤口感染恶化，伴随着呻吟、发抖、流泪，然后是重重地倒下。有人会在半个时辰的煎熬之后自行恢复，但是大多数人都是再也没有站起来，永远地留在了这片原始森林。

穿过中国警方的封锁线，越过 M 国边境，穿越荒无人烟的热带丛林，“复兴”部队九死一生终于脱离困境，可何处才是他们的落脚之地？M 国政府会让一支全副武装的雇佣兵集团长期居住吗？

复兴公司临时驻扎在热带丛林边缘的一片草地上，邓克宝席地盘腿而坐，“吧嗒吧嗒”地抽着香烟，浓浓的烟圈儿从鼻孔里冒出来。江萨站在他面前小心翼翼地问道：“大老板，咱们下一步该去哪儿落脚？我们的行踪迟早会被 M 国政府知道，到时候可就是大兵压境啊！”

“老江啊，我也正为这件事发愁呢！”邓克宝抽了一口烟，深沉地说道，“这三不管的金三角有枪有人就是老大，可咱们一路逃出来兄弟死的死、伤的伤，咱现在拼不过人家啊！”

“不知道大老板现在有何打算？”江萨从口袋里摸出一根烟点上，慢慢地坐在邓克宝身边。

“你是我父亲的老部下，咱们之间没有什么不能说的，实话告诉你，我现在是一头雾水啊！”邓克宝猛吸几口烟，沉浸在一片云雾缭绕中，一双大眼睛深不见底。

“不知道大老板有没有听说过西楚霸王项羽?”江萨没有直接回答邓克宝的话，而是扯到另一个问题上。

“西楚霸王?”邓克宝自言自语了一句，他不明白江萨是何意，追问道，“就是力拔山河和刘邦争天下的项羽?”

“不错，正是此人。”江萨微笑着点点头，“当初项羽拥有十万雄兵和刘邦对峙，拥有绝对的优势，可是为什么却把江山输给了刘邦?”

“还不是因为他骄傲自大、刚愎自用，而且暴戾无常、不得民心。”邓克宝据实说道，不过他还是不明白江萨的意思，复兴公司的去留和项羽有什么关系?

“非也！非也！”江萨轻笑着摇摇头，慢悠悠地抽一口烟继续道，“项羽兵败是不假，可是堂堂的西楚霸王这点儿本钱还是输得起的！他之所以会输给刘邦，是因为他把面子看得太重！如果当初项羽渡过乌江回到江东重整兵马，几年之后定可再与刘邦一决雌雄，凭着他的勇猛，天下绝对不会是刘姓汉家王朝！”

邓克宝被江萨的一席话惊得哑口无言，愣愣地抽着闷烟，半天才从烟雾中抬起头问道：“老哥的意思是?”

江萨见邓克宝已经被他说得动心，便继续慷慨激昂地说道：“没错，大老板就是当年的西楚霸王！只要咱们渡了乌江，天下还是咱们的！”

说着，江萨取出一幅地图摆在地上慢慢展开，找到中国大陆南部那片狭长的半岛地区，慢慢向邓克宝说了心中的打算。

丹老群岛是位于M国东南部城市丹老西部海域中的一系列群岛，大致呈南北分布，大多数属于无人小岛，复兴公司曾在三座小岛上设立军事训练基地。

三座小岛大致呈犄角之势，彼此之间两两相互保护，被复兴公司称为复兴基地a岛、b岛、c岛。后来随着发展，复兴公司把总部迁至中国香港，丹老群岛上面的训练基地才逐渐荒废。江萨的“回江东”之意，就是让“复兴”部队暂退复兴基地，待到恢复元气后再轰轰烈烈地干一番大事业！

此时，“复兴”部队已经在江萨的带领下沿着M国东部和T国交界的狭长地带往南移动。和他们之前预料的完全不一样，自打进了M国境内就如进了无人之境，连一兵一卒也不曾遇到。众人都在心底沾沾自喜，总算逃出中国警方的围追堵截，跳出了他们的包围圈！

此时，“复兴”部队所有溃逃的雇佣兵都在庆幸安全逃脱，除了四个人——江萨、凌峰、吴邪和龙靓。凌峰曾经参加过对M国的小型局部战争，对这一带的地形还算熟悉，吴邪和龙靓则完全是凭借直觉。而这次的出境计划是江萨一手策划的，他会不清楚前面等待他们的是什么吗？

四个人的担忧一点都没错，前面才是他们这次溃逃面临的最严峻的挑战——全部位于热带海洋包围的热带原始森林，且整个原始森林全部位于北回归线附近，常年温热多雨，加之从太平洋和印度洋吹来的海洋风，这片原始森林的平均降雨量高于世界上的任何地区。

独特的气候条件孕育了这片生机勃勃的原始森林，也孕育出令古今中外兵家谈之色变的死亡区域，或称之为生命禁区！暂且不说森林里闷热蒸人的高温，还有蚂蝗、食人巨蟒、野蚊子等等，第二次世界大战时这片茂密的森林就曾让欧洲和美洲的大兵吃尽苦头，甚至付出生命的代价。

闷热的空气让人喘不过气来，汗水“哗啦啦”直往下流，不到半分钟皮肤上就剩下一层白晶晶的盐渍。有许多人已经严重脱水，嘴唇上干裂出一块块龟裂的碎皮。

这里属于热带，蒸发强烈，地面的水往往少得可怜，水分蒸发后被高大茂密的树林遮盖在树枝之下的空气中，湿度也大，使得整片热带雨林就像一个特大号的蒸笼！

队伍中不时有人倒下，能扶起的扶起，能背走的就背着，反正他们不会丢下任何一个弟兄。

龙靓眼前的景物已经变得模糊不清，一个物体在眼中会变幻出两个或者更多，意识也开始模糊。极度的缺水让大多数人都神志不清，只是靠着意念抬腿向前走。龙靓原本姣美的脸变得憔悴不堪，苍白得不见一丝血色，褴褛的衣服则更加显示出这位美人儿的落魄。

“哎——”凌峰不知从哪里忽然来到龙靓身边，往她手心塞了一块东西，“把它放在嘴里咀嚼能补充一些水分，千万记住，不要咽下去！”

龙靓的眼前一片朦胧，只能模糊地看到一个人影。她听出说话的人是凌峰，但是极度的缺水让她变得全身无力、无精打采，她勉强地抬起手，摊开掌心，看到一根寸长的类似植物根茎的东西躺在那里。

龙靓想起在杀手训练营接受训练时，教官曾提到过热带原始森林里有很多植物可以补充水分，由于常年生长在潮湿闷热的环境中，它们含水量极高，多在70%以上，可眼前这棵植物的名字她已经记不清了。

龙靓抬手把凌峰给的植物塞到嘴里慢慢咀嚼，果然，一股清凉滋润的汁液直流到喉咙。这种植物可以短时间补充缺水，但是不可下咽，它的纤维内含有人类消化液不能消化的成分。

清凉的汁液让龙靓感觉疲劳缓解了很多，眼前模糊的影子也清晰起来，她忙把剩下的植物根茎也塞进嘴里慢慢咀嚼，顿时又一股清凉甘甜的汁液流进喉咙，好滋润的感觉！

龙靓不禁在心里暗暗感激，回头去找寻凌峰的身影，可满眼尽是疲惫不堪的人影，乱糟糟的难以分辨。她心里很清楚，这种植物虽然生长在热带森林，但是数量并不多，只在高大树木倒下后腐烂的朽木中生长，所以要想所有人都用它补充水分那是不可能的。虽然她的表情依旧桀骜不驯，但心里还是暗暗感谢着这个只见过一面的雇佣兵战士。

“啊——”突然，行进的队伍中发出一声惨叫，队伍后面的树丛里传来嘈杂的脚步声，凌峰第一时间抱起汤姆森冲锋枪往回冲，可等他赶到时那名惨叫的战士早就让猛虎叼走了。

凌峰的眼中满是愤怒的火焰，脸颊上两道凸起的肌肉格外醒目。他大吼一声，抱起冲锋枪“哒哒哒”对着天空扫了一梭子弹，这已经不是第一次有人让猛虎叼走，就在战士极度疲惫、体力不支的时候猛虎频频出现把整个人叼走。

行进的队伍中不时有人倒下，不单单是被猛虎叼走，还有缺水虚脱、高烧不退、伤口感染恶化，伴随着呻吟、发抖、流泪，然后是重重地倒下。有人会在半个时辰的煎熬之后自行恢复，但是大多数人都是再也没有站起来，永远地留在了这片原始森林。

“把李医官给我叫来！连个破病都治不好，他是吃干饭的啊！”这时，江萨扶起一个快要倒下的雇佣兵战士，转过头对着勤务员大叫。年轻的勤务员挠挠头，一副很为难的样子。邓克宝走来拍拍勤务员的肩膀：“你忙你的去吧！参谋长，你也别难为李医官啦，这么多病号就他一个医生，药品、绷带、消毒水都没有，我都怕他会挨不住倒下呢。”

江萨不再说话，他心里很清楚，战士都是染上了热带疟疾，就是在正规医院里也让人头疼，何况是在这该死的热带雨林，哪里有药品、消毒液和纱布呢？他只是心里难受发泄一下罢了。江萨低沉地叹了一口气，在受伤的战士肩膀上拍了一下，没说什么站起身走了。

“水！”又一名快要倒下的战士忽然扯着嘶哑的嗓音吼出来，扔下一直拖在地上的格兰德步枪，步履蹒跚向前跌跌撞撞地走去。

江萨看看前边一片茫茫不见人影的植物森林，哪里来的水源？他默默地闭上眼睛，一滴热泪从眼角悄悄渗出。雇佣兵就不是人了吗？雇佣兵的命就不值得珍惜了吗？逃亡之前，能解散的都解散了，剩下的都是最早跟着他一起出生入死的战士，也是和他共患难的兄弟！

突然，一个神志模糊的雇佣兵战士在一汪泥潭前跪下，双手捧起一捧稀泥，热泪盈眶地大声吼道：“弟兄们，水啊！我们有水啦！”说罢把手里的泥浆通通灌进嘴里，喉头“咕隆咕隆”地滚动着，一捧，两捧，三捧……他在捧起第四捧泥浆往嘴里灌下时，手在半空中猛地一颤停住，接着身体一阵哆嗦。

“轰——”他倒下了，倒在刚刚误以为是水源的泥潭里，溅起一片片黑乎乎的泥花。他半个脸埋在泥浆中，脸上头上都是肮脏腐臭的污泥，眼睛圆睁，额头上的泥浆顺着苍白的脸庞滴落，流进他的眼睛里，他的眼睛却一点反应也没有，空洞木然地盯着那束透过缝隙照射到地面的昏暗阳光。他已经没有疼痛的感觉，完全融入这该死的热带雨林！

所有人的脚步都停下了，静静地看着这触目惊心的一幕，没有人去拉他，去把他从死亡线上拽回来，他们已经在死亡的边缘徘徊，距离死神只有一步之遥，他们的意识已经崩溃，谁还能在乎别人的死？或者说此刻他们的心已经死了，和死人没有区别。

“走吧。”江萨的脸上看不出任何表情，没有伤心难过，也没有惋惜不舍，静如止水，不是他麻木不仁，而是这个时候所有的感情在死神面前都是脆弱不堪的。

天上不知什么时候飘起了小雨，牛毛一般的细雨，润物无声，却没有人出声，也没有人去接雨水，大家依旧埋着头机械地抬脚落脚、抬脚落脚。

龙靓干燥的嗓子好多了，凌峰送的那株不知名的热带植物很管用，起码现在她比刚刚清醒得多，人也精神了许多，步伐轻盈。她的目光在人群之中游离，搜索凌峰的身影，但到处都人头攒动，找一个不起眼的人可不容易，何况她哪里知道凌峰早就独自去森林深处寻找那些可以补充水分和能量的食物去了。

前方一棵参天大树上，一条食人巨蟒缠绕在枝干上，暗灰色的皮肤和灰褐色的树干浑然一体，肉眼难以辨别，长长的芯子在利齿间忽进忽出。

龙靓没有发觉潜在的危险，这也难怪，食人巨蟒悬于树干，高高的在头顶之上，人在极度疲倦时都是低着头靠意念支撑身体，哪里还有一丁点力量去浪费？谁又会闲着没事去看头顶呢？眼看龙靓就要走进巨蟒的攻击范围内，一旦她进入，凭着巨蟒那庞大有力的身躯以及极快的速度一口定能吞下半个人身。

“飕——”这时，一把乌黑透亮的鬼头刀带着呼呼的风声从龙靓的头顶飞过，直刺进食人巨蟒的前部躯干。龙靓是黑道杀手出身，呼呼而过的风声自然让她有所察觉，而她抬起头时不禁被眼前的景象惊到：一条足有六七米长的食人巨蟒正缠绕在大树上扭动它庞大的身躯，鲜红的血液如同雨点般落下，接着是一声巨响，庞大的食人巨蟒从树干上轰然掉下。

一个如此庞大的家伙怎么会被一支尺把长的鬼头刀刺死呢？龙靓瞪大眼睛不敢相信，可食人巨蟒的的确确在她面前翻了几个身就不再动弹，半截芯子吐在尖嘴外。

第七章　安达曼海盗

凌峰的注意力一直在那些岗哨里抱着冲锋枪的海盗身上，听到龙靓的话才转过目光去打量那艘豪华游轮，一看之下不禁一愣：“‘海王星’号私人游轮?”

吴邪从龙靓后面悄无声息地走过来，从巨蟒的脖颈部拔出鬼头刀，一句话也没说，默默地望了龙靓一眼就蹲下身子摘下腰间的军用水壶，又从旁边的乔木上揪下一片圆叶来做成一个大漏斗，右手则小心翼翼地用鬼头刀划开蛇皮，让蛇血顺着草叶漏斗流进水壶。

鲜红的蛇血顺着草叶漏斗流进军用水壶里，吴邪面无表情地用手接住一捧灌进嘴里，喉结“咕噜”一动咽下蛇血，两只眼睛死灰一般平静，脸上没有半点难以下咽的表情。

龙靓俯下身子细细察看食人巨蟒的伤口，不由倒吸了一口冷气，好家伙，蛇七寸！当时吴邪距离巨蟒怎么说也有十来米远，却能在这种距离射发匕首击中目标，而且速度、力道、准确度都堪称一流！凭心而论，龙靓掂量到自己是铁定做不到，而这个平时沉默不语、貌不惊人的吴邪竟然轻而易举地就做到了，没出半分差错！他不但拥有过硬的军事素质，而且心理素质很好，真是天生的丛林杀手。而这个丛林杀手就是日后“复兴”部队“毒牙”特别行动小组的第二号冷血杀手，代号蛇眼。

一行人在茫茫的热带雨林中饥肠辘辘地走了三天，终于在第四天傍晚时走到了半岛西部的平原，再往西就是茫茫的海平面，这里人烟稀少，只有一些落后的山民住在热带雨林和平原的交界地带。

江萨拿着望远镜眺望远处的海平面，视野里，一座荒废的军事基地赫然在目，那就是复兴公司曾经的训练基地——复兴 a 岛，而深入大海的两个犄角就是复兴 b 岛和 c 岛。邓克宝也在用单筒望远镜观察，手有些不受控制地打着哆嗦，嘴里则激动地说道："这么多年，想不到我们还有回家的时候啊！"

"是啊，想当年我们走出家门出去打天下时是何等的风光……"江萨神情惨淡，苦笑一声说道，"想不到我江萨居然会落到今天这步田地！"

"江先生这么说就不对了。"龙靓不知何时走上前来，"人总是要受一些挫折才能干出一番事业，潮起潮落大风大浪，人生这样才够刺激，不是嘛?"

"龙小姐不愧是江湖上赫赫有名的天使杀手，心理承受能力不是江某人可比的！"江萨很客气地和龙靓交谈着，"我能得到像龙小姐这样的人才实在是……"

"等等！"突然，邓克宝声音一变，扭头对江萨说，"参谋长，您看看海西南部的复兴 b 岛好像有些不对劲！"

江萨闻言一愣，旋即把望远镜对准海岸西南部。望远镜缩小的视野里，复兴 b 岛上的军事训练基地显得有几分落寞，可让人疑惑的是水湾码头处停了几艘船！除了两艘气垫船和三艘小型游艇之外，还有一艘巨大的豪华游轮！

"复兴岛怎么会出现游轮?"邓克宝皱着眉头自言自语，"难道 M 国政府开发了海岛旅游?"江萨摸不清楚对方的底细，不敢轻易靠过去，便对吴邪一招手，"你和凌峰悄悄摸过去探探情况，千万不要打草惊蛇！"

吴邪和凌峰卸下身上的冲锋枪，只带了随身的匕首和手枪，低伏着身子向前面靠近。

龙靓以前主要在东亚地区活动，偶尔也会去欧洲和美洲接一些生意，所以对东南亚的事情很熟悉。她看到那几艘停泊在河港码头的小型游艇时就大概猜出了对方的身份，很有可能是最近经常出没在孟加拉湾的安达曼海盗。

安达曼海盗的首领是独眼的安德烈·胡克，职业海盗，手下有几十名喽啰，经常以小型机动型的游艇抢劫途经马六甲海峡的商船。龙靓看到吴邪和凌峰已靠近海岸线，便把贴身的雪狼弯刀插到小腿外侧的皮套里，冲江萨说道："大老板，我去帮帮他们两个。"说话间人已经迅速地走出去。

江萨伸出手想拦下，却被邓克宝劝住："放心吧，以金牌天使杀手的手段是不会有事的。"说完他望着龙靓远去的袅娜背影，眼神中发出一束异样的光芒。

吴邪和凌峰悄无声息地潜到海边复兴 a 岛的一处暗哨，几海里之外就是被不速之客占领的复兴 b 岛，吴邪想靠得再近一点，却被随后赶来的龙靓按住："小心，对方有高空岗哨，这里在他们的防范范围之内，呶，用这个。"随后她各扔给吴邪和凌峰一个单筒望远镜。近距离之下，龙靓把那几艘小型游艇（说得露骨一点就是海盗船）上的图案看得清清楚楚，就是安德烈·胡克的头像："怎么会有一艘豪华游轮?"

凌峰的注意力一直在那些岗哨里抱着冲锋枪的海盗身上，听到龙靓的话才转过目光去打量那艘豪华游轮，一看之下不禁一愣："'海王星'号私人游轮?"

吴邪的目光也在那艘豪华游轮上，听到凌峰的口气变了觉得很奇怪："这艘游轮叫'海王星'? 好奇怪的名字! 怎么你认识?"

"嗯。"凌峰皱紧眉头轻轻点点头，思绪回到了几年前，"'海王星'是 T 国船王哈里森一年前为庆祝自己的生日从欧洲买来的超级豪华私人游轮，据说值几亿美元!"

"哈里森? T 国船王?"吴邪自言自语了一番，带着几分玩味的口气盯着凌峰，"怎么没听你说过还认识这么一位大人物?"

"不认识，只是几年前见过他一次。"凌峰轻描淡写地说着，仿佛那位船王哈里森就是普通人一样，"前些年哈里森先生应邀来华，我是安全保卫工作的负责人之一。"

吴邪觉得好笑："他一个商人有什么能耐能让'蓝剑'出人负责安全保卫?"

"金钱呗!"龙靓轻蔑地一撇嘴，"你千万别小看了这个哈里森，他这个船王的名号可不是白来的，他旗下拥有十几艘远洋油轮，掌控了 T 国

50%以上的海上远洋运输，包括西欧、美国在内的许多国家都有他的远洋运输公司，他打一个哈欠印度洋上都能卷起海啸！”

“这只是一方面的原因。”凌峰提出了异议，“中国之所以会给哈里森特殊待遇，不仅因为他T国船王的身份，还因为他是一位著名的慈善家，在非洲、亚洲和南美洲的许多贫困国家都捐资建立了慈善机构，而且每年都会进行慈善捐款……”

“等等——”吴邪忽然打断凌峰的话，此时他正举着望远镜仔细地观察复兴b岛，眼见海盗们从军事基地里押出来一个黄种人，“戴眼镜的那个老头子是不是你说的那个船王？”

复兴b岛上，几个穿着高筒马靴的海盗喽啰正押着一个有几许银发的中年人从一扇铁门里出来，中年人的手被绑着反扣在背后，脸上满是黑漆漆的污垢，但是眼神依旧炯炯有神、坚定刚毅。

凌峰看到那副慈祥的面孔，慢慢地放下手中的望远镜轻声说：“没错，他就是T国船王。”

这里就是中南半岛西部海域中的丹老群岛，复兴公司开发的三座岛屿在东部海岸线，复兴a岛是复兴三岛中最重要的军事训练基地，三座岛屿是亚欧大陆一衣带水的海洋中的小块陆地，中部是山地，四周是平原。

江萨已经带领所有雇佣兵战士登上了复兴a岛的东部海岸，为了避开与安达曼海盗的正面冲突，他们放弃了西部成片的沙滩训练场，只躲在东部狭长的平原地带。

此时，江萨正站在训练场中心，面对着几十张年轻而坚毅的脸庞，表情严峻冷酷，就像一块坚不可摧的钢铁，灰色的丛林迷彩上布满泥渍和汗液，几处被撕开的破口处露出黝黑结实的肌肉。他的目光一扫而过，针尖般犀利的眼神刺痛了每一个战士的神经。

“看看我们现在的样子，狼狈不堪！被人围追堵截，撵着咱们走！咱们现在是什么？丧家之犬！”江萨毫不客气地直言，没有给自己留半分颜面，“中国的警察围剿我们，M国的部队撵着我们到处乱窜，该死的毒枭要灭了咱们！现在咱们回了老家，还得偷偷摸摸的，怕占了咱们老窝的贼海盗发现办了咱们！自己的家啊，被海盗占着！窝囊！窝囊废！丢人丢到家了！咱们还不如死了算了！”

第八章　炼狱

贝鲁特久未得到女人的滋润，眼下这么一个活脱脱的美人儿在怀里难免有些心慌意乱，意乱情迷之际右手在龙靓身上放肆地活动，从后背一直游弋到挺翘的臀部……

闷热的空气中是死一般的沉寂，没有半点声响，凌峰和吴邪站在江萨面前，脸上没有过多的表情，犀利的眼神里却充满无尽的火焰。

“我们是雇佣兵！是血腥的刽子手！是为了金钱可以杀死任何人的杀人机器！我们生不会有人知道，死了也不会有人记得！但我们更是铁骨铮铮的战士！坚不可摧的战士！敌人越是想让咱们死，咱们越是要活下去！”

江萨的一席话说得慷慨激昂、热血沸腾，在场的所有人都为之动容。他看到时机成熟，走上前来说道：“‘复兴’部队崛起的第一步就是夺回复兴三岛！”

“我不说你们昨天也亲眼看到了，现在复兴 b 岛和 c 岛已经被安达曼海盗占领，连老窝都给人家端了！咱们要是抢不回来就别他妈的活着丢人现眼啦！咱们现在拼不过人家，要不把手里剩下的家底子也送给人家得了，好不好?”江萨瞪着对面的每一个人，眼睛里快要冒出火来。

没有人接江萨的话，回答他的只是握得咯咯直响的拳头。江萨很满意战士的回应，扯着嗓子吼道：“很好，这才像我们‘复兴’部队的战士！从下一刻起，你们就不再是会喘气的人，是将要被送上战场的精钢！咱们手里没有足够的枪，更没有快艇，所以要拿自己的血肉去把老窝给夺回来！把那帮狗杂碎海盗统统宰了！”

“所以为了‘复兴’部队的崛起，我和大老板经过深思熟虑，决定成立一支特别行动小组，这支小组不仅要有很强的攻击力，还要有很优秀的侦查、潜伏、渗透、暗杀能力等等，是一支专门执行高难度任务的行动小组，代号‘毒牙’！”江萨声音浑厚，字字铿锵有力，又把目光移向站在前排的吴邪和凌峰，“我和大老板商议，‘毒牙’特别行动小组目前有三名队员，吴邪，代号蛇眼；凌峰，代号野狼；龙靓，代号雪豹。”

龙靓微微一怔，在她看来，“毒牙”特别行动小组的组建在现阶段非常有必要，这样不仅可以挑选出优秀的战士对复兴 b 岛和 c 岛进行灵活侦查、潜伏和偷袭，还可以为以后的壮大培养骨干，但是把她编入“毒牙”却大大出乎她的意料，毕竟她加入“复兴”部队才几天而已。

热带的季风吹过海面，带着海洋特有的潮湿和闷热，复兴 a 岛东部海岸上没有温带海边金黄色的沙滩和凉爽的海洋风，满目都是绿色植物覆盖的礁石和半泥半沙的土地。

三个小黑点沿着复兴 a 岛的海岸线慢慢移动，穿越在被安达曼海盗占领的复兴 b 岛和 c 岛的视线范围。

凌峰和吴邪背负着 60 公斤重的旧背包，几乎以同一速度沿着岛屿和海水的界线奔跑。他们身后是稍稍落下的龙靓，身上是同样 60 公斤重的旧式背包，现在的情况已经不允许他们有专用的训练设备。

凌峰和吴邪跑得很小心，在可能被海盗发现的地方总是放慢速度，寻找隐藏点潜伏过去。为了不被海盗发现，凌峰曾经和江萨提过放弃西部海岸的越野线，却被他一口否决。用江萨的话说，非常时刻就得用非常手段，要是“复兴”部队最优秀的战士连海盗的眼睛都躲不过，那活该他们被人消灭，现在的训练不仅针对他们的体能，渗透、潜伏、隐蔽也能得到最大程度提高。这是最危险的训练，一旦“毒牙”的训练被发现，那就意味着“复兴”部队最后一块立脚点也将不复存在！

凌峰的脚步慢下来，在一个转弯处他眼光一斜，瞄到身后不远处的龙靓，于是贴近吴邪小声嘀咕道：“要不要慢一些，龙靓快跟不上了。”

吴邪侧过脸逼视着凌峰，口气生硬地说："'复兴'部队里都是战士！'毒牙'更是钢铁铸成的铁血战士！大老板和参谋长留下她是他们的事情，我从来没指望她能成为'复兴'部队的锐芒'毒牙'！撑不了就退出，没有人留她！"

闻言，凌峰对着吴邪直眨眼睛，让他不要说得太大声被龙靓听见："别这样，龙靓她毕竟是女……"

"嗖——"凌峰的话才说到一半，后面忽然传来一阵急促的风声，一道银光闪电般朝两人飞来。凌峰和吴邪是何等的警觉，风声响起的同时两人已各自往边上一闪，躲过了那道飞来的银光。

凌峰看得清楚，那是一把寒光闪闪的雪狼弯刀，锋利的刀身插在地上，而刀的主人就是身后的龙靓。吴邪原本就对龙靓没有半点好感，此时更是被她这一记突如其来的飞刀激怒了："你要干什么？"

"杀了你们两个！"龙靓的左手还保持着甩出弯刀的姿势，迎着吴邪的目光直言不讳地说，"我加入'毒牙'是大老板和参谋长的意思，我才不稀罕什么'毒牙'不'毒牙'的！还有你凌峰，别把自己看得太高尚，你就是血腥的雇佣兵！不要在我面前逞英雄！"

"你！"吴邪气得怒火中烧，卸下背包就要冲过去收拾龙靓，凌峰眼疾手快拦在两人之间，双手拼命压住吴邪的肩膀把他顶住："现在不是起内讧的时候！其他的事等把 b 岛和 c 岛夺回来再说！"虽然他对龙靓的话也很恼火，但眼下实在不是内讧的时候，他更不想因为个人恩怨暴露了目标，"抱歉龙靓，刚刚我没有考虑到你的……"

龙靓不再搭理凌峰和吴邪，径直跑过拔出插在地里的雪狼弯刀，继续自己的越野，没走几步又停下来转过头愣愣地说："等你们两个赢了我再说！否则，我杀了你们！"

"哼！"吴邪咬着牙气呼呼地瞪着龙靓远去的身影，从地上捡起背包，"走吧，人家根本不领你的情！"

……

"砰砰砰！"接连三个旧背包砸到地上，凌峰、吴邪、龙靓同时完成环岛屿两周的越野跑。凌峰和吴邪均面不改色，这点小运动对于"毒牙"来说根本不算什么。龙靓的状态要稍微差一点点，不时会喘几口粗气，三个人的迷彩早已看不出原貌，流出的汗水被风吹干，结出一层层白色的晶体盐渍。

60公斤的负重、布满砂石的海岸线、海盗的高空岗哨、闷热的气候、潮湿的空气、加长的路程，这些都是“毒牙”最基本的训练。凌峰看了一眼坐在背包上喘气的龙靓，不免有一些吃惊。江萨为“毒牙”量身制定的训练课是超负荷的，换做两年前在“蓝剑”的时候，自己和吴邪根本撑不下来，龙靓居然能很轻松地熬过来，她的身体素质显然已经超过了“蓝剑”特种大队，甚至中国陆军四支王牌特种部队的任何一支。

这时，龙靓的脚下出现了一个高大的黑影，巨大的黑影将她娇小的身躯全部笼罩在阴影之中。龙靓稍一仰头，眼睛一瞄，是那个很讨人厌的白人大个子贝鲁特，他手里拎了两个旧式的布包，肩上还挂着一个。

“凌峰，吴邪，接着！”贝鲁特把布包扔给吴邪和凌峰，“参谋长让我交给你们的。”

凌峰接过布包，“嗤”的一声拉开拉链，里面是一件有些发旧的潜水服。他眉头一皱：“老贝，参谋长是什么意思?”

贝鲁特无奈地耸耸肩，摊开大手做出一个不知道的滑稽表情：“不知道，不过看这破东西应该不是什么好事，八成是让‘毒牙’去被安达曼海盗占据的复兴岛摸摸底。对了，参谋长让你和吴邪马上过去一下，说是有重要的事情要和你们商量。”

说这些话时，贝鲁特的眼睛向下一斜，瞄了一眼龙靓：“还有你。”

说着，贝鲁特把背上的布包拿下来伸直胳膊挂在手里，带着挑逗的神色望着龙靓。自从踏入“复兴”部队望见贝鲁特的第一眼起，龙靓打心眼里就不喜欢这个白人大个子，尤其不喜欢他那傲慢的态度。换做以前，她会很乐意在他喉咙上划上一刀，但是现在不行，至少不适合。

望着贝鲁特傲慢无礼的眼睛，龙靓努力压住内心的怒火，面无表情地伸手去接他递来的布包。“啪——”就在龙靓的手快要触及布包时，贝鲁特的嘴角忽然狡猾地一扬，布包摔落在地上，里面的潜水服滑落出来，只剩下龙靓一只手尴尬地扬在半空中。

凌峰和吴邪两个人心中同时一惊，糟糕！贝鲁特闯祸了！他们能看出龙靓和贝鲁特两人眼中深深的敌意，从初次见面他们就视对方为异己，更加糟糕的是龙靓的实力高深得可怕，整个“复兴”部队，除了凌峰和吴邪再也找不出她的对手！贝鲁特虽然人高马大，身体强壮如铁塔一般，但杀人讲的是手段，靠蛮力是行不通的！

龙靓的眼神在一瞬间变得冰冷，清澈的眸子深邃不见底：“贝鲁特，我很难过，‘复兴’部队又要少一名成员。”

冲突已经发生，一场厮杀在所难免，凌峰上前拍着贝鲁特的肩膀：“贝鲁特，这种玩笑开不得，快去跟龙靓道歉！”

“我没有开玩笑！”贝鲁特倔强地一晃肩膀，甩下凌峰的手，“凌峰，吴邪，我贝鲁特高傲得很，整个‘复兴’部队让我佩服的人只有三个，除了参谋长江萨，我最佩服的就是你们两个中国小子！‘复兴’部队撤离中国大陆我没意见！参谋长组建‘毒牙’暗杀组我没意见！让你们加入‘毒牙’我也没有意见！可是她凭什么加入‘毒牙’?”

贝鲁特的情绪很激动，音调比平时高了许多，话锋一转指向龙靓：“她，不过是你们救出来的俘虏，凭什么能加入‘毒牙’? 论实力，有我贝鲁特在，哪里轮得上她！我看根本就是大老板觉得她有几分姿色，想要把她留下！”

“住嘴！贝鲁特！”吴邪怒了，上前揪住贝鲁特的的衣服，“大老板自有他的意思，用不着你多嘴！”说着一拳打在他的心口，猛地推了他一把，“快点给我滚，在我发怒之前！”

凌峰看出吴邪的意图，他是不想贝鲁特被龙靓杀死才故意发怒赶走他，于是扔下手中的潜水服拦在龙靓和贝鲁特之间：“快走，别在我们面前说大老板的不是！”

龙靓是何等的聪明，怎么会看不出凌峰和吴邪的心思，但她不会顾及那么多，她是杀人如麻的金牌杀手，怎么会在乎多一个人死在自己手上：“贝鲁特，我本来不想杀你，都是你自己太愚蠢，蠢到来招惹我！”

听了龙靓挑衅的话，贝鲁特的火爆脾气“噌”的一下蹿上来：“妈的，臭女人！老子早就想教训你了！今天我就杀了你！”贝鲁特根本听不进凌峰和吴邪的劝阻，从两人手里挣脱后直奔着龙靓冲了过去。

“姓龙的，我要和你决斗！”贝鲁特冲到龙靓面前，郑重其事地说道，“我们两个人的决斗是完全自愿的，跟任何人都没有关系！如果你被我杀了，那可怨不得别人！”

“我没问题，就看你的了！”龙靓轻蔑地一笑，根本没把贝鲁特当回事儿，甚至连防御的架势都没有摆出来。

贝鲁特大吼一声，挥拳向龙靓冲过去，别看他人高马大、身材魁梧，但是行动十分敏捷迅速，就如同出弦的利箭，既快又准，直朝龙靓的脸庞飞去！

而且，龙靓俊美娇艳的脸上始终挂着淡淡的微笑，仿佛和贝鲁特的决斗根本就不是一场决斗，而是一场胜负早已经分晓的角逐，既然胜负已经分晓那又何来的悬念？当然贝鲁特对自己的身手也很有信心，高傲的他绝不会相信龙靓是自己的对手。

转眼间，贝鲁特的拳头已经来到龙靓眼前，几乎已经打在她小巧的脸庞上。然而就在这非常时刻，龙靓身形一暗，凭空消失在远处！其速度之快、动作之敏捷绝非常人能及，不光贝鲁特，就是一旁的凌峰和吴邪脸上也露出不敢相信的表情！

贝鲁特心中一惊，人身形不动怎么会凭空消失？是消失而不是闪避！一种从未有过的恐惧掠过他的全身，以至于他一向目空一切的眼神中也写满了恐惧！

不对，肯定是幻觉！是自己太紧张才会出现幻觉！世上除了那两个比魔鬼还要可怕的中国小子外，不可能会有这么强大的敌人！想到这里，贝鲁特心神一定，左手化拳为掌，一记削砍再次朝龙靓面部砍去。

龙靓再次以近乎不可能的方式避开了贝鲁特的掌击！当局者迷旁观者清，尽管贝鲁特没有觉察到龙靓是如何避开他的两次快速进攻的，但一旁的凌峰和吴邪却看出了端倪。

从贝鲁特出手的那一刻，龙靓已然把他的攻击识破，所以在被击中的前一刻仅靠脚上超强的瞬间爆发力就完成了身体的移动，贝鲁特才会误以为龙靓根本没有闪避，而是把身体凭空向后“飘”了！

吴邪在一旁目睹了龙靓的“表演”，不禁有些瞠目结舌，完成这种完美的御敌之术不仅需要必胜的把握，还要有超强爆发力！可见，龙靓的身手和胆识丝毫不逊于自己和凌峰！成为“复兴”部队最最精锐的“毒牙”，当之无愧！

贝鲁特恨得牙齿咯咯作响，作为一名雇佣兵，他骨子里是狂傲不羁的，龙靓越是表现出色他就越感觉到愤怒：“龙靓，你是不是怕了？干嘛老是躲开不敢来进攻我啊！你不是‘毒牙’嘛？来进攻我啊！”

龙靓原本平静的心情忽然有些浮躁，向来都只有她挑衅别人的份儿，哪里受过别人的挑衅？贝鲁特很狡猾，犀利的目光捕捉到了龙靓内心深处情绪的细微变化，抬腿一记鞭腿扫向她。

感觉永远要比眼睛快！龙靓闻见风声，连连退却，避开贝鲁特的鞭腿，这种腿法一记不成功的话肯定会连着后踢，这是反攻的好机会！龙靓在脚步落地的瞬间猛然改变方向，跨到贝鲁特侧面，借着力道以迅雷之势摆腿扫向他。

龙靓的这一记摆腿时间上把握得恰到好处，但是她忽略了对手的实力！贝鲁特不是一般的杀手，他是“复兴”部队的雇佣兵战士，虽然比不上“毒牙”，但是身体素质绝对过硬，龙靓能发挥出的力量对他来说根本不算什么！

摆腿最佳的攻击部位是颈部和头部，龙靓的身高不过170公分，而贝鲁特将近190公分！“砰”的一声闷响，龙靓的摆腿重重地踢在贝鲁特的上臂，然而他铁塔般的身躯却牢牢地立在原处纹丝不动！

龙靓心中一惊，暗叫一声不好，想要收回腿已经来不及，脚踝处被一只大手牢牢扣住！贝鲁特狡猾地一笑，手臂猛地爆发力量，“嗖”的一声将龙靓甩飞出去！

贝鲁特的力量极大，龙靓的身体足足被抛出去七米之远！“扑通”一声，龙靓在空中难以控制平衡，被仰面朝上摔在地上，在泥沙地上滑出一道粗重的痕迹。

“噗！”龙靓一口吐出呛到嘴里的沙子，一咬牙，一拳砸在沙地上，眼中燃烧着熊熊烈火。贝鲁特轻蔑地望着狼狈的龙靓，双手一抱，根本不拿正眼看她：“凌峰，吴邪，看见了嘛？这个女人根本不是我的对手！”

贝鲁特的话音刚落，“嗖”的一道疾风吹过，龙靓以更快的速度冲到他面前，一记直拳直打向他的心口。贝鲁特毫不畏惧，丝毫没有躲开的意思，强壮的胳膊往上一扬“啪”地将龙靓的拳头打掉。

龙靓被彻底激怒了，一个高劈叉鞭腿直踢贝鲁特的脖颈，可惜这种角度之下力量根本不能发挥到极至，贝鲁特用前臂“砰”地挡住龙靓的攻击。直拳，后摆腿，龙靓的招数全部被贝鲁特轻易地挡住，连闪避的必要也没有，毕竟他们在力量上根本就不是一个级别的！

龙靓猛然向空中一跃将身体腾空，一个极有力道的腾空踢直踢到贝鲁特结实的胸脯上，贝鲁特只觉得前胸一闷，一股极大的冲击力把他冲撞得失去平衡，逼得他连连后退，双腿同时发力才将身体定住。

龙靓的情况比贝鲁特要糟糕得多，巨大的反冲力将她娇小的身躯直接抛到空中反弹着飞出去，重心不稳跌落在地上，暴露的手臂被粗糙的砾石擦出一道道血痕，暗灰色的血液混合着灰褐色的泥土让人看得直瘆得慌。

“来啊！来啊！怎么，你就这么点本事嘛？你不是一直把自己当‘毒牙’嘛？”贝鲁特已兴奋异常，指着龙靓大声吼叫起来，“呸！虚伪的女人！趁早滚蛋！离开‘毒牙’！离开‘复兴’部队！这里不是你待的地方！滚回去做你该死的杀手去吧！”

“哼！”吴邪冷哼一声，淡然地看着贝鲁特和龙靓的战斗：“凭龙靓在热带雨林偷袭你我的手段，搞定贝鲁特要这么麻烦嘛？凌峰，是不是咱们看走眼了？这个女人真的是金牌杀手吗？她有你想的那么厉害吗？”

“你觉得贝鲁特怎么样？我指的是他的格斗手段。”凌峰并没有直接回答吴邪的话，而是问了另外一个问题，“当然比较的对象排除你和我。”

“嗯？”吴邪一愣，不太明白凌峰的意思，“他的军事素质非常好，身体壮硕，头脑灵活，更重要的是他身手敏捷灵活，高大的身躯并没有影响他的速度，这在人高马大的美洲雇佣兵身上是很难能可贵的！”

凌峰很满意吴邪的回答，看着从地上慢慢站起身的龙靓，眼神中带着几分欣赏，柔和地说道：“换做两年前还在‘蓝剑’的话，第一次和贝鲁特交手，你有几分把握在十招之内摆平他？”

凌峰的话一直在吴邪脑海中徘徊，他这么说是什么意思？难道……一道灵光从吴邪脑海中一闪而过，他明白了凌峰话中隐含的意思。龙靓和贝鲁特无论在力量和抗击能力上都不能同日而语，一旦她被贝鲁特抓住后给予重击便是致命的，所以她只能试探着摸索贝鲁特的弱点，不惜以自身受到轻微创伤为代价！如果凌峰的猜测没错的话，那么接下来的十招之内贝鲁特必败无疑！

温热的海洋风在海岛的海岸线上席卷而过，带着海水的腥味。天空中偶尔有几只飞鸟鸣叫着直奔海的尽头飞过，在蔚蓝的空际留下几颗黑色的斑点。

龙靓慢慢地起身，嘴角扬出一道很美的弧度，长长的黑色发丝在海风中飞扬，她轻轻抖落掉身上粘着的沙土，用手擦净娇美的脸蛋上斑斑点点的尘土，幽幽地望了凌峰一眼。

贝鲁特被龙靓的反应搞得莫名其妙，这女人是不是摔坏了脑子？在战斗的时刻怎么会有这种表现？然而，就在贝鲁特愣神的一瞬间，龙靓的再一次进攻开始了！

龙靓径直朝贝鲁特冲过来，仿若一道疾驰而过的厉风一闪即过，而在和贝鲁特只有两米时她身体稍一翻转，整个身体向后倾斜出一个极大的坡度，如同一支箭矢从贝鲁特胯下滑过，不等贝鲁特转过身便扣住他的胳膊，扭住手腕往后背一拧，一把将比她强壮许多的贝鲁特擒拿住！

吴邪眉头一皱，惊得张开嘴却说不出话来，龙靓怎么会犯这种低级的错误！反手擒拿的前提条件是双方的力量旗鼓相当，或者擒拿者的力量占压倒性优势！如果擒拿者制服不了的话……

吴邪担心的一幕发生了，龙靓的力量在贝鲁特看来根本不值得一提！贝鲁特的铁拳头攥得咯咯作响，右手臂猛地爆发出强大的力量，硬生生地将龙靓的双手反扭过来，左手勒住她的脖子将她扣在身前。龙靓的判断失误导致形势顷刻间发生了巨大变化，她完全被贝鲁特铁钳般的臂膀勒住，半点也动弹不得！

“我早就说过，你根本就不配加入‘毒牙’！”

贝鲁特的手臂稍一用力，将龙靓娇小的身躯凌空提起，龙靓身体悬空，喉部被贝鲁特的铁臂牢牢勒住根本透不过气来，只能张大嘴巴勉强呼吸一点空气。

“啵！”贝鲁特竟在龙靓娇媚的脸颊上亲吻起来，顺着她光滑的面颊一直游弋到红艳似火的口唇，“姓龙的，你这么个漂亮的美人儿实在不适合做杀手，干脆做我的女人吧！你只需要把我伺候好，杀人是男人的事情！”

贝鲁特的话说得不错，龙靓的确是个美人儿，凤眼，细弯眉，白皙的皮肤，飘逸轻柔的发丝，东方女人挺拔凹凸有致的身段儿，典型的东方美人！如果褪去身上的迷彩服换上唐装，再挽个古典发髻，活脱脱的一个大家闺秀！

贝鲁特久未得到女人的滋润，眼下这么一个活脱脱的美人儿在怀里难免有些心慌意乱，意乱情迷之际右手在龙靓身上放肆地活动，从后背一直游弋到挺翘的臀部……

“哼，就凭你？”龙靓冷笑一声，眼神在一瞬间变得冰冷，就像雪山上千年不化的寒冰一样直刺入人的骨髓！

凌峰只觉得自己的后脊背一凉，冷飕飕的寒风直刺入身体，不是风，而是来自心底的彻骨的寒冷。他感觉整个人都被龙靓那冰冷的眼神刺中，那种不带半分人类感情的眼神他太熟悉也太陌生了！他原本以为，在这个世界上，只有吴邪能不带任何感情地去杀人，然而他想错了，龙靓，绝对是另一个活在世界上的吴邪！冷血杀手！

龙靓慢慢将右手垂下，化拳为爪，五个指头猛地插到贝鲁特的侧肋骨骼间缝隙，鹰爪一勾撕扯着他的皮肉。

“啊！”贝鲁特发出一声凄惨的嚎叫，侧肋区受到的攻击虽不致命但却疼痛异常，他勒住龙靓喉咙的手臂一松，而这就给了龙靓绝好的反击机会！龙靓扯下贝鲁特的手臂，张开红艳的唇，尖利的牙齿狠狠地咬在他的前臂上！

“嘶——”龙靓猛地一甩头，将贝鲁特手臂的一块皮肉生生撕扯下来！鲜红的血液瞬间迸发，染红了贝鲁特结实的手臂。龙靓的脸上则有几道血丝顺着嘴角慢慢流下，红艳的唇在鲜血的映衬下更是妖艳万分！

见状，龙靓嘴角一扬，尽情享受着贝鲁特痛苦的滋味，她甚至能感觉到他的身体在轻微地抽搐。龙靓怎么会给贝鲁特喘息的机会？她眼睛一斜，瞅准贝鲁特的咽喉，扬起右肘猛地撞在他的喉咙上。

贝鲁特只觉得喉咙一紧，整个喉骨差点碎掉，疼得他连连往后退，却不想龙靓还不肯住手，背着他“嗖”地踢来一记后摆腿，“砰”地踢在他彪悍的脑袋上！贝鲁特只觉得脑壳一沉，脑袋里“嗡”的一声响，眼前一黑，轰地摔倒在地上！

凌峰猜得一点不错，龙靓的反攻才刚刚开始！饥饿的雄狮一旦开始攻击体积数倍于自己的野牛，便不会停下獠牙和利爪，哪怕对方已经身受重伤！猎手也永远不会停下追逐的脚步！

“哒哒哒……”龙靓以最快的速度冲到贝鲁特身边，抬腿一记直踢踢向他侧肋区。贝鲁特闻见龙靓的脚步声，猛地一拍沙地“豁”的一下站起来用手挡住飞来的腿脚。龙靓的眼里再次露出轻蔑的笑意，左脚点地，一个旋转式寸指疾刺向贝鲁特的胸骨下缘，顺着肌肉的纹理狠狠向内一戳。

贝鲁特脸色一变，眼球一爆，抬脚一记飞腿将龙靓逼走，一只大手捂着腹部，刚毅的脸庞上青筋暴起、大汗淋漓。吴邪脸上的肌肉猛地一哆嗦，这个龙靓下手太没分寸了！虽然之前对她轻薄，但是她下手也太黑了！从腹部斜向上叩击的话能伤及肝脏，此刻贝鲁特的肝脏说不定已经破裂流血了，这比外伤还要可怕！再怎么说都是一个雇佣兵集团的，犯得着下这么重的手嘛？

龙靓的进攻非常有效，避开贝鲁特强壮有力的腱子肉集中力量去攻击他柔软的内脏，然后再伺机结束了他，这就是龙靓的计谋！现在形势已经完全扭转过来，贝鲁特成了困兽！遗憾的是他没有实力做最后的一搏！

龙靓轻笑着一步步逼近贝鲁特："怎么样，还觉得我不配加入'毒牙'吗？"

"该死——"贝鲁特愤怒地想大骂，不想却挣疼了腹部的内伤，疼得他额头上满是豆大的汗珠，"姓龙的，我还没死呢！有种再来啊！"

"是你自找的，怪不得我！"龙靓抽出腰际的雪狼弯刀快速向贝鲁特冲过去，雪亮的刀刃在阳光下闪着熠熠的光芒。她将手中的弯刀对着阳光一闪，将刺眼的太阳光反射过去晕眩贝鲁特的眼睛。

贝鲁特的眼睛被毒辣的反射光刺痛，眼前一片晕眩，只能靠耳朵来辨别龙靓进攻的方位。雇佣兵的感觉异常灵敏，无论是眼睛还是耳朵，贝鲁特听到风声逼近，腰间发力扭身躲开龙靓的弯刀，顺着风声的走向猛地出手，将龙靓的手腕牢牢扣在铁钳般的手掌里，正欲夺过雪狼弯刀，却觉得脖子一凉，龙靓的左手已游蛇一般砍在他的脖颈上。

龙靓的这招削砍可谓阴毒凶狠，虽然用掌腹做刀却依旧韧性十足！还没等着贝鲁特完全领略它的霸道，龙靓的身躯已然越到空中，在近身处用坚硬的膝盖狠狠抵住他的心头！

贝鲁特的心脏受到猛烈撞击，脑袋"嗡嗡嗡"地好似一群马蜂在飞舞，眼前一黑跌倒在地。报仇的机会来了！为了之前种种的羞辱，龙靓举起雪狼弯刀对准贝鲁特的咽喉猛地扎下去。

凌峰再也忍不住，昔日里的战友被龙靓像小丑一样耍弄，最后还要被夺去性命！此时，在他眼中，龙靓娇艳的脸蛋显得万分狰狞，手中的弯刀就像一条嗜血的吐着芯子的毒蛇，随时都会夺去贝鲁特的性命。"龙靓，住手！手下留情！"

"噗——"雪亮的弯刀深深地扎进泥土中，贴着贝鲁特的脖子在上面划破出一道细小的刀口，如果弯刀偏离哪怕一厘米也会划破颈间动脉，让他的鲜血像温热的雨水一样洒落在这片生机勃勃的土地上。

第九章　密谋

“参谋长，您的意思是……”龙靓隐约猜出江萨的意思，仅仅是介绍的话没必要说得这么清楚，“要我们去复兴 b 岛?”

“没错。”江萨微笑着轻轻点头，旋即又猛地用手指叩击手绘地图，“‘复兴’部队想要东山再起的话就必须依靠复兴三岛，而当下之计就是把复兴 b 岛从海盗手里抢回来!”

桌上的烟灰缸里已经凌乱地扔了几十根烟蒂，整个屋子里烟雾缭绕，袅袅的青烟还在空中不断盘旋。江萨端坐在桌前，食指和中指间夹着一根抽了一半的香烟。他面前摆着一张巨大的地图，地图是手绘的，有些地方画了许多圈圈点点，显得凌乱而嘈杂，看得出是经过多次修改才完成的。

凌峰、吴邪和龙靓已经来了好一会儿，但江萨始终没有开口。他们不动声色地慢慢围上去，想看看参谋长看什么看得这么出神。凌峰呆呆地望了手绘图半天，终于看出一些名堂来：“参谋长，这就是复兴岛的鸟瞰图?”

“嗯。”江萨咂吧一口烟回答道，“‘复兴’部队当初去中国大陆发展的时候没有想到会有回来的一天，所以就没有留下地形图，这张鸟瞰图是我根据记忆描绘出来的，是几年前复兴三岛的基本布局图，可能和现在会有些不同。”

“这就是我们现在所在的复兴 a 岛，东北部的是复兴 c 岛，西南部的犄角就是被以安德烈·胡克为首的安达曼海盗占领的复兴 b 岛，我在地图上描绘的是复兴 b 岛详尽的布局图。”江萨说着把烟头掐灭，手指在地图上指点起来，“复兴 b 岛是一座中间高、四周低洼的小岛，据我估计，安达曼海盗的总部应该就设在中间的低山部位，它的北部海岸线狭长平坦，是一个小型的直升机起降点。”

“西部靠着茫茫的大海，‘复兴’部队曾经的弹药库就设在那里，相信海盗们也是这么布局的！南部是训练场，东部是一座高空岗和战士的住处。”江萨对复兴 b 的详细布局说得非常之清楚，“岛的西南部分是一座凸起的石丘，不适合搞陆上建设，它的下面是一个囚室，只有一条道路和陆上相连，用来关押部队的人质、拘禁违反纪律需要反省的战士或者是部队绑架的人票，我想，胡克绑架来的 T 国船王哈里森就关押在这个囚室。”

“参谋长，您的意思是……”龙靓隐约猜出了江萨的意思，仅仅是介绍的话没必要说得这么清楚，“要我们去复兴 b 岛?”

“没错。”江萨微笑着轻轻点头，旋即又猛地用手指叩击手绘地图，“‘复兴’部队想要东山再起的话就必须依靠复兴三岛，而当下之计就是把复兴 b 岛从海盗手里抢回来!”

“砰”的一声大响，屋子的门突然被砸开，大老板邓克宝跌跌撞撞地走进来：“老江说得没错！我们一定要把复兴 b 岛抢回来！不就是一帮海盗嘛，乌合之众！‘复兴’部队今晚就出动，全部出动，把那些该死的海盗统统杀掉!”

一股浓重的酒气扑鼻而来，带着热带海域咸咸的海风，吹遍屋子的每个角落。邓克宝满脸酒意，蹒跚地走到桌前拉过一把椅子滑倒在上面。屋子里的人都愣住了，眼下正值“复兴”部队的生死存亡之际，大老板怎么还能喝得大醉?

龙靓厌恶地移开眼睛，努力压住呼吸不要吸进太多的晦气。她心里不是很喜欢这个大老板，包括参谋长江萨，在她心目中的地位仅是一个称呼而已，那她为什么要留下呢？留在这个充满血腥而又不喜欢的雇佣兵公司？因为她忘不了中M边境线上的那片热带丛林，忘不了凌峰递给她的那块不知名的植物，忘不了吴邪递给她的那件破旧的丛林迷彩。

钱对于龙靓来说只是一串数字而已，“复兴”部队的崛起对于她也只是一个概念，她和所有战士一样喜欢挑战，喜欢挑战比自己更强的战士，而现在凌峰和吴邪这两个中国小子无疑是最佳人选，虽然现在她还不愿意承认。

“大老板来啦！”江萨第一个反应过来，微笑着迎上去，递上一根烟，“我正和凌峰他们谈夺回复兴b岛的事，我已经把岛上的布局大概和他们说了，等他们去岛上摸清楚他们的底细我们再做下一步打算。”

“摸清他们的底细？有这个必要嘛？呃——”邓克宝打了一个嗝，“‘复兴’部队的战士个个都身经百战！都是在战火中成长起来的，对付一帮小小的海盗用得着这么麻烦嘛？我看今晚我们就全部出动，把他们全部杀了！”

“哼！”龙靓冷笑一声，斜眼望了一眼邓克宝，她对这个“复兴”部队的大老板很不看好，眼下的情况他居然还能喝得大醉，足以说明他对“复兴”部队的关心程度！“复兴”部队刚刚逃离中国大陆，一路上已经磨尽了锐芒，实在不适合和海盗做全面交战，况且对方是职业海盗，根本不是邓克宝所说的乌合之众！

“参谋长的意图在于保全‘复兴’部队的实力，东南亚不仅只有一个安达曼海盗，还有大毒枭，各国政府！最重要的是，安德烈·胡克的手里还有一个T国船王！”龙靓平静地分析。

江萨有些惊讶，龙靓的猜想竟然和他惊人的一致，“我的意思和龙靓基本一致，眼下‘复兴’部队实在不适合和海盗交战，如果有可能摸清他们的军事部署，‘复兴’部队的损失会降到最低！”

“好！龙靓说得很好！”邓克宝这才发现龙靓的存在，当下换了另一张面孔，笑呵呵地站起来，“龙小姐刚刚加入‘复兴’部队就能如此设身处地地为部队着想，难能可贵啊！”邓克宝脸上笑意频频，和刚才简直判若两人，他贪婪地在龙靓身上瞄了一圈，咽下一口唾沫，“不过……龙小姐对我们的战士还是缺乏了解啊！他们都是身经百战、百炼成钢的铁血战士！跟着我辗转世界各地，哪里没有留下我们的脚印？”

江萨脸上的肌肉不自主地抽搐了一下，感到有些不甘。这个邓克宝真够大言不惭的！“复兴”部队在上一任大老板邓京文的带领下的确把生意搞得繁盛至极！在亚洲出道，在欧洲打开旗号，在非洲成名，转战北美洲后达到事业顶峰！可是现在，邓克宝接手将近一年的时间里，“复兴”部队就被打回了原形！这些事别人不清楚，他一个参谋长还能不知道吗？想到这儿，江萨也提出了异议：“大老板，复兴 b 岛这次必须得去！首先，我们还不清楚海盗的武器装备和具体人数。其次，我们要用一切的方法救出哈里森，他可是一棵摇钱树啊！在东南亚，哈里森这个名字就是一面招牌！能和他扯上关系，很多事情就容易办了！”说着，江萨忽然把话峰一转，“在东南亚，什么东西最有名？”

“最有名？”凌峰自言自语地小声嘀咕着，“难道是毒品？”

“没错！毒品！”江萨眼睛一亮，露出一副很高兴的样子，这个凌峰总是很了解他，“更确切的说是鸦片！精制提纯的海洛因！毒品的天堂！我想过了，在东南亚要想很快独霸一方，循规蹈矩是行不通的，最快最直接的方法就是武装贩毒！”江萨的话一针见血，非常有力度，“东南亚最大的毒源就是金三角！如果能很好地利用哈里森，就能很直接地打入 T 国市场！”

听到武装贩毒这个词，凌峰的眉头不自觉地皱起来，心里很不是滋味。在“蓝剑”的时候，他和吴邪经常会和边境线上的毒枭交手，击毙的毒贩绝不下几十个，想不到今天自己也会走上武装贩毒的路子，真是天意弄人啊！吴邪倒不像凌峰这样纠结，还是一脸死灰似的表情，不知道他是麻木了，还是心早就死了。

“哈里森不仅是一位富商，他背后的关系网也非常庞大！和他交往的人都是富可敌国的超级富豪！他的远洋运输网更是遍布世界各地！”龙靓接过江萨的话头继续说，“所以哈里森对于‘复兴’部队的崛起至关重要！”

江萨满意地轻轻颔首，在他看来，这次撤离中国大陆逃亡复兴岛，最有价值的事情就是得到了龙靓！她不仅杀人手段高明之极，而且非常具有前瞻性，集吴邪的狠勇和凌峰的睿智于一体，是不可多得的人才！果然是“复兴”部队除吴邪、凌峰之外的又一利剑！

“嗯？”邓克宝听了龙靓的话呆了一下，旋即尴尬地一笑，“龙靓有如此远见实在是‘复兴’部队之荣幸啊！好吧，就依龙小姐之言，派凌峰和吴邪去复兴 b 岛侦查一番吧！”

龙靓没有感谢邓克宝，只是看了看旁边的凌峰和吴邪，她越来越讨厌这个大老板了，此人不仅做作而且很虚假，一副官腔真让人受不了。

“大老板，这次的任务凌峰可以去，但是吴邪不适合，我的意思是派凌峰和龙靓一起去。”

江萨的话一出口，所有人都感到很意外。凌峰和吴邪是最好的搭档，这在“复兴”部队已是不争的事实，他们在“蓝剑”特种大队时就是搭档，就算现在当了雇佣兵依旧配合默契！如今把他们两个拆开，让凌峰和刚刚加入“复兴”部队不久的龙靓去执行这么重要的任务，江萨葫芦里到底卖的是什么药?

第十章　潜伏

凌峰轻巧地绕到那个神秘身影的后面，尽量压低脚步声慢慢向他靠过去，前进的同时心中陡然升起种种疑惑：他也是海盗吗？为什么会一个人在夜晚跑到这里？难道他和龙靓的行踪已经暴露？这绝对不可能！

屋子里烟雾缭绕，呛得人喘不过气来，凌峰和龙靓已经离开去准备，日落之后大老板邓克宝会亲自送他们出发，此时这个临时的办公室里只剩下吴邪和江萨。吴邪仍旧面无表情，好像对龙靓代替自己和凌峰去执行任务毫不关心，不过他能不关心吗？别人不了解他，江萨还能看不出他心中的不满吗?

江萨从桌上的烟盒中抽出一支烟点上，慢慢地吸了一口，看了看吴邪，又抽了一根递给他："吴邪，抽一支吧！我知道你心里很不是滋味。"

"为什么?"吴邪没有接过江萨递来的烟，口气生硬地问道，面孔仍旧死水一般平静，"我比不上龙靓吗?"

"哈哈!"江萨大笑起来，他是一个粗犷的汉子，声音粗重而浑厚，仿佛一口古钟，"我还以为吴邪真的是任何事情都不放在心上，原来你也有不自信的时候!"江萨走过去大笑着拍拍吴邪的肩膀，正要把手中的烟塞到他嘴里，忽然看到屋子里毒气一般的浓烟，又把烟夹到耳朵上，"你还是不要抽了，抽烟其实不是一个好习惯！我让龙靓代替你和凌峰去执行这次的任务有三个原因！”说着，江萨收起满脸的笑容，换上一副严肃认真的面孔，这才是雇佣兵集团参谋长惯有的面孔，“第一，在你们三个人当中，凌峰曾经在哈里森在华时担任过他的私人保镖，对他的面容很熟悉！龙靓是国际金牌杀手，对世界上所有的富商巨贾都有所了解，哈里森对她来说也不陌生。

“第二，‘毒牙’是‘复兴’部队最厉害的王牌，是‘复兴’部队崛起最尖锐的刀锋！我想要的不仅是吴邪和凌峰的最佳搭档！‘毒牙’是一个整体！目前只有你、凌峰和龙靓，我想要你们三个人是最默契的搭档！龙靓和吴邪、龙靓和凌峰、凌峰和吴邪，而不仅仅是凌峰和吴邪，你明白吗？

“第三，我还有另外一件同样重要的任务要交给你去完成！”江萨慢慢踱步到窗口，仰头看夜幕降临后天空出现的第一颗繁星，“东南亚是毒品的王国，‘复兴’部队已经久未参与毒品行业，对今日的金三角王国缺乏足够的资料！你曾经在‘蓝剑’待过，相信跟中国东南境外的毒贩打过很多交道，那里的大毒枭你比龙靓要了解得多，所以这个任务你比她更适合！”

热带永远那么闷热和潮湿，无论是白天还是夜晚，晚风吹过平静的复兴岛，带着印度洋洋面的海腥味。

龙靓站在海边眺望着茫茫无际的海平面，她已经换好了潜水服，背上斜跨着一个背囊，里面装着干燥的迷彩服。凌峰看着贝鲁特送来的潜水服，无奈地摇头，苦笑着套在身上。说是潜水服，但是并没有氧气瓶，只是一件简单的水下作业的防水服而已，以“复兴”部队现在的条件，能搞到这样的潜水服已经很不错了。

凌峰把背囊套在肩上，起身要下水，眼睛瞄到龙靓的那一刻不禁有些发痴。淡淡的夜色下，紧身的潜水服把龙靓的身体裹得很紧，衬托出凹凸有致的流线型身材，真看不出这个华裔女杀手还有这么姣好的身材。

“龙小姐好雅兴啊！”

凌峰正在龙靓身后看着她的背影发愣，被一个粗犷浑厚的声音惊醒，只见大老板邓克宝正笑意盈盈地走过来。此时他的酒意已经醒了七八分，脸上不再是燥热的猩红，一双狡猾的眼在龙靓身上细细地扫视了一圈：“龙小姐果然天生丽质、仪态万千，茫茫的夜色也掩盖不住龙小姐俏丽的身影啊!”

龙靓本来就对邓克宝没什么好感，听了他的夸赞并没有露出女人的满足，反而觉得他更加讨厌，现在是称赞女人的时候嘛!

邓克宝碰了钉子面子上过不去，难免有些不高兴，他强压住不快走到龙靓跟前：“龙小姐不要太紧张，不就是几个小小的海盗嘛，我相信凭龙小姐的身手解决他们绝不是问题！再说还有凌峰呢，他可是‘复兴’部队最精锐的战士!”

邓克宝盯着龙靓穿着潜水服的侧脸，眼睛下移慢慢扫到她挺拔的胸部，喉结上下移动着咽下唾沫，伸出大手搭在龙靓的肩头。龙靓的身体微微一震，两道秀眉一扬，略带不快地扭过头。邓克宝毫不避讳地用异样的眼神迎着龙靓的目光，嘴角挂着一个奸诈的笑容。

“大老板，我们该下水了!”龙靓用僵硬的口气说道，肩膀猛地一晃想把邓克宝的手甩下去，不料邓克宝早有准备，顺着龙靓肩头的晃动把手向下滑动，再顺着她光滑如玉的脊背下滑，最后落在她丰满翘起的臀部。

龙靓的眼神一下冰冷下来，就像和贝鲁特决斗时一样冰冷彻骨，不带一丁点人类的感情，原本伸开的手掌慢慢握成拳头。

一直站在旁边被邓克宝忽视的凌峰感觉出了气氛的异样，虽然在夜色下他只能看到龙靓模糊的背影，但是直觉告诉他：龙靓被邓克宝激怒了!

凌峰暗叫不好，龙靓一旦被激怒就糟糕了，凭她的本事杀死大老板可是手到擒来、简单之极！如果她杀了大老板，一切将变得不可收拾！凌峰顾不得邓克宝的面子，飞快走上去拉住龙靓的胳膊：“龙靓，行动吧!”

此时，探照灯在黑夜里划出一道长长的明晃晃的轨迹，在热带海面上一扫而过。看着探照灯的光圈靠过来，凌峰和龙靓猛吸一口气扎进水里，在水下摆动脚蹼像鱼一样快速游弋，躲过探照灯照射下高空岗里海盗的眼睛。

岸上巨大的岩石已经清晰可见，龙靓觉得胸腔中的空气一点点地耗尽，她猛地摇摆脚蹼游到岸边，摸着淹没在水下的岩石小心翼翼地从水中探出头。面前是一个非常陡峭的陡崖，几乎是九十度直上直下的，四周黑洞洞的没有半点人工光亮。借着朦胧的月光，龙靓打量了一下头顶上的陡崖，不算太高，二十几米。

“参谋长说的不错，这里的确是一个岗哨漏洞。”凌峰从水中摸上来，爬到一块半浸没在水中的巨大岩石上将身上的潜水服脱下，从背囊里拿出干燥的迷彩服换上，“呶，接着这个。”

凌峰说着从背囊的夹层里摸出一根小东西丢给龙靓，龙靓在空中接过来一看，是一只荧光棒，她心中一惊，这个家伙的心思还挺缜密的！

龙靓把荧光棒在手中曲折几下打亮，到附近一块岩石上换了迷彩服，在风中摇了摇被潜水服束缚的长发，将长长的乌黑如墨的发丝用一根丝带扎起来。凌峰呆呆地看着龙靓梳妆，嘴角不经意间露出一抹难以察觉的笑容：原来这个凶悍的女杀手也有很女人的一面……

“怎么，有什么不妥的地方吗?”龙靓忽然发现凌峰正用很奇怪的眼神望着自己，不免觉得奇怪：难道这片海域里有什么生物贴在自己脸上?

“没……没什么，我们开始行动吧。”凌峰为自己的鲁莽感到有些不安，忙转身把潜水服藏在两块岩石的夹缝里，还好荧光棒的亮度有限，不然被龙靓看到他发窘的样子一定很难堪。

“背包里有攀岩绳，二十米，可能会差一点。”龙靓将自己的背包甩给凌峰，抬头望着夜色下高高的悬崖，在心里计算着它的高度。凌峰将龙靓的背包和自己的一并放在岩缝里，他并不认同龙靓用攀岩绳，万一悬崖上面是海盗的岗哨，用绳子的话等于是自取灭亡！

“还是徒步攀岩吧！”说着凌峰活动了一下筋骨，准备徒手攀上这个断崖，“上面还不清楚是什么情况，贸然冲上去不是明智之举。”

常年在热带气候下，悬崖已经风化了许多，岩石比较松动，而且有热带的苔藓植物，它们分泌的粘性液体无形中给攀岩带来了难度。凌峰是从“蓝剑”出来的，徒手攀岩对他来说根本不算什么。他的行动异常敏捷迅速，在悬崖上仿佛一只身手敏捷的猿猴。野外的攀岩不同于特种部队的训练，这里没有任何保护措施，到处是坚硬的岩石，掉下去的话很有可能摔断手脚，而且悬崖之上没有任何的死角可以利用，完全是凭着手指和脚趾的力量。凌峰回头望了一眼落后在他不远处的龙靓，低声问道："怎么样？还撑得住吗？"

相对于凌峰，龙靓攀岩要稍微吃力一些，虽然她是金牌杀手，野外生存也是必修课，但这毕竟不是她的强项，她刺杀的对象大多是富豪或政界当权人物，而他们肯定不会终日在野外风餐露宿。

龙靓听着凌峰的话觉得有些刺耳，虽然知道他是好意，但是杀手的性格决定了她不会领任何人的情！她抬起头用怨恨的眼神望了一眼居高临下俯视自己的凌峰，僵硬地说道："等你爬上去再来说我！"

终于爬到了崖顶，凌峰和龙靓小心翼翼地伸出头，眼前的一幕却让他们大感吃惊：这里并没有任何海盗岗哨，甚至连人类的足迹也没有，只是一片小岛之上的热带山林！用攀岩绳上来的话可以节省很多时间，根本没必要耗去很多体力。

凌峰和龙靓手持匕首在茂密的山林里穿梭，这里没有海盗的戒备，但他们依旧不敢松懈，无论是杀手还是雇佣兵，放松警惕就无异于将自己送上断头台。

"嘘——"龙靓发现前面有异常，迅速对凌峰打出手势并找到最近的掩体。凌峰也觉察到了，前面十米左右的一棵大树前，一个模糊的身影矗立在那里，凭着身形的轮廓，凌峰判断那棵树前站着一个人。

龙靓藏在掩体后面，用手指比划前面的情况，凌峰点头表示明白，战靴里的夜王刺已经握在手中。现在的情况不允许用枪，一旦海盗发现他们的行踪，即使是两颗"毒牙"，也敌不过几百号全副武装的职业海盗！

凌峰小心翼翼地扒开前面的草丛，鹰一般的眼睛在黑夜中犀利万分，迅速在周围的环境里捕捉是否还有隐藏的敌人。

阵阵虫鸣声不绝于耳，稀稀疏疏的山风不时地在林间吹起，漆黑的林子里一片祥和寂静。凌峰确定目标只有一个，对龙靓做出一个包抄的手势。龙靓点点头，用手一指左侧方，消失在茫茫的夜色中。凌峰看着龙靓逐渐消失的背影，不禁在内心发出感慨：江萨的确是一个颇有远见的人，第一眼就能看出龙靓是一个不可多得的好手！

凌峰轻巧地绕到那个神秘身影的后面，尽量压低脚步声慢慢向他靠过去，前进的同时心中陡然升起种种疑惑：他也是海盗吗？为什么会一个人在夜晚跑到这里？难道他和龙靓的行踪已经暴露？这绝对不可能！

暂且不说凌峰对自己的身手有百分之百的自信，如果他们被发现，那么现在埋伏在这里的绝不是一个人，而是海盗的一个加强连！

随着和那个神秘身影的距离一点点拉近，凌峰心中的疑惑越发加重，太奇怪了，从之前发现这个身影开始，他的姿势就一直没变过！自始至终背靠着树干！手臂和腿脚连一点点变化也没有！

龙靓也发现了那个身影的诡异，无论是谁，都不可能待在同一个地方保持不变的姿势！即使是隐藏着的狙击手，保持身体不动的同时随着心态的变化，呼吸的频率和心脏的跳动也会有细微的变化，而那个身影在寂静的山林中仿佛没有生命的古老根雕一般庄重而肃穆。

凌峰和龙靓的心脏在同一时间被击中：难道他是死人？只有死人才会安静到连气息也不发生任何变化！这是唯一合理的解释！已经料想到最坏的结果，凌峰和龙靓的动作快了很多，手里握着贴身的利器，以快得不可思议的身形向那个身影靠去。

“唰唰——”几乎是同一时间，一把明晃晃的雪狼弯刀和一把乌黑透亮的夜王刺抵在那人的咽喉。在看清那个身影时，龙靓和凌峰都愣住了，那个人的确死了，是一个女孩，有着如银发丝的白人女孩，年龄绝不会超过 20 岁，年轻漂亮的脸蛋上已经不见半点血色，眼睛里写满恐惧，可以想象在临死之前受到过难以忍受的惊吓和痛苦。

女孩的身体上满是伤痕，白色的肌肤上布满淤血和青肿的痕迹，布满污渍的衣服已经被撕扯得残破不堪，私处也暴露无遗，洁白的乳房上也有牙齿撕咬留下的血迹。一道结实的尼龙绳牢牢地将她弱小的身躯捆在树干上，由于拼死挣扎，结实的绳子已经深深地勒进她白皙光滑的皮肉里，被血液染成暗红色。

毫无疑问，白人女孩是被勒死的，在临死前遭受过多次强暴，而且还有严重的暴力虐待！她那双写满恐惧的眼睛已经将所受的屈辱深深印刻下来，再也抹擦不去。

凌峰不忍女孩死后连最后一点贞洁都受到侵犯，闭上眼将自己的迷彩服脱下套在女孩已经僵硬的身体上，保护她作为女孩的最后一点尊严。

龙靓的眼里充满愤怒，拳头攥得咯咯直响：“这帮禽兽！你们可以杀了她，但是决不能让她受到这样的侵犯！”

白人女孩的悲惨遭遇勾起了龙靓掩藏在心底不愿意触及的残酷回忆，

她扭过头努力忍住不让泪水流出来，更不愿意让凌峰看到她作为女人软弱的一面：“这帮禽兽！等到收回复兴岛的那一天，我要亲手把他们杀干净！”

“我们走吧，还有任务等着我们呢。”凌峰把女孩喉咙上的尼龙绳挑开，慢慢将她的身体放在地上，让她可以安祥地离去。他的迷彩服给了白人女孩，身上只剩下一件贴身的黑色 T 恤，他轻轻地拍着龙靓的肩膀，“走吧。”

“把她埋了。”龙靓没有动，呆呆地望着躺在地上的白人女孩，空洞的眼神中看不出任何感情。

“什么?”凌峰不理解龙靓的话，对一个偶然经过的雇佣兵来说，即使对女孩的遭遇很同情，可能把她放下来让她有尊严地离去，已经是最人道的做法了，难道还要将她的尸体掩埋?

“我说把她埋了！”龙靓忽然大吼起来，丝毫不顾及岛上的海盗。还好突兀的复兴岛上很空旷，声音在夜空中能很快散尽。凌峰很诧异龙靓这种丧失理智的行为，正欲转身离去，忽然看到她那双眼睛在充满无尽的愤怒的同时，还残留着和白人女孩同样的无助和恐惧。

龙靓没有理会凌峰，拔出弯刀独自在树下挖起来，瘦小的身影显得单薄而悲凉。凌峰轻叹一声，悄无声息地拔出夜王刺也在树下挖起来。他的夜王刺坚硬异常，刀尖碰到岩石会在上面留下一道深深的划痕，刀刃却丝毫不减锐芒！

不消半个小时，一个足有五十公分深的大坑挖好了！在树阴下，凌峰将女孩已经僵硬的身体抱起来，轻轻地放在她即将永远安息的墓地里。

龙靓从旁边的草丛摘下一束野花放在女孩的胸前，轻声说道：“安息吧，希望你在另一个世界永远快乐。”

一张结实的铁门阻隔了地下囚室和外面的通路，上面的铁枷锁已经锈迹斑斑，显然很久都没有打开过，凌峰有些失望，“砰”的一拳砸在铁门上：“妈的，怎么会有这么大的一把枷锁？还生了这么厚的铁锈?”

龙靓仔细看了看铁枷锁，确定它已经完全锈死：“会不会是海盗们废弃了这个通道，在别的地方另挖了一个门?”

“不可能！”凌峰果断地否认了，“这里以前是‘复兴’部队的囚室，非常机密，知道的人很少，海盗们没必要花费精力再去另外开凿一条通道。”

“那参谋长猜错了？海盗们根本就没有把船王藏在囚室里？”龙靓猜测道，“那他们会把他藏在哪里？”

“如果换做是你，你会把他藏在哪里？”凌峰反问，眼睛盯着铁门陷入深深的沉思。

“如果是常人的话，肯定会把重要的人藏在最安全的地方，这个地下囚室非常隐蔽，像你说的只有一条通道和外界相连，是最理想的地方，如果是我，肯定会把绑来的人票藏在这里。”龙靓说出自己的观点。

凌峰轻轻点点头：“嗯，常人都会这么做，但是安德烈·胡克不是一般人！他是一名职业海盗，是一个亡命之徒、守财奴！除了自己他不会相信任何人！”

“你的意思是哈里森和安德烈·胡克在一起？”龙靓想了想，赞同凌峰的观点，毕竟海盗不同于别的行业，他们一切就是为了钱，这一点和“复兴”部队很像。

“不完全是这样的。”凌峰继续分析道，“安德烈这个家伙一定把哈里森关在身边，只要能找到安德烈就不愁找不到哈里森！”

“你的意思是我们去海盗的老巢？”龙靓有些吃惊，不是她害怕那些海盗，而是就这么贸然闯到海盗的老巢，会不会有些太冒险？

凌峰狡黠地一笑：“不是我们，而是你。”

“我？”龙靓的疑惑更大了，她还没有完全适应凌峰的思维。

“你先去安德烈那里摸一下底，我随后就到。”凌峰很轻松地说着，并没有觉得去安德烈的老窝是一件很有难度的事情。

“你要去哪儿？”龙靓实在想不明白眼下有什么必要的任务凌峰要单独去执行。

“没什么，个人的不良习惯而已。”凌峰呵呵一笑，有些孩子气地说，“从‘蓝剑’出来的人都有这么个不好的习惯，就是执行任务的时候绝不会空手回去！带回来的可以是敌人的军事机密，也可以是匕首手枪什么的，重要的是不要空着手回来！海盗窝咱们既然都来了，我想顺便参观一下他们的军火库，看看有什么可顺走的东西！”

龙靓觉得很好笑，她怎么也不会想到“蓝剑”特种大队的队员会有一个这么奇怪的习惯！她想再说些什么，凌峰却不等她的回应就在她拳头上撞一下："同生共死。"话音消失的同时，人已经开始行动，几秒钟的工夫便消失在山林深处，向西部海岸海盗的弹药库进发。

龙靓苦笑一下，不愧是"毒牙"，行事果然雷厉风行，想到什么就是什么，根本不会事先和你商量，典型的个人主义！

从"复兴"部队决定从海盗手里夺回复兴 b 岛的那一刻起，凌峰就打起了海盗装备的主意，不是他太贪婪，实在是眼下"复兴"部队的火器装备太差，撤离中国大陆的时候他们逃得太匆忙，好的家伙根本就来不及带走，装备当然没有性命值钱，所以"复兴"部队只剩下这么几把冲锋枪，狙击步枪也就那么几把，没有强硬的装备做支持，干什么腰板都直不起来！眼下海盗的装备对凌峰来说实在是太有诱惑力了！

明晃晃的灯光逐渐变得清晰，凌峰躲在阴暗处，仔细打量弹药库周围的环境，西部是茫茫无际的大海，东面是他所隐藏的这个山林，只有东北部唯一的道路和复兴岛其他部分相连，就算有人想打弹药库的主意也只能干瞪眼，从海上来的话还没登陆就会被高空岗发现，而茂密的山林徒手走路都难，更别想运走那些笨重的铁家伙！

弹药库的门前站着两个荷枪实弹的美洲海盗，东北部几十米处有一个岗哨，五个抱着冲锋枪的海盗在烤着篝火，一个长头发的年轻海盗在学着女人的样子扭动腰肢。见状，凌峰在心里骂道：妈的，你们能乐就赶紧乐吧，过不了几天就该见阎王了！

第十一章 营救

凌峰的手伸到腰间，慢慢抽出夜王刺握于手心，冰冷乌黑的刀身依旧泛着冷冷的寒光，即使严酷的高温也磨灭不了它的寒意！凌峰探起身子，做出冲刺的样子，就在这时杰克·韦斯特忽然转向这边，和凌峰站在一条直线上，面对着面，一个在明一个在暗。

要想进弹药库就得先把门口的两个守卫干掉，而要干掉两个守卫就得先解决岗哨那边的五个杂碎，否则他们有足够的时间拉响警报！

凌峰悄悄地向岗哨那边靠过去，每一步都很小心，一旦他被发现，龙靓那边也就暴露了。此刻凌峰潜伏在岗哨正前面的一堆木箱后面，和海盗们的距离不过十几米，他能很清楚地看到海盗们的相貌。

五个杂碎当中有三个白种人，个子瘦高，满脸胡茬。另外两个是黑种人，裸露的肌肉张扬着他们无穷的力量。

凌峰的目光从五个海盗的身上一一扫过，同时在心中默默计算着彼此的实力。要是徒手的话，凌峰有把握在十分钟之内把他们全部放倒，因为人种的差异，美洲人要比亚洲人强壮许多，收拾他们要多花一点点时间。可是关键在于，凌峰不可能在同一时间放倒他们五个，一旦在交手的过程中有人鸣枪，那就意味着龙靓也即将被发现！

“哒哒哒……”一阵清脆的声音把凌峰从深思中拉回现实，他抬起头循着声音望过去，一个身材火辣的女人正款款而来。

那是一个皮肤黝黑的女人，不是很长的头发梳成一根根细小的辫子，身材很是惹火，臀部高高翘起，下面是黑色的丝袜一直套到大腿根部，上身是一件小尺寸的浅蓝色牛仔服，只有衣摆处系在一起，敞开的牛仔服里面有两个圆硕的D罩杯，野性的豹纹文胸仅仅罩住一小部分。女人推着一辆小木车，上面拉着一个巨大的箱子，不知道里面装的是什么。

五个海盗看到女人来很是兴奋，一个白人打了一个响亮的口哨：“嗨，美女！”

黑人大个子看到女人来了露出一个惬意的笑容，举起手里的冲锋枪大笑着跟她打招呼：“嗨，芭芭拉，你怎么来啦？”

芭芭拉很是热情，朝那个打口哨的海盗来了一个飞吻：“韦斯特先生让我给你们送一些酒来。”

一听说有酒喝，五个海盗的眼珠子都快瞪出来了。干海盗这行的可以不会抽烟，但绝对不能不会喝酒！在海上讨生活喝酒主要有两个用途：一是取暖；二是刺激神经，干起活来更大胆！

“我们现在在站岗，能……能喝酒吗？”黑人大个子有些犹豫，说话时眼睛一直盯着芭芭拉推来的箱子，咽下一口唾沫咂吧咂吧嘴。

“这个我就不太清楚了，我只是按照韦斯特先生的吩咐把酒送来。”芭芭拉看着几个大男人馋酒的样子觉得很好笑，故意逗他们，“要不，我再搬回去？”

“别别别！”满脸胡茬子的白人海盗见状吓坏了，忙过来拦住她，“Oh，Dear！亲爱的芭芭拉，既然是韦斯特让你送来的自然是没错！”说着扭头狠狠地瞪了黑人大个子一眼，不满地骂道，“该死的老黑！你瞎嚷嚷什么！你不喝就滚到一边站你的岗，我们还要喝呢！”

“就是！韦斯特先生让送来的你怕什么！”芭芭拉看到黑人大个子畏手畏脚的样子有些生气，男人嘛，就该争取自己喜欢的东西，哪怕是犯错误也在所不惜！畏畏缩缩怕这怕那的还叫男人嘛，“喂，你们是要五加皮还是威士忌？”

“五加皮跟水似的没意思！还是威士忌吧！”满脸胡茬的白人大声嚷嚷着，“哎，有没有白兰地啊？还是白兰地喝得过瘾！这才是男人喝的酒！”

“就你事儿多！”芭芭拉有些责备似地骂道，“老娘累死累活地给你们把酒搬来，自己还没喝上一口呢！滚滚滚，老娘先来点儿！”

说完，芭芭拉双手抱起木箱子猛地提起来，“砰”的一声放在地上。满脸胡茬的白人满眼放光，放肆的大手在芭芭拉挺拔的臀部上摸了一把，嘴上正要调侃，忽然看到不远处一个魁梧的身影慢慢走过来，马上收起满脸的笑容，刷地把冲锋枪端在胸前来了一个标准的美式敬礼，“立正！韦斯特先生好！”

杰克·韦斯特微笑不语，年轻的脸上有一种说不出的深奥，很难看出他在想什么，他的一颦一笑都让人捉摸不透。

见状，凌峰心中陡然升起一股疑惑，从那个叫杰克·韦斯特的青年男人出现的那一刻，他就一直在观察他。这是他第一次见到杰克·韦斯特，但是对他的神态、走路给人的感觉却有几分熟悉，好像在哪里见过这个人。

五个海盗已经喝得上了头，满嘴的胡言乱语，芭芭拉也趴在桌上不省人事。杰克·韦斯特没和他们一起喝，自始至终都是一个人端着一杯葡萄酒，静静地看着众人疯狂地喝着烈酒，嘴角挂着一抹不易察觉的微笑。他看看不远处弹药库前两个守卫的海盗，径直朝他们走去。凌峰没有行动，他想看看这个年轻人到底要干什么，说不定能把这些该死的海盗灌醉，这就省了他的麻烦！

“嗨，兄弟们，辛苦了！”杰克·韦斯特微笑着和弹药库前两个守卫的海盗打招呼。

两个海盗早就看到杰克·韦斯特来了，也看到他请那几个海盗喝酒，心里早就按耐不住，只是碍于上下级的关系不好贸然过去，这会儿他们热情地招呼道：“韦斯特先生好！”

“别这么客气，大家都是兄弟，叫我杰克就好了！”杰克·韦斯特轻轻一笑，上前拍拍一个海盗的肩膀，“我请他们几个喝酒，要不要一起过去？”

“这……不太好吧？”一个海盗假惺惺地推辞道，“我们还要站岗。”

“这有什么！”杰克·韦斯特爽朗一笑，揽住海盗的肩膀，“是船长见兄弟们站岗辛苦，才叫我弄了一箱子威士忌和白兰地来慰劳大家！这可是从法国船员那里弄来的，地地道道的法国白兰地！整条船上就那么几箱！”

“可是……”一个海盗还想再推辞一下，另一个却心急了，推着他就跑起来，“船长的意思你怕什么？再说还有韦斯特先生呢！”

“哈哈，兄弟们放心喝酒去吧！这边我帮你们站岗！”杰克·韦斯特大笑着靠在铁门上，从上衣口袋里掏出一盒烟点上，幽幽地抽了一口。

两个守卫渐渐走远，和那边的几个海盗打成一片。凌峰躲在暗处把一切都看在眼里，心中不禁感谢起这个杰克·韦斯特来，他可为自己省去不少麻烦。那边的海盗喝得跟狗屎一样已不用担心，就剩下杰克·韦斯特一个人收拾起来就简单多了，把他打晕捆绑上手脚扔到角落里，或者直接用夜王刺抹了干净利落！

凌峰的手伸到腰间，慢慢抽出夜王刺握于手心，冰冷乌黑的刀身依旧泛着冷冷的寒光，即使严酷的高温也磨灭不了它的寒意！凌峰探起身子，做出冲刺的样子，就在这时杰克·韦斯特忽然转向这边，和凌峰站在一条直线上，面对着面，一个在明一个在暗。

杰克·韦斯特的目光在凌峰藏身的暗处稍微停顿一下，脸上很平静，然后若无其事地把目光移开，两根手指夹着烟慢慢地走开，在海边上来回踱着步子。

凌峰整个人一愣，满脑子都是杰克·韦斯特那让人捉摸不透的表情和平静的眼神。凌峰清楚地感觉到，杰克·韦斯特知道他的存在，知道他就潜伏在对面的暗处！他的行动他都了如指掌，甚至龙靓去海盗的总部他都完全掌控在手中！

他为什么要这么做？按照常理，就算杰克·韦斯特害怕恐惧，甚至开枪向他射击凌峰都可以理解，但他为什么选择了沉默？凌峰回过头细细一想，把岗哨里的海盗灌醉，把弹药库前的守卫引开，所有的这一切好像都是为了他能够顺利地进入弹药库！

凌峰猜不透那个年轻的海盗脑子里在想什么，索性不再去浪费时间，既然杰克·韦斯特在帮助他，那么事情就简单多了，即使是圈套，凭着自己的身手，脱身不是难事！

凌峰的行动迅速之极，只一道疾风驰过便来到弹药库前。门上加了一把铁锁，凌峰轻蔑地一笑，用夜王刺锋利的刀尖在钥匙孔里轻轻试探了几下，接着稍一用力猛地一扭，“啪”的一声铁锁打开了。

弹药库里的布局很简单，一条走廊直延伸到尽头，最里面是一道半开着的铁网门，侧面还有一道小门，凌峰小心地用手指在上面敲了两下，铁门发出沉闷的声音。

乖乖，这道铁门的厚度绝对不下5公分！里面藏了什么东西，值得用这么结实的铁家伙锁住?

时间紧迫，管不了那么多了，凌峰径直走进走廊尽头的房间，上帝啊！这哪里是海盗的弹药库啊，分明是一个小型的军火库啊！

凌峰粗略一看，眼珠子差点没掉出来，重量级的家伙有火焰喷射器、勃朗宁重机枪、M—60机关枪！轻型武器不光有汤姆逊冲锋枪、M—16冲锋枪、AK—47突击步枪，突击刀、铁血军刀、鳄鱼军刀等刀具更是一应俱全！还有他最喜欢的微声手枪和巴雷特狙击枪！

凌峰看着满屋子精良的装备眼睛都直了，在心里骂道，妈的！这次要不把这帮肥得流油的海盗连窝端了，活该“复兴”部队穷死！

第十二章　女海盗

芭芭拉的外衣已经褪尽，只剩下黑色蕾丝的三点装，浓重的眉毛已经快要笑成两弯月牙儿，她慢慢将手伸到背后想要解开最后一层防卫。

凌峰从铁柜子里取出一支巴雷特狙击枪，眼睛在一瞬间就亮了，狙击枪是他最喜欢的玩意儿，弄回去两把也算是不虚此行！这么好的东西自然少不了吴邪的，兄弟嘛！

“哒哒哒……”凌峰正在挑选着最中意的狙击枪，弹药库的门突然“砰”的一声开了，接着是一阵清脆的声响。不好，有人来了！凌峰收起狙击枪躲到门后面，夜王刺已经反握在左手，待海盗一进门就可以刺穿他的脖子！

脚步声忽然戛然而止，进来的人停下了，凌峰心中一惊，难道来人知道他躲在里面？会不会是那个杰克·韦斯特？

“凌峰？”

一个尖细且略带几分甜美的声音传进来，凌峰整个人一愣，满腹狐疑，怎么会是女人的声音？难道是龙靓临时遇到情况折返回来？不可能！龙靓的声音他很熟悉，这绝不是龙靓的声音！可是除了龙靓，凌峰想不出复兴 b 岛还有谁能叫出他的名字，而且还是女人！

凭着脚步声凌峰听出进来的只有一个人，一个女人能要什么花样?

凌峰定了定神，把狙击枪立在墙边，将夜王刺藏于背后，慢慢走出来——是刚才的那个黑人女海盗芭芭拉！

芭芭拉见到凌峰先是一愣，随即暧昧地笑起来：“呦，你还蛮帅的嘛！韦斯特先生只说你是新来的，可没说你还是一个帅气的中国小伙儿！”

又是那个杰克·韦斯特！凌峰心中的谜团更大了，杰克·韦斯特显然知道他已经潜伏到复兴 b 岛，还知道他的名字，甚至知道他是中国人！凌峰装着堆满脸友好的笑：“我是新来的，是韦斯特先生让你来找我的?”

“怎么，你还不相信?”芭芭拉笑意盈盈地走到凌峰身边，丰满的身体左右摇曳，挺翘的臀部随着步伐有节奏地摇摆，很有女人的魅力。芭芭拉将一只手臂搭在凌峰的肩膀上，用细长的手指轻轻挑逗他：“我最喜欢中国的男人！黑种男人太野蛮，白种男人太好色，还是亚洲的男人最好，尤其是中国的男人，我喜欢！”

一阵触电般的感觉席卷了凌峰，这个画面太熟悉了，他一直掩藏在记忆深处的那个俏丽的身影再一次被唤醒，那个穿着迷彩服的年轻中国女孩，那段在“蓝剑”的刻骨铭心的记忆，邓雪灵，那个他和吴邪永远也忘不了的中国女孩。

“哎，你怎么了?”芭芭拉见凌峰眼神有些呆愣，不禁觉得奇怪，凭她火辣的身材、性感的挑逗，是个男人都会有特别的反应，这个中国男人怎会傻愣愣的沉闷不语?

“没事，你让我想起一个人。”凌峰淡淡地说着，努力告诉自己“蓝剑”已经成为过去，他不应再记起那段时光。

“让你想起一个人?”芭芭拉自言自语道，斜眼望着凌峰的表情，忽然浅浅一笑，“是一个女人吧? 你的表情告诉我是一个女人，而且她在你心目中的地位不是一般人可比的！我就喜欢这样的男人，多愁善感！一个女人就能让你为她守候一生！”

凌峰抬起头盯着芭芭拉的脸蛋，记忆中断回到现实，他的手触摸到旁边的巴雷特狙击枪，眼神恢复到之前的淡然宁静：“韦斯特先生让你来干什么?”

“我也不知道。”芭芭拉无奈地耸耸肩，“他说你看到我就会知道该怎么做。"

"看到你就会知道怎么做?"凌峰把芭芭拉的话重复了一遍，还是猜不透韦斯特的意思，"他还有没有说别的?"

"他还说……"刚开口，芭芭拉就停顿了一下，用奇怪的眼神盯着凌峰，"他还说……"

"他还说什么?"凌峰有些急了，迫不及待地问道，他可没耐心去等芭芭拉酝酿感情，要是在"复兴"部队，他早就抄起对方扔出去了!

"他还说……"芭芭拉说话的速度慢下来，好像在回忆杰克·韦斯特交代她的话，"如果你看到我还不明白他的意思，那个姓龙的女人就有麻烦了!"

龙靓? 跟她有什么关系? 凌峰还想再跟芭芭拉打听点什么，眼睛突然被她身上那略有几分妖艳的衣服吸引了，深色的丝袜，小巧的牛仔服，凌峰突然明白了杰克·韦斯特对他的暗示，芭芭拉和龙靓唯一的共同点是她们都是女人!

"把衣服脱了。"凌峰淡淡地说。

"什么?"芭芭拉小心翼翼地问道，还以为自己听错了，一直文质彬彬带着几分书生气的凌峰怎么会对女人说出这么露骨、直白的话?

"把衣服脱了!"凌峰直接说道，声音不是很大却带着不可动摇的威严，让人有种不敢放肆的压抑。

芭芭拉皱着眉头直直地盯着凌峰看了几分钟，忽然"噗嗤"一声笑出来:"你想跟外面那些坏家伙学啊? 哈哈，他们的坏是骨子里的，您学不来!"

凌峰丝毫不回避芭芭拉的眼神，径直把身子靠过去。他是典型的亚洲人，和非洲姑娘芭芭拉的身高竟然差不多。两个人直直地逼视着对方，脸只距离几公分，甚至可以感觉到对方的呼吸和心跳:"我不是跟你开玩笑，把衣服脱了! 不要逼着我动手!"

"好啊! 脱就脱! 我倒要看看你能对我做些什么。"芭芭拉说着往后退了一步，慢慢解开系在一起的衣摆，很麻利地把牛仔服脱下来扔在地上。她的身材本来就很好，黑色的文胸很挑战男人的意志力。

凌峰一直盯着芭芭拉的一举一动，犀利的眼神中没有半点杂质，脸上依旧严肃得让人不寒而栗，丝毫不为芭芭拉光着的身体所动。

芭芭拉用挑逗的眼神斜视着凌峰，嘴角露出一抹暧昧万分、风情万种的笑容。她稍稍弯下妖娆的蛮腰，将没到大腿根部的黑色丝袜一点点地褪去，露出棕色的皮肤。她的腿很长很纤细，就像选美大赛的模特小姐一样诱人。

芭芭拉的外衣已经褪尽，只剩下黑色蕾丝的三点装，浓重的眉毛已经快要笑成两弯月牙儿，她慢慢将手伸到背后想要解开最后一层防卫。

“好啦，可以了，我想要的你已经给我了。”这时，凌峰走到芭芭拉跟前，弯下腰去捡她扔在地上还飘着浓重香水味儿的衣服。

“是嘛？可是我想要的你还没有给我呢！”芭芭拉放肆地大笑着，上前一步站到凌峰面前，伸出两根手指头勾住他的下巴，“你不是要我脱掉衣服吗？你不是想看我的身体嘛，怎么？还怕我吃了你吗？”

芭芭拉诡异地一笑，左手“刷”地从背后将文胸扯下在凌峰的眼前晃了一下，将脸贴上去在他面颊轻轻一吻。

“啪！”一声低沉的闷响，凌峰绕过芭芭拉的身体在背后将她打昏，将她的身体拖到弹药库的角落里，用绳子将她的两只手反绑上，苦笑着摇摇头替她把文胸戴上：“得罪了，全是你们那位韦斯特先生的意思。”

凌峰最后看了一眼满屋子的宝贝，狠狠心将早就看上的两个体积很小的电子炸弹揣进兜里就往外跑，在这里逗留了十多分钟，该去海盗总部和龙靓会合了！

出门没几步，凌峰眼睛的余光再次被那道厚厚的铁门吸引，到底是什么要藏得这么严实？难道这小小的海盗还有自己的秘密武器不成？或者是他们的藏金库？这种可能性更大一些。

厚铁门是用纯钢板锻造的，打磨得光滑透亮，整个门上除了一个小小的钥匙孔外再没有半点孔洞。他以前遇到过这种专门掩藏贵重物品的铁门，打开铁门的是一把锯齿极其复杂的钥匙，比通常的钥匙要复杂很多，专业的开锁大师也要花上几个小时甚至几天的工夫才能研究透。当然这是对于普通人而言的，对于凌峰来说，那就是个摆设，有顺手家伙几分钟就 OK 了。

凌峰把夜王刺尖长的刀尖插进门锁里，试探性地触碰几下里面的锯齿，似乎比他想象的还要复杂一些。他又把夜王刺探得更深一些，小心翼翼地试探着它的精妙之处。

不到两分钟工夫，凌峰的额头上冒出一层细细的汗水，忽然他眼睛一亮，猛地发力转动手中的夜王刺，“啪”的一声，铁门打开了。

第十三章　海盗

一个巨大无比的黑影从众海盗的头顶飞过，“砰”的一声巨响后落在地上，激起满地的灰尘，一时间灰尘四起，直呛得人喘不过气、睁不开眼。

凌峰紧紧地靠着慢慢打开的铁门，而在铁门打开的那一瞬间整个人都愣住了，简直不敢相信自己的眼睛：正对着他的墙下整齐地放着两个大木箱子，其中一个木箱子的盖子打开了，里面全部是码放得整整齐齐的金条，明晃晃得刺人眼！

凌峰回身看看走廊里静悄悄的，确定没有人后一闪身进了金库，轻轻地把铁门推上。屋子里没有别的暗门，除了正面墙下摆着两个大木箱子外，左面还有几个更大的铁箱子，右面是一排铁架，上面摆满了黑色的手提箱。

这么大的铁箱子，不知里面放的是什么。凌峰弯下身子故技重施，把夜王刺的三刃刀尖插进铁锁，左右试探一下，然后猛地往里面一戳，“啪”的一声铁锁开了。

凌峰小心地掀开盖子，一股淡淡的幽香直扑鼻息，箱子下面是一些珠宝首饰，宝玉、翡翠、玛瑙、钻石以及黄灿灿的项链等塞了满满一箱子，压在上面的是几幅卷轴画，纸质稍微有点儿发黄，应该是古董。盖子上面悬挂着一颗小小的镂空的金属圆球，里面有一片细小的木屑，这是古代的一种挂饰，镂空球里面是一种能散发芳香的熏香木，也是一种少见的古董。

妈的，真是小看了这帮海盗，手里有这么多宝贝，光是这一箱子宝贝就够这帮家伙吃上个十几二十年的，而且还不是一般的吃法！

凌峰合上盖子，从架子上取下一只黑色的手提箱。又是这种摆设防盗锁！凌峰无可奈何地苦笑着，这次他懒得再花费时间开锁，直接把夜王刺插进防盗锁的缝隙里用力一锹，防盗锁“啪”的一声被撬得七零八落，破碎零件散落了一地。一沓沓崭新的美元整整齐齐地摆在手提箱里，按照一个手提箱里最少放 20 万美元计算，这几架子的手提箱怎么也得有几百万美元！乖乖，就这么一个不起眼的复兴 b 岛，就这么一帮不起眼的小海盗，竟然拥有这么惊人的财富！凭着这财富，他们足以在非洲买下一个小国家，当皇帝总比当海盗过瘾，他们何必要蜗居在这弹丸之地？那个安德烈·胡克的脑袋是不是进水了？

凌峰最后看了一眼那一箱子金条，拿着从芭芭拉身上扒下来的衣服和从弹药库里拿来的电子炸弹，一狠心蹿到门外“啪”地将铁门关上，这些可都是“复兴”部队东山再起的资本啊！

浓重的夜色笼罩着夜空，闷热的气温压得人喘不过气来，海盗总部坐落在复兴 b 岛中央一个低洼的小盆地，三面都是矮山丘陵，高大的树木直插云霄，从外面看完全是一片茫茫无际的树的海洋，任谁也不会想到之中隐藏着安达曼海盗的总部！

总部是一栋三层的西式楼房，构造设计出自“复兴”部队参谋长江萨之手。这时，一个黑影“嗖”地闪到黑暗中的树林里，龙靓隐藏在一棵大榕树后面，略带几分疲倦地喘着气，娇媚可人的脸蛋上挂着几颗晶莹的汗珠。在和楼房分开之后的二十几分钟里，她已经围着海盗总部的四周仔细勘察了一番。

总部一共有一个大门、两个小侧门。正门很大，门前就是复兴岛上最大的一处岗哨，几十个海盗不分昼夜地把守在门外，此刻他们玩得正欢——他们在进行一场角斗，一个个光着上身、力大如牛的彪悍海盗围成一圈，大声为里面角斗的海盗呐喊助威。

总部的一层是一个大酒吧，里面全是醉醺醺的海盗，葡萄酒、白兰地、五加皮、古巴的雪茄，以及衣着暴露、身材丰满、脸蛋标致的艳舞女郎。这里是海盗们的天堂，他们可以得到想要的一切——荣耀、酒和女人。

总部的二楼和三楼比一楼要安静得多，龙靓只能透过窗户依稀看到里面有几个人影在晃动。三楼则静悄悄的，一个人影也没有。

龙靓望着那帮围在一起角斗的海盗，思索着如何才能进入总部大楼内。安德烈·胡克不会把T国船王哈里森关在喧闹的一楼大厅，应该关在二楼或三楼。旁边的两个小侧门已经被焊死，除非把门拆了，否则不可能在不惊动海盗的情况下进入总部大楼！

“嗨，想到办法进去没有?”

龙靓正在全身心地思索，竟然完全没有察觉到旁边有人过来！她心急之下转身一记削砍直逼来犯者，速度之快让人无暇应对，完全是杀手遇到危急情况时的自然反应。

来人见龙靓扭头便打毫不留情，侧身躲开进攻的同时人已经闪到她的侧面，反应更是极快！龙靓心中一寒，好快的速度！她正要躲开这人的偷袭，却不料来人已经先她一步，一手扣住她的胳膊一手捂住她的嘴：“你还打！我是凌峰!”

“你怎么现在才来?”龙靓抱怨道，眼睛在凌峰身上扫了一圈，想看看他从弹药库里能搞到什么好装备，不曾想他手里空空的，只是背上多了个破旧的军用包，里面鼓鼓囊囊地塞了东西，“捞到什么好东西了？是狙击枪还是手枪?”

“先不说这个，你这里的情况怎么样?”

“我已经在海盗总部大楼周围勘察了一圈，具体情况是这样的……”龙靓把刚刚发现的情况一一介绍给凌峰，末了，指着那群在角斗的海盗说，“大楼的两个侧门已经被焊死，要想进入总部大楼必须走前门！你有什么办法能从那些海盗眼皮子底下混进去?”

凌峰解开军用包，从里面取出从芭芭拉身上扒下来的黑色蕾丝袜和牛仔服对龙靓说：“把你的衣服脱了，换上这件。”

龙靓用带着几分厌恶的表情望着凌峰手里花哨的女服，没有伸手接过来：“你从哪里弄来的这些破衣服?”

破衣服？凌峰觉得龙靓的话里有排斥的成分，他可不认为这是破衣服，相反，它穿在成熟妖艳的女人身上显得很妩媚、很火辣："这可是我从一个女海盗身上扒下来的！你赶紧穿上！你是女人，从正面混进去也不是难事。"

女海盗？龙靓有些诧异，凌峰不是去弹药库了吗？怎么会扒了女海盗的衣服？难道凌峰见到漂亮的女海盗也犯了大多数男人会犯的错："那个……女海盗你……把她怎么样了？"

龙靓有些失望，她之所以留在"复兴"部队，很重要的原因就是凌峰和吴邪，如果凌峰和大多数男人一样见到漂亮女人就会犯浑，那她宁愿马上离开"复兴"部队。

"这个你不用管，她没有生命危险，我只是把她打晕了。我虽然是雇佣兵，可除非是"复兴"部队需要或该死的人，否则我绝不乱杀人，尤其是女人！"凌峰平静地说着，并没有觉察出龙靓感情的微妙变化和声音中的差异，他的目光一直在海盗总部大楼上打转，想看看哪里有漏洞能钻进去。

听了凌峰的话，龙靓悬着的心才放下来，他果然和一般人不一样，她没有看错人。她从凌峰手里接过女海盗服，幽幽地问道："我可以从正门混进去，你呢？你打算怎么进去？还是我一个人进去？"

"你先混进去，我再想办法，你放心，你进去之后我会在里面和你会合的！"说完，凌峰便要离开去寻找总部大楼的纰漏，忽然又像想起什么似的，急匆匆地跑回来，"对了，如果你遇到海盗盘问的话，就说是杰克·韦斯特先生让你来，你是芭芭拉的好朋友！"

杰克·韦斯特先生是谁？芭芭拉又是谁？怎么凌峰去弹药库的这短短二十几分钟就发生了这么多事？遇到这么多人？龙靓正想跟凌峰问个明白，凌峰却飞也似地闪开了，他的动作总是那么快，就像是一阵风。

龙靓默默地望着凌峰远去的背影，一种难以言喻的感觉袭上心头，她使劲晃晃脑袋让自己冷静下来。龙靓将黑色的蕾丝袜贴着牛仔服勒在腰间，走到一棵大榕树前猛地飞身一跃，在脚尖触碰到树干时陡然转身抓住悬挂的树枝往前一荡，"刷"的一下落在粗大的树干上，干净利落，没有半点多余的动作。

龙靓将腰间的牛仔服解开悬挂在近身的树干上，慢慢褪去身上的衣服。朦胧的夜色下，她的肌肤光滑细嫩，身段凹凸有致，如丝的长发散落在娇嫩的玉肩上，遮盖住光滑如玉的胸脯，整个人宛如一位出水的仙女。

几分钟后，龙靓纵身从树干上一跃而下，动作依旧轻盈矫健。此时的龙靓就像变了一个人，墨色长发盘在细细的脖颈上，牛仔服的摆角简单地系在一起，露出里面黑色的织花文胸，细长的丝袜直套到一双玉腿根部，东方美人儿修长的身段儿顿时表现得淋漓尽致，和之前的她简直判若两人！

龙靓瞄了一眼海盗总部大楼前还在角斗的海盗们，自信满满地向前进发。她脸上摆出一个狐媚妖娆、美艳绝伦的笑容，捻花玉指优雅一秀，风尘女人的一步三摇便展现得惟妙惟肖。她是国际顶尖的天使杀手，精通各色风尘女人的魅惑手段，只要她愿意，就能让任何男人倾倒在她的石榴裙之下！

“老疤加油！打死他！”

“上啊老疤，你是最厉害的海盗！宰了那个小白脸！”

“老疤，今晚的冠军是你的！”

一大群围观的海盗喽啰在卖力地呐喊助威，圈子中央是两个不同肤色的海盗在角斗：一个是白色人种的光头海盗，身高在 185 公分以上，身材匀称、肌肉结实；另一个就是被海盗们疯狂追捧的老疤，F 国人，身高 177 公分左右，身上的肌肉标准之极！古铜色的皮肤显示出年轻的阳刚之气，两块结实的胸肌四四方方的，八块标准的腹肌更是像模板里雕刻出来的。最最醒目的还是他脸上那道长长的刀疤，从左侧面颊划过嘴唇直到右侧的下颌骨，给人非常彪悍凶狠的感觉。他曾经是东南亚地下拳场出了名的拳手！

角斗场上的形势已经非常明显，光头海盗根本就招架不了老疤猛烈的攻击，脸上早就挂了彩。与其说这是一场角斗，倒不如说是一场绝佳的个人表演！一场实力过于悬殊的表演！

龙靓走近，眼睛在杂乱的海盗群中瞄了一眼便不再去看他们无聊野蛮的游戏，她一点儿也不紧张，天使杀手什么大场面没见过？这点小场面她根本不看在眼里，与其在这里耗神，还不如想一想等会儿进了总部大楼如何和凌峰会合找到哈里森！

老疤毕竟是江湖场上过来的，就在其他海盗喽啰还在呐喊助威时，他已感到一股无形的压力在靠近！待他一眼看到龙靓时整个人惊诧极了，哪里来的这么漂亮的女人？他可也是一个喜欢年轻漂亮女人的家伙。

“嗨！”老疤大喝一声，正冲着光头海盗跳过去，人在半空中虎臂一震拦在对方脖子上，“哐”的一声，光头海盗被老疤狠狠地摔在地上，四脚朝天、人仰马翻！老疤这是在表演呢，表演给龙靓这个漂亮的女人看！

哧！老疤随即一把把身上的衣服撕掉，一双虎钳般的大手抓住光头海盗的牛皮腰带狼嚎一声，硬生生将比他高得多、壮得多、重得多的光头举了起来！

“走！”老疤接着撕心裂肺地大吼出声，脑袋上青筋暴起，咬紧牙关将光头庞大的身躯抛了出去！

一个巨大无比的黑影从众海盗的头顶飞过，“砰”的一声巨响后落在地上，激起满地的灰尘，一时间呛得人喘不过气、睁不开眼。

吭！吭！光头海盗这一下摔得不轻，胃里一阵翻江倒海，眼前直冒金星，耳朵里更是嗡嗡嗡响个不停。他恼火极了：“混蛋老疤，你是把我往死里玩啊！有种你让我一只手一只脚咱们再……”光头海盗颤颤巍巍地站起来，一边拍打着身上的灰尘一边破口大骂，可还不等脏话骂完眼睛就直了：原来，在灰尘渐渐散去的同时，一个性感撩人、火辣异常的娇小女人出现在他面前。

光头海盗忘记了骂老疤，眼睛在龙靓身上仔仔细细地打量了几圈，最后有些结巴地说道：“你是谁？怎么以前没……见过你?”

其他海盗的眼珠子也快要掉出来了，他们不是没有见过漂亮女人，黑人姑娘、金发碧眼的洋妞、黄皮肤的美人他们见得多了，可是像龙靓这样姿态万千、风情万种的中国美人儿他们还真得是……他娘的第一次见！

“你是芭芭拉的朋友?”老疤仔细盯着龙靓身上的衣服看了一会儿，用疑惑的口气问道。

“不是朋友！是好朋友！非常非常要好的朋友！”龙靓很嗲气地说着，根本不拿正眼瞧这帮平日里作威作福的海盗。她轻轻一斜身子靠在光头海盗身上，用挑逗的眼神看着他：“帅哥，你的手段还差一点哦！”

光头海盗心里正有火没处发，龙靓这一句给了他更大的打击，正想发飙，可一望龙靓那张漂亮动人的脸蛋儿火气就消了一半，在这样标致可人的美人面前，再野蛮的大老粗也会懂得收敛的。

海盗们忍不住偷偷咽下唾沫，纷纷朝龙靓抛来飞吻，几个张狂的家伙甚至打起了呼哨。老疤的头脑还算清醒，他的脑海里没有龙靓的半点记忆，不禁怀疑起来：“哎，小妞，你说你是芭芭拉的好朋友，她人呢?”

“芭芭拉? 被韦斯特先生叫去给弹药库的兄弟们送酒了，现在正和他们喝得欢着呢!”龙靓说着走到老疤身边，一条纤细的手臂搭在他的肩头，细长的手指在他粗糙的脸庞上一滑而过，“男人就应该有力量！像那小子那样随随便便就被打趴下，那还叫男人嘛?”

老疤被龙靓撩拨得来了兴致，一只大手揽住她纤细的小腰将她搂在怀里：“我还有更厉害的家伙呢，今晚上你要不要见识一下?”

“算了吧，你就这么两下子，对付二流三流的小子还能蒙混过去，遇到高手就抓瞎了!”龙靓轻蔑地说着，语气里充满了不屑。

“你说什么?”老疤被激怒了，揽在龙靓小腰上的大手猛地扣在她喉咙上，只要稍稍一用力，龙靓的喉咙便会捏得粉碎，“怎么样，小妞，今天晚上你最好把我伺候得舒舒服服，否则我不能保证你会见到明天的太阳!”

海盗喽啰们早就等着看热闹了，这下可满足了他们的欲望，一个个兴奋地狂嚎开来：“老疤，行啊！上了她!”“老疤，就在这儿吧，也给兄弟们开开眼!”“妞儿，老疤如果满足不了你的话我可以替补一下!”

还有一小部分喽啰不愿意龙靓被老疤糟蹋了，因为在这个复兴岛，女海盗少得可怜，漂亮的女海盗更是凤毛麟角，像龙靓这样气质、容貌、身段样样俱佳的女人更是可遇不可求!

复兴岛的大部分女人都是船长买来供亲信们消遣的妓女，喽啰们可碰不得，只能眼巴巴地看着他们尽情地享受女人带来的无尽欢乐。女人不等于妓女，这一点他们深信不疑！他们宁愿复兴岛上多一个女人，也不愿多一个妓女。

“老疤，玩玩就算了，她可是芭芭拉的好朋友，芭芭拉最近在船长那里受宠得不得了，可别引火烧身啊!”

“是啊老疤，这个妞儿还认识韦斯特先生呢，他这个人咱们可惹不起!”

闻言，老疤的手慢慢地从龙靓的喉部松开，他有点儿动摇了，倒不是怕芭芭拉，她不过是安德烈·胡克最近的一个玩物罢了，新鲜感一过谁还会去搭理她？但是杰克·韦斯特他还是很忌讳的，其实不光他，整个复兴岛除了安德烈所有人都怕他，因为没有人知道他的背景和来历，他一个凭空出现的人，却成了安德烈的得力助手！

“你永远都是一个小人物，一个不起眼的可怜虫！”龙靓敏锐地察觉到老疤内心深处的细微变化，她知道这种五大三粗的男人永远都是头脑简单、四肢发达！

“你说什么？”果然，老疤怒了，他原本就不服气，又被一个女人在大庭广众之下羞辱，他怎么受得了？当下便失去理智地大吼道，“你去死吧！”

“是吗？”龙靓轻轻地吐出两个字，眼睛却在一瞬间变得冰冷异常，右手鹰爪般猛地抓向老疤的下腹部，在他浑身颤抖的同时一个肘击猛地顶在他的肋骨下缘，这里是肝脏的边缘位置，龙靓的这一击重重地抵中老疤的内脏！

老疤受的重击非同一般，粗糙的脸上“哗”的一下汗如雨下，踉踉跄跄地直往后退。龙靓下手一点儿也不留情，招招致命，她可不会给老疤反击的机会，随即她身体钉在原地未动，右脚以极快的速度一飞而起，后脚跟正中老疤的下颌！

“咔嚓”一声清脆的撕裂声后，老疤的头颅被龙靓的后踢脚掀翻，颈椎骨生生折断！接着，老疤结实的躯体“轰”的一声颓然倒地，脑袋以一种不自然的姿势扭曲着砸在地上。这一记后踢脚便是龙靓的拿手好戏，在武侠小说中是被称作“风中劲草”的神乎其神的招数，讲究力量、速度、角度和形体的完美结合，只有身量姣好的女人才能发挥到极致！

漆黑的夜晚一下变得很宁静，包括光头在内的所有海盗都傻眼了，那个比野牛还要强壮的老疤竟在短短的几秒钟内被一击必杀！而杀人者竟然是眼前的这个纤纤素女，一个看上去弱不禁风的中国女人！

龙靓冷冷地看了一眼躺在地上老疤，不屑地说道：“很抱歉，没能让你见到明天的太阳。”

第十四章　海盗船长

安德烈和爱丽丝都进入了状态，双方都在拼命地撕扯对方的衣服，安德烈更是心急，没有耐心扒下爱丽丝的衣服，直接“哧啦”一声撕破后胡乱丢在地上，用力翻身将她压在身下，大手一挥将她黑色的蕾丝文胸撕扯下来，正要把脸凑上去。“咚咚咚”，门响了。

龙靓对着还处于紧张和恐怖之中的海盗们倾城一笑：“怎么，还有问题吗?”

“没……没了。”喽啰们一个个惊魂未定的，都不敢相信像铁板一样的老疤已经死去了。

龙靓在众人惊异的目光中走进海盗的总部大楼，推开巨大的木门，里面和外面简直就是两个隔绝的世界：疯狂的摇滚音乐震耳欲聋，整个屋子里烟雾缭绕，海盗们疯狂的嚎叫声不绝于耳。龙靓秀眉紧蹙，这种肮脏杂乱的地方是人待的吗？这帮该死的东西把这座环境优雅的天堂小岛搞得乌烟瘴气的！

这里的确是海盗们的天堂，甘洌的美酒，上等的香烟，衣着暴露、身材火辣的艳舞女郎，龙靓屏住呼吸在人群里穿梭，她是天使杀手，出入的都是上流社会，很少接触这种狂野的海盗圈。

龙靓在一楼大厅的西北方向看到了楼梯，她穿过拥挤嘈杂的人群慢慢走过去，时不时有身材火爆的金发美女或者黑人美女从她身边经过，那丰满胸部擦着她身体的感觉让她一阵厌恶，恨不得立刻用雪狼弯刀划破她们的喉咙！

没有人注意到龙靓的出现，她娇小的身躯在滚滚人流中那么的不起眼，淡雅的面容也被庸俗的浓妆掩盖。龙靓很容易就上了二楼，这里要安静得多，尽管嘈杂声仍不时地传来。

就在龙靓踏上二楼地板的那一刻，几束目光同时射来，有嫉妒的，有偷瞄的，还有羡慕的。不是很长的走廊里竟然有三四对男女海盗在亲热！男海盗清一色地光着上身，女海盗的打扮则要丰富得多，距离龙靓最近的女海盗正疯狂地亲吻着男海盗结实的胸脯。

一个醉意朦胧的海盗在龙靓的身上转了几圈，推开面前的女伴走过来："嗨，小妞……"

龙靓有些愤怒地盯着那个醉意朦胧的海盗，要不是有重要任务在身，她倒是很有兴趣慢慢折磨眼前的这个倒霉蛋儿直到他死为止！

"是韦斯特先生让我来的！"龙靓几乎是在咆哮，"滚回去调你的情！上你的马子去！"

杰克·韦斯特这个名字果然有效，这个醉意朦胧的海盗好像也对这个名字很忌讳，脸上的肌肉不自然地抽搐了一下，愣在了原地。

龙靓猜到了哈里森的藏身之处，三楼！安德烈这么在乎的人票，谁敢在他的眼皮子底下打情骂俏？吼完那个醉醺醺的倒霉海盗，龙靓头也不回地上了三楼。

三楼已经很安静了，甚至寂静得让人有些不踏实，长长的走廊只有一个年轻人靠在一扇门前幽幽地抽着烟。看见龙靓上来他掐灭烟走过来，询问道："你是谁?"他似笑非笑的，和之前在弹药库时是一个的表情，是的，这个年轻的海盗就是杰克·韦斯特。

龙靓一愣神，整个身体在这一瞬间僵住了，在她的思维定势里，海盗都是身材魁梧、五大三粗、面目可憎的家伙，可面前这个海盗似乎有点太不像海盗了！

年轻帅气的脸庞，举止端庄，包括抽烟的姿势都很优雅，西装革履，金黄色的短发梳得整整齐齐，脸上干净得没有半点胡茬，龙靓忍不住怀疑起来：这人是海盗吗？还是IT精英？

“我是……芭芭拉的好朋友。”龙靓有些失神地看着这个年轻的海盗，连说话都有些不利索，“是……韦斯特先生让我来的？”龙靓哪里知道，眼前这个年轻的海盗就是她嘴里的杰克·韦斯特！

“是嘛？”杰克·韦斯特盯着龙靓的眼睛幽幽地说，“可这里是安德烈船长和关押哈里森的地方，不许任何人随意出入！”说话的工夫韦斯特已经走到龙靓跟前，高大的身躯完全将她笼罩起来，“你知不知道，你现在的处境……很不妙！”

龙靓整个人一个激灵，一下子清醒过来，糟糕，被发现了！她稍稍往后退开一小步和杰克·韦斯特空出距离，一记漂亮的高鞭腿横空而出踢在对方的面颊，她用的力量恰到好处，刚刚能把人打晕而不至于打死。

看着倒在眼前对手，龙靓觉得很是莫名其妙，这个家伙实在太可笑了，一点儿也不像海盗，连最起码的防御都没有就被她轻松击倒了！既然安德烈和哈里森两个重量级人物都在这里，守卫的人最起码也是功夫非常了得的保镖或杀手才是，而不该是这个IT精英！

龙靓靠近旁边的一扇门，把耳朵贴上去听里面的动静。门上的细缝黑漆漆的，里面更是什么声音也没有。龙靓从头上摘下一枚细长的发卡插进钥匙孔里试探着一探一转，门“啪”的一声竟然开了，龙靓连忙将倒在地上昏迷不醒的杰克·韦斯特拖进黑漆漆的屋子。

屋子里能见度不高，龙靓小心翼翼地拖着杰克·韦斯特摸索着前进，生怕触碰到东西发出声音被海盗发现。很奇怪，明知道昏迷的这个人就是该死的海盗，龙靓却一点儿杀死他的意思都没有，难道就因为他和别的海盗有那么一点点不一样？龙靓也搞不清自己是怎么了，或许，他还不该死吧！

龙靓把昏迷的韦斯特放在沙发上便不再去管他，径自走到门后“啪”的一声打开灯，不是她大意，而是对自己的身手有绝对的自信！她知道自己出手恰到好处，不会要了人的性命，但是定会让对方昏迷上几个小时。

灯亮的一瞬间龙靓再次震惊了，海盗的房间凌乱肮脏，空酒瓶、烟头、脏兮兮的衣服甚至女人的内衣扔得到处都是，这些她都可以接受，但是眼前的这个房间，所有物品都摆放得井井有条，正对着的墙上甚至悬挂着一副中国的古典山水画！这是海盗的窝吗？难道是被自己打晕的倒霉家伙的？龙靓在心里默默揣测着，除了这个人，她实在想不出还有谁会这么奇怪？

“咕咕！”窗外传来几声清脆的鸟鸣声，龙靓敏感地捕捉到了其中的异样，避开窗户躲了起来。“咕咕！”同样的虫鸣声再次传来，这一次龙靓听得真切，这是凌峰模仿出来的！虽然逼真到难以分辨的程度，但她还是凭着直觉感觉出来了。

“啾啾！”龙靓用同样的方式回应凌峰，又在窗外几米处茂密的林叶间发现了凌峰的藏身处，于是走到窗前做了一个疑问的手势：“有情况？”

凌峰指指隔壁的房间，做了一个“过来”的手势。龙靓把身子探出窗外望了一眼下面漆黑的地面，大楼门口的那帮海盗早已开始新一轮的角斗，谁也没有注意这边的动静。

窗户和对面的大树有三到四米的距离，龙靓回头望了一眼还在昏迷中的杰克·韦斯特，纵身一跃在空中划出一道很美的弧度，只留下一抹模糊的光影，就仿若一只振翅高飞的灵燕，敏捷灵巧。

“情况还好吗？”

“都在预料之中，不过……”龙靓想把那个奇怪的海盗的事情说给凌峰听，但随即否定了这个念头，或许是她想多了。

“不过什么？”凌峰见龙靓吞吞吐吐的，以为她遇到了什么特别的事情。

“没什么。”龙靓没有继续，转了话题，“你怎么会在这里？不是要在里面和我会合的吗？”

“嘘——”凌峰做了一个小声点的手势，指着斜对面的一个房间说道，“你看，那个独眼的家伙。”

顺着凌峰手指的方向，在隔着几个房间的另一扇窗户里，龙靓看到一个身材魁梧的美洲男子，那斜挂在脸上的眼罩格外醒目，身上肥大的袍子上还绣着一个白色的骷髅头，是安德烈。

“窗户外面有个小阳台，过去看看。”凌峰抓住头顶的一根树枝，腾地一下荡到另一棵树上。阳台上有铁护栏，碰到它肯定会发出声音惊动里面的安德烈，就只能先抓住下面的台子再荡上去了。凌峰深吸一口气，在距离阳台最近的地方转过身越到树干上借力猛地反弹，“嗖”的一声，就像一支疾飞而出的箭矢一般射出！

凌峰的双手铁钳般卡住台子，以极大的力量克制住惯性，没有发出丁点儿声音！他左脚贴着墙壁借力制动，凌空回旋纵身而起，双腿牢牢地勾住铁护栏将整个身体翻上阳台。

屋子里一切依旧，独眼的安德烈·胡克在屋子里踱着步子，手里端着一只高脚酒杯，里面装着少许葡萄酒。他的面前，一个金发碧眼、胸大臀翘、浓妆艳抹的女人正端坐在沙发上，嘴里叼着一根上等的雪茄烟，眼神迷离、脉脉含情地朝安德烈传情。

龙靓看着凌峰安全着陆，不禁觉得好笑，犯得着这么卖力嘛。她仰头看了一眼头顶高大茂密的树干，贴着树干"蹭蹭蹭"几下爬到树冠，在一根正对着凌峰的树干上轻轻弹了几下试探它的柔韧度。

"忽"的一声风响，接着一道凌厉的疾风自空中急速滑下，凌峰只觉得身边一凉，龙靓在空中以一个优美华丽的姿势悄然落地，身似飞燕落地无声，从时间和艺术的角度看都较凌峰的身法略胜一筹。

龙靓和凌峰的身手都很敏捷矫健，屋里的安德烈和妖艳女人丝毫没有觉察，一切还和之前一样宁静。

安德烈是个典型的美洲男子，身材魁梧，浓眉大眼，满脸粗糙的大胡子。他将手中的葡萄酒一饮而尽，高脚酒杯往地上一扔，"啪"的一声碎了。安德烈弯下身子在妖艳女人的额头上吻了一口："我的小宝贝爱丽丝，要不要现在就开始?"

叫爱丽丝的妖艳女人好像对安德烈有些不满意，故意把身体扭到一边翘起二郎腿，她穿的是火红色的短裙，白花花的大腿在火红色的映衬下显得分外粉嫩诱人："你想来就来吧，反正都是这个破地方！"

安德烈·胡克看着爱丽丝暴露在外的秀腿，舔了舔干燥的嘴唇："怎么啦宝贝，不满意吗?"

"你不是说会带我去欧洲的嘛? 迷人的沙滩、法国的香水和时尚衣装、意大利的名牌手表、璀璨的钻石！"爱丽丝闭着眼睛双手合十，陷入自我陶醉美好的憧憬中，可睁开眼只望见面前这个丑陋的独眼男人，只好无奈地说道，"可是现在呢? 什么都没有！没有沙滩！没有香水！没有钻石！只有一些醉醺醺的酒鬼，还有让人发狂的闷热的气候！"

窗外的龙靓听着爱丽丝的哭诉不禁无名火起：凭你一个妓女能有这

些就不错了，还挑挑拣拣的！我要让你一辈子都埋在沙滩里！

安德烈的兴致正浓，丝毫不在意爱丽丝骂自己的手下是酒鬼。他大笑着在爱丽丝身边坐下，一只粗糙的大手按在她白嫩的手上，另一只将她的身体勾过来，忍不住在她脸上亲吻起来："等到这个老头子的钱到手，我就带你去欧洲！去爱琴海！去夏威夷！他可是大大的有钱，只要这一票成功了，我们三五年都不要再出海！"

老头子？难道安德烈说的是哈里森？凌峰在心中猜测着，这个狡猾的海盗头子果然把哈里森秘密关押了起来！

"亲爱的，你弄清楚了没有，那个老头子真的那么有钱？"爱丽丝轻轻地将安德烈推开，捂住他的大嘴不让他乱来，比起和安德烈亲热，她更关心的是跟着这个野蛮的男人能不能有大把的钱花！

安德烈一只独眼贼溜溜地在爱丽丝的身上徘徊，一只大手挪到她白白的大腿上摸起来，又顺着大腿的内侧一直探到短裙里面："放心吧宝贝，你别小看了这个糟老头子，他有钱得很！那条叫'海王星'的豪华游轮你看见了吧？这个老头子这样的游轮多的是！总之，他的钱能让你数到手抽筋！"

听了这些，爱丽丝的脸上绽开出狐媚的笑容，也不顾安德烈在她身下乱摸的大手，翻过身来爬到安德烈身上，双手刨开他宽松的袍子，伸出舌头在他胸脯上舔舐起来。

很快，安德烈和爱丽丝就进入了状态，都在拼命地撕扯对方的衣服，安德烈更是心急，没有耐心扒下爱丽丝的衣服，直接"哧啦"一声撕破后胡乱丢在地上，用力翻身将她压在身下，大手一挥将她黑色的蕾丝文胸撕扯下来，正要把脸凑上去。"咚咚咚，"门响了。

凌峰悬着的心总算放下来了，这门响得太是时候了！如若安德烈真的和爱丽丝在这里做起来，那他和龙靓将会陷入怎样的境地？虽然在"蓝剑"也经历过类似的训练，但是和女战友一起实战……还是很别扭！

"谁啊？"安德烈粗鲁地大吼道，他正在兴头上，被人打断很是恼火，哪个不长眼的混蛋敢坏了他的好事？真是不想活了！

"亲爱的，快穿上衣服！有人要进来！"被安德烈压在身下的爱丽丝听到敲门声有些慌乱，伸出一条胳膊捡起衣服护在胸口。

"别怕宝贝！我让他滚蛋！"安德烈不愿自己的好戏被人破坏，将手伸到爱丽丝护在胸口的衣服下继续摸索，“他妈的是谁在敲门？有什么事明天再说！别坏了老子的好事！”

安德烈的意思已经很明显了，就是让敲门的人赶紧滚蛋，谁知门“砰砰砰”地再次响起来，而且声音比之前更大了：“船长先生，是我，杰克·韦斯特！有很重要的事情跟你汇报！”

第十五章　神秘人

杰克·韦斯特离开安德烈屋子前的那一个眼神，绝对是在看潜伏在暗处的凌峰和龙靓，他知道两人就藏在他的眼皮子底下！这点凌峰深信不疑：他已经知道自己和龙靓潜伏在暗处偷听他们的谈话，他是在故意向自己走漏风声！

门外传来低沉的回答，声音虽小却带着不可抗拒的威严，凌峰和龙靓几乎同时握住了随身的利器，这是雇佣兵和杀手的习惯——当危险降临时，用最有效的武器来保护自己！龙靓的心中升起一股莫名的疑惑，这个声音好生熟悉！而杰克·韦斯特这个名字更是刺激了凌峰的每一根神经，那个在弹药库出现的神秘年轻人在这个时候出现，意味着什么呢？

爱丽丝慌忙从地上捡起衣服套上，又忙着把凌乱的头发和衣服整理好。安德烈一百个不愿意现在去见杰克·韦斯特，可是没办法，这个家伙很厉害，虽然自己是老大，但凡事还得听听他的意见。他随便把袍子套在身上，“啪”的一下拉开门，却没给韦斯特好脸色。

杰克·韦斯特很恭敬地对安德烈·胡克欠了欠身子：“不好意思船长，这么晚了还来打扰您。”

韦斯特的毕恭毕敬让安德烈的怒火稍稍平息了些：“有什么事非得这么晚来啊？”

杰克·韦斯特回头看了一眼走廊，贴着安德烈的耳朵小声说道："是有关生意上的事情，我们能不能进去详谈一下？"

安德烈原本想打发了韦斯特后再续春宵，无奈这个家伙很不识相，没办法，只好把他请进来。杰克·韦斯特进屋看见爱丽丝，先上去打了个招呼："爱丽丝小姐也在啊？不好意思，打搅你们的好事了。"

爱丽丝自知韦斯特猜出了她的身份，也不再扭捏，大方地一笑，用埋怨的口气说道："韦斯特先生，什么事啊？非得这么晚来打搅安德烈先生？难道还有比安德烈先生休息更重要的事情吗？"

"生意上的事情，关系到兄弟们的经济来源，我想很有必要跟安德烈先生详谈一番！"杰克·韦斯特不紧不慢地说道，话音很轻，温文尔雅的，言辞也恭谨严密，没有漏洞可以挑剔，气得爱丽丝只能干瞪眼。

凌峰心中满是疑惑：这个韦斯特怎么来了？难道是欲擒故纵之计？只得故意露出破绽让他和龙靓潜入总部大楼好瓮中捉鳖？不可能啊，凭他的直觉，韦斯特的城府相当深，他应该非常了"解毒"牙的厉害，即便救不出船王哈里森，全身而退还是不成问题的！

凌峰想提醒龙靓做好战斗的准备，这个杰克·韦斯特实在是太让人捉摸不透了，保不准会反扑一口令他们措手不及！与此同时，望着杰克·韦斯特熟悉的背影，龙靓的后脊"刷"的一下冷汗直冒，她记得清清楚楚，这个温文尔雅的男人已经被她打晕，现在应该躺在隔壁的沙发上！

"凌峰，你等我一下。"为了确认自己的猜想，龙靓要回去看一眼，到底眼前的这个男人是人是鬼。她很着急，抓住护栏"嗖"的一下直接越到隔壁的阳台，而当她小心探过头时不禁惊呆了，后背一阵发凉，那种不寒而栗的感觉太恐惧了！

从三年前第一次踏入国际杀手集团，龙靓凭着过人的智慧和神乎其神的杀人手段在国际上声名鹊起，执行的都是难度极大、危险系数极高的暗杀任务，从未出过半点差错，她对自己的手法也有着绝对的自信！可是现在……

很快，龙靓心事重重地潜回来，把安德烈屋子里的那个年轻人瞧了个清楚，没错，是被她打晕的那个人："凌峰，这个人……"

"嘘——"凌峰做出一个噤出声的手势，指着屋子里轻声道，"这个人就是杰克·韦斯特，先听听他们说些什么。"

杰克·韦斯特似乎有重要的事情要跟安德烈·胡克细谈，看了一眼旁边的爱丽丝，委婉地说道："船长先生，这件事关系到下次行动的具体步骤，你看是不是……"

安德烈不是傻子，当然明白韦斯特的意思，可是现在他被欲火撩拨得很难受，真是巴不得韦斯特立马离开成全了他的好事："没事，韦斯特你放心说就是，爱丽丝是自己人，完全可以信任！"安德烈说着，牵起爱丽丝搂在怀里亲了一口。

"船长先生，这个消息很机密，您看我们最好还是……"杰克·韦斯特还是坚持让爱丽丝离开，高傲的他不相信任何人，包括安德烈在内，只不过他有自己的打算，现在是不得已而为之，安德烈也只是他达成私人目的的一粒棋子而已。

安德烈原本就不满意韦斯特破坏了他的春宵夜，现在见他还固执地亵渎自己的权威，很是恼火："韦斯特，注意你现在在跟谁说话？难道你连我也不信任？"

韦斯特看了两人一眼，开始汇报，不再坚持："三天之后，有一艘豪华游轮从这里经过。这艘豪华游轮从新加坡出发，途经马六甲海峡、安达曼海、孟加拉湾，最后抵达印度的加尔各答，船上全都是亚洲的富豪显贵，我们要不要让船停下来？"说到这儿，韦斯特顿了顿，"这是我最新得到的消息，真实性绝对可靠！"

"最近M国和印度的海警频繁在孟加拉湾出现，对我们是很大的威胁，而且中国部队有时也会护航，我看这艘船还是让它过去吧，我们的钱够花，别给自己找麻烦。"

"船长先生，这次的机会很难得，这艘游轮上的全部都是富商显贵，很值得干上一票！"杰克·韦斯特不想自己的计划落空，况且他清楚地知道安德烈是在敷衍他，海盗们已经几个月没有行动了，海上风平浪静的哪里来的海警？中国部队护航？前提是航行的是中国的远洋公司的船，私人的游轮根本不在保护之列，"安德烈先生，我希望您能好好考……"

"好啦好啦！"安德烈连连挥手打断韦斯特的话，不耐烦地说道，"事情就这么定下了，让弟兄们好好休息一段时间！韦斯特，还有别的事情吗？没有的话你也回去吧，时间不早了！"

休息个屁！你直接说让我赶紧走你好玩女人不就完了！杰克·韦斯特

特在心里冷笑，有这样的船长，安达曼海盗的末日也就不远了："船长先生，还有一件事，哈里森先生已经绝食几天了，再这样下去我怕他身体垮了，咱们的辛苦就白费了！"

"妈的，老头子骨头还挺硬！"安德烈开始还以为哈里森只是要要有钱人的小脾气，没想到一来就是绝食几天，再这样下去非饿死不行！他可不同于一般的富豪，是富豪中的王中之王，打一个哈欠印度洋都能卷起飓风来！

"是不是食物不合他的胃口？有钱人都他妈的挑三拣四的！"安德烈一提起哈里森就火大，"韦斯特，你吩咐兄弟们给老家伙弄点好东西，给他弄点野牛肉！还有，把我珍藏的那瓶42年的红酒也给老家伙送去！"

"妈的，算了算了！还是我亲自去厨房看看有什么合T国人口味的！"安德烈想想还是不放心，对性感撩人的爱丽丝也兴趣大减，"小美人儿，今晚的节目免了吧，老子没心情了！走，你陪我去看看，说不准你的眼光能满足那老头子！"

安德烈整理了一下凌乱的袍子，挽住爱丽丝的胳膊走出卧室。杰克·韦斯特恭敬地尾随着，在即将踏出门口的一瞬间，他目光不经意地朝阳台这边瞟了一眼，嘴角挂着一个诡异的笑容。

凌峰不由得浑身一寒，顿觉一股寒意从四面八方奔涌而来，这是他从未有过的感觉，是一种发自心底的胆寒和恐惧。在这小小的复兴岛上，一个年轻神秘的陌生男子竟让他体会到了心神不定、糟糕至极的感觉！

"不可能，这怎么可能，刚才我明明把他打晕了！"龙靓还是不敢相信自己会失手，而且对方还是一个名不见经传的海盗！

杰克·韦斯特离开屋子前的那一个眼神，绝对落在了潜伏在暗处的凌峰和龙靓身上，他知道两人就藏在自己眼皮子底下！对于这点凌峰深信不疑！难道他是在故意向自己走漏风声！这个人实在是太可怕了，凌峰现在唯一的心愿就是，杰克·韦斯特是江萨暗地里派来帮助他们完成任务的！这是最好的结果，如若不然，韦斯特在不远的将来将会是"复兴"部队一个极其强悍的劲敌！

凌峰对龙靓打了个手势，指了指安德烈屋子隔壁的一个房间，又指了指里面的走廊，龙靓会意地点点头，小心地把窗户推开一闪身进了门。杰克·韦斯特已经对他们做出指引，他说"隔壁的老头子"，而安德烈隔壁有两个房间，一个是龙靓出来的那间，另一个应该就是哈里森的藏身之地。

凌峰来的时候也留意过，那间屋子的窗帘一直拉着，如果他猜得不错的话，这间屋子用了双层窗帘结构，玻璃窗户的内层和外层都安有窗帘，而且一定早就做了手脚，比如被气焊焊死！

凌峰细细观察了隔壁的阳台，确定没有什么异样后便抓住护栏纵身一跃，很轻松地跨越了几米宽的间距。他身体紧贴着墙壁，一手握紧夜王刺，另一只手悄无声息地贴在钢化玻璃上试探着用力一推。和他猜测的一模一样，钢化玻璃纹丝不动，边角已经用钢条焊死。

第十六章　船王

“你们是什么人？为什么要到这里来？”被凌峰抵住喉咙的人开口说话了，那是一个五十多岁的亚裔男人，头发微微有些发卷，大眼浓眉、八字胡，是典型的T国人，不过此时他脸色很差，嘴唇干燥得已经开裂，眼睛里布满血丝，几许白发更是凭添了几分沧桑。

凌峰掀开外层窗帘的一角想看看里面的情况，很糟糕，映入眼帘的还是一层碎花的帘子，他屏住呼吸把耳朵贴上去，“咚、咚、咚……”一阵有节律的脚步声在持续，是有人在来回走动。

凌峰将夜王刺细小的三刃刀尖插到钢条和窗户的间隙，猛劲一别，“啪”的一声钢条的焊接口处崩断，他推开窗子钻进去再关好，整个过程只有短短的十几秒，动如疾风，快如闪电！

出于雇佣兵的本能，凌峰进屋的第一刻便定格了屋子里的人，以最快的速度将刀尖顶在他喉咙上。与此同时，屋子的门“咔嚓”一声从外面打开，一个娇小的的人影迅速闪进来，她手里紧握着一把寒光闪闪的雪狼弯刀，做好了随时厮杀的准备。

“你们是什么人？为什么要到这里来？”被凌峰抵住喉咙的人开口说话了，那是一个五十多岁的亚裔男人，头发微微有些发卷，大眼浓眉、八字胡，是典型的T国人，不过此时他脸色很差，嘴唇干燥得已经开裂，眼睛里布满血丝，几许白发更是凭添了几分沧桑。

凌峰在男人脸上一扫，久经训练的无意识记忆便将他的面容深深地印在了脑海里，永远也不会磨灭。凌峰松开抓住男人的手，将夜王刺插回特战靴里，恭恭敬敬地朝男人鞠了个半躬："哈里森先生，好久不见，您还记得我吗?"

没错，眼前这个亚裔男人就是安德烈花尽心思绑来的T国船王哈里森！哈里森被突如其来的情况搞得有些失措，但是并没有乱了方寸，盯着凌峰的脸足足看了两分钟，终于爽朗一笑，"了不起的中国小伙子！你是那个了不起的中国小伙子！几年前我在中国和你共处过很长一段时间!"

"想不到哈里森先生的记忆力这么好，我还以为您认不出我了呢!"凌峰上前和哈里森握手，就像久别重逢的老朋友一样。

"哈哈，别人我可能不记得，但是你给我的印象很深刻!"哈里森对凌峰的评价很高，以至于暂时忘了自己的处境，"成熟、沉稳、智慧，是一个做大事的人!"

龙靓不禁有些诧异，一个雇佣兵怎么能和一个顶级富豪认识?而且聊得这么投缘?于是她收起弯刀走上前去："凌峰，你和他认识?"

"是的。"凌峰笑着个绍道，"龙靓，你应该称呼哈里森先生为前辈，他是我最崇敬的人之一。"

哼，是吗?龙靓在心里暗暗冷笑，一个拿钱取人命的雇佣兵还谈什么崇敬?谈什么前辈?

"对了，凌峰，你怎么会来这里?是不是中国政府派你来消灭安达曼海盗?你那些特种部队的兄弟还好吗?我挺想念他们的!"哈里森的精神一下子变得很亢奋，完全忘了自己正深陷困境。

听到"蓝剑"这个词，凌峰整个人微微一颤，他原本以为自己已经忘却了"蓝剑"，忘却了那段写满青春的部队生活，而在这一刻才发现，那段日子是他这辈子也不会忘却的，即使现在已经离开，即使身在"复兴"部队，即使是一个血腥的雇佣兵!

"凌峰，哈里森先生，现在不是叙旧的时候，安德烈和那个杰克·韦斯特随时都有可能回来，我们的行踪随时都有可能暴露，我们必须尽快离开这里！”龙靓见两人叙起旧来，不由得有些烦躁，打断了两人。

凌峰立刻回过神来，走到窗前，小心地打开一条缝隙探查外面的情况。“海盗的总部大楼三面都是山林，从这扇窗子出去，在山林里一直往西走就可以到达我们登陆时的断崖，那里有我们的潜水服！不到两小时我们就可以带着哈里森先生到达安全地带！”

现在已经是深夜，海盗们大多数已经折腾够了，只有几个站岗的还在门口打着盹儿，凌峰抬头望了一眼挂在墙上的帘子，纵身一跃用夜王刺将帘子截下来，再快速划成一道道布条，将它们首尾相接系成一条长长的布绳，一头系在阳台的护栏上，另一头塞到龙靓手里：“你先过去。”

龙靓明白了凌峰的意思，抓住布绳走到阳台上，瞅准前面一棵粗大树干，单手扶着护栏纵身而起，准确无误地落在预定目标，将布绳系在树干上后对凌峰招了招手：“OK，快过来吧！”

凌峰目测了一下距离，又看了一眼年过半百的哈里森：“哈里森先生，对不住了，你忍耐一下。”说着左手握住悬着的布绳，右手铁钳一般夹住哈里森的身体，整个身子向前一倾，“嗖”的一声滑了出去。

哈里森的脚刚刚落地，凌峰就手起刀落，用夜王刺将悬于护栏的布绳划断，对龙靓嘱咐道：“龙靓，此地不宜久留，我有些重要的事情需要处理，你先带着哈里森先生用我的潜水服离开，我随后去追你们！”话音落下的同时，他已经跳到树下，朝弹药库方向跑去。

第十七章　谋划

中国陆军，中国特种部队，中国维和部队，在国际上享有很高的赞誉！虽然西方一些国家一直敌对中国，但是他们不得不承认，中国的士兵是最优秀的！哈里森想不明白，眼前这个他曾经给予过很高评价的中国小伙子，为什么会离开中国部队加入雇佣兵组织，这实在是太不可思议了！

热带的夜晚依旧那么宁静，茫茫无际的海面在洋流的作用下微微泛着涟漪，在皎洁的月色下显得十分安详宁静。

复兴岛的临时指挥部里，邓克宝和江萨亲自出来迎接刚刚被龙靓救回来的哈里森，邓克宝笑意盈盈地上前和哈里森握手："哈里森先生，久仰久仰！"

哈里森先生很激动，握着的手久久没有松开："这次我能够安全脱险，全靠各位的鼎力相救，感激不尽！感激不尽啊！"

江萨看着安全回来的哈里森，心里沉重的包袱总算是放下了，船王在手，事情就算成功了一半了，他瞥了一圈没有发现凌峰，疑惑地问道："龙靓，怎么不见凌峰?"

"是这样的，参谋长，在撤离复兴 b 岛前，凌峰突然有些事要去做，嘱咐我把哈里森先生送回来，他说十几分钟就可以搞定。"说着，龙靓看了一下时间，“应该快回来了。”

“哎呀，我说参谋长啊，龙靓把哈里森先生安全带回来功不可没啊！”这时，邓克宝笑着走到龙靓跟前，拍拍她的肩膀，“龙靓，干得非常漂亮啊！至于凌峰，他应付的来的。”

江萨刚刚放下的心再次悬起，哈里森非常重要是没错，但凌峰何尝不重要？钱不是问题，赚钱更不是问题！可“复兴”部队想要东山再起，凌峰必不可少！“毒牙”暗杀组的每一个成员都是不可替代的！如果为了哈里森折了凌峰，自己一定会遗恨终生的！

“哈里森先生难得来到我们‘复兴’部队，我代表复兴公司的全部战士欢迎船王先生！”邓克宝大笑着，言语间透露着无限的虚伪与做作。

“复兴”部队？复兴公司？哈里森终于回过味来，仔细地看了一遍眼前的人和屋子里的摆设，整个人不由得一震，太奇怪了，这间指挥部里没有那枚绣着出鞘利剑的“蓝剑”标志，甚至连五星红旗也没有！他扭头看了一眼龙靓，轻声问道：“你们……不是‘蓝剑’特种部队？”

龙靓木然地摇摇头，直直地逼视着这个中年男人，不带半点感情，屋子里一时间陷入死一般沉静。

“砰”的一声，临时指挥部的门突然被撞开了，凌峰慢慢走进来。他身上湿透了，不时地有水珠顺着长发流到脸颊上，滴落到地面。他的潜水服给了哈里森，他是在热带海洋里泅水几个小时过来的！

“凌峰！”江萨那颗为凌峰担忧的心终于放下了，他走上去一拳打在凌峰胸脯上，“我就知道复兴 b 岛上的那几个杂碎海盗难不住你小子！”

凌峰微微一笑，恭敬地敬了个礼：“对不起参谋长，让您担心了，因为临时我发现了一些新情况！”

“凌峰，注意一下纪律！”这时邓克宝发话了，丝毫不顾及凌峰泅水几十海里的疲惫，“既然哈里森先生已经救出来了，你为什么不一起回来？难道还有什么事情比哈里森先生的安全更重要吗？你是嫌那帮海盗没有发现你的行踪是吗？”

“大老板，龙靓和凌峰这次的任务完成得非常出色，现在哈里森先生也救出来了，我们“复兴”部队东山再起指日可待啊！”江萨看邓克宝面色不善，赶紧岔开话题，他相信凌峰私自改变计划肯定是有原因的。

哈里森见到凌峰很高兴，顾不得他身上湿漉漉的，上来就给了他一个热烈的拥抱："了不起的中国小伙子！想不到我们还能再见面！"

凌峰被这种过于热情的欢迎方式搞得有些尴尬，"我也想不到还能再见到哈里森先生，而且是以这样的方式，在这种场合。"

哈里森拥抱了很久才松开，脸上的热情则久久不散去，他转头看了看屋子里的其他人，疑惑地问道："我记得'蓝剑'特种大队的大队长姓萧，怎么没有见到他人?"

这两个熟悉的词语一映入凌峰的脑海，他的大脑就瞬间定格了。江萨看着凌峰的反应感觉很无奈，他知道"蓝剑"特种部队一直是他心里一个解不开的结。

"我……已经离开蓝剑特种部队了。"面对哈里森的疑问，凌峰的回答显得很苍白，他的眼神也在那一刻失去了光芒，"我现在是'复兴'部队的一员。"

"什么?你离开'蓝剑'特种部队了?"哈里森非常吃惊，他至今还清楚地那个意气风发的小伙子，他不明白那个视祖国、信念高于生命的中国小伙子为什么会离开自己热爱的特种部队，不由得问道，"'复兴'部队……也是中国的陆军精英吗?"

"不。"凌峰的声音轻得几乎听不见，"'复兴'部队是……雇佣兵组织。"

"什么?"听到这话，哈里森整个怔住了。他死死地逼视着凌峰，恨不得狠狠扇他几个耳光！中国陆军，中国特种部队，中国维和部队，在国际上享有很高的赞誉！虽然西方一些国家一直敌对中国，但是他们不得不承认，中国的士兵是最优秀的！哈里森想不明白，眼前这个他曾经给予过很高评价的中国小伙子，为什么会离开中国部队加入雇佣兵组织，这实在是太不可思议了！

"好啦，够啦！"龙靓再也看不下去了，几步走到哈里森面前，用怨毒的眼神瞪着他，"中国特种部队有什么了不起?离开它又能怎样?凌峰离开是他的自由，用得着你在这说三道四的吗?"

龙靓的话带着浓浓的火药味和无尽的敌意，江萨相信，如果哈里森不是"复兴"部队营救出来的客人，此刻他早已身首异处、血溅当场了！

"唉！"见状，哈里森长长地叹了口气，眼睛里顿时充满了长辈的关怀与慈爱，"虽然我不知道你为什么要离开中国特种部队，但是我相信自己是不会看错人的。”

“好啦好啦，哈里森先生也算是劫后余生，应该很累了，还有龙小姐也该休息了，我看今天晚上大家就好好休息一下，明天再一起商量收回复兴 b 岛的下一步计划。”邓克宝不耐烦了，看了看墙上的挂钟，打了个哈欠懒懒地说，“今天就到这里吧。”

所有人很快都离开了，屋里只剩下江萨和在江萨暗示下留下的凌峰。江萨把门掩上，从口袋里掏出香烟递给凌峰一根：“跟我说说吧，是什么让你改变了原来的计划？”

“事情进展得很顺利，一切按照您的计划，可是最后我们得到了一条非常重要的情报。”

“哦？是吗？说来听听！”江萨对凌峰的情报很感兴趣，抽着烟慢慢听着。

“近几日，有一艘超豪华的游轮从新加坡驶往印度的加尔各答，游轮上全部是亚洲的富豪显贵。”

“嗯，说下去。”

“这是一个混进复兴 b 岛非常好的机会，但是安达曼海盗的资金储备非常丰富，船长安德烈由于私人原因不愿去截这艘游轮，所以我就去把他们的藏金库给炸掉了！这样一来安德烈就必须截下这艘游轮来补充自己的资金！”说到这里，凌峰已经恢复了以往的神采，眉宇间闪烁着自信的光芒，“安达曼海盗的火力装备非常强大，而且种类很齐全，但是和藏金库挨得非常近，所以我花了一些时间改进了他们的电子炸弹，把它的威力缩减到 1/2，这样就能炸掉藏金库而弹药库丝毫不会受影响！”

“干得好！”江萨听得兴起，粗糙的大手猛地一拍桌子，人也站了起来。凌峰这时忽然想起了什么，问道：“参谋长，吴邪呢？怎么一直没有看到他？”

“我有别的任务交给他，你也知道，东南亚是世界毒品的发源地，金三角更是毒品王国，我让吴邪去调查一下眼下的金三角有哪几个大毒枭？”江萨轻叹一口气，将手里燃尽的烟头掐灭，“‘鸦片之战’即将拉开序幕啊！”

第十八章　战备

“还有，我最后再给你们一点情报，你们收回复兴b岛的那一天一定要提防两个人：安德烈可不像他表面那么无能，他凶狠异常，做事不按套路！另一个是绰号叫‘龙卷风’的中国人，这个人是我见过的速度最快的人！他出拳的速度比风还要快！”

鸦片？大毒枭？东南亚？凌峰的神色忽然黯淡下来，不敢去直视江萨的眼睛：“参谋长，我可不可以请求你一件事?”

“嗯?”江萨一时间有些不适应凌峰用“请”这个字，凭他们的关系还用得着“请”吗，“凌峰，有事就说，咱们是自己人，用不着吞吞吐吐的。”

凌峰侧过脸去不敢和江萨对视，声音也越发低沉：“‘复兴’部队有您在迟早有一天能够再度辉煌！我的要求，不，是请求！请您答应我日后绝不把中国大陆划为‘复兴’部队的势力范围!”

虽然早就猜到凌峰会这么说，但江萨听到这句话时仍忍不住暗暗心疼，都过去这么久了，凌峰还是不能忘记“蓝剑”，不能忘记自己曾是中国陆军特战队的一名成员!

“凌峰，你在‘复兴’部队也有一段时间了，你应该知道雇佣兵的世界里没有绝对不变的定数，就算我今天给你许下承诺也可能是空话!”江萨丝毫没有掩饰内心的真实想法，“我只能跟你承诺，尽我江萨的所能不去招惹中国部队，不单单是为了你的承诺，我干这行这么久当然知道中国特种部队的厉害！他们比其他国家的特种部队要棘手得多！”

凌峰知道江萨已经做了最后的让步，便恭敬地鞠个躬转身离开，又忽然停下：“参谋长，我能再请教您一个问题吗？”

江萨被凌峰搞得有些莫名其妙，真不知他这到底唱的是哪一出：“当然可以，你说吧。”

“您在亲手组织筹建‘毒牙’暗杀组的同时，有没有组织其他我不知道的秘密组织？”

“我不明白你的意思。”江萨不知凌峰为何会问这样的问题，在逃离中国大陆潜往M国的途中，组织“毒牙”暗杀组已经耗尽了他的心血，他哪里还有精力去组织别的秘密组织？

“事情是这样的，我和龙靓执行任务时，总有一个人在暗中帮助我们，而且对我们的一举一动了如指掌！他的名字叫杰克·韦斯特……”于是，凌峰把在复兴b岛遇到杰克·韦斯特的事情给江萨说了一遍。

“有这种事？”江萨显然非常震惊，他一直以为“复兴”部队的隐秘工作做得很到位，没想到早被人发现了，甚至连他们的潜伏工作都是在对方的监视下完成的！真不知道这个杰克·韦斯特是敌还是友！

“是朋友的话最好，要是敌人的话……”杰克·韦斯特的一颦一笑已经牢牢印在凌峰的脑海里，可每当想起他那让人捉摸不透的笑容，凌峰就会觉得后脊背发凉……

“咚咚咚！咚咚咚！”临时指挥部的门响了，沉浸在回忆中的凌峰猛地惊醒，走过去拉开门，看到进来的人不禁一愣：“哈里森先生，您怎么又回来了？”

哈里森对凌峰一笑算是招呼过了，径直走到江萨面前：“参谋长，我有点急事要跟您谈谈。”

江萨看哈里森的神情心中已明白了七八分，却故意装作不知情，问道：“船王先生有什么需要，‘复兴’部队一定竭尽所能为你排忧解难！”

“参谋长是个明白人，我也不拐弯抹角了。‘复兴’部队是一个雇佣兵组织，而我只是一个商人，我不想和你们扯上任何关系！我请求参谋长现在就派人将我秘密送回T国！”哈里森说得很直白，“当然，你们毕竟救了我的性命，中国有句古话叫‘滴水之恩，当涌泉相报’，我是一个商人，唯一能给你们提供的就是金钱，可我困在海盗手里多日，手里也没有很多现金，只有一艘‘海王星’豪华游轮停在复兴 b 岛的港口，等你们收回岛屿我就把它当作贺礼赠送给你们！另外，我在 T 国还有一些威信，要是你们信得过我，日后‘复兴’部队有什么困难……”说着，哈里森转过头看着凌峰，脸上挂着善意的微笑，“只要凌峰你来找我，只要我能办到一定竭尽所能！”

“还有，我最后再给你们一点情报，你们收回复兴 b 岛的那一天一定要提防两个人：安德烈可不像他表面那么无能：他凶狠异常，做事不按套路！另一个是绰号叫‘龙卷风’的中国人，这个人是我见过的速度最快的人！他出拳的速度比风还要快！”

江萨对哈里森的承诺很满意，他的目的已经达到了，他是一个眼光长远的人，不像邓克宝只想着把哈里森扣下来讨要赎金，一艘“海王星”能值几亿美金，再加上哈里森的赎金的确是一笔不菲的资金，但是相比起来，江萨更看重哈里森这个招牌！攀上他就等于在 T 国有了后路，而且他的远洋公司可以航行到世界上任何一个地方，这些都是“复兴”部队东山再起，在东南亚打响“鸦片之战”最好的资本！

第十九章　杀戮战场

眼看胖女人就要冲到安德烈身上，一个人影忽然疾驰而至，“呼”的一声风响过后，一击有力的扫堂腿直扫胖女人的下盘！胖女人受了重重的冲击，重心不稳，直接飞出去一头栽倒在地上，布满沙砾的沙地将她的脸划出一道道血口。

这是一艘从新加坡出发，途径马六甲海峡、安达曼海、孟加拉湾，最后抵达印度加尔各答的豪华游轮，船上全都是亚洲的显贵富豪，来自中国大陆、香港、澳门以及菲律宾和印度尼西亚等等。

海面上一片祥和宁静，偶尔泛起点点浪花。头顶上是闷热的天空，间或有一两只海鸟掠过。游轮一共分三层：底层是海员居住处和工作室，二层是餐饮、娱乐区，三层是富豪区，能住在里面的全都是极有钱的人，如香港的地产商、澳门的赌王、东南亚的种植园主。

船头，凌峰和龙靓假扮的小情侣在小声谈笑。凌峰一身西装，领带扎得端端正正，头发梳得整整齐齐、年轻的脸上写满自信与狂傲。龙靓一身华贵而雍容的打扮：头戴一顶西式风格的针织帽，丝质旗袍线条流畅，白牡丹图案高贵典雅，充分显示出女人的高雅与妩媚。

他们不远处，贝鲁特正和一个黑人掰腕子。贝鲁特身高 190 公分，身上的块块肌肉标准至极。黑人叫巴尔，是一名职业拳击手，身高虽只有175公分，但是身上的肌肉格外发达，一看就是力大如牛的主儿。此刻，两人正在做着最后的坚持，实力相当，就看谁耐力更持久一些了，在这方面巴尔显然更占优势。

“好！真棒！”

“太厉害了，巴尔你真棒！”

“大个子怎么这么不中用！”在几位比基尼美女的尖叫声中，贝鲁特和巴尔的角逐结束了，贝鲁特到底是没耗过巴尔，气得“啪”的一脚把玻璃桌子踹翻了：“巴尔，这局不算！我还没准备好！咱们再来一次！”

“输了就是输了！没什么好抵赖的！”巴尔大笑着，其实他并没有把握赢贝鲁特，只是一时侥幸而已，如果贝鲁特再坚持一分钟，输的可能就是他了，“改天我让你一局！”

贝鲁特火了，他是一个好面子的男人，尤其是在美女面前，不由得吼道：“谁让你让我！这一局你是侥幸赢了而已，咱们再来一局！有种的就和我再比一次！怎么，怕了啊？怕的话跟我求饶！”

凌峰看着贝鲁特恼火的样子很无奈，苦笑着摇摇头：“这个贝鲁特，有时候和小孩子一样！”

“是吗？”龙靓冷笑着冒出一句，“我可没有觉得。”

“还在为上次他诋毁你的事耿耿于怀啊？”凌峰轻声问道，他觉得好笑，龙靓这样一个金牌杀手居然也会为了一点点小事介怀这么久？

“不是每个人都像你一样大度，谁要是让我不愉快我就会……杀了他！”说着，龙靓望向凌峰，一张可人的小脸布满了阴郁，“我又不是男子汉大丈夫！我是女人，唯女子与小人难养也！”

“不要这样，现在你也加入‘复兴’部队了，以后大家合作的机会很多，不要因为一件小事伤了感情。”

龙靓不想听下去了，开口打断了他的话：“那帮该死的海盗怎么还不来？我恨不得现在就把他们杀光！”

凌峰知道她不愿意继续这个话题，于是看了看手表，答道：“差不多了，可别小看了这些海盗，他们并没有你想象得那么笨！你知道他们为什么在安达曼海活动了这么久还一直逍遥法外吗？他们每年都会给周边国家政府很大一笔钱，所以只要他们不把事情闹得太大，各国政府都是睁一只眼闭一只眼的！”

“而且，他们每次行动出动的人只有40%左右，剩下的40%守卫老巢，其余的人在远处放哨，见到政府船只便暂时收手，等到风头过了再行动……”

“哒哒哒哒……”突然，一阵密集的机枪声划破了海上的寂静，四艘快艇从两边快速朝豪华游轮驶来。每艘快艇上有七八个海盗，全部荷枪实弹，脸上的迷彩画得很专业。他们抱着冲锋枪对着天空一阵狂扫，疯狂地尖叫着：“嗷嗷嗷……”

凌峰和龙靓对视一笑，贝鲁特也扔下巴尔走到船头打量冲过来的海盗，嘴角露出一个阴森的笑容：“好极了，该死的海盗你们终于来了！”

“啊——”一时间，甲板上一片尖叫，所有人都沉浸在无尽的恐慌中，凌乱的脚步声、高分贝的尖叫此起彼伏，场面一片混乱。船员们从船舱里跑出来，手里操着最大杀伤力的家伙，可无非是渔叉、猎枪、手枪之类的，跟海盗的冲锋枪根本没得比。

“妈的，和他们拼了！”一个年轻的海员操着一把双管猎枪冲到船头，可还没瞄准，“噗”的一声闷响，一粒火热的子弹就在他的额中心炸开一朵血花，鲜血染红了人们的眼睛。

龙靓瞥了一眼那个倒在血泊里的海员，娇媚的脸上没有任何表情：“呦，这帮家伙来的不少啊！可惜都是凑数的，看看刚才那枪法，真是烂得可以！”

游轮上的显贵们怕是这辈子都不会忘记这血腥一幕，刚才还是好好的一个人，几秒钟就死在他们眼前了。

整个甲板上一片混乱，只有四个人依旧保持着平静：凌峰和龙靓、戴着墨镜的贝鲁特，另一个就是那个巴尔。

“还在傻愣着干什么？快去报警！寻求支援！”一个年长的海员看到海盗还没有完全靠过来，焦急之余心存一丝侥幸，希望海警赶来后海盗会消失得不知踪影。

“是！是！我这就去！”一个船员惊恐地回答着，转身就往船舱里跑。“嗖——”一道厉风疾驰而至，空中一道白光闪过，“砰”的一声，一把飞刀直插进那海员的后脑，锋利的刀锋瞬间没进他的脑袋，将他的头骨击碎，鲜红的血液顺着闪亮的刀身滴落在甲板上。

好厉害的刀法！凌峰不禁默默感概，海盗之中还有这种好手！快艇和游轮还距离二十几米，伴着不断颠簸的海浪和厉风，还能以这么准确的角度和力量击发出这种霸道厉害的飞刀，瞬间的爆发力绝对不容小觑！

龙靓和凌峰的看法基本一致，两个人的目光不约而同地顺着飞刀的方向看过去，正对着游轮那艘距离最近的快艇上，一个人吸引了他们的目光，长长的暗黄色的脸庞，清瘦的身材，一身晚清遗民的打扮，最惹眼的还是脑门后那长长的发辫！粗大乌黑色的长发盘在脖颈，乍看上去很像旧社会的贵族。

看到这个装束奇怪的中国人，凌峰的心中突然冒出一个名字："龙卷风"。是的，他就是哈里森给说过的那个杀人速度奇快的绰号叫作"龙卷风"的家伙。虽然还隔着几十米的距离，但凌峰已能清楚地感到"龙卷风"身上散发出来的霸道之气！

"看上去他身手还不错，真想和他过过招。"凌峰有些心动地说道。

正在这时，"咣当"一声，一个飞虎爪勾住了游轮的护栏，几个海盗熟练地做着配合，两个将冲锋枪斜挂在身上，抓住绳子几下就爬出几米；其他的则在快艇上抱着冲锋枪对着游轮，只要有人露头，一梭子上去先来个爆头！

眼看训练有素的海盗就要登上游轮，两个胆大的海员冲着飞虎爪的方向跑过去，只要能把第一波敌人赶下去就能鼓舞大家的士气，以等待海警的救援！

哼！凌峰冷笑一声，从口袋里摸出两枚钢镚，眼神一冷，事情正按照计划进行，怎么可以让两个海员坏了"复兴"部队的复仇计划呢？凌峰将两枚钢镚捏在中指和食指之间，随即一个强劲有力的弹指将钢镚射发出去击中两个海员的脚踝，两人几乎在同一时间摔倒在地。千万别小看了这弹指一挥，这一招强劲有力、力逾千斤，两个船员的脚踝骨必碎无疑！

"不要动！不要动！谁动我就崩了谁！"

"都放聪明点！哪个敢乱来我就给他开瓢！"

两个海盗手持冲锋枪恐吓着甲板上手无寸铁的人们。他们的背后，另外几艘快艇已经靠过来，"啪啪啪"，又有几把飞虎爪扔上来勾住护栏，没多长时间又上来五六个海盗，枪口一律对准惊魂未定的人群。在众海盗之中，"龙卷风"的打扮要惹眼得多，尤其是脖子上缠绕的那一条粗大的辫子，很像满清遗老。

“啊！跟他们拼了！大家一起冲上去杀了他们！”总有不怕死的，一个船员抄着一把尖锐的渔叉大吼着冲上去，一个年轻的男旅客紧跟其后。

“妈的，找死！”一个海盗大骂一声，枪口对准海员的心口“啪”的一个点射。海员的脚步登时僵住，吐出一口鲜血，心口随即多了一朵鲜红娇艳的花朵。

海盗冷笑一声，又把枪口对准男旅客，正欲扣下扳机，耳边“呼”的一声风响，一个人影一晃，海盗抱着冲锋枪的手就像被什么死死缠住了，半点动弹不得。

凌峰和龙靓两人心中同时一惊，不愧是“龙卷风”，速度果然够快！他们看得清清楚楚，就在那个海盗把枪口转移到男旅客身上的同时，“龙卷风”从六米之外跑过来用发辫缠住了海盗的手腕，瞬间便将冲锋枪甩出去几米远！这种速度，这种爆发力，堪称好手！

“安德烈船长有令，除了船员其他人都要活的！”“龙卷风”盯着那名惊魂未定的海盗目无表情地说完，转过头来对被逼到船头的旅客说，“我们只要钱！只要你们配合，不给我添麻烦我可以保证你们的安全。”

“龙卷风”在所有人脸上扫了一圈，而当他的目光掠过凌峰时却定格住了，又望了一眼凌峰身边的龙靓，抬脚朝这边走来。凌峰心中暗叫不好，难道“龙卷风”不光速度快得厉害，就连眼光也这么厉害？他和龙靓的伪装没瞒过他的眼睛？

站在不远处的贝鲁特耐不住了，几次想冲过来结束这个怪人，但都被凌峰用眼神压了回去，他可不想因这个家伙的一时冲动而坏了江萨的计划，现在才开头，真正的好戏还在后头呢！好在“龙卷风”并没有下一步举动，只是在他们身边走了几圈便离开了。

“龙卷风”走到甲板中央，端起一把冲锋枪对着空中扫射起来：“我最后警告你们一次，如果有人敢跟我们耍花样，杀无赦！”说着一扭头命令旁边几个海盗，“你们几个去驾驶室改变航向，去复兴 b 岛！你们几个去把海员绑起来，有胆敢反抗的扔到海里喂鲨鱼！所有的旅客赶到一层大厅，不要伤害他们！加足马力，全速返航！”

凌峰猜测的不错，安达曼海盗真的很聪明、很狡猾，他们这次去绑票只出动了全部兵力的40％，剩下的一半多留守复兴 b 岛，其他人去边缘海域放风。

游轮在复兴 b 岛的一处港口停下，所有人一字排开在海盗的监视下下了船。船长安德烈亲自来接，他穿着一身黑色的袍子，背后印着一个白色的骷髅头，脸上斜挂着一个眼罩罩住左眼，真是人如其名，左手手腕处围着一个银光闪闪的铁钩，甚是吓人。看到海盗们满载而归，安德烈很高兴："'龙卷风'，有劳你了！活儿干得漂亮！"

趁人不备，贝鲁特悄悄来到凌峰身边，压低声音问道："凌峰，我们下一步该怎么办?"

"等待参谋长的信号，在这之前无论发生任何事——忍住!"凌峰轻声嘱咐。按照江萨的指示，凌峰、龙靓和贝鲁特等人混入游轮的任务是秘密潜伏到复兴 b 岛，等到江萨的信号弹打亮，最大可能地降低海盗强大的火力，以保证"复兴"部队安全登陆，将损失降到最低！在江萨的信号弹没有打亮之前，无论发生什么事情他们都不能和海盗正面起冲突!

海盗的防卫工作很到位，从豪华游轮驶进港口的那一刻起，高空岗上就添加了两名海盗，一共有三个人负责高空警戒。地上的岗哨也比之前添加了一倍的人数。龙靓发现岛上 85%以上的海盗都聚集到了这里，以确保这些长着腿的摇钱树没有逃跑的可能。

从船上下来的显贵们几乎都吓傻了，乖乖地听从海盗的吩咐。几个年轻的女人已经吓哭了，不断地求饶："别杀我！别杀我！求求你们放了我吧！我把钱都给你们！你们无非是要钱，请你们放了我们，我们保证会给你们一大笔钱!"

安德烈·胡克对自己的威慑力很满意，他笑意盈盈地走到众人面前，背着手走了一圈："都是些新面孔，看来亚洲的经济发展得很不错啊!"

凌峰和龙靓的眼神一直在海盗中徘徊，他们在寻找一个人的身影，那个叫杰克·韦斯特的神秘的家伙，不知道这人这次会有什么特殊举动。

终于找到了，杰克·韦斯特就在距离最近的一个岗哨前站着，静静地看着被绑来的富豪们，脸上看不出任何表情，让人猜不出他在想什么。

凌峰甚至在海盗中发现了芭芭拉，那个被他扒光衣服的漂亮女海盗。他装作漫不经心地把脸扭到一边不去和芭芭拉打照面。细心的龙靓刚好目睹了凌峰的小动作，嘴角一扬，轻蔑地说道："怎么，害怕被她认出来？如果我猜得不错的话，上次你给我的衣服应该就是从那个漂亮女人身上洗劫来的吧？嗯，身材还不错，换作是我也会选择她的！很可惜，她有麻烦了，我从来不穿别的女人穿过的衣服——她死了就不算穿过了。”

“那是紧急情况！”凌峰压低声音解释道，“而且是那个杰克·韦斯特特意安排她去的！”

话音刚落，安德烈·胡克已走到凌峰和龙靓面前，细细打量了他们一番：“好像是一对小情人！见到伟大的安德烈船长还能这么从容，不错！有胆识！”说着，他右边脸上的肌肉突然变得十分狰狞，右手猛地捏住龙靓化着淡妆的脸庞，左手的铁钩在她白皙的脖颈上摩挲，“很不错，优雅古典的女人，我喜欢！”

“来人！”安德烈·胡克放开龙靓，大步走回去，坐到手下准备的躺椅上，“除了我看中的那个女人，别的女人都给我拖走喂鲨鱼！只留下男人！”

“船长先生，请等一下。”一个斯文的声音传来，不知何时杰克·韦斯特已经走过来，他朝安德烈恭敬地欠了欠身子，“岛上已经很久没有新鲜的血液，兄弟们只能在妓女和艳舞女郎那里消遣，既然这些雍容华贵的女人没有什么用处，我想请船长先生把她们赏给兄弟们。”

“哈哈，还是韦斯特先生想得周到！这些爱慕虚荣的女人已经享受够了，是该是让兄弟们享受一下了！”安德烈大笑着一挥手，“来啊，兄弟们，把这些女人拖下去，是杀是养全看你们！对了，韦斯特，不知道这里面有没有你中意的女人？”

杰克·韦斯特淡然一笑，径直走到龙靓面前，一双深邃的眼睛让人猜不透他到底在想什么。望着眼前这个神秘的男人，龙靓心中升起一股莫名的感觉，不仅有惊恐，还有深深的震撼。很显然，他知道龙靓和凌峰的存在，甚至连“复兴”部队的全盘计划他都了如指掌！

龙靓和杰克·韦斯特的目光一直做着激烈的对峙，都想从彼此的眼中看出对方的目的。突然，凌峰怒气冲冲地拦在韦斯特和龙靓之间，抓住韦斯特的衣襟大吼道：“离她远点！”借着明显的冲突，凌峰贴到杰克·韦斯特跟前轻声问道：“你到底是谁？”

“你到底是谁？”

此刻，龙靓从凌峰的声音中听出了几分颤抖，虽然依旧不失平时的稳重与平静，但她已从他眼神中读出他情感的细微变化。作为雇佣兵，凌峰是一个近乎完美的勇士，但是现在他超乎寻常的自信受到了挑战！

“凌峰，冷静！”龙靓抓住凌峰的胳膊让他不要轻举妄动，此刻她已无法去顾忌韦斯特的存在，因为她和凌峰在他面前已没有丝毫秘密可言。

“啪！”杰克·韦斯特冷笑着将凌峰抓住他衣襟的手打掉，捻起手指轻轻一弹被弄皱的衣服，不愠不火地抬起龙靓尖细的下巴，在她红润的樱唇上轻轻一吻，随即含情脉脉地望着她。

见状安德烈·胡克长满胡茬的脸庞像是被针扎了一般，肌肉不自主地抽动着：“韦斯特，你在……干什么?”

海盗们也惊呆了，安德烈·胡克是谁? 杀人不眨眼的刽子手，在复兴 b 岛就是权威！他已经看中了这个叫龙靓的女人，而杰克·韦斯特居然敢先他一步占为己有！所有人都为韦斯特捏了一把冷汗，而他还保持着那份独有的自若：“优雅淡然，在浓妆淡抹间依然保存着清纯雅致，是我喜欢的女人。”

安德烈·胡克的嘴角又抽搐了几下，歹毒的目光一直逼视着杰克·韦斯特，空气瞬间凝固了。“哈哈哈！”谁料他又忽然大笑起来，声音狰狞而恐怖，随后径自鼓起掌朝杰克·韦斯特走来：“不愧是杰克·韦斯特先生，眼光和品味都别具一格！可是，美人儿只有一个，我们该何去何从?”

“船长先生先看中的女人自然是您的，我只是欣赏，仅仅是欣赏而已！”杰克·韦斯特淡淡地说道，从容淡定中没有半分危机降临前的慌乱，“能得佳人香吻一枚，足矣！”

龙靓的拳头握得咯咯直响，娇艳无比面颊上的寒冰直刺人的心脏，如果不是和凌峰担负着“复兴”部队反攻的任务，她保证面前的杰克·韦斯特和安德烈·胡克会死，而且会死得非常惨！凄惨！她可是让人闻风丧胆的国际天使杀手！未完从来没有人敢这么调戏她！

这时，安德烈大手一挥将龙靓揽在怀里，左手的铁钩毫不留情地扼住她的喉咙，尖锐锋利的尖刺刺进她白皙娇嫩的皮肤：“情同手足的兄弟看中了同一个女人，给谁都会有人不甘心！怎么办?”

鲜红的血液顺着龙靓白皙的脖颈流进她乳白色的丝质旗袍，染红了锦绣的白牡丹图案。

“杀了她！”突然安德烈脸上青筋暴起，表情瞬间狰狞万分，“不能因为女人坏了兄弟的感情！女人嘛，玩玩而已，不能太认真！”

听了这话，凌峰的手不由自主地挪到身后，手指轻轻地触碰别在后腰的夜王刺。此刻他矛盾万分，如果安德烈要杀了龙靓，他是不是该出手？哈里森说了安德烈这个人不简单，凶狠异常，杀心一起想收手就不可能了，龙靓必死无疑！可是如果他出手的话，所有的海盗必定将全部戒备，所有的枪口都会对准这个小港口，“复兴”部队如果这个时候攻上来后果将不堪设想！

“啊！”突然人群中传来一个尖锐、凄厉的声音，紧接着一个胖胖的女人发疯般冲过来，她的脸上挂着斑斑泪痕，眼睛里写满恐惧，过度的惊吓已让她到了崩溃的边缘！

眼看胖女人就要冲到安德烈身上，一个人影忽然疾驰而至，“呼”的一声风响，一击有力的扫堂腿直扫胖女人的下盘！胖女人受了重重的冲击，重心不稳，直接飞出去一头栽倒在地上，布满沙砾的沙地将她的脸划出一道道血口。竟然是一直默默站在角落里“龙卷风”！

“求求你，不要杀我！”胖女人歇斯底里地喊着，声音凄凉而悲怆。她挣扎着爬到安德烈面前，用满是血迹和泥污的手抓住安德烈的衣服，“放过我吧，我还不想死！”

杰克·韦斯特皱紧眉头，走过去一脚把她的手踢开：“滚开！把船长先生的衣服弄得脏兮兮的！”

胖女人却顾不上满身的伤痛和卑微的自尊，再次踉踉跄跄地向安德烈爬去。在生存面前，所有的一切都显得那么悲凉、那么微不足道：“求求你，放过我吧，我可以给你很多钱！”

“No，No，No，对不起！”安德烈轻笑着拈起胖女人的下巴，左手的铁钩顺着她的脖子一点一点向下移动，将她脏乱的衣服划开，露出里面黑色的蕾丝文胸，略微发福的肌肤在黑色文胸的映衬下显得格外娇嫩。胖女人一愣，闭上眼睛慢慢把衣服脱下来，喃喃道：“你想要什么都可以，只要你不杀我！”

安德烈盯着胖女人暴露的身体，面露鄙夷之色：“我最讨厌肥胖的女人，臃肿不堪！”说完，安德烈稍一侧脑袋，对一旁的“龙卷风”眨着眼睛。“龙卷风”当然明白安德烈的意思，眼神冷却的同时人已经飞驰而出，一记高鞭腿挟裹着千钧之力横扫而过，直踢在胖女人的侧脸。

这一记高鞭腿爆发力非同小可，直将胖女人沉重的身躯踢出去飞了三米远才重重地摔在地上。所有人都惊呆了，后脊背一阵阵发凉：胖女人的颈椎骨怕是已经断了！

凌峰暗暗为“龙卷风”的技巧吃惊，单从战士的角度讲，这一记高鞭腿踢得漂亮极了，速度和力量都堪称一流！而且他下手很有分寸，若他踢脚时将脚稍一翻转，胖女人必死无疑，而现在只是受了重伤而已！

果然和凌峰猜想的一样，胖女人在地上抽搐了几分钟后再次爬起来，嘴角挂着一抹血水，胖胖的面颊由于受到重击已经变形，皮肤褶皱里有了淤血痕。

“哼哼……”胖女人突然冷笑起来，声音凄楚而悲凉，久久地在空中回荡着，一些胆小的女人不忍心看下去，闭上眼任泪水肆意流淌。

“哈哈……”胖女人放肆地狂笑着，眼里一下子没了恐惧，取而代之的是一份淡然与平静，“一帮该死的杂碎，不就是为了钱嘛！老娘有的是钱！钱多得可以砸死你们！呸！该死的海盗！一帮为钱奔波的奴隶！小丑！可怜人！”

“骂得好！”龙靓轻声说道，“就该这么玩他们！不过很可惜，她的死期到了！不过，能在临死前说这么一番慷慨激昂的话也不算白活了！”

“啪啪！”安德烈竟然鼓起掌来，朝胖女人慢慢走过去：“我们不是上帝，只是可怜的海盗！为钱奔波的可怜虫！”他走到胖女人身边，用手指在她嘴角点了一滴鲜血放在舌尖吮吸了一下，眼神突然一冷，勒住她的脖子，铁钩锋利的尖刺紧紧抵在她的喉咙上，只要稍稍一用力，锋利的尖刺就会划破皮肤刺入她的喉咙……

第二十章　较量

安德烈抽搐着身子用铁钩把门牙从血水里扒拉出来摊在掌心，嘴角的肌肉一阵抽搐，猛地一仰头把门牙塞到嘴里，喉结“咕噜”一动，竟将碎牙咽到了肚子里！

“住手！”

一个粗犷而豪迈的声音从人群中传来，接着一个魁梧的身影拨开人群走上前来，是那个黑人拳手巴尔。他身高不足180公分，在黑色人种里算比较矮的，但是身体结实，暴露在阳光下的肌肉格外发达，彰显着男人的无限魅力，“放开他，你们这帮狗杂碎！有种的冲我来！别为难一个女人！”

“不错，还真有强出头的！”安德烈好像对巴尔很感兴趣，斜过眼瞥了一下凌峰，“不像某些人，自己的女人被欺负了连个屁都没有！虽然你也很没有脑子，但是比那个懦夫要强得多！”

“少废话！放开她！”巴尔眼睛里直往外冒火，攥紧拳头摆出格斗的架势，两条手臂上的肌肉道道分明，爆发出野性的魅力，“要打架冲我来！”

“小伙子，请你记住一点！安德烈船长说过的话是绝对不会收回的！不过我可以给你一个机会，如果你能打败我的人我就放了你，如果输了就有苦头吃了！看在你还有点血性的份上，我不会让你死得很痛苦！”安德烈轻笑着，侧过脸望了望“龙卷风”，脸上露出一抹胸有成竹的笑容，“‘龙卷风’，你上去教训他一下，英雄不是随便做的！是要付出代价的！”

“龙卷风”把手背在身后，慢踱着步子走到巴尔面前，炯炯有神的目光一刻也不曾离开他。他的脚步轻快沉稳，很有封建社会豪门贵族的架式。巴尔细细地在“龙卷风”身上扫了一圈，不禁轻蔑地一笑，这个人能有什么实力？他配和我交手吗？我保证他连一个回合都撑不住！

“你怎么看？”龙靓把身子轻轻地往凌峰身上一靠，问道，“谁的胜算更大一些？”

“当然是巴尔胜算更大一些！”贝鲁特听见问话忍不住说道，“我和巴尔交过手，他的力量强得可怕！连我都没有把握胜他！”

“不是没有把握！你是根本就胜不了他！”龙靓瞪了一眼贝鲁特，轻蔑地说。虽然她和贝鲁特的关系缓和了很多，但是依旧属于那种你不犯我我也不犯你。

“你说什么！”

“巴尔根本就没有胜算！”凌峰瞪了贝鲁特一眼，把他后面的话硬生生噎回去，“好手拼的不是力量，是脑子！是思维！是速度！是技巧！巴尔的力量是他的优势，可这种优势最好的发挥场所是拳击场而不是格斗场！之前在游轮上‘龙卷风’的手段你们多少也见识了，他的力量也堪称一流！而且他的速度要占绝对优势！所以，除非出现奇迹，否则巴尔死定了！”

贝鲁特被凌峰唬得一愣一愣的，他怎么看那个弱不禁雨的“龙卷风”也不像巴尔的对手，不觉对凌峰的话产生了怀疑：“凌峰，这次你是不是看错了，这个‘龙卷风’真的有这么厉害？你是不是被哈里森的话吓坏了？”

“绝对没错！‘龙卷风’绝对是近身格斗的好手！”凌峰很肯定，“我敢说，在这个复兴 b 岛，能胜过‘龙卷风’的人绝不会超过三个！”

一听这话，贝鲁特呵呵一阵傻笑，伸出大手摸摸后脑勺：“凌峰，你太看得起我了，我也没有十分的把握能胜过那个‘龙卷风’。”

“切！”龙靓不屑地冷哼一声，根本不拿正眼看贝鲁特，“想什么呢你？别自作多情了！凌峰说的三个人是他自己、我，还有……”说着，她努努嘴，眼睛里飘起一层朦胧的雾气，“还有那个人。”

贝鲁特被龙靓的话气得七窍生烟，猛吸几口气将火气压下去，顺着龙靓的目光望过去，他倒要看看凌峰嘴里的第三个人是谁！

他的目光定格在一个人身上，整个人一愣，凌峰说的人就是他？那个叫杰克·韦斯特的家伙？贝鲁特不由得心生疑惑，正要问个究竟，忽然看到巴尔从嗓子眼里发出一声怒吼，扬起铁拳向安德烈冲过去：“杀！”

巴尔像一只发狂的豹子朝安德烈扑过去，铁拳狠狠砸在他胸口上，巨大的冲击力直把他掀翻在地！

“噗！”安德烈吐出一口血水，张开嘴只觉得冷风嗖嗖直往嘴里灌，显然是门牙被击落了。安德烈抽搐着身子用铁钩把门牙从血水里扒拉出来摊在掌心，嘴角的肌肉一阵抽搐，猛地一仰头把门牙塞到嘴里，喉结“咕噜”一动，竟将碎牙咽到了肚子里！

贝鲁特只觉得喉咙里一阵难以控制的难受，像是什么东西卡在那里不自主地痉挛着：妈的，这个独眼海盗是不是脑袋有问题？

凌峰对这些无聊的事情并不感兴趣，扭过头眺望海平面，心里盘算着江萨何时能带领“复兴”部队的弟兄们杀过来？

“啊——”安德烈朝天空发出一声撕心裂肺的怒吼，指着巴尔对“龙卷风”说，“‘龙卷风’，杀了他！我不想再看到他！现在！马上！”

“啊！杀了你！”不等“龙卷风”过来，愤怒的巴尔已经等不及了，扬起铁拳冲向“龙卷风”。他身形彪悍，行动起来就如同一只动力强大的推土机，所向披靡！

巴尔瞄准了“龙卷风”眼睛，挥起拳头，然而就在他的铁拳即将触及“龙卷风”的脸庞时，“龙卷风”敏捷地一跳躲开重击，一击漂亮的摆腿“啪”地将巴尔的重拳踢开！

巴尔一击不中，无名火起，双拳左右开攻并进，直拳、摆拳、勾拳、双龙拳，拳拳带风，其进攻之势如行云流水般一气呵成，流畅至极，要是在拳击场上绝对是一把好拳！

面对巴尔霸道之极的铁拳开攻，“龙卷风”丝毫不畏惧，仿佛眼下的战斗就是一场游戏，一场胜负早已没有争议的战斗！接连闪开巴尔的重拳，他很清楚自己和巴尔的差别，和他硬碰硬无异于以卵击石，根本没有胜算。

几个回合下来，巴尔的耐心一点点耗尽，他的进攻无效，已变成没有任何意义的个人表演！

“龙卷风”从开始就没有进攻，他在等待机会，等待巴尔的耐心耗尽再给予他致命一击！终于，在巴尔的又一次重击被躲开后，他平静的脸庞悄然爬上一抹常人难以察觉的笑意，双脚落地的同时身体猛然向前急速冲过去！其速度之快就像一支贴着地面出弦的箭矢！

十几步之后，“龙卷风”纵身而起，整个人腾悬在空中，一个正踢直向巴尔的心口！冲击、腾空、踢腿三个动作接连而至，让人应接不暇，而转眼一记强劲有力的踢腿就直逼向巴尔的心口！换作常人只能倒地吐血而亡，而巴尔毕竟是久经沙场的老拳手，虽然速度不及“龙卷风”，防卫还是一流的！他见“龙卷风”来势汹汹，以料到这一招凶狠异常，于是屏气凝神，稳当当地扎在地上，千斤之力全部灌于双腿，双手交叉爆发全部力量，一招“铁臂佛”挡在心口。只听得“砰”的一声响，“龙卷风”腾空正踢中巴尔的“铁臂佛”，两股强大的力量碰撞在一起，“龙卷风”被一股巨大的反冲力席卷全身，整个人飞到空中，然后“扑通”一声摔在地上！

第二十一章 最后对决

就在"龙卷风"迈开脚步的同时，他整个身躯猛地向前倾下去，与地面呈现70度角时猛地向后摆腿，一记漂亮的蜻蜓点水式后摆腿正中凌峰的心口！这一脚力气奇大，凌峰中招后一口鲜血喷涌而出！鲜血直流！

"四平马扎得不错，力量也很到位，练过内家功夫，可惜只懂得皮毛!"凌峰对巴尔的这一招"铁臂佛"大加赞赏，原本他以为"龙卷风"的这一记腾空踢就可以结束战斗，没想到这个巴尔比他想象的要强。

"厉害！想不到这个粗鲁的家伙还有两下子!"贝鲁特兴奋地喊道，一时兴起差点忘了现在的场合，想冲过去为巴尔呐喊助威，幸好凌峰一步拦住他。龙靓却不以为然，冷漠地望着巴尔和"龙卷风"的战斗："这个无关紧要，巴尔根本赢不了'龙卷风'，他的失败是注定的!"

"龙卷风"静静地伏在地上一动不动就像死了一样，足足有几分钟。这几分钟对别人来说可能只是眨眼间的工夫，但对巴尔却像几个世纪那么漫长。他心里非常清楚，"龙卷风"根本没有使出全力！想到这里，巴尔的背后不禁冒出冷汗，他从未遇到过这样让自己不安的对手!

一阵海风吹过，"龙卷风"慢慢爬起来，掸去身上的灰尘对巴尔伸出大拇指，嘴角露出一个诡异的笑容，牙齿咬得咯咯直响，竟翻转手臂将大拇指指向地面："你的表演结束了！"

龙靓眼睛一亮，转头对贝鲁特说道："看着，傻大个儿，这才是'龙卷风'！"

突然"龙卷风"直直地向前倒下去，和地面呈40度角时突然停住，整个人"嗖"的一声朝巴尔的方向射过去！注意，这里是射而不是跑或冲！其速度之快难以言喻，人类的极限也不过如此，旁人只能模糊地辨别出一抹黑色的疾驰而过的黑影！

凌峰在不远处看得分明，这和之前"龙卷风"进攻巴尔的方式一模一样，只是速度要更快、更迅速！巴尔看着直朝他飞来的黑影子，一颗晶莹的汗水顺着下巴滑落到地面，落地无声，没有溅起半点灰尘。他从嗓子眼里歇斯底里发出一声大吼，猛地起跳，人在空中凝神将千斤之力全部灌输在两条腿上，一个落地式铁马落地生根，双脚随即在地面上留下几公分深的印迹，两条铁臂一般的胳膊则交叉呈十字形护住心口。

"龙卷风"纵身一跃飞到半空中，一记凶狠的正踢步直逼巴尔，速度较前一次慢了一拍，角度也稍稍偏下。凌峰的眉头一皱：难道刚才的腾空踢过多消耗了体力，影响了这次正踢步的力量？这个想法从凌峰的脑海里一闪即过，接着一个更加可怕的念头袭上他的心头。

"龙卷风"的正踢步正中巴尔的"铁臂佛"，只不过这次的力量轻了许多，不及上次的十分之一！巴尔还未完全反应过来，"龙卷风"的左脚已经垫着他胳膊的交叉点做着力点，右脚蛟龙出水般从巴尔的身前游弋斜穿而过，脚跟正中巴尔的下颌将他整个人掀翻，巨大的冲击力直把他冲飞出去！

龙靓看着"龙卷风"的招数不屑地一笑。不错，这招正是之前她秒杀老疤的"风中劲草"！力量速度和角度都无可挑剔，只是在形体上稍微欠缺了那么一点美感，不具备龙靓女性的线条美态，原本完美的招数遗憾地留下了一点点瑕疵。

巴尔"扑通"一声摔在地上，强大的力量几乎将他的脊椎骨折断，还好多年的拳坛经验保住了他一命。就在"龙卷风"借助他的身体做着力点时，他的"铁臂佛"将其身体隔开向外顶去，就是这么一点小小的距离救了他一命！

"这么完美的招数还没有将对手杀死，这个'龙卷风'真是逊得可以！”龙靓望着远处身体还在活动的巴尔轻蔑地说道。

“我看未必。”凌峰的脸上陡然露出一丝让人捉摸不透的表情，“‘龙卷风’似乎是有意这么做的，真正的杀招恐怕还在后面！”

凌峰料想的不错，“龙卷风”和他有同样的担心，毕竟他和巴尔在身体素质上有很大的悬殊，亚洲人和非洲人拼力量基本上没有胜算，所以他把杀招延迟了一点，借着巴尔身体上的着力点在空中旋转了360度，待巴尔被击倒在地时，再以断骨搓筋、凶狠异常的“断头台”来结束这场战斗，即收起小腿用膝盖砸下去，再加上双肘的叩击，对方必死无疑！

贝鲁特看得胆战心惊，“风中劲草”和“断头台”都是极有难度的杀招，即使是身为老雇佣兵的他也没能耐使出，而这个“龙卷风”竟然能收放自如，真不知是什么道行了！要不是身后有几十把冲锋枪对着他们，恐怕他早就冲上去和巴尔一起并肩奋战了！作为战士，能和一个好手过招是一件很荣幸的事，即使技不如人也不会有太多遗憾。

“战斗结束了。”龙靓轻声说道，在她眼里这根本就是一场毫无意义的战斗，胜负早已定下，唯一不同的就是失败者的死法。

“恐怕，还没有。”凌峰始终盯着巴尔，在观察他每一次如何躲开杀招，虽然他知道巴尔死是迟早的事，但他更感兴趣这个拳击手会怎样一次次躲避死神的鬼手，“或者还会延迟一会儿。”

一口鲜血从巴尔喉咙里涌上来直喷在沙地上，他的脑袋嗡嗡作响，什么也看不清楚，只感觉一个个模糊的人影在来回攒动。忽然一道阴影闪过，一个黑色的影子从他上面砸下来，巴尔一下子清醒过来，他知道进攻又开始了！

巴尔连着几个翻滚躲开，几乎就在同时，“龙卷风”的“断头台”轰然落地，膝盖砸在沙地上留下一个深深的凹坑，双肘砸下去的地方也留下明显的印痕，如果巴尔的动作稍稍迟一点，此刻他的喉咙就被砸得稀巴烂了！

见状，巴尔眼睛一亮，机会来了！还不等“龙卷风”站起身，巴尔一张巨大的巴掌就像一把铁钳牢牢地扣住了他的脚踝，任他再怎么挣扎也挣脱不了巴尔的手！“妈的，去死吧！”巴尔大吼一声站起身来，死死地抓住“龙卷风”的脚踝将他的身体旋转起来！

“啊！”巴尔怒吼着快速旋转着，而且速度越来越快，只要“龙卷风”

被他转得失去了平衡感，他就有机会扭转战局！周围的人影在快速向后移动，“龙卷风”的脑袋一点点地晕眩，心里不由得一惊：糟糕，这样下去非得晕了不可！

就在“龙卷风”几乎被转晕的时候，眼睛忽然奇痒难忍他伸手去揉眼睛，发现一根断了的发丝黏在了手上。有了！“龙卷风”猛吸一口气憋住，将全身力量放于腰际猛地弓身坐起来，瞄准巴尔的眼睛猛地转头，盘在脖子间的发辫急速旋转而出。

那发辫将近有一米长，在忽闪而过的风中悠然而起，似一条腾飞的蛟龙挟裹着巨大的力量狠狠地抽在巴尔的眼迹！顿时，一条粗大的青色淤痕出现在巴尔眼角，一道血水混合着泪液从他眼角流出，疼得他根本不敢睁眼，眼肌不住地抽搐着。巴尔死死扣住“龙卷风”的脚踝半点也不敢松懈，这是他获得胜利乃至生存下去的唯一机会！

“哧”的一声，“龙卷风”伸出两根金刚指直捅进巴尔的眼眶，手指一弯一勾硬生生将眼珠子抠了出来！红色的血液顿如泄闸的洪水般倾泻而出！血肉模糊！

“啊——”巴尔惨绝人寰的尖叫声划破天空直冲云霄，在漫无边际的天空四散弥漫。撕心裂肺的疼痛让他无法再集中心智，松开手“啪”地将“龙卷风”的身体甩出去，双手捂住直往外冒血的眼洞“扑通”一声跪倒在地。

“混蛋！我要杀了你！”贝鲁特再也看不下去，拳头握得咯咯作响，正想冲上去杀了这个残忍的家伙。

“贝鲁特冷静！现在不是意气用事的时候！”凌峰小声提醒贝鲁特，虽然他也看不惯这残忍的手段，但是为了不影响“复兴”部队的反攻计划还是忍住了，一旦他们行踪暴露，复兴 b 岛上所有的枪口都会在第一时间对准这个小小的港口！

“难道你没有看到他们对巴尔做了什么吗？我要杀了这帮狗娘养的！”贝鲁特不顾凌峰的反对执意要冲上去帮巴尔报仇，巴尔凄惨的下场让他丧失了理智，此刻唯一能让他冷静下来的方法就是把“龙卷风”的脖子拧断！贝鲁特粗鲁地推开挡在面前的龙靓就要去救巴尔，不料手腕被人反扣住了。

贝鲁特是美洲人，生得人高马大，有一身的蛮力，哪能轻易被人制服？他当下大臂一挥就想摆脱，不曾想那只手却牢牢扣住他的脉门令他半点也动弹不得！贝鲁特火了，想使出全力将对方甩出去，却突然发现半点力气也使不出来，甚至连抬起手的力气也没了，两只手无力地耷拉在身体两侧。贝鲁特回头一看，顿时吃惊不已，锁住他的人竟然是龙靓！这招也是她的拿手好戏“截脉”，被扣住脉门的人纵然是大罗神仙下凡也奈何不得！

几分钟后，龙靓松开手，贝鲁特双脚站立不稳“扑通”一声跌在地上，脸憋得通红，大口喘着粗气。被龙靓的“截脉”扣住脉门竟然会浑身动弹不得，像灵魂出窍一般，而且极耗费人的气力！

“龙卷风”呆呆地望着跪在地上用一双血手捂住眼睛的巴尔，脸上冷漠而淡然，没有内疚不安，也看不出任何表情。巴尔听见“龙卷风”的脚步声，跌跌撞撞地站起身来胡乱地挥舞着拳头，可惜打中的只是毫无意义的空气。“龙卷风”弯下腰捡起一粒石子弹指一挥，疾飞而出的石子“啪”的一声砸在石块上发出一声清脆的碰撞声。巴尔凭着声音判断出方位，脚步贴着地面慢慢靠过去。

“龙卷风”阴险地一笑，跟着巴尔的步子来到他身后，一脚劈在他肩头，又借着支点纵身跃到半空中，枯瘦的身体凌空在空中旋转360度，以翻滚腾悬之势踢出一招力量奇大的“龙摆尾”。巴尔的耳朵只听见呼呼的风响，还没有猜出“龙卷风”的招数便被他的“龙摆尾”扫到了最薄弱的脖子！

“咔啪”一声脆响，随着微风四下飘散，巴尔黑漆漆的眸子在一瞬间涣散开来，整颗头颅不自然地悬挂在脖子上，两个黑洞洞的眼眶还在不住地往外冒血，人却已经死了。

“龙卷风”冷冷地看了一眼巴尔的尸体，径直朝龙靓走过去，丝毫不因他人的死亡而扰乱自己的思维。龙靓望着“龙卷风”不禁一惊，心中满是疑惑，难道“龙卷风”已经发现了他们的存在?

贝鲁特几乎虚脱的身体已经恢复过来，力量也基本达到正常水平。他望着“龙卷风”沉稳的步伐有些沉不住气了，双拳紧握，全身的神经处于高度兴奋状态，时刻准备着全力反扑。

伴随着“龙卷风”的脚步，被海盗绑来的人胆战心惊，惊恐地瞪着这个残忍的刽子手！

“龙卷风”在和龙靓只有一米之遥的地方停下脚步，转过身子朝相反方向迈开步子。所有人都长长地出了一口气，悬在嗓子眼的一颗心慢慢放下来。就在“龙卷风”迈开脚步的同时，他整个身躯猛地向前倾下去，与地面呈 70 度角时猛地向后摆腿，一记漂亮的蜻蜓点水式后摆腿正中凌峰的心口！这一脚力气奇大，凌峰中招后一口鲜血喷涌而出！鲜血直流！

第二十二章　全面进攻

“啊！”一个海盗冲到贝鲁特跟前，端起刺刀便刺向他的心口。贝鲁特使出浑身力气将挡在他面前的死尸举起来替自己挡了一刀，“豁”的一声，锋利的刺刀直把死尸刺穿，半截雪亮的刀尖从死尸的背后冒出来直抵住贝鲁特的心口！

“噗——”凌峰一口鲜血喷出来洒在“龙卷风”的腿上，这一脚来得太突然、太出人意料了，甚至连龙靓都没料到“龙卷风”会突然进攻凌峰，难道他发现凌峰的身份了？

“龙卷风”面无表情，抵在凌峰小腹上的脚慢慢移到他脖子上直抵住喉咙：“怎么，不觉得我的手段很残忍吗？为什么你不出手？我能看出你不是一般人！”“龙卷风”的话音很轻很柔，却带着不容置疑的威严和震撼力，加上他奇怪的装束，很容易让人把他和中国古代的儒家学士联系到一起，而不是杀手。

“我不知道你在说什么。”凌峰轻笑着回答，嘴角止不住地渗出血来，“你连那么强壮的人都杀了，我可不想找死！”

“哦，是吗？”“龙卷风”诡异地一笑，不知何时一把闪着寒光的锋利匕首已经握于左掌心，收起脚转而用右手扼住凌峰的喉咙，左手食指和中指夹住匕首“嗖”的一声捅进凌峰的肩头，长长的刀身没进他的血肉之躯！“龙卷风”还不肯收手，三根手指捏住刀身一点点地拧动，锋利的刀刃一点点地撕扯着凌峰的皮肉，留下被血液灌满的豁口，“怎么，还不肯出手吗?”

凌峰咬紧牙关忍住撕心裂肺的疼痛，额头上一颗颗豆大的汗珠直冒个不停。“龙卷风”的匕首很长，差一点就将凌峰的肩膀捅穿！凌峰的身体不由自主地颤抖起来，勉强地挤出一个笑容：“我不明白你在说什么……”

不等凌峰把话说完，“龙卷风”的眼睛瞬间冷下来，左手猛然爆发力量将匕首用力推进，尖锐的刀尖从凌峰的后背冒出来将他的肩膀捅穿，上面还带着斑斑血迹。温热的血液还没有浸没全部刀身，“龙卷风”便“嗖”地将匕首拔出，右手抓住他的衣襟猛地向下拽，与此同时膝盖忽然抬起来狠狠地顶住凌峰的脸庞。巨大的力量将他的脸庞掀起来，一大片绚丽鲜红的血花在空中炸开！“龙卷风”又掀起袍子一记正踢直中凌峰重伤在身的胸口，直把他踢飞出去“砰”的一声摔在地上。这一脚力量很大，直把凌峰踢出去四米远！

“混蛋！我要杀了你！”龙靓发狂般怒吼道，极度的愤怒让她控制不住自己的感情，一只手将隐藏着的雪狼弯刀抽出来，她要亲手宰了这个该死的“龙卷风”！

“龙靓！”凌峰低吼出声，对着她轻轻地摇摇头让她不要冲动，眼下是最关键的时刻，他们所做的一切都是为了“复兴”部队能够夺回复兴b岛，如果这时出了差错，那么所有的努力都将付诸东流！参谋长江萨所有的心血将白费！

凌峰这次受的伤不轻，“龙卷风”下手凶狠异常，凌峰的鼻骨被撞断，血流如注，眼白里也有几块红色的血痕，一束细细的血水从眼睛里流出来。龙靓不忍看到凌峰狼狈不堪的模样，扭过头去。在她的脑海里，凌峰的模样永远定格在热带雨林里那个年轻勇敢的身影上，沉着冷静、坚定不移！

龙靓觉得眼角凉嗖嗖的，是眼泪！不知何时，她娇媚可人的脸庞上流下两行晶莹的泪水！连她自己都觉得不可思议，自从成为杀手，她就暗自发誓绝不为任何人流泪！现在她开始怀疑自己是不是变了，变得优柔寡断、多愁善感，还是为了一个认识不久的血腥的雇佣兵！

“哈哈，看不出你们两个小情人还挺恩爱的！”安德烈走上前来用他的铁钩勾住龙靓白皙娇嫩的脖颈，长满胡茬的大嘴在她的面颊上来回亲吻，“伟大的安德烈船长最喜欢挑战！这样才够刺激够惊险！”

接着，安德烈的铁钩从龙靓白皙的脖子一点点往下游弋，直勾住她衣服的领口，‘嗤啦——’铁钩一点一点地将龙靓的衣服撕开，露出里面粉色的蕾丝文胸，只要稍一用力，锋利的钩刺就可瞬间将龙靓最后一丝防卫破坏无遗！

龙靓的牙齿紧紧地咬合在一起，身体不由自主地颤抖着，一只手牢牢地握住雪狼弯刀。她多想现在就划破安德烈的喉咙，可是当她望见还伏在地上满身是血的凌峰时，内心一下子冷静下来，他就算死也不愿出手是为了什么？为了“复兴”部队凌峰竟然宁可去死，而她，能忍心让凌峰的血白流吗？

凌峰的手紧紧地捂住肩膀上的血洞，但鲜红色的血液还是止不住地从指缝间流出来，染红了他黑色的西装。

安德烈的铁钩在龙靓粉红色的文胸吊带处轻轻地一划而过，“嗤啦”一声，文胸被撕破挑在了铁钩上，送到了安德烈的鼻子前：“人美气儿也香！只可惜啊，你的那个小白脸不懂得珍惜！”说着，他把手伸进龙靓破碎的衣服内摸起来。龙靓绝望地闭上眼，两滴晶莹的泪珠从眼角滑落。

“砰！”凌峰一拳狠狠地砸在地上，粗糙的砂石在他的手上划出几道血口，此时两个人影一直在他脑海里挥之不去：一个是江萨，他最最敬重的老大哥，为“复兴”部队耗尽了全部的心血；另一个就是龙靓，他很看好的女杀手。两个人的影子一直在他的脑海里徘徊，选择龙靓，江萨苦心经营的计划将会因为他的自私付出几倍的代价；选择江萨，龙靓将在他面前被安德烈肆意蹂躏！

一阵轻柔的海岸风吹过，所有人沉浸在一片冷漠之中，好像已经适应了这份血腥中的安宁与聒噪。龙靓娇艳无瑕的脸上挂着点点泪痕，在炎炎烈日的照耀下闪着光芒，这深深地刺痛了凌峰的眼眸，他的手一点点移动到后腰，触摸到夜王刺那熟悉的刀身，如果连队伍里唯一的女战士也保护不了，那“复兴”部队将有何颜面去捍卫自己的尊严？

凌峰冷冷地在人群中扫了一圈，默默在心里谋划着该如何反击。就在这时，他敏感的神经在空气中捕捉到一丝异样的气息！虽然气息的改变极其微妙，但他还是感觉到了，这种气流的细微变化是物体在空气中高速运行和空气摩擦而产生的！

几乎是在同一时间，一把急速飞行的利刃“嗖”的一声朝安德烈背后飞来，速度之快让人根本来不及看清它到底是什么东西，只望见一道白光闪过。

龙靓的第六感超强，在白光闪现的同时人就已经躲到安全范围。“龙卷风”也觉察到突如其来的危险，可他尚在几米之外根本来不及去救安德烈，心急之下抬脚踹飞地上的一块石头打在安德烈的小腿上将他踢倒，这才救了他一命。

只听见“砰”的一声闷响，站在最前面的一个男人胸前炸开一朵血花，四下飞溅的血液在阳光的映衬下显得格外妖艳美丽，就像是一朵绚丽多姿的玫瑰！此时凌峰和龙靓才看清那道白光的真面目：一把制作精良的利刃，大半截刀身已经没入年轻男人的身体中，长长的刀柄上雕刻着一个青面獠牙的阎罗鬼，正是蛇眼吴邪的鬼头刀！阎罗鬼的头部溅上了几滴鲜红色的血液，更显得阴森可怕！

接着一个人影从天而降，敏捷轻巧、落地无声。那人反手握住鬼头刀用力拔出来，喷涌而出的血液溅了他一身。他的眼神冷漠而淡然，没有任何感情，鬼头刀到手的同时人已经再次冲出去，在距离他最近的手里端着冲锋枪的海盗面前一闪而过，锋利的鬼头刀随即刺穿了他的喉咙！

吴邪！凌峰的眼睛一亮，满身的疼痛顿时消失不见，取而代之的是就要燃烧身体的无尽力量！他双手一拍地面爬起来，“哒哒哒”朝背对着自己的“龙卷风”跑过去，整个人跳到空中一记“跪佛”，双膝狠狠地磕在“龙卷风”的脑后将他打昏过去。凌峰亲眼见识过“龙卷风”出神入化、变幻莫测的身手，如果“复兴”部队能得到他肯定是如虎添翼！凭着“龙卷风”现在的本事，让江萨训练上三五个月就有资格加入“毒牙”！

龙靓对吴邪的突然出现颇感意外，自从到复兴 b 岛以来她就再也没有见过吴邪，想不到会在这样的情形下见面。她见吴邪和凌峰都已动手也不再犹豫，纤纤玉手在头顶上的针织帽内沿一摸，三枚细小别致的银针已暗藏于袖中，接着抬手一挥“啪啪啪”三枚银针同时射出，距离她十几米远的三名海盗忽然扔下手里的冲锋枪掩面狼嚎起来，血液顺着指缝流出来染红了手臂。三个人全是同样的伤，精致的银针自左向右贯穿前额将两颗眼珠全部射瞎！鼻翼处则受到巨大的牵拉力导致皮肉撕裂，场面惨烈至极！

“啊——”这时，复兴b岛上爆发出一阵阵痛苦的尖叫声，被海盗们绑来的人听到枪声后四下逃窜，场面一时混乱至极！

安德烈大怒，端起冲锋枪对着天空一阵狂射：“妈的，给我开枪！不许一个逃走！”说着把枪口对准四散逃命的人们“哒哒哒”一阵扫射，几个倒霉的家伙顿时倒在血泊里。没有被射中要害的人仍旧拼命地在地上挣扎，想要逃离这个充满死亡气息的小岛。

枪声响起的同时，凌峰、龙靓和贝鲁特各自捡起一把冲锋枪找到距离最近的掩体隐藏起来，三人的位置呈现三角之势，彼此互补视野上的局限。子弹有限，他们不便乱射，都是等海盗出现在有效的射程之内才以精准的点射结束其生命。

“哒哒哒……”枪声越来越密集，复兴b岛沉浸在一片枪声的海洋里，几乎所有海盗都往这个小小的港口赶来，地上死去的人越来越多，大多数是没有防御能力的游客和被凌峰他们射杀的海盗。龙靓将枪口对准凌峰两点钟方位的地方来了两个点射，“哒哒”两声清脆的枪声响起，山丘上冲下来的两个海盗应声倒地，全是一枪爆头，枪法堪称一流！

“妈的，没子弹了！”贝鲁特躲在掩体后大骂着将冲锋枪甩出去，伸出手想把距离他最近的一把手枪拿来，不料还没碰到就有“哒哒哒”的一梭子扫过来差点废了他的手！

海岸线上的海盗越来越密集，黑压压地从各个方位朝这边围过来，密集的子弹流星般直压得龙靓他们抬不起头，更别说是瞄准射击了！由于贝鲁特的防御出现漏洞，他们的三点式防卫被撕开了一条豁口。

“贝鲁特，小心！”凌峰大叫着冲贝鲁特做了一个赶快闪开的手势。贝鲁特不解，在这么强大的火力下冲出去非得被打成筛子不可！贝鲁特刚回过头想看看出了什么漏子，不看不要紧，一看吓得背后直冒冷汗。在距离他几十米开外的地方，一个火箭炮手正在调准角度，炮口直指着他！

“我操！”贝鲁特大骂一声从掩体里跑出来，前脚刚跑出来，之前的掩体就“轰”的一声被炸上了天！巨大的冲击波将他卷飞起来“扑通”一声落在几米之外，几个海盗端着步枪冲上来。

“狗日的，来得这么快!”贝鲁特想逃跑已经来不及，一只大手抓起旁边的一具死尸挡在身前做临时挡箭牌。

“啊!”一个海盗冲到贝鲁特跟前，端起刺刀刺向他的心口。贝鲁特使出浑身力气将挡在面前的死尸举起来替自己挡了一刀。“豁”的一声，锋利的刺刀将死尸刺穿，半截雪亮的刀尖从死尸的背后冒出来直抵贝鲁特的心口!

“去你妈的!”贝鲁特大吼一声，抬腿对着海盗的小腿猛地一踹，海盗重心不稳“哗”的一下倒在贝鲁特面前。“狗娘养的，去死吧!”贝鲁特对准海盗的太阳穴一个铁拳猛砸过去，力量很大，一拳就把海盗的颧骨打碎了，森森白骨划破皮肉暴露在外，让人看了牙齿直打颤!

“妈的，我也没子弹了!”凌峰看着手中空了的弹夹，无奈地苦笑，握住枪管奋力一挥将冲锋枪甩出去。盘旋在空中急速飞舞的冲锋枪裹挟着呼啸的风声直直朝安德烈飞去!

安德烈久经沙场，在密集的枪弹声中闻见呼啸而至的凌厉风声，仓促之下扬起铁钩挡住脑袋。“砰”的一声，急速而来的冲锋枪和安德烈的铁钩手猛烈撞击在一起，顿时火星四溅。强力的碰撞直把他撞得连连后退，最后“扑通”一声倒在地上!

“咝——”安德烈倒吸一口冷气，整条铁钩手臂都被震得麻木而没有知觉，只得跌跌撞撞地爬起来迅速逃到安全地带。虽然在人数上海盗占绝对优势，但他不敢轻举妄动，他早就看出来了：凌峰和龙靓这对年轻的小情人绝不是一般货色！还有那个大块头贝鲁特，他们的身手绝对不逊于任何特种部队!

安德烈逃到自己的地盘大口地喘着气，忽然瞥到身旁的火箭炮手，眼睛一亮，对着他大吼道：“妈的，给我把他们炸了!”

杰克·韦斯特不知从哪里冒了出来，他从战斗打响就没有做任何反应，一直在安全的地方静静地观察着全盘战局。他是安德烈的手下，可他有自己的目的和计划。“船长，冷静！我们要抓活的！对方的身份还没有弄清楚!”

“呼——”又是一把裹挟着厉风呼啸而至的冲锋枪，盘旋着将一个海盗砸倒，龙靓的子弹也打完了！她伸手从针织帽的帽檐下摸出十几枚小巧精致的银针暗藏在袖中，待密集的枪声稍稀疏时从掩体后一跃而出，素手一扬，几枚银针同时射出，瞬间将几名海盗的眼睛射瞎！

受伤的海盗丢下手里的枪械在地上打着滚儿，鲜血从指缝间渗出，半截银针还插在眼眶里，他们已完全丧失了战斗力！

第二十三章　幽灵初现

凌峰的眉头忽然一皱，隐隐感到一丝异样，转瞬之间，他觉得自己浑身一紧像是被什么巨大的东西包裹住，接着就是“轰隆轰隆”几声震耳欲聋的巨响声！巨大的爆炸声就在身边，就在距离凌峰几十公分的地方，他的耳朵和脑袋“嗡嗡嗡”地响个不停，整个世界颠倒，嘈杂不堪！

整个复兴 b 岛沉浸在战争的弥漫硝烟中，枪声和惨叫声不绝于耳，就像到了世界末日般再也没有一刻的安宁！吴邪从巨大的掩体后蹿出来，从一具尸体上拔下他的鬼头刀，挥舞着在密集的弹雨中奋力拼杀，刺心、削眼、砍喉，一连放倒三个海盗，动作敏捷灵活，招招见血，绝不拖泥带水！

随后，吴邪一个铲腿滑到凌峰面前藏好身体，望着他幽幽地说道：“看来我来得很是时候！”眼睛里充满了笑意，也只有在凌峰的面前吴邪才是一个正常人，一个看上去不是那么冷血的人！

“想不到你这么快就回来了！”凌峰笑着给了吴邪一拳，“怎么样，参谋长交代的任务完成得还顺利?”

吴邪嘴角飞扬，露出一个得意的笑容：“当然顺利，我又不是你，拖拖拉拉的！”和凌峰说话时，吴邪的眼睛不由地向外面瞥了一眼，龙靓娇健的身影正在弹火中穿梭，几乎有一半的火力在跟着她，但她的行动快得恐怖，海盗的眼睛和反应根本跟不上她的速度！

“这次出去你都打探到了什么?”凌峰迫不及待地问道，好像压根没有把安德烈海盗当回事儿，收回复兴b岛仿佛是手到擒来的事！

“我的任务以后再说，眼下最重要的是拿下复兴b岛，我们能不能活着离开还不一定呢！”吴邪说着把鬼头刀反握在手里，眼睛迅速地扫了一圈，对战场上的形势做出了判断，情况还是不容乐观，“走吧！我们杀出去！”

“同生共死！”凌峰和吴邪的拳头“砰”地撞在一起，下一刻两人已朝不同的方向冲出去，远远地望去只能看见两条模糊的影子四下游弋，所到之处海盗纷纷倒地不起，脸上满是惊恐，眼睛瞪得很大，一副死不瞑目的表情！喉咙处皆有一条极细的刀痕划过，这是他们致命的伤口！只是眨眼间的工夫，已有十几个海盗死在凌峰和吴邪的手上！

杰克·韦斯特站在高处俯视着，眼神中充满无限的玩味，仿佛在欣赏一门高雅的艺术而不是杀戮现场！他的脸上有一抹莫名的兴奋，嘴里喃喃自语道：“真是想不到‘毒牙’的攻击力会强大到这种程度，真是超出我的想象！”

安德烈可没心思欣赏凌峰和吴邪屠杀他的手下，看到手下一个个倒下去，他心急如焚，大喊大叫道：“火箭炮手！火箭炮手！把那两个人给我炸了！我要炸得他们尸骨无存！”

几名火箭炮手一字排开，炮口一直尾随着凌峰和吴邪漂移不定的影子。终于，凌峰在砍倒一名海盗时速度放慢了一拍。“轰”的一声巨响，一颗火箭炮冒着滚滚烈火朝凌峰飞去！超强的第六感让凌峰早已觉察到巨大的危机正逼来，他早为自己找好了一处隐藏点，那是不远处的一处洼地，刚好可以帮他躲过爆炸瞬间释放的巨大能量！

凌峰正想扑过去，不料双脚却被死死地抓住，低头一看，原来是一个被他削喉而死的海盗在临死前抓住了他的脚踝！人在死后肌肉和关节会变得僵硬，这就是人们常说的尸僵（不是僵尸）。被他们抓住一般人纵然使出浑身解数也难以脱身，除非把他们的肢体卸掉，否则别想全身而退！眼看那颗飞驰而来的火箭炮弹就要击中自己，凌峰心急之下拔出夜王刺暗念了一声：“对不起了兄弟，死了也不能给你留个全尸”，便提起死尸的胳膊，反手抓着夜王刺在他僵硬的手背上猛划一刀，四根手指齐刷刷地掉在地上，只有断口处不断渗出鲜血。

火箭炮弹转眼就到了跟前，已经不允许凌峰逃到安全地带！他暗叫一声糟糕，急走几步迅速卧倒以减少体表的面积，可还不等他完全倒地，火箭炮弹就“嘣”的一声炸裂开来！瞬间爆发的巨大能量将凌峰瘦削精悍的身体卷到空中撞在一根树干上！

“砰——”凌峰的身体反弹后从空中跌落下来重重地摔在地上，嘴里顿时喷出一口血水！他的肩膀原本就被“龙卷风”扎出一个血洞，这次强烈的撞击让伤口再度开裂，鲜红色的血液染透了他的衣服，额头上也撞出一道长长的口子不断地流着血，现在整个人可谓血迹斑斑、生死未卜！

“凌峰，你没事吧?”吴邪发狂似地冲过去，一把鬼头刀挥舞得虎虎生风。现在的他完全杀红了眼，遇神杀神、遇佛杀佛，凡是挡住他去路的海盗无不丧生在青面獠牙的阎罗鬼头之下！

“啧啧啧……”杰克·韦斯特看到凌峰趴在地上半天没有动静，不禁冷笑起来，轻轻摇头，很不屑地小声嘀咕道，“这就是‘毒牙’暗杀组的野狼凌峰吗? 也太让我失望了！如果这样就死掉的话，枉费我为你花费那么多心思！”

“凌峰！”

见状，龙靓和贝鲁特同时喊道，不约而同地向这边靠拢过来。龙靓的一双秀眉已经变成两把愤怒的利剑，一双丹凤眼也由于极度愤怒而直往外喷火！她把头上顶着的针织帽摘下来捏住帽檐奋力向前甩出去，针织帽在空中高速旋转着，隐藏在其中的银针好似暴雨一般四下飞散，正向他们靠拢的十几名海盗瞬间伏倒在地上捂着脸鬼哭狼嚎！悲怆的哀嚎声响彻云霄，惊飞了不远处山林里栖息的鸟儿。

贝鲁特跑起来大步流星，好像一头发怒的公牛，直接把拦在他面前的两个海盗冲翻！暴力而野蛮是这个战士独具的色彩！“噗!”一颗急速飞来的子弹射进贝鲁特粗壮的左臂，将他的胳膊射穿，在另一侧留下一个暗黑色的血窟窿！

几个海盗喽啰端着上了刺刀的步枪冲过来，按照安德烈船长的最新指示他们要抓活的！一个冲在最前面的海盗大声吼道：“把他围起来！要抓活的！”

一名海盗绕到贝鲁特身后，端着步枪一步步向他靠拢，他可不管贝鲁特伤得有多重，只要是喘气的就行！他一定要把胆敢闯海盗窝的这帮家伙的老底儿揪出来！与此同时另外两名海盗也端着步枪和贝鲁特对峙着一步步向他逼过来！

贝鲁特左臂上的弹孔不断地冒血，伤口贯穿了他的手臂，庆幸的是并没有伤到骨头。此刻他连把枪也没有，附近除了泥土就是砂石，连块大点的石头都没有，怎么解决这三名海盗？贝鲁特和正面的两个海盗对峙着连连后退，耳朵则竖起来听着身后的一举一动！忽然贝鲁特的脚不知被什么东西绊了一脚，他瞥了一眼，是一个尸体已经僵硬的海盗。

一个念头从贝鲁特脑海里一闪而过，他记住了死尸的位置，眼睛则死死盯着前面的海盗防止他们偷袭，慢慢弯下腰身，猛地张开大手抓住死尸的脚怒吼一声将它提溜起来，随即用力砸向前面的两个海盗！整个事情发生得太快，两个海盗还没反应过来就被横着飞过来的死尸砸倒在地，死尸压得他们根本站不起身来！

从贝鲁特身后包抄上来的海盗看到两个同伴一下子被放翻不禁犯起了嘀咕，也顾不得安德烈的命令抓活的了，就想着能保住自己的小命！他端起步枪正待瞄准，不曾想贝鲁特一个箭步跃到他跟前，一个巴掌就把他的枪托打掉，一个正踢对着他的心口一踹，他整个人就飞了出去！贝鲁特的力量奇大，愤怒时爆发力更是惊人，倒霉的海盗被他踹到心口后飞出去撞在一棵树上掉下来，嘴里呛出一口血水，抽搐了两下就死了！

凌峰伏在地上，手指轻微地动了几下，伸出手抹掉被血水黏在脸上的泥土，踉踉跄跄地站起来闪到一棵树后：“吴邪，龙靓，别过来，消灭他们的远程火力！参谋长他们马上就要赶过来了！”

“哦？还没死？”杰克·韦斯特看着凌峰再次爬起来不由得露出浅笑，饶有兴趣地自言自语道，“野狼没死，蛇眼和雪豹也来了！看来这场战斗越来越有意思了！”

“杰克，你在那里嘀咕什么呢？还不快点想想办法！”安德烈急得冲杰克·韦斯特大叫道。安达曼海盗一共才百十号人，一会儿工夫就被这四个人报销了几乎一半，安德烈的心在滴血啊，一双眼睛血红血红的：“你们还愣着干什么？发射！把那个快死的给我炸上天！”

凌峰躲在大树后剧烈地喘着气，虽然他体质过人，但毕竟是血肉之躯，被“龙卷风”刺穿的那个血洞已消耗了他大量的血液，火箭炮的威力更是让他的内脏几乎破裂！他的行动速度大打折扣！他需要休息，足够的休息才可以恢复体能！但安德烈看出这个破绽，才想到要先解决他这个棘刺！

“砰砰砰！”几颗火箭炮弹一齐射击，目标是凌峰藏身的掩体！身受重伤的凌峰根本不可能在极度虚弱的情况下避开接踵而至的火箭炮弹！即使他躲开了，外面还有几十把冲锋枪在对着他！他的性命悬于一线！

“凌峰！”

吴邪、龙靓和贝鲁特三人同时喊出声来！他们都看到了还在冒火的火箭炮弹一起朝凌峰射过来！三个人眼睛里都是绝望，他们和凌峰距离太远，火箭炮又发射得太急，根本来不及救他！但吴邪和贝鲁特还是冲了过来，同时躲闪着急速飞来的子弹！

龙靓没有动，她知道救凌峰已经不可能了，因为距离太远！虽然她也很不舍，但理智告诉她救不了就是救不了！她脑海里再一次出现和凌峰与吴邪第一次见面的场景，这个场景一直在她脑海里徘徊，挥之不去！

两行热泪从龙靓的眼角流出，等她再次睁开眼时里面已经没有绝望，取而代之的是一种淡然。她将身上所剩不多的几根银针暗藏于手心，以极快的速度奔跑起来，随即凌空一跃，人在空中将银针瞬间击发，“嗖嗖嗖”急速朝几个火箭炮手飞去！

然而，距离实在太远了，龙靓清楚地看到射发的银针在半路失去力量飘落下来，只得惨淡地一笑，也许这就是天意！

这边，凌峰也淡然地一笑，他已经预感到自己大限将至，虽然自知这是迟早的事，可是就这么被几颗火箭炮弹炸得尸骨无存，他真有些不甘心！他应该死在战场上，死在真正的特种部队精锐战士的尖刀之下，而不是这些杂碎海盗！

凌峰苦笑着闭上眼，静静地等待死神的降临，耳边是呼呼而过风声，他慢慢地转过身子面朝北面的大海，那是他日思夜想的地方，生前他再不能踏上一步，希望死后灵魂可以回到祖国，回到他难忘的“蓝剑”特种部队！

忽然，凌峰眉头一皱，隐隐地感到一丝异样。转瞬之间，他觉得浑身一紧像是被什么巨大的东西包裹住，接着是“轰隆轰隆”几声震耳欲聋巨响！巨大的爆炸声就在距离凌峰几十公分的地方响起，他的耳朵和脑袋“嗡嗡嗡”地响个不停，整个世界嘈杂不堪！

难道这就是地狱的声音？凌峰的脑袋里一片浑噩，思维也一片混乱！忽然，他又觉得那束缚在身上的包裹感消失了，一下子轻松起来！肢体还有感觉，那就是还没有死！凌峰猛地睁开眼睛，只看到一个模糊的影子在半空中一闪而过变成一个璀璨的光点，而他身边两米之内全部是浓浓的火药的味道！

凌峰满心的疑惑还没有解开，浓重的火药味道却呛得他脑袋清醒起来，赶紧趁弥漫的硝烟闪到一棵大树后面隐蔽起来。紧接着另一个人闪进来，出于本能凌峰一把将来人抵在树干上，一只手抽出夜王刺抵在来人的喉咙上！

“是你？”凌峰猛然发现自己按住的是吴邪，这才慢慢将手里的夜王刺收回来，脑子里闪过一个念头，“刚才是怎么回事儿？是什么东西？”

注意，凌峰问的是“什么东西”，而不是“什么人”！虽然那个时候他是闭着眼的，但是凭着超常的感觉，他还是敏感地捕捉到很多细微的东西。那个“东西”是在他闭上眼的瞬间过来的，而他周围三米之内没有任何物体！也就是说它是在几乎 0.1 秒的时间内跨过了三米以上的距离！其次它能把凌峰钢筋铁骨般的身体夹得很紧，力量之大可想而知！第三，也是最重要的，在和它近距离接触时，凌峰能清楚地感觉到它的呼吸和心跳，是什么有生命的东西能抵得住火箭炮弹瞬间爆炸释放出来的巨大威力！而且还不止一枚火箭炮弹！

“没……没看清。”吴邪也不清楚自己究竟怎么了，说话竟有些结巴，“只是一个模糊的影子，你呢？和那个‘东西’近距离接触有没有感到什么异样？”

其实不光是凌峰和吴邪，在场所有的人都沉浸在一片浑浑噩噩之中没有回过神来，就在那一眨眼的工夫，谁能想到会发生这么重大的变故？就是一个突然凌空出现的灰蒙蒙的影子将凌峰挟裹起来躲过了死神的致命一击，而等到硝烟散尽那个模糊的影子早已消失不见，其速度之快已经超出视觉的极限！

“没有，太快了。”凌峰淡淡地说道，他早就感觉到吴邪话语中细微的变化，也从他眼神中看到了想知道的答案，而他和吴邪都不约而同地称那个影子为“东西”而不是人，“是不是似曾相识？在哪里见过?”

“嗯。”吴邪轻轻点头，空洞的眼神之中多了一层神秘，随即用疑问的语气问道，“是不是在……蓝剑?”

“没错，蓝剑!”凌峰的语气忽然变得很肯定，之前他还在怀疑是自己在极度紧张之下的幻觉，可是现在连吴邪也看见了，那就绝不是幻觉，是实实在在存在的，“那次实战演习！那个神秘的‘东西’！那封蓝剑档案室里绝密的‘幽灵档案’!”

第二十四章　致命一击

然而，不可思议的一幕发生了！就在“龙卷风”想出手杀死龙靓的前一秒，龙靓好像先知一般料到了他的目的，完全凭借腰力和腹部的力量将身体在空中停住，整个人斜在半空中旋转起来，以近乎不可能的动作从他的头顶越过落在他身后，还不等“龙卷风”反应过来就在背后将他反手扣住，左手扣住他的脉门让他动弹不得，右手的食指和中指则紧贴在一起扪在他的前臂上！

“那……那是什么东西?”安德烈结结巴巴地说着，背后冒出一层冷汗，他也看见一个影子一闪即过救了凌峰一命！

杰克·韦斯特也双眉紧蹙，在脑海里回忆着刚才的一幕。那个神秘的东西他也是第一次见到，只能看见一个模糊的人形轮廓，奇怪的是那个怪人还有一双巨大的翅膀！这怎么可能？杰克·韦斯特随即摇摇头否定了自己，人怎么可能长翅膀呢?

“轰——”突然，不远处一颗火箭炮弹在地上炸开，灰尘漫天飞舞，天地间灰蒙蒙的一片，只能依稀看见人影。就在这时，死尸堆里一只暴露在外面的手臂忽然抽搐了一下，接着将压在身上的碎尸块扒拉下来，随即一个瘦小的身躯从死尸堆里跌跌撞撞地爬起来，竟是那个怪人“龙卷风”！他竟然还没有死！

“‘龙卷风’，你还……还活着?”安德烈·胡克有些吃惊地望着满身是血的“龙卷风”，简直不敢相信自己的眼睛，他使劲揉揉双眼，忽然兴奋地大叫起来，“太好了！你还活着！去，把那几个家伙通通杀死！”

“哦，他居然还没有死！”杰克·韦斯特也饶有兴趣地看着站在死人堆里的“龙卷风”，嘴角挂着一抹诡异的笑容，“太好了，“龙卷风”活过来了，‘毒牙’也都还活着，这场战斗越来越有趣了！”

安德烈听了这话觉得刺耳，皱起眉头瞪向韦斯特：“韦斯特，你知道自己在说什么嘛?你要做的不是在这里说风凉话！去，帮‘龙卷风’把那几个家伙杀了！”

“那些粗鲁的事情还是交给那些野蛮人吧，我只要等着收渔翁之利就好！”杰克·韦斯特的眼睛一直在凌峰、吴邪身上转悠，根本不把安德烈的话放在心上。这让安德烈·胡克大为恼火，可现在不是内讧的时候，他早就看出这个韦斯特和他们根本不是一路人，等到战斗结束，他定要亲手结果了这个讨厌的家伙！

“龙卷风”在弥漫着硝烟的战场上发现了凌峰，眉宇间顿时增加了一种莫名的兴奋，每次和高手过招时他都会有这种感觉，这种让他热血沸腾的奇妙感觉！他盘起发辫，挟裹着一阵疾风向凌峰疾驰而去！凌峰和吴邪同时警觉地感觉到了风中呼呼而至的急促气流，默契地向两边闪开。“龙卷风”的脚步紧接而至可是扑空了，他盯着凌峰诡异地一笑：“是时候和你较量一下了！”

“你醒来的要比我料想的早一点。”凌峰依旧波澜不惊的，“和高手过招总是要等在最后，这种乐趣是不能和那些小喽啰一起分享的！他们会亵渎了这份无上的荣誉！”

吴邪则冷冷地在“龙卷风”身上扫了一圈，凭着特有的直觉，他能感觉出他周身散发出来的浓重的杀气，而这种极为霸道的杀气和他自己身上散发的阴寒戾气有着异曲同工之妙！吴邪只觉得内心一阵躁动，一只手不受控制地摸到腰间的鬼头刀。和一流好手过招，用枪永远比不上用原始的冷兵器，那种鲜血在雪亮刀刃上闪烁的微妙感觉太让人兴奋了！

“龙卷风”敏感地捕捉到身边逐渐汇聚起来的戾气，瞥了吴邪一眼：一个莽撞得不知天高地厚的年轻家伙！

就在这时，一个袅娜的身影跟着闪过来，身手矫健，落地无声，“哒哒哒”的子弹在她身边飞过好像在为她伴奏一般！没错，是龙靓！她躲过疾驰而来的子弹来到吴邪面前拦住他：“吴邪，冷静一点！”

吴邪心中的火焰早已被“龙卷风”周身散发的霸气点燃，怎么可能听龙靓的话！他冷冷地将拦着他的手推开，口气生硬地说道：“闪开！”

“哼！“你们不要着急，我收拾完他接着就是你们，一个也跑不了！”“龙卷风”冷冷地说完，伸出手指着凌峰。

“吴邪，现在不是意气用事的时候！我们还有重要任务！”龙靓再一次拦住吴邪，表情出奇得冷静，“‘龙卷风’交给我！凌峰受伤了不比以前，你要在参谋长和‘复兴’部队赶来之前尽可能消灭他们的火力，以减少我们的损失！”龙靓一字一顿地说完，又转身指着安德烈·胡克，“你的任务是杀了那几个家伙！他们的火箭炮手！还有，那个叫杰克·韦斯特的家伙很难对付哦！”

此时，远远的海平面上，一颗闪亮的光点呈直线向空中飞去，“砰”的一声在蔚蓝的天际炸成一个闪亮的光斑，几个黑色的小点同时朝复兴b岛驶来，速度很快，转眼就能看出是几艘快艇，船上有几名荷枪实弹的雇佣兵立在船头，虎视眈眈地望着复兴b岛这边。

“快看，是信号弹！”贝鲁特指着海面上空兴奋地叫起来，“大老板他们来了！”

“怎么，他们还有同伙?”安德烈用手遮住刺眼的阳光惊叫道，光是眼下这几个家伙就够他麻烦的了，现在还有十几个全副武装的雇佣兵一起冲上来，这还不要了他的命，“火箭炮手，你们还愣着干什么？等着他们上来收拾我们吗？快点给我发射，在登陆之前宰了他们！”

几个火箭炮弹立刻转过头，炮口齐刷刷对着远处驶来的几艘快艇。杰克·韦斯特看着海面，脸上露出一个诡异的笑容，自言自语道：“终于来了！速度够慢的！我真怕你们的几颗‘毒牙’撑不住了！”

突然，杰克·韦斯特瞥到一个火箭炮手的喉咙，眼神一冷，以迅雷不及掩耳之势将手扣在他喉咙上，拇指和食指猛地发力，“咔嚓”一声清脆的骨头碎裂声，那人肩头的火箭炮筒“轰”的一声砸在地上，他头一歪栽倒在一片沙土里。

见状，几个火箭炮手吓得连连后退，安德烈·胡克简直不敢相信自己的眼睛："韦斯特，你……你在干什么?"

"你难道没有看到吗? 我在杀掉一些该死的家伙!"杰克·韦斯特轻松地说着，随即一晃闪到安德烈身后，一扬手将另一个火箭炮手的脖子捏在手里，"咔嚓"一声轻松拧断，就像拧断一棵朽木! 之后，他贴在安德烈耳边诡异地一笑："船长先生，我已经忍耐了很久! 今天终于能看见你被人杀死!"

"什么? 被人杀死?"安德烈很害怕，却强自装出一副毫不慌乱的样子，扬起铁钩手威胁杰克·韦斯特，"难道你要杀了我吗? 你觉得凭你可以杀死我吗? 你太小看我了! 你以为复兴b岛只有'龙卷风'能打吗?"

"杀了你? 哈哈，我从来没有这个想法!"杰克·韦斯特哈哈一笑，望着远处的海面微笑着说道，"你的敌人已经来了，他们会帮我杀了你! 杀你这种十恶不赦的家伙会脏了我的手!"

"你在说什么?"安德烈恨得牙齿咯咯直响，铁钩手在阳光下闪着刺眼的光，他一步步逼近杰克·韦斯特，"我对你不够好吗? 我让你做我的参谋! 给你在瑞士银行开了私人账户，每个月给你打入十万美金! 所有的手下都听你的! 你这个白眼狼! 你又是怎么对我的? 你还想要什么?"

"不不不!"杰克·韦斯特连连摇头，伸出食指在安德烈面前晃动着，"船长先生，不要把自己说得那么伟大! 我对你给我的丝毫不感兴趣! 每个月十万美金是吗? 我每年为你做的就值那区区几百万美金? 为我开通账户? 恐怕我账户里所有钱连你天文数字的零头都不到吧? 几亿? 还是几十亿?"

"够了! 住嘴，你这个白眼狼!"安德烈大为光火，挥动着铁钩手朝杰克·韦斯特冲过来，可惜他轻视了韦斯特的实力，他的进攻韦斯特轻易就躲开了!

就在这时，一个火箭炮手将炮口对准了杰克·韦斯特，可手指还没触及扳机，"噗"的一声闷响，一颗子弹正中他的眉心，从他的后脑贯穿而出! 巨大的冲击力将他的头骨掀碎，红白的脑浆在空中炸开一朵绚丽的血花!

杰克·韦斯特借机反手扣住安德烈·胡克脖子上的颈动脉，只要他稍一用力，瞬间就可以宰了安德烈! 可是他没有，正如他所说的，他怕安德烈的血液弄脏了他的手! 他用肘部抵住安德烈的后颈，在他耳边轻声说道："再见，我亲爱的船长先生！希望那边雇佣兵会让你死得舒服一点！"说着，他用肘部猛磕在安德烈的后颈部，安德烈脑袋一昏，从高处的指挥部掉下来，再睁开眼时只看到面前站着一个人！

是吴邪，他正低头俯视着安德烈，手里的鬼头刀正对着他的脖子，锋利的刀刃在太阳的照射下闪着熠熠夺目的光芒。

吴邪的眼睛布满血丝，看得出他已经很久没有休息了。安德烈跪坐在地上，用铁钩手撑着身体没有倒下去，他和吴邪直直地对视着，丝毫没有畏惧的样子！

"啪！"远处的海岸线上响起一声枪响，江萨带领的"复兴"部队已经登陆复兴b岛，正在展开全面进攻！"太好了！"凌峰高兴地大喊，就地一个翻滚捡起一把冲锋枪，对着高处几个海盗来了一串点射。

"咦，怎么就这么几个人?"贝鲁特盯着海岸线上冲上来的几个雇佣兵疑惑极了。龙靓也觉得奇怪，刚刚在快艇上的雇佣兵起码有二十几个，现在来攻岛的怎么只有六七个? 龙靓的目光扫到岸边，发现2/3的雇佣兵都聚集着围成一个防护圈，而站在防护圈中央的竟是大老板邓克宝！

"该死！这个胆小的家伙！"龙靓愤愤地骂道，"居然把这么多人浪费在保护他一个人上！应该全力进攻，尽可能降低牺牲才是！"

"龙卷风"的目光在复兴b岛上扫了一圈，突然趁龙靓他们没注意时蹿到安德烈身边，一肩将吴邪顶翻，拉过安德烈就跑："船长，赶紧走吧！我们大势已去！"

凌峰慌了，抱起冲锋枪就要追上去，却被龙靓伸手拦住："你受了伤，留在这里负责消灭他们的火力，那两个家伙留给我和吴邪吧！"

凌峰还想说什么，又被吴邪按了回去："你老老实实猫在这里打枪！剩下的交给我和龙靓。"这是吴邪第一次把自己和龙靓说在一起，听起来有些僵硬。龙靓愣了一下，目光飞快地在吴邪脸上一扫，眉宇间多了一丝别人难以觉察的情谊。

安德烈回头望了一眼自己的老窝，辛辛苦苦打拼来的天下就这么拱手让人，他实在是不甘心啊！可又有什么办法呢！留得青山在，不怕没柴烧。安德烈一咬牙，跟着"龙卷风"朝西部海岸跑去。狡兔三窟，像他这么聪明的人定会给自己留一条后路的！

想逃? 没那么容易！龙靓和吴邪很快就飞身拦住了安德烈和"龙卷

风”的后退之路。龙靓望了安德烈·胡克一眼，鄙夷地哼了一声：“本来这个轻薄我的家伙我是要亲手杀死他的，可我讨厌独眼龙！吴邪，你帮我宰了他吧！让他在死之前好好享受一下煎熬的乐趣！至于‘龙卷风’，我对这个晚清遗老很感兴趣！”说着，龙靓对“龙卷风”轻轻一笑：“我会让你死得体面一点！以一个战士的尊严死去！”

“龙卷风”没说话，只活动着手腕，他能从龙靓周身散发出来的气息中感觉到她的可怕之处。她绝非是一般的女人！从战斗打响的那一刻一直到现在，她的呼吸节奏一点也没有加快，仍旧那么有节律！真不知她到底强到什么程度！“龙卷风”摆开架势，将身形舒展开来，那份源于骨子里的孤傲让他完全沉浸在战斗的乐趣中：“谢谢你的好意，不过……要看你到底有没有这个本事！”

说完，“龙卷风”收起双臂，上身前倾，双脚“嗖”地射出去，步伐极快而细密，一记蛟龙出海朝龙靓攻去！见“龙卷风”的进攻如厉风般席卷而来，龙靓并不惊慌，整个人向后倾倒和地面呈160度的仰角，一记正步踢向“龙卷风”的下颌！他是厮杀多年的好手，实战经验极为丰富，怎会料不到龙靓的伎俩？他的双手随即扣住龙靓的脚踝，借着奔跑的惯性在她身前一个侧翻越过去，双脚落地的同时手臂猛然爆发力量将龙靓苗条的身躯整个提起来，左脚一击正踢中她的小腹！

龙靓的身体倒悬在空中，“龙卷风”的一个重击结结实实地踢中她的小腹，巨大的力量将她娇小的身躯击飞出去足足五米远！龙靓的头朝下在空中飞了好一会儿后重重地摔在沙地上，松软的沙土呛得她一个劲咳嗽，灰色的沙土中隐隐混合着几道血丝。“龙卷风”嘴角一扬，冷冷地说道：“起来啊，你就这么点能耐吗？”

另一边，吴邪扬起鬼头刀，锋利的刀口在炎炎烈日下闪着耀眼的光芒。吴邪将刀身轻轻一转让刺眼的光芒照向安德烈的眼睛，并在他眨眼的一瞬间挥刀对着安德烈的独眼砍过去！速度很快，只是一道白光闪过的瞬间！

安德烈毕竟不是一般的小喽啰，即使眼睛暂时看不到也能凭超常的听觉和直觉感到危机降临。在凌厉的疾风呼呼而起的同时，他侧耳一听，吴邪的招式已经在他脑海之中，他扬起铁钩手挡住吴邪的鬼头刀，那可是上好的精钢锻造的，这一下也只是在上面留下一道小小的印痕！

安德烈只觉得手臂一麻，被逼得连连后退，无奈之下只能抬手将鬼头刀打掉，然后抬起右脚猛地朝他腹部踢去！吴邪是何等身手，怎会被安德烈的雕虫小技击中？他一个弹跳后退到安全区域，在落地的同时整个人再次飞速跳回去，坚硬的头颅直顶安德烈的下颌！

安德烈只觉得嘴里一麻，半截舌头差点被咬下来，眼前也一片金光闪闪。还不等安德烈回过神来，吴邪已化拳为掌，左手一记铁掌狠狠砍在他脖子上！安德烈脑子里顿时“嗡嗡嗡”响个不停，眼神迷离间忽然瞥见吴邪的身影再次袭过来！这次是一记高摆腿，安德烈只觉得一阵习习的微风拂面，接着侧脸就重重地挨了一脚，整个人随即飞出去在半空中吐出一口血水！

这边的“龙卷风”和龙靓也是打得难分难解，拳打、掌削、手砍、脚踢、头撞、膝顶。双方都是一流好手！一连串的动作如行云流水般连续不断，不知不觉间已几个回合过去。龙靓这时才渐渐占据上风，她腿功很好，让速度出神入化的“龙卷风”半点也近不得身！“龙卷风”是武道家出身，一双龙爪手使得神乎其神！近身贴打是他的强项，于是他死死黏住龙靓不肯松懈，一有工夫就贴到她身边用龙爪手狠狠地回敬！几个回合下来，龙靓的身上已经没有一片衣服是完好的，已被撕扯得破烂不堪！

“龙卷风”一招擒拿手锁住龙靓的上臂，五指发力向下撕扯，瞬间将她的衣服碎成布条！他正欲反扣住龙靓的手臂制服住她，却无意中瞥到她破碎衣服下那一块小小的刺青，那是一朵燃烧着的蓝色火焰，幽幽地印刻在龙靓纤细的手臂上，在破碎的衣服下若隐若现！

“冰火?”“龙卷风”小声自言自语着，皱紧的眉头稍稍舒展开，眉宇间多了一丝似笑非笑的表情，随即松开手轻声说道，“龙小姐，你也是‘冰火’出来的?”

冰火！龙靓内心一惊，这个字眼就像一把尖锐的匕首狠狠刺向她的心口，那段不堪回首记忆再次重创了她。她暂时收起攻势冷冷地望着龙卷风，不知道他到底要说什么?

“龙卷风”慢慢地解开马褂上的纽扣，一只手抓住衣领忽地将马褂扯下来扔到空中，旧式的马褂在空中被凌厉的劲风吹得呼呼直响，“龙卷风”光着上身，而在他暴露的上臂侧面，龙靓看到了和她胳膊上一模一样的刺青标志！那是一朵正在燃烧的蓝色火焰！高超的技术将冰火图案刺得栩栩如生，在微风的吹拂下，那朵小巧的冰火好像在风中左右摇曳！

龙靓娇小的身躯微微颤抖着，她连连摇头后退，喃喃自语道："不可能……不可能……你身上怎么会有'冰火'刺青?"

"龙卷风"冷笑着看着一脸惊恐的龙靓："或许，你应该叫我一声前辈。""龙卷风"很清楚龙靓此刻内心的恐惧，那是冰火给女性杀手心灵造成的难以磨灭的创伤！从第一眼望见龙靓他开始就怀疑，一个女人能有如此了得的身手绝非普通人，除非是女特工！直到他看到冰火刺青才搞清龙靓的身份，冰火，一个可怕的杀手组织！龙靓，是来自冰火的天使杀手！

"龙靓，不要受'龙卷风'的蛊惑，快点杀了他!"吴邪见龙靓被"龙卷风"的一席话扰得神志不清，害怕她会误了事，挥刀把安德烈逼退赶到龙靓身边。

"想杀我? 哼，还得看看她有没有这个胆子!""龙卷风"瞪着吴邪冷冷地说着，同时把脸靠过来，上面挂着让人捉摸不透的笑容，仿佛这里已不是战场，"怎么了? 龙靓，你难道忘了在'冰火'的日子了吗? 你就是这样对待你的前辈的吗?"

"不！不!"龙靓望着"龙卷风"连连后退，一双丹凤眼里已不再是娇媚，而是写满了恐惧，发自心底的无尽恐惧！龙靓嘴里含混不清地说着什么，伸出手来抱住头不停地后退，眼睛里原本愤怒的火焰早已不见踪影。

"龙靓，你醒醒！你醒醒!"吴邪按住龙靓的肩膀，使劲摇晃着她的身体想要她清醒过来，"这里没有什么冰火组织！这里是复兴 b 岛！我，还有凌峰都在你身边！你不要害怕!"

"吴邪，不要丢下我！凌峰，不要丢下我！求求你们不要丢下我！带我走!"龙靓的神智已经有些不清楚，清澈的眸子变得黯淡无光，仿若冬日里的一湾死水!

吴邪看着神志不清的龙靓，一股无名火自心底暗升起来，他拔出鬼头刀恶狠狠地逼视着"龙卷风"，忽然急速冲到他面前挥刀向他脑袋砍去!

"砰!"一把坚硬无比的铁钩手挡在"龙卷风"面前，护住他没有被鬼头刀砍到，一个声音传来："'龙卷风'，伟大的安德烈船长将和你并肩作战！"

"哼，两个一起上？那就一起解决！"吴邪丝毫不畏惧，鬼头刀锋利雪亮的刀刃在阳光下闪着耀眼的光芒，他眉梢上扬，脸上不知何时已悄然爬上一抹莫名的兴奋！

"啊——""杀——"

"龙卷风"和安德烈同时尖叫起来，两人嚎着朝吴邪冲过来左右开攻！"龙卷风"低下身子一个铲腿朝吴邪的下盘扫过来，吴邪一个弹跳闪到侧面躲开，可不等他脚跟站稳，安德烈又大吼着从空中落下来，尖利的铁钩刺向他的面孔！

居然配合得很默契！吴邪在心底赞叹两人竟像合作多年的老搭档，随即扬起鬼头刀，右手食指和中指夹住刀尖护住额头，只听见"当"的一声，铁钩手的尾部砸在鬼头刀上，尖锐的钩刺距离吴邪的眼睛只有几公分！然而鬼头刀在铁钩手的压力之下刀锋一转，对准"龙卷风"的侧肋狠狠刺去！

哼，现在就出杀招未免早了点！"龙卷风"就地一个翻滚离开安德烈的庇护，半边身体躺在地上抬腿一脚将吴邪刺向自己侧肋的鬼头刀踢开，两只手撑住地面将身体向前一挪，第二记铲腿结结实实踢中了吴邪的脚踝，巨大的冲击力让吴邪瞬间失去平衡，整个身体向前倒下去！

"还没完呢！去死吧！"安德烈趁吴邪的身体还没完全倒地之际，一个箭步跃上来用膝盖狠磕他的胸脯！吴邪受到猛烈撞击，飞到空中"扑通"一声摔在地上，随即心口一闷，胃里翻江倒海地涌出溶物，一口鲜血喷洒出来！

"龙卷风"和安德烈的动作连接得完美无瑕，奈何吴邪这样绝好的身手也没有半点反击能力，只能被动挨打！安德烈轻笑着捋一把胡子，指着趴在地上的吴邪："战斗就这样结束了吗？哦，上帝，我是不是下手太重了？哈哈！"

"你应该没这么弱，快点站起来！""龙卷风"眼里依旧是不变的平静与淡然，仿佛这不是生与死的厮杀，而是同伴之间没有输赢的竞技，"要战斗到最后一刻，放弃是战士的耻辱！"

"轰轰……"又是几颗火箭炮弹在山上炸开，几个人惨叫着飞到空中，斑斑血液像下雨一样不断从天空散落，接着便是血淋淋的残肢砸下来。吴邪慢慢爬起来，伸出舌头舔尽嘴角未干的血迹，眼睛则不断放着光，不是晕眩的金星而是极度的亢奋所释放的电光！吴邪是那种见到流血厮杀就会莫名亢奋的怪家伙，一直都是！他收起鬼头刀摆出格斗的架势，对方没有亮出兵器他不想胜之不武，或者，他觉得敌人还不够资格让他亮出鬼头刀！

岛上的枪声渐渐密集，“复兴”部队的雇佣兵在江萨的带领下已经反攻上来，马上就要拿下中部的高地，安达曼海盗的失败已成定局，只在做着最后的抵抗！海岸线上的小港口上，邓克宝从手下的护卫圈中走出来，在望远镜里观望战场上的局势，眼睛里写满笑意，他拔出鲁格手枪对着天空开了一枪，扯着嗓子吼道：“弟兄们，给我杀啊！把老子的岛给夺回来！”

一阵热带风吹过，吹淡了战场上弥漫的硝烟。此时，吴邪鹰一般的眸子就和他的刀尖一样让人遍体生寒！他在窥视“龙卷风”和安德烈的漏洞，虽然他是陆地厮杀的好手，但是面对这两个久经沙场的老家伙，他还是不敢掉以轻心！

“吴邪。”一个轻柔的呼唤进入吴邪的耳际，仿佛极度虚弱的人在低吟。他侧过脸瞥向身后，眼睛的余光依然紧紧地包围着“龙卷风”，在他看来“龙卷风”要比安德烈危险得多！

是龙靓！刚刚呼唤他的人是龙靓！此刻她的状态好了很多，虽然眼神还没有往日的尖锐，但吴邪能感到她那股很强的气息正在逐渐恢复：“吴邪，把‘龙卷风’交给我。”

“你?”吴邪一愣，第一次犹豫起来，换作平时的龙靓他根本不用担心，可是现在的她行吗?他还在犹豫，“还是让我来吧，不过两个人而已。”

“我说了交给我！”龙靓的声音虽然很低，但吴邪可以听得出她的决绝，“既然上帝安排我和他在这里遇见，这就是我和他的宿命，今天我们必须做一个了断！”说着，龙靓走到“龙卷风”面前和他对视：“你让我想起了那段阴霾的记忆，所以你必须死！”

“龙卷风”冷笑一声，瞥一眼这个同样来自“冰火”的漂亮中国女人：“凭你能杀得了我吗?可别忘记了我还是你的前辈！”

“住嘴！我不想再听到‘冰火’这两个字！”龙靓的素手攥成拳头咯咯直响，眼睛里充满怒火，“你这个人很讨厌，我不想再让你多活一秒钟！看在你也是中国拳师的份儿上我让你死得体面一些，让你见识一下‘攻心术’的厉害！”

攻心术，顾名思义就是气血攻心，是将中国古代的筋脉学说和人体生理解剖相融合的杀人手段，即根据人体深部的筋脉走向，将血液以高于常人几十倍的速度瞬间挤压到心脏，以超过最大负荷致人于死亡，而人的外表没有任何伤口，仪容上和正常人没有任何不同，这是龙靓最得意的杀人手段！她这种顶尖的天使杀手，尤其是漂亮的女杀手，将杀人看作一门深奥的艺术！龙靓最讨厌那种血淋淋的原始杀戮，肮脏、凌乱不堪，那是野蛮人的手段！

“‘攻心术’是什么东西？也是你在‘冰火’学的吗？我可没听过。”“龙卷风”望着龙靓，他对这个“冰火”出来的女杀手很有兴趣，或者说对她杀人手法很感兴趣！

“住嘴，你该死了！”龙靓展开双臂摆出一副格斗的架势，脚同时在地上小心地挪着步子，忽然猛地把脚插进沙土里使劲扬起来，松散的沙土在空中四下弥漫。

“龙卷风”护住眼睛连连后退几步避开飞扬的尘土，立住身体的同时变守为攻一记侧踢朝龙靓踢来。龙靓早就料到他会来这一手，双手握住他的脚踝向后一拽，一个正踢步正中他的胸口！龙靓的身手颇为了得，守可变攻，攻可变守，攻守兼备，进攻防守虚实结合，在行动之中可以肆意变化，让人防不胜防！

“龙卷风”并不惊慌，好像龙靓对他的反击早就在他意料之中，他深吸一口气以硬功夫接住这个正踢，并在接触到力量的一刻腰间发力猛然转动身躯一个翻滚来到龙靓身前！战斗可以画上句号了！“龙卷风”心里想着，冷冷地望着龙靓，一个铲腿狠狠铲向她的脚踝，想着龙靓身体倒下的时候他只要集中力量用凤阳指击中她的太阳穴就可以一击毙命了！啧啧，只可惜身手这么好的美人儿就要死去了！

和“龙卷风”料想的一样，龙靓被他的铲腿铲到后整个人歪倒下来！再见了，我亲爱的天使杀手！“龙卷风”望着龙靓倒下的身体脑海里想着，画面像慢动作一般在“龙卷风”眼里闪过，他已将全部力量集中在凤阳指，只等着最后一击结束龙靓的生命！他甚至能想象出龙靓杀死后躺在地上的模样，作为同门他替龙靓选择的死法也够体面了，从外表看不出任何外伤，让她能以女人最美丽的面目离开这个残酷的世界！

再见了，龙小姐！“龙卷风”在心里默念道，伸出凤阳指对准龙靓的太阳穴，只要她再落下一点就可以将她一击毙命，倾城的天使杀手即将香消玉焚！

然而，不可思议的一幕发生了！就在“龙卷风”想出手杀死龙靓的前一秒，龙靓好像先知一般料到了他的目的，完全凭借腰力和腹部的力量将身体在空中停住，整个人斜在半空中旋转起来，以近乎不可能的动作从他头顶越过落在他身后，还不等“龙卷风”反应过来就在背后将他反手扣住，左手扣住他的脉门让他动弹不得，右手的食指和中指紧贴在一起扪在他的前臂上！

“龙卷风”使出全身力气想挣脱龙靓的束缚，可是很无奈，他的穴脉被龙靓死死扣住，根本无法挣脱，只能做待宰的羔羊等待死神的降临！龙靓眉头紧锁，两根手指飞快地在“龙卷风”的手臂上滑动，想找出他每一根筋脉，因为人体的筋脉走向大致相同却在细微处有千差万别。最终，龙靓的手在他前臂掌侧停下，两根手指忽然发力扣住深层的筋脉在胳膊上压出一道深深的印痕。

与此同时，龙靓眼神一冷，右手上青筋一爆，两根手指沿着他的手臂猛地一划，将深层筋脉里的血液以几十倍的速度瞬间挤压到心脏！“龙卷风”浑身一个哆嗦，眼球突出，头歪向一侧便咽了气，眼睛瞪得很大，死不瞑目！

龙靓慢慢松开手深吸一口气，额头上渗出一层细细的汗水。攻心术看似简单但要求很苛刻，不仅需要注意力高度集中，而且手臂的瞬间爆发力必须超强，因为在施展时必须以强大的力量挤压肌肉深部的筋脉血液才能达到致人于死地的目的！

安德烈傻了，愣愣地看着躺在地上一动也不动的“龙卷风”，他怎么也不敢相信刚才还好端端的一个人眨眼间就死掉了！就被龙靓在手臂上那么一划就死掉了！难以置信！他的后背已被汗水浸透，这几个不知来历的家伙实在是太可怕了！安德烈再也没了往日里的威风，苦笑着对吴邪和龙靓说道：“这位先生和小姐，是我有眼不识泰山，这个小岛我送给你们了，只求你们能放我一条生路。”

“送给我们?”龙靓冷笑一声，一步步朝安德烈逼过去，“你知道这个小岛叫什么吗? 复兴 b 岛！‘复兴’部队在印度洋的三座军事基地之一！本来就是我们的领地，是你占领了它，又何来的‘送’字?”

听了龙靓的话，安德烈尴尬地一笑：“是我搞错了，复兴 b 岛是你们的，我这就离开，保证不会再回来!”趁“复兴”部队的人还没有全部赶来，安德烈想赶紧脱身，因为下一刻说不准脑袋就要搬家了！

“想走? 没那么容易!”吴邪忽地闪过来拦住安德烈的去路，他最讨厌的就是这种见风使舵的墙头草！这种人随时都有可能在暗地里下黑手，“想离开的话得先问问我手里的鬼头刀!”

安德烈只瞥了一眼吴邪手里的鬼头刀就感到恶寒袭身，于是小心地挪着步子，始终和龙靓、吴邪保持着安全距离，嘴里也没有停下；“除了复兴 b 岛上的金库，我在别的海岛上还藏有两箱金条！只要你们放过我，我保证那两箱金子地归你们！只要你们放我一条生路!”

“废话少说！拿命来!”吴邪可没有那么好的耐心等安德烈把准备好的台词全背下来，他只想一刀捅了这个可恶的家伙！

吴邪逼到安德烈跟前，猛地拔出鬼头刀对着太阳，强烈的太阳光反射后刺向安德烈的眼睛上，眩得他不敢睁开眼睛，就在这一刻，吴邪左手抓住安德烈的铁钩，右手紧握鬼头刀“吱”的一声扎进他的半截断肢里！鲜红的血液霎时染红了安德烈的衣服！

安德烈只觉得脑门上青筋一爆，汗水“哗”地全冒了出来，吴邪却没有停，握住刀柄用力将刀身一转，锋利的刀口在安德烈的胳膊里快速搅动起来，硬生生将血肉撕出一道长长的口子！吴邪下手很有分寸，没有伤及大血管，只是在血肉里折腾，不会死人却会让人比死还难受！

“怎么样? 这感觉还撑得住吗?”吴邪看着安德烈的惨状当下拔出鬼头刀将刀尖一斜猛地又扎进去！这一次是斜着进刀，伤口比之前还要大、还要深！半截刀身没进安德烈的半截断肢之中，两个刀口冒出的血霎时将雪亮的鬼头刀染红了！

铁钩手是用特殊的器械固定在断肢上时，已经和安德烈的皮肉融合在一起，除非安德烈自愿，否则外人根本拿不下来！“吱吱!”安德烈的铁钩手臂忽然发出轻微的金属摩擦声音，龙靓眉头一皱，她作为旁观者看得最清楚，安德烈的眼神里有了异样！她想提醒吴邪小心，可是已经晚了，铁钩手尖端的铁钩时忽然露出一个细小的孔洞！吴邪也感觉到不妙，一侧身想要挪开身体，可还是晚了一步，“嗖”的一声风响，孔洞里飞出一根十几公分长的钢针！

风声疾驰而过，吴邪只在空中看到一道极细的白光一闪即过，接着肩头一阵麻木，肩胛骨上缘被钻出一个小孔。细小、精致、尖锐的钢针射穿了吴邪的肩膀，在他后背结实的肌肉上留下一个针尖般的血洞！

“糟糕！”龙靓心中暗叫一声不好，拔出雪狼弯刀冲上去，只听见“轰”的一声巨响，安德烈趁吴邪短暂的停顿扔了一颗烟雾弹，一团浓烈的白色烟雾迅速在空气中弥漫开来，五步之内看不见任何物体！龙靓闭上眼睛凭记忆的方位摸索着走到吴邪身边，她不需要担心安德烈会趁混乱偷袭，因为根据她的直觉，安德烈已经逃走了！

第二卷

血色罂粟花

第二十五章　第四颗“毒牙”

金三角和世界上其他的土地一样，充满了旺盛的生命力，这里山高谷深、水流湍急，加之人烟稀少，毒蛇猛兽、蚂蝗毒蚊肆虐，更为它增添了恐怖的色彩。

战火已经停息，弥漫在复兴 b 岛上空的硝烟逐渐散去，从海洋上吹来的带着咸味的海风也吹淡了战火带来的肃穆。“复兴”部队已经完全占领复兴 b 岛，“龙卷风”在战斗中死在龙靓手里，安德烈·胡克逃逸，在全岛的搜索中没有发现半点踪迹。所有人都在忙活着，打扫战场，收缴战利品。凌峰和吴邪战斗结束后就猫到弹药库里倒腾着那些枪械，竟忘了身上的伤口，从战火中成长起来的战士都有这个毛病！

吴邪端起一把狙击步枪，熟练地校正完毕后端起来瞄准，冰冷的脸上露出难得的笑容：“妈的，得到这些家伙，挨了那一刀也值了！”

凌峰也有同感，一只手来回摸着那些铿亮的冲锋枪，端起几个火箭炮扛在肩头瞄准目标，大笑着说：“有了这些家伙，‘复兴’部队的装备就算上去了，咱们的腰杆子也直起来了！”

“哈哈，我就知道你们俩在这！”门外传来一声格外响亮的声音，粗重而豪放，接着进来一个人，是江萨！江萨的心情格外好，一张嘴乐得合不上，“看看你俩，都伤成这样了还不好好休息，猫在这里干嘛?”

“参谋长好！”凌峰放下手里的火箭炮给江萨来了个标准的美式军礼，乐呵呵地一拍火箭炮，“参谋长，这帮海盗真是够肥的！肥得流油啊！看看，火箭炮！”说完用脚踢了一下旁边笨重的铁家伙，“再看看这个，加特林重机枪！怪不得这些杂碎敢在海上这么狂！”

“好了，废话少说！该和你们谈谈正事了！”江萨忽然收起笑容，换上一脸的严肃，“时间紧急，没有足够的时间给你们休息我感到很抱歉！因为有下一步的计划在等着我们！咦，龙靓人呢？我有重要的任务要交给你们！”

“没有看见她，应该是在别处吧！”凌峰也认真起来，“必须通知龙靓本人吗？不是的话我可以传话给她。”

“是关于‘毒牙’的下一个任务部署的，很重要，必须她本人在场！这样吧，凌峰，你先去把龙靓找来，晚上和吴邪、龙靓一起到安德烈·胡克的临时指挥部找我，我会给你们安排下一步任务！”

“是！”

“是！”

两个人刷刷地站得笔直，又给江萨来了个标准的美式军礼。凌峰不再继续倒腾那些崭新的枪械，跑出去找龙靓了。虽然不是很确定，但凌峰隐约觉得龙靓一定在那里——海王星号！船王哈里森的那艘豪华游轮！

“哒哒哒……”龙靓的脚步声在空旷的大厅上空来回飘荡，整个二楼的大厅里空空的，显得有些凄凉。看着满地凌乱的物品，龙靓可以想象它昔日的繁盛和逃亡时的惊慌与恐惧！那一定是人突然间受到极端惊吓才会有的慌乱，以至于将所有的摆设打翻打乱！

龙靓闭上眼睛想象着海王星号昔日的繁盛，可以容纳近千人的豪华游轮一定热闹非凡，优雅的古典音乐、雍容华贵的社交礼服、名贵的葡萄酒，端庄高雅的贵族男女在优雅的音乐中翩翩起舞，迈着优美的华尔兹舞步……

龙靓陶醉在一片美好的憧憬里，情不自禁地伸出手轻轻迈开碎步走入大厅中央。她身上的丝质旗袍已在战火中被涤荡得满目疮痍，白色的牡丹花图案也摧残得凋零殆尽，但美人儿就是美人儿，她那绝美的容颜、优雅的气质和姣好的身段不需要雍容华贵的舞服来映衬，她本身就是最美丽的女人，就如落入凡间的来天使！

“维也纳华尔兹！看不出龙小姐还有这份兴好！”

一个高亢的声音传进龙靓的耳朵，将她从美好的憧憬中拉回到现实，优雅的古典音乐、名贵的葡萄酒、雍容华贵的社交礼服顿时从她眼前消失殆尽，让她再次陷入冰冷阴暗的现实。

龙靓心中愤怒的火焰快要将身体燃烧，怒目而视着来人。

“咚咚咚……”低沉的脚步声在空洞的大厅里显得格外刺耳，是“复兴”部队的大老板邓克宝，那个极度自以为是的家伙！龙靓很厌恶这个虚伪的家伙，要不是看他目前的身份，他有十颗脑袋也不够替龙靓磨快她的雪狼弯刀！

“龙小姐怎么会一个人在这里?”邓克宝自顾自走到龙靓身边，脸上仍旧挂着是官场派的笑容，手里提着一瓶红葡萄酒和两只高脚酒杯，一副很有情调的绅士派头。

“你又怎么会在这里?”龙靓口气生硬地问道，娇美可人的脸蛋上没有任何表情，看不出是高兴还是生气。

“我怎么会在这里?”邓克宝一愣神，他根本没料到龙靓会这样回复他，一时不知该如何作答，思考了十几秒才笑呵呵地说，“我……路过，就是随便走走！没想到在这里能碰到龙小姐，看来咱们真是很有缘分啊！那句话怎么说来着? 心有灵犀！对！心有灵犀！”

龙靓只觉得胃里一阵翻江倒海，路过? 随便走走? 鬼才相信！龙靓只得无奈地冲邓克宝一笑，算是对他一片苦心的小小回报吧。

邓克宝将葡萄酒和高脚酒杯放在旁边一张凌乱的桌子上，很绅士地欠身做了个“请”的动作：“可不可以请龙小姐跳一支舞?”邓克宝在方面可谓这老手，早就看出龙靓不欢迎的态度，怕她拒绝，当下又接着说道，“龙小姐不要推脱说不会，刚才在下已经有幸欣赏到您优雅的舞步！请龙小姐务必赏个脸面，放心，只是跳一支舞而已！”

龙靓万分不情愿，却无法拒绝，邓克宝已经把话说得很委婉，她要是再不接受就显得不识时务了，只得点了点头。邓克宝微微点头表示感谢，伸出一只手握住龙靓的纤纤素手，另一只手轻轻贴近她纤细的腰肢。在手指触摸到龙靓白皙皮肤的那一刻，邓克宝整个人仿佛触电一般，精神分外高涨，眼睛蹭蹭蹭直往外放光。

龙靓和邓克宝跳的是维也纳华尔兹，在速度和节奏上要比华尔兹快了一倍，旋转性更强，轻快流畅，热烈兴奋。邓克宝贴在龙靓腰部的手有点不安分地细细摩挲着，眼神里充满迷离的爱意，居然忍不住俯下身子想亲吻龙靓那两片香艳的芳唇。

龙靓对邓克宝没有半点好感，和他共舞已是不得已而为之，他竟然愚蠢到想要亲吻自己！按照以往的脾气，龙靓会直接拔出雪狼弯刀一已抹没有半点商量的余地，可是现在不同了，她是“复兴”部队的一名雇佣兵，是邓克宝手下的一个卒子！一刀抹了邓克宝，于情于理都说不过去！她忍住满腔的怒火不让自己发作，最起码不应该在这里！

想到这，龙靓一把甩开邓克宝牵着她的手，顺便将他贴在腰间的手也打掉，生硬地说道：“大老板，请自重！如果没有别的事情了，我想先回去了。”

“龙小姐，等一下！”邓克宝追上来从后面拉住她的手，“从你的态度我能看出你很讨厌我，我不知道什么地方得罪了你，但是请你不要误会，我只是很喜欢你这样的女人，没有别的意思！”

龙靓不理会邓克宝，自顾自朝出口走去，邓克宝不死心，再次追上来抓住龙靓的手将她猛地拽到怀里。他呼吸急促而粗重，瞪着眼睛望着龙靓：“我就这么招你讨厌吗？为什么你总是对我有敌意？是因为吴邪和凌峰吗？我哪里比不上那两个小子？他们只不过是我手下的杀人工具而已！”

龙靓厌恶地皱紧眉头，对这一番话很是反感。杀人工具？多么悲哀的字眼！难道江萨用生命换取的“毒牙”暗杀组在邓克宝眼里就只是一个杀人工具？不过，邓克宝的另一句话还是深深刺痛了龙靓的心，因为吴邪和凌峰？真的是这样吗？因为他们已先一步在她心中占有一席之地了吗？

龙靓转过头，愤怒的眼睛直视着邓克宝：“我的问题不劳驾大老板操心！还有，不要说吴邪和凌峰的不好，别忘了我也是‘毒牙’！我们不是你眼中的杀人工具！我们是有血有肉有思想的人！”说完，她幽幽地望了他一眼，冷笑一声转身离开，心里失望之极：“复兴”部队怎么会有这样一位领导者？

邓克宝还不死心，再次冲上来拦住龙靓的去路，奸诈地一笑：“我不管你和吴邪、凌峰是什么关系，但是你别忘了，我——邓克宝才是‘复兴’部队的大老板！在这里我的话就是命令，我才是权威！我可以让他们成为‘毒牙’，也可以让他们死在你面前！”

“哼，是吗？”龙靓一脸惯有的冰冷笑容，她对吴邪和凌峰很有信心，只要他们两个在一条阵线的就没有什么能难倒他们！况且江萨还站在他们这边，如果发生意外他是绝对不会袖手旁观的！

“我敢说这句话就自然有收拾他们的办法！”邓克宝也不是善茬，他早就品出龙靓话语中浓浓的敌意，“吴邪和凌峰在之前已经加入‘复兴’部队，可我们为什么还要拼死逃离中国大陆？我知道他们的确很有能耐，可是他们的弱点也就在这里！中国大陆将会是他们的葬身之地！中国陆军特种部队就是他们的克星！”

“扑通——扑通——扑通——”

又一个人的脚步声从门外传来，行动不快，脚步略显低沉。龙靓侧耳一听，应该是吴邪或凌峰，他们两个的脚步声龙靓很熟悉，都是那种偏慢、平稳、低沉的，这两个家伙只有在杀人时才会有非人类的速度！邓克宝也侧耳去听外面的脚步声，可惜他平日里根本没有这个习惯，现在无法辨别是谁的脚步声。

低沉的脚步声不时地停下来，十几秒钟后会再次响起，好像是停下来找人或找东西，终于脚步声越来越近，一个瘦削的人影出现在门口。刺眼的热带阳光投射在他背后，让人看不清他是谁，龙靓努力眯起眼睛，只能依稀凭借身形轮廓来猜测，于是压低声音问道：“凌峰？”

“龙靓，终于找到你了！快点跟我回去！”是凌峰的声音！他见到龙靓很高兴，急匆匆地朝这边跑过来，“参谋长要和我们商量下一步计划，待会儿在安德烈的临时指挥部召开部署会议，看他的样子很着急，应该有重要的事情！”说话的工夫凌峰已经跑过来，拉着龙靓就要走，这时才发现邓克宝的存在，只得立正好朝他敬了个军礼，“报告大老板，参谋长有重要计划，请您一起回去！”

龙靓对凌峰的反应很满意，不管他承认与否，人在潜意识里总是会对自己比较在意的人更加关注。她和邓克宝站在一起而凌峰竟然只注意到她完全忽视邓克宝的存在，这足以说明她在凌峰心目中的位置！龙靓心里很高兴，一丝难以察觉的浅笑悄然爬上她娇艳可人的脸颊。女人的心思的确很复杂，你永远也猜不透在想些什么？

邓克宝是情场老手，自然发现了她情感上微小的变化，但没有点破，而是鄙夷地一笑，拍拍凌峰的肩膀："凌峰战士，这次的战斗真是辛苦你了！"邓克宝这话是有意说给龙靓听的，而且特意加重了"战士"的音量，目的就是要提醒她凌峰再怎么厉害也不过是"复兴"部队的一个战士，仅此而已，而他邓克宝才是"复兴"部队的主宰、独一无二的领导者！

龙靓对邓克宝的小伎俩视而不见，她现在心情很好，当下拉住凌峰的胳膊呼呼地跑出去："走吧，参谋长还等着咱们呢！"

看着龙靓和凌峰的背影渐渐远去，邓克宝心中很恼火，这还是第一次有女人让他下不来台！他嘴角一扬，露出一副鄙夷的神态，轻声说道："不识抬举。"旋即又自顾自大笑起来，这才是他感兴趣的女人，那些投怀送抱的女人值得他花心思吗？女人，只有这样才有挑战性！

临时指挥部里，江萨的面前摆着一个东南亚的沙盘，其中深入海洋的狭长半岛前缘就是"复兴"部队所在的复兴群岛。江萨"吧嗒吧嗒"抽完最后一口烟后将烟头掐灭，眼睛在屋子里扫了一圈，最后落在凌峰身上。

"这次夺取复兴 b 岛的任务完成得非常成功！从今天开始'复兴'部队有了自己的根据地！但是潜在的危机还是有的！复兴三岛都是 M 国的领土，我们必须清楚地认识到任何国家都不会允许私人武装的存在，更不用说其他国家的武装力量！也就是说，'复兴'部队在不久的将来将要面对的是 M 国正规的政府军队！"

江萨的话就像一个晴天的响雷，在所有人满心欢喜的时候惊醒了他们！他们还以为夺回复兴 b 岛就不用再东躲西藏了，可是却忽略了一点，任何国家的领土都是不容侵犯的！

"也就是说，摆在我们面前的只有两条路。"江萨看着在场的每一个人，清了清嗓子说道，"第一，再寻找另一处根据地，继续过东躲西藏、寄人篱下的日子！"

屋子里静静的，只有江萨一个人在说话，其他人都哑口无言。凌峰和吴邪同样是一副淡漠的表情，但是能看出他们眼神中难以掩饰的无奈。摆在他们面前的的确是这么一条路——再次被 M 国的政府军队武力驱逐出境，死在中国特种部队的手里！这是他们都不愿意看到的结果。

江萨看着众人没有人敢说一个字，对自己的威慑力很满意，这就是他想要的结果，先抑后扬，破釜沉舟，孤注一掷！他用低沉的声音继续说道：“相信第一条路是所有人都不愿意走的，那么摆在我们面前的只剩下一条路：发展自己的队伍！在M国政府武装驱逐‘复兴’部队出境前迅速壮大我们的力量，强大到可以和M国政府抗衡！”

江萨说出这番话时连他自己都觉得伟大，此等豪言壮语可不是一般人能说出来的，眼下他们刚刚收回复兴b岛，虽说武器装备上暂时得到补给，但是兵力呢？就凭那二十个雇佣兵能跟M国的政府军抗衡？简直就是天方夜谭、痴人说梦！

邓克宝没有吱声，他也是头一次听到江萨在他面前说出此等狂话！凌峰、龙靓更是不敢搭话，谈论军事技能他们还能插上几句，现在扯上政治就不是他们该过问的事情了。没有人吱声，整个屋子里静得连呼吸声都可以听见！

“报告！”一个雇佣兵战士急匆匆地跑进来，打破了屋子里的沉默，他朝邓克宝和敬了个军礼后汇报，“外面有个人要见大老板和参谋长！”

“一个人？”邓克宝率先问道，倒不是他关心部队，而是好奇什么人敢独自来复兴岛见雇佣兵公司的头头？

“是的，一个人！”年轻的雇佣兵回答得很干脆。

“赶走！”邓克宝想都不想直接摆手示意战士下去，旋即又补充了一句，“敢捣乱的话直接崩了！”

“等一下！”江萨拦住来报告的士兵，问道，“他有没有说叫什么？”

“他说他姓韩！”年轻的士兵回答道，黑色的眸子炯炯有神，“他还说参谋长会亲自接见他的！”

好家伙，够狂的！龙靓在心中暗笑一下，这人到底是何方神圣，值得江萨亲自出马？江萨现在的处境是悲惨了点，但是前几年提起“复兴”部队参谋长江萨，那可是在江湖上首屈一指的大哥级人物！就连在欧洲和北美洲也有很大的名气！只是到了邓克宝手里才败落下来，而他的错误就在招惹了中国人民解放军！

一听这话，江萨眼睛一亮，整个人顿时精神了许多，露出一个难得的笑容：“快去请他进来！大老板，我为您引荐一位非常难得的人才！”

凌峰对这个即将登场的神秘人物也非常好奇，到底是什么人能让江萨如此兴奋？江萨可不是那种随便把情绪外露的人，能让他失态的事情一定非同小可！凌峰清楚地记得江萨只有两次这么兴奋的时刻，第一次是他和吴邪答应加入“复兴”部队的时候，第二次是在中M边境线上见到龙舰的时候，这个家伙难道比他们三个人还厉害？

大约半分钟的工夫，门外进来一个年轻人，凌峰好奇地打量着他。来人很年轻，绝对不会超过三十岁，身高175公分左右，身形匀称，麦色的皮肤显得很健康。他见到江萨好像格外开心，走上去和他握手，久久不肯松开：“江参谋长，想不到会在这里见到你！”

“想不到啊！真的想不到！”江萨也很激动，紧紧握着年轻人的手，“你怎么会在M国，不是一直在欧洲的吗？”

“唉，一言难尽啊！算了，过去的事不想再提了！江参谋长你还好吗？”年轻人沉沉地叹口气，满目饱经沧桑的苍凉感。江萨也苦笑着，“‘复兴’部队的情况我不说想必你也有所了解，不然你也不会跑到这里来找我！”

江萨只顾着和年轻人寒暄，把其他人都晾在一边，这才发现所有人都是一头雾水，当下赔笑道：“抱歉，光顾着和故人寒暄，把正事忘了！我跟大家介绍一下，这位是韩震云，和我们一样也是中国人！曾经在北美洲的外籍兵团待过一段时间，代号美洲狮！我在‘复兴’部队北美洲分部做事的时候和他合作过几次！”江萨很隆重地介绍着这个做韩震云的年轻战士，“韩震云也是一位非常优秀的战士，不逊色于你们当中的某些人！小韩，你再跟大家说几句话吧。”

龙舰对韩震云的第一印象还不错，短发，方脸，一副正直的模样，看上去很亲切。只见韩震云冲其他人呵呵一乐，带着阳光的笑容说道：“江参谋长已经把我的情况说得差不多了，我目前主要在东南亚活动，是金三角一名大毒枭的私人保镖！”

对于世人来说，金三角是一个充满神秘色彩的地方，好比一个独立的国度，不受政府的管辖。那里是毒品的罪恶之源，但却是瘾君子的天堂、投机者的财富乐园。这片土地上崛起过许许多多毒枭，如鸦片将军罗星汉、鸦片大王坤沙等等。

罗星汉和坤沙这些赫赫有名的大毒枭都曾经在金三角毒品王国称霸一时，在他们的带领下，鸦片大麻走出东南亚面向世界，使鸦片生意国际化，他们的“丰功伟绩”几乎尽人皆知。然而毒品王国的发展也是曲折辗转的，统一繁盛的毒品帝国只是短暂的繁荣，更多的时候它都保持着许多小势力割据的状态!

“复兴”部队逃到M国时，金三角有三股比较大的势力：第一个是鸦片兵团，今天老大的位子落在一个叫李文焕的家伙手里，依靠英国人的支持常年奔走于欧洲各国；第二个是高功兵团，有美国人做后盾，主要在中国大陆活动，偶尔也会去北美洲活动；第三个就是M国的卢尔旺家族，毒品的经营范围在东南亚和中亚地区。

金三角和世界上其他的土地一样，充满了旺盛的生命力，这里山高谷深、水流湍急，加之人烟稀少，毒蛇猛兽、蚂蝗毒蚊肆虐，更为它增添了恐怖的色彩。这里居住的是土生土长的M国掸邦山民，他们唯一的收入就是种植罂粟。

江萨曾经亲眼目睹过金三角漫山遍野的罂粟花，那时正值罂粟花盛开的时期，他第一眼看到那片生机勃勃的土地就被它深深地吸引。那满山遍野盛开的不是罂粟花，而是大把大把的美金啊!江萨曾经想在这里建立自己的“事业”，把罂粟花的最完美结晶——鸦片烟和精制提纯的海洛因发展到世界的每一个角落，可是事与愿违，他没有建立起自己的毒品王国，而是加入了复兴雇佣兵公司!

这次江萨被逼回到东南亚，燃起了他曾经“伟大”的梦想，建立金三角有史以来最伟大的毒品帝国!

江萨的想法是好，可真要实施就难了，“复兴”部队的弟兄们会怎么想呢?“复兴”部队可是一家名声响彻海外的雇佣兵公司!至少曾经是!让雇佣兵去贩毒?当毒枭?江萨不知该如何开口。

韩震云是个聪明人，看出来江萨是一个不甘于平庸的人，所以在介绍金三角的情况时留心观察了江萨的表情，能看出他对毒品很感兴趣，当下主动问道：“江参谋长，如果眼下你们没有什么别的生意，不妨试试海洛因，市场需求很大啊!”

江萨不是糊涂人，自然领会了韩震云的意思，他正要询问韩震云该如何竖起旗号，忽然想起了什么，转过身子看着邓克宝说道：“大老板，您怎么看?”

“能赚钱自然是好!”邓克宝哈哈一笑，很快跟江萨表明了自己的立场，“我的立场就是，只要有钱赚，什么都好商量!”

其实江萨心中早已知道邓克宝的意思，正如他所说的，只要有钱赚什么事情都好商量！他正要问问韩震云眼下金三角谁的实力最强大，凌峰却在这个时候插进来："等一下，我有个问题想问一下这位兄弟。"

韩震云对凌峰礼貌地一笑，眼睛在他身上扫了一圈："这位兄弟有什么事情尽管问！"

"刚刚兄弟说你在给金三角的一个大毒枭做保镖，眼下'复兴'部队的情况想必你也有所了解，我想问你为什么会放弃好端端的日子来投奔'复兴'部队？"凌峰淡淡地问道，其实这个问题同时也是很多人心里的疑惑。毒枭，谁不知道那是什么概念？一个实力超强的私人武装！一个拥有高度权威的自由国度！而眼下的"复兴"部队呢？一个流亡落魄、被中国人民解放军赶出来的丧家之犬，他韩震云凭什么来投靠？

韩震云浅浅一笑，望着凌峰淡淡地说道："你叫凌峰是吧？还有他，吴邪，中国东南军区"蓝剑"特种部队的特种侦察兵，曾经配合边境缉毒警察和东南亚的贩毒组织有过多次交锋，战功卓越！我和你们也过过几次招，不过没有正面交锋过！算是老对手了！你们俩在东南亚也是名声在外啊！项上人头在黑市可值100万！中国陆军的特种兵都能加入'复兴'部队，我这个保镖怎么就不行？"

听了这话，在场的人都沉默，现场的气氛一时间极为尴尬。不要说毒枭，就是江萨的"复兴"部队也有不少兄弟死在"蓝剑"手里，可江萨还是收留了凌峰和吴邪。韩震云看着现场急速变化，当下摆手连连致歉："扯远了！扯远了！我没有冒犯你们的意思！我加入'复兴'部队的理由很简单。第一，我很敬佩江参谋长的为人，心比天高，'复兴'部队有他一定能达到前所未有的辉煌！第二是我个人的原因，如我所说，金三角目前有三股比较大的实力，卢尔旺家族大部分都是地地道道的M国人，中国人在里面很难有好的发展，鸦片兵团则有很强的对外情绪。虽然我所在的高功兵团没有这些讲究，不过高功这个人不怎么样，兵团内部四分五裂，早晚会被卢尔旺或李文焕吃掉，我是在为自己谋退路！眼下的金三角是三足鼎立，卢尔旺和高功兵团方面很难插足，最好的方法就是联手李文焕先在东南亚站稳脚跟，再寻求进一步发展！"

"李文焕这个人怎么样？"江萨突然问道，要是真如韩震云所说，那这个李文焕便是"复兴"部队唯一的合伙人。

"李文焕？除了没有什么战略头脑之外人还是不错的！可以先借助他

的势力在金三角谋一个立脚点！”韩震云说着把手伸进上衣口袋，从里面摸出一张照片“啪”地扔在桌上，“想和鸦片兵团合作必须有见面礼，这就是我为‘复兴’部队准备的厚礼！”

邓克宝斜眼望过去，眉头不禁紧紧皱起来，他还以为是什么古董、钻石之类的值钱玩意儿，可照片上只是一片风景——干草原！邓克宝满心疑惑，拿起照片仔细端详起来，这才发现苍茫的干草原中央依稀有几个模糊的动物的影子，于是好奇地问道，“这是什么？李文焕的猎狗吗？”

韩震云深吸一口气，幽幽地望了一眼照片中那几个动物样影子，淡淡也说道：“亚洲胡狼，一群很难对付的家伙！”

胡狼？龙靓心中一惊，这是什么意思？要“复兴”部队一笔钱，或者要他们暗杀敌人的头目她都可以接受，可这群胡狼算是什么见面礼？

韩震云看所有人都不说话，猜出了他们内心的疑惑，当下解释道：“这是胡狼，主要分布在东非、北非和南亚，包括欧洲东南部巴尔干半岛，你们看到的这群是生活在南亚M国境内的亚洲胡狼！”

亚洲胡狼主要生活在M国广阔的土地上，一般身长70—90厘米，加上尾巴大约110—140厘米，体重在20斤左右，喜欢生活在干草原等一些干燥空旷的地方，是陆地上群体捕杀的好手！一伙狼群中会有一头最为强壮的头狼，由于身形上的不足，它们不能像其他狼种那样做单独厮杀，合作狩猎是它们最重要的捕食方式，讲究团体协作性！

亚洲胡狼的领地一般在3公里左右，它们会共同捍卫自己的领地，绝不允许其他群体来侵犯！由于力量上的不足，它们一般不捕食大型动物，最普遍的是捕食鸟类和小的哺乳动物。当然，它们最喜欢的还是体型中等的山羊，不但肉质鲜美，而且能长时间补充体能！

“可是这和我们与李文焕合作有什么关系？”龙靓问道，她真不知道亚洲胡狼、鸦片兵团和“复兴”部队之间有什么联系。

“亚洲胡狼一般喜欢生活在干草原，很少在山地出没，它们的食物很均衡，大约54%的肉食和46%的植物，可是不知怎么搞的，最近这里出现了一群胡狼，经常偷村里的幼雏。”韩震云解继续释道。

“偷就偷了吧，不就是几只小畜生吗？还不至于让堂堂的鸦片兵团头疼吧？”凌峰觉得好笑，“不就是一群小胡狼嘛！”

“区区几只幼雏鸦片兵团倒是不会放在心上，顶多就是给当地烟农补贴一些钱。”韩震云说到这里整个人都认真起来，“可是最近，那群胡狼开始到处乱咬罂粟花！开始我们也没怎么注意，只当它们是在玩闹，可是这种现象一直持续了六七天，我们才意识到事情的严重性！这群胡狼乱咬罂粟花已经成为习惯，上了瘾！”

“不会吧？胡狼也能上瘾？”邓克宝有些不敢相信，在他的意识里，瘾君子只存在于人类，而且是对罂粟花的制成品鸦片或提纯海洛因才会上瘾，那种绚丽多姿的单纯植物也会让它们上瘾吗？

“千真万确！这点我可以确定！还有就是注意它们是咬，不是吃！”韩震云极为认真地说道，年轻的脸庞上没有半点玩笑的意思，“我在它们咬死的罂粟花植株下仔细观察过它们咀嚼过的残渣，它们只咬，不吃！更可怕的是它们的破坏行为不分时间和地点，有时在白天，有时在晚上！有时在这座山头，有时又跑到别的山脊！它们的行踪飘忽不定，完全取决于‘毒瘾’发作的时间！我计算了一下，他们每个月破坏的罂粟花如果制成成品的话，几乎等于我们每个月卖出去的鸦片烟！最让我们为难的是，这群胡狼的活动地点有90%是在鸦片兵团的势力范围！”

听到这，凌峰苦笑着看了一眼吴邪，幽幽地说道，“这群胡狼来的真不是时候，要是早来几年的话，我俩就不会被人撵到这里来了！”

江萨一点也不介意凌峰的话，他很了解凌峰这个人，冷静沉着，一旦做了决定就不会再犹豫不决，“蓝剑”特种部队应该是唯一让他踌躇不决的怀念！江萨不想凌峰再陷入对“蓝剑”的回忆，很快打断他的话：“鸦片兵团是实力很强大的私人武装，难道会对这群小小的胡狼束手无策？还是你们根本就没有去对付过它们？”

“江参谋长，这群胡狼不像你想的那么简单！它们是我所见过的最狡猾的动物！”韩震云额头上冒出一层细细的汗水，像是在回忆很可怕的事情，“李文焕曾经派出近一半的兵力在草原和山上围剿这群胡狼！可还是无功而返！它们太狡猾了！不论是进食还是休息，它们都会派出三只胡狼在远处放哨，一旦有风吹草动，立刻撤离决不留恋！埋下的陷阱和捕兽夹根本抓不住它们，倒是经常抓到一些野猪！我们还在罂粟花的枝叶和附近撒播毒药，可是没用，它们的嗅觉异常灵敏，有任何特殊气味就会跑到别的山头！热带的雨水奇多，过不了几天就会把毒药冲走，所以我们对这群胡狼真的是束手无策啊！”

第二十六章　猎狼

狼群里级别是严格区分的，特别是胡狼，等级观念极为强，头狼绝不能和普通成员一起饮水，它饮水的时候它们要在附近放风，然后再交换角色。当然，一旦遇到别的狼群也是头狼身先士卒、首当其冲，第一个出马和对方的头狼干架。

长长的伊洛瓦底江从中国境内高高的横断山脉飞流而下，跨越几千公里流到 M 国境内。这里的流水清澈见底、晶莹透亮，从一望无际的茫茫草原穿过，是这片草原的生命之源。

几匹胡狼从半山腰朝河水奔来，大约有四五只，它个头均在 70 厘米左右，比其他狼种要小得多。领头的是一匹毛色灰白的青年壮狼，半个耳朵挂在脑袋上格外显眼。它就是这片短草原的头号霸主独耳头狼，而那半只断耳就是上次李文焕带领鸦片兵团围剿时削去的！

独耳头狼立在一座小山丘上，呼呼的山风吹乱了它的长毛，它直直地盯着前面的伊洛瓦底江，鼻子在风中抽动，细细地捕捉异样的气息。作为头狼，它有责任保护其他胡狼的安全！它的左右两边各跟着几匹青年壮狼，其中一匹毛色发青，是极为少见的青毛胡狼。这些胡狼可比凌峰和吴邪在热带草原遇到的草原狼难对付多了，和丛林狼有一拼！

草原狼活动在茫茫无际的大草原上，擅长长距离的追踪捕捉，体力上适合长时间拉锯战。丛林狼在丛林里生活，体力不如草原狼，但适合短距离搏杀。应该说，草原狼凭借远距离追捕和凶残的厮杀技术，较丛林狼更胜一筹。

胡狼的到来吓跑了江边饮水的野兔和野驴，只剩下几匹胡狼大摇大摆地摇着蓬松的长尾巴，和独耳头狼碰碰鼻子，闪身到一边给它让道。狼群里级别是严格区分的，特别是胡狼，等级观念极为强，头狼绝不能和普通成员一起饮水，它饮水的时候它们要在附近放风，然后再交换角色。当然，一旦遇到别的狼群也是头狼身先士卒、首当其冲，第一个出马和对方的头狼干架。

此刻凌峰、吴邪和龙靓就在远处默默观察野狼群的一举一动，他们尾随胡狼群已经三天了，沿着伊洛瓦底江从下游跟到中游，目前看样子它们还会流窜到上游。胡狼的嗅觉很灵敏，凌峰他们是躲在下风口才尾随到这里的。作为和李文焕合作的条件，“复兴”部队的任务就是把这群胡狼干掉！

为了真正锻炼“毒牙”暗杀组的能力，邓克宝只给吴邪他们留下一点装备，每人除了随身的利刃之外，全组只有两把开山刀和一把手枪，且只有五发子弹。手枪安装了消音器，发射子弹的时候产生的噪音很小，以免引起不必要的麻烦。

独耳头狼的一只耳朵忽然抖动几下，它机警地凝聚目光，仔细地嗅着空气中那股极微弱的陌生气息。这股陌生的气息对它们具有很大的威胁，独耳头狼曾经和有同样气息的人类有过激烈的较量，对人类的智商深有体会，不到万不得已它也不想再招惹人类！

“嗷——”独耳头狼喉咙里突然发出沉闷的嗓音，具有不可侵犯的威慑力，其他四匹胡狼立刻迅速围到独耳头狼的身边，抽抽鼻子嗅着空气里陌生的气息。半晌过后，那匹青毛胡狼又和独耳狼王碰碰鼻子，交换彼此的想法。

“你们快看！”龙靓忽然小声喊道，众人顺着她手指的方向望去，胡狼群已经往伊洛瓦底江的上游奔去，凌峰的视野范围内只剩下几个黑色的小点，并且逐渐模糊。

“快点跟上，它们要跑！”吴邪第一时间作出反应，将手里的鬼头刀插进刀鞘，摘掉盖在身上做伪装的茅草起身便追。凌峰他们也从沟壕中露出脑袋，飞快地收拾完身上的装备，跟随吴邪去追寻逃窜的胡狼群。

胡狼群很快便顺流而上，蹿入绵延的群山之中，凌峰他们一进群山就把它们跟丢了，茫茫的山野中已看不见一只胡狼的影子。它们不比野狼或丛林狼，体型较小，在林子里穿梭起来方便快速，是天生穿林的好手！

眼前看似平静，可是他们都很清楚，暗地里正有无数双凶狠的眼睛在盯着他们，空气中弥漫着紧张的味道。

吴邪拔出鬼头刀摆出搏斗的架势，锋利的刀口在阳光的照射下闪着耀眼的光芒。在这种近身厮杀中，短小精悍的匕首要比阔背的开山刀好使得多，那家伙太笨重，开路还可以，搏杀就不顺手了。龙靓和凌峰跟着吴邪的脚步走上前去，只有五发子弹的手枪握在龙靓手里，保险杠已经拉开，子弹也已上膛。可子弹只有五发，而胡狼群却有数十匹之多！

“飕——”果然不出所料，一条黑影从凌峰背后的岩石上蹿出，飞身跃起，直扑向走在最前面的吴邪。而吴邪正全神贯注地扫描前方林子里胡狼可能的藏身之处，自然不会过多关注身后的情况。

“吴邪小心！”龙靓惊声喊道，手里的消声手枪也同时瞄准了飞在空中的胡狼。“当！”一发子弹破膛而出，飕地射入胡狼的前胸，又带着强大的冲击力斜着从它的后脊背射出，连带着狼皮掀开一小片血肉！

“打中啦！”龙靓轻喝一声，一抹得意的神色悄然爬上俊俏的脸颊。

可龙靓低估了胡狼的实力，只要还活着，它们就不会停止进攻的脚步！伤痛一点也没影响胡狼的速度，反而让它变得更加疯狂，尖锐的獠牙和利爪直逼吴邪的后颈！呼呼而来的风声已让吴邪有所察觉，可胡狼的进攻实在太快，吴邪来不及转身，只好稍一侧身躲开，紧接着一个翻滚躲开胡狼的扑击。

“嗖——”又是一股疾风闪过，在林子的一个角落里，另一个小巧敏捷的黑影忽闪而来，其间闪过一双寒光闪闪的狼眼和两排白森森的獠牙！

“把枪给我！”

凌峰不知何时已来到龙靓身旁，伸手夺过她手里的消声手枪，对准了那只朝吴邪扑去的胡狼。“当”，子弹在胡狼定住身体的瞬间破膛而出，身上多了一个黑乎乎的血窟窿。

吴邪从地上爬起来和那头死去的胡狼四目相对，心里竟然猛地一震，死死地盯着那呼呼冒血的窟窿胡狼近距离扑击的速度非常快，凌峰从龙靓手中夺过消声手枪，在极短的时间内稳住身体瞄准目标射击，全部动作几乎是在一瞬间完成的，其速度之精准，就算是吴邪也没有十足的把握！

“飕飕——”高处的岩石后突然又飞出两个黑影，直扑向蹲在狼尸体跟前发愣的吴邪。

“吴邪小心！”龙靓大呼，原来岩石后又出现了另一张面孔，是独耳头狼！它正居高临下，犀利的目光直勾勾地盯着山坡下的三个人，透出一丝异常的冰冷。

而吴邪所有的意识都被那黑洞洞的血窟窿吸引了，那枪眼太醒目了！凌峰，他最欣赏也最嫉妒的对手进步的速度已快得超出他的想象，让他觉得那颗子弹不是打入狼的头颅，而是打入了他的心脏，给了他致命的一击，让他整个人都动弹不得！

“凌峰，快开枪啊！”龙靓急了，音量高得连树上的鸟儿也惊飞了，她是发自内心地替吴邪担心，不忍心看到他惨死在胡狼的利齿下。

“当当”，又是两声清脆的枪响回荡在山林，由于安装了消声器，声音只是清脆但并不响亮。“嘎嘎嘎嘎……”一群鸟儿受惊了，惊恐万分地各自逃命。

“轰！轰！”两只野狼一前一后地从空中跌落，差点砸到吴邪的背上，他此时才回过神来，慌张拔出鬼头刀摆出防御的招式。

又是凌峰，他高高举起的枪口还散发着火药味，枪膛还微微发热。原来，在看到两只胡狼蹿出的瞬间他就出手了，起身、举枪、上手、瞄准、扣动扳机，整套动作在不到一秒钟内搞定，没有半点多余的动作！

两只刚刚死去的胡狼全身完好，只是脑袋上鲜血淋漓，细看之下不禁让人有些胆寒：眉心正中都有一个黑洞洞的窟窿，鲜红的血液从里面奔涌而出！

“还愣着干嘛？快追，独耳头狼跑了！”

此时，高坡上的岩石后面已没了独耳头狼的影子，远处几个小黑点在渐渐变小，消失在众人视线内。凌峰正要去追，却被一棵大树下的几株植物吸引了，忙跑过去拔出几棵，放在鼻子上嗅一下后扔给龙靓：“把这个带在身上，这是鹿尾草，可以遮盖我们身上的气味。”

此时，吴邪仍没有回过神来，他到现在也不敢相信那两个黑洞洞的窟窿——不对，是三个窟窿，都是一击毙命，没有半点偏离！他自己是无论如何也做不到的，不光他，半年前的凌峰也没有这个本事，而现在凌峰居然非常轻松就做到了！这种才真正称得上百步穿杨！

“嘘——”几个人还没走几步，凌峰忽然示意后面的龙靓和吴邪停下。原来，前方一处草丛正在不规律地摆动，细微的摩擦声断断续续地飘出，草丛里有东西！凌峰把枪口对准晃动的草丛，慢慢走近，想撩开来看看里面是什么。

然而，当他小心翼翼撩开一个缝隙时，映入眼帘的却是一个毛茸茸的东西，不是胡狼，它个头比任何狼类都要大得多，光是那厚厚的臂膀狼类就没得比！

“吼！”

那团毛茸茸的东西受到惊扰站起身子，竟比凌峰还要高大许多！是一头马熊！那庞大的身躯已足以震撼在场的每一个人，何况凌峰就在它伸爪可及的地方！凌峰暗叫一声不好，连连退后。马熊原本没有发现凌峰等人，是凌峰的动作惊动了它！

马熊转动胖乎乎的身体，一身油膘晃来晃去。它不像黑瞎子见到活物就想咬死，只是懒洋洋地瞥了一眼附近的凌峰他们，见没有威胁就哼哈几声打个招呼走人了。龙靓见马熊脾气温和长长地吁了一口气，拭去额头亮晶晶的汗珠，马熊的忽然出现的确让她捏了一把汗！

“嗨！”吴邪朝快要走远的马熊大喝，捡起一块巴掌大的石块屈臂一甩，石块飕地没了踪影，只看到一道灰色的影痕朝马熊飞过去！

“嗷嗷！”马熊的背部挨了重重的一击，发出惨痛的嚎叫，粗短的嘴巴呼呼直往外吐气，脑袋上的皮毛也一簇簇地翘起表示着愤怒。

吴邪扔出去的石头把马熊惹毛了，它气呼呼地直奔吴邪冲来。见状，龙靓不满地埋怨他：“马熊都要走了，你干嘛还要去招惹它，不是给大家找麻烦嘛！”

吴邪没有搭理龙靓，脸上露出一个冷彻至骨的笑容，让人望而生畏。“来得好。”他的声音很小，恐怕只有他自己能听见。龙靓白他一眼，拉起他的胳膊就要逃跑，谁料吴邪“啪”的一下将龙靓的手甩开，眼睛忽地转向龙靓，速度之快、变化之迅速让人吃惊！此时，吴邪的脸上还挂着笑容，但已不再是那种让人遍体生寒的冰冷，夹杂着几丝异样的神色，谁也说不清其中的意味。

眼看马熊就要冲到跟前，心急如焚的龙靓顾不得那么多，再次拉住吴邪就要往后退。吴邪轻笑着摇摇头，将龙靓的手移开，眼睛不经意间又从她姣美的脸上滑过。

一瞬间，吴邪的神色恢复冰山般的冷漠，他忽地以闪电般的速度跑到凌峰身旁，夺过他的手枪快速向马熊冲去。龙靓脸色大变，几乎控制不住要冲上去，谁料凌峰却先发制人，将她抓住："相信吴邪，他肯定有自己的想法。"

凌峰猜的没错，吴邪的确有自己的想法。只见他在距离马熊只有十几米时忽地止住脚步，抬手"咔嚓"一声卸下消声器，朝马熊脚前一寸的草地上空放一枪。没有消声器的作用，子弹出膛的声音在空旷的山林里显得格外突兀，整个山林都为之惊噪！

马熊被这突如其来的巨大声响唬住了，和人一样直立起身子四下张望，嗓子里吼出低沉混重的后音。那是它向敌人发出的最后通牒，也是为了掩饰内心的恐惧。

"嗷嗷……"吴邪学着独耳头狼嚎叫的音调对着山林上空高吼一声。他进入"蓝剑"之前一直在大山生活，常年在深山老林打猎，自然少不了和林狼打交道，对于狼类的嚎叫声略懂得几分，学起来虽不是惟妙惟肖，但唬住头脑简单的马熊还绰绰有余的！

趁机，吴邪怒吼着拔出鬼头刀朝马熊出去，锋利的鬼头刀刀刃闪着刺眼的光芒，吓得马熊低吼两声后连连退却。那巨大的枪声和头狼的嚎叫声已经让它胆怯了，那双惊恐的眼睛把它的心虚暴露无遗！

"嗷——"

马熊悲嚎着转身往山林深处跑去，短尾巴紧紧地贴着屁股。凌峰一下子明白了吴邪为什么要冒着危险去招惹马熊——利用马熊去对付那帮胡狼！刚刚他本可以打伤马熊的，可是他没有！这就是最好的证明！

熊类都有通病，就是绝对不会去招惹比自己更强大的对手，除非是被逼无奈，而且一旦发现自己敌不过就想办法开溜！

"还站着干嘛？马熊往山上跑了，追啊！"凌峰明白吴邪的意图后格外高兴，挥动着夜王刺向众人示意别让马熊跑掉。吴邪也很得意，但没有人能从他的表情猜出他的心思，因为他通常只有一个表情——不苟言笑。

“你刚才的样子很有……野性！”龙靓是第一个去追寻马熊的，在经过吴邪身旁时轻轻在他耳边说了这么一句话，像是自言自语，但吴邪明白那句话是对自己说的。

“我不觉得。”吴邪回了一句，和她并排跑上去，脸色依旧是冷漠的，永远是那副冷冰冰的表情。

受到惊吓的马熊四肢并用，飞快地逃命，还不时地回头瞅瞅后面追赶的吴邪他们。每次它一回头吴邪就大吼一声，且嗓吼得歇斯底里、地动山摇，如同猛兽发狂一般！

渐渐地，马熊望见了山路的尽头。那是一个断崖，陡峭的崖壁直上直下，鬼斧神工般赫然屹立在天地间，就如同擎天一柱。悬崖的那边是另一座山头，和这边的崖壁足足有十米宽！崖壁的尽头是五匹胡狼，它们是被凌峰的枪声惊昏了头才走入这条死路的。

“嗷嗷——”马熊看见了前面的胡狼群但没有看到断崖，还以为胡狼群是胆敢拦截自己的敌人，又回身看看山下的道路隐隐约约出现了人影，情急之下龇出两排阴森森的牙，让挡路的胡狼群让道。胡狼群在草原上是蛮横惯了的，哪里会买马熊的账？五匹胡狼在独耳头狼的带领下跃出战壕，从不同的方向围住马熊，嗓子里低吼着。

那只青毛胡狼往前迈出几步，弓起后腿作出准备扑食的招式。马熊忽地趴下身子，掩盖住最柔软的腹部。“唰！”侧面一团黑影飘过，马熊嗷嗷惨叫着倒地，原来是独耳头狼以极快的速度用尖锐的狼牙划开了马熊的侧腹，顿时鲜血如注，染红了灰色的毛发。

受伤的马熊对着独耳头狼的影子一通猛扑，肥厚的熊掌拍得呼呼生风，地上青青的小草被砸得稀巴烂。“刷刷！”又是两个黑影向马熊的背顶扑去，尖利的狼爪割破了它的脊背。

“啊——”马熊愤怒地吼叫起来，一下子站起身子，举起一只肥厚的熊掌朝黑影拍去。“啪！”一只行动稍慢的胡狼被硬生生地从空中打落。这一击是何等的力道？胡狼的脑袋顿时被拍得稀巴烂，嘴里、鼻孔里、耳朵里直往外冒血。

“嗷嗷——”独耳头狼对着天际发出长长的嚎叫，声音凄惨悲凉，久久回荡在林间。凌峰和龙靓他们早已赶到，此时就隐藏在一棵大榕树后静观两虎相斗。鹿尾草此刻发挥了作用，浓烈的草腥味遮盖了人类的气息。

青毛胡狼凶狠怨毒地逼视着马熊，龇出锋利的獠牙。完全被激怒的马熊根本不理会青毛胡狼的威胁，把矛头直指站在高处的独耳头狼，腾起身子直扑向它！独耳头狼敏锐地一跃躲避马熊笨重的扑击，可没想到马熊在半路就改变了目标，忽然转向旁边两匹毫无准备的胡狼，眨眼间就把一只胡狼的半个脑袋咬烂，只剩下半个血淋淋脑袋的胡狼轰然落地，脑浆淌了一地。

见状，马熊兴奋得像人一样站起身子，晃动着巨大的脑袋，伸出舌头舔舐着浸满胡狼血的大嘴巴。它不知自己这其实是在找死，因为它已激怒了独耳头狼，一团雾蒙蒙的血气正慢慢浸满独耳头狼的眼睛。

独耳头狼不再作壁上观，腾地一跃蹿到马熊跟前，它动作非常快，事先没有半点征兆，尖尖的獠牙“豁”的一声就把马熊满是脂肪的肚皮划开一道细长的豁口。它冰冷地望着惨叫的马熊，伸出舌头舔舐嘴角残留的血液，得意地向马熊挑衅。

那道豁口对马熊来说可是很重的伤，它有些惊慌失措，慌忙用肥厚的熊掌去捂伤口，可惜已经晚了，肠子还是从细长的豁口里挤出来。“嗷嗷——”马熊惨叫着把流出体外的肠子塞回肚皮内，捂住伤口就想要逃跑，可红了眼的胡狼怎会给它逃生的机会？它们迅速将马熊团团围住，任由惊恐的马熊吼叫着疯跑。

“唰——”一只黑影从马熊的腹下划过，锋利的獠牙将刚才的豁口再一次撕裂，马熊的肠子顿时哗啦啦倾泻而出。可惜这只偷袭胡狼的运气不太好，得手后准备撤离时被一个巨大的黑影子“啪”一声拍中了脊柱！

只听见一声清脆的骨头断裂声，胡狼的脊柱被马熊硬生生打得粉碎，断成不规则的四段，椎骨又刺穿背部的皮肤暴露在外面，在红色血液的映衬下显得格外醒目！

“嗖——”又是一声凌厉的风声，青毛胡狼趁马熊攻击同伴的一瞬间纵身跃过来，咬住它流出体外的肠子四下乱跑。马熊疼得嗷嗷乱叫，拼命跟在青毛胡狼身后追赶，温热的熊血洒了一地，红彤彤的煞是刺眼！

无奈马熊奔跑速度根本比不上胡狼，之间的距离越来越大，那白花花的肠子也被拖得越来越长，地上到处可见马熊飞洒出来的血迹！

渐渐地，马熊撕心裂肺的惨叫声低下来，喘息声越来越粗重，奔跑的速度也慢下来。马熊庞大的身躯轰然倒地，整个地面为之剧烈震颤！

受伤的马熊就这样被青毛胡狼活活拖死了，灰白的肠子被拖成一条弯弯曲曲的长线条，斑斑血迹染红了大片的草丛。这恐怕就是胡狼群最残忍的一面！

“啊——”

吴邪兴奋地大吼一声从榕树后闪出身，对着剩下的两只胡狼冷笑道：“马熊死了，现在轮到你们了。”

独耳头狼的眼睛里滑过一丝惊恐，仔细嗅着周围的空气，没有人类的气味啊？只有浓烈的鹿尾草的味道。突然，它神情一变，意识到自己大意了，那浓烈的鹿尾草味道就足以说明问题，这是它作为头狼的失误！

忽然，一块巨石后面蹿出一个黑影直扑向吴邪，是胡狼！凌峰和龙靓同时发现了吴邪即将面临的危险，可龙靓的手刚刚碰到弯刀手柄就听到“啪”的一声枪响，凌峰出手了，手臂还保持着射击的姿势，枪口也冒着一缕细细的硝烟：“哼，早就猜到还有一只放风的狼。”

吴邪没有回头查看死去的胡狼，他已经领教过凌峰神出鬼没的枪法，于是用手一指独耳头狼，轻轻说道：“你是我的。”

独耳头狼眼里流露出一丝笑意，嘴上强有力的咬肌一收缩，露出尖锐锋利的狼牙。作为头狼，它自然不会把人类放在眼里，很快抖擞长长的毛发直扑向吴邪！

“吴邪小心！”凌峰拔出夜王刺冲上去和吴邪并肩作战。

“你走开，我一个人对付它。”吴邪并不领情，不冷不热地拒绝了凌峰。

“你一个人搞不定它，我给你打下手。”凌峰光顾着和吴邪说话，一不留神胸部被独耳头狼划出一道细长的口子，红红的血痕渗出皮肤。

凌峰把寒光闪闪的夜王刺握在掌心，用格斗的打法对独耳头狼连连出招，他的速度和力道绝非一般，独耳头狼不敢大意，在用利爪逼退凌峰的同时随时准备逃跑。

“想跑？没那么容易！”吴邪不想功劳都给凌峰一个人，猛地一个鱼跃过来堵住独耳头狼的退路。独耳头狼被逼急了，转身就咬，对吴邪发起一连串致命的进攻。

“受死吧！”凌峰一声怒吼，右手挥舞着夜王刺朝独耳头狼的脖子扎过去。头狼看清了刺来的夜王刺，狼爪猛地一蹬地面，身体忽地向后弹出一米远！

来得好！吴邪见独耳头狼背对着自己跳过来心里暗暗叫好，鬼头刀刀锋一挺对着头狼的肚腹就刺过去！“哧！”一声沉闷的匕首划破皮肉的声音响起，鬼头刀稳稳地扎进独耳头狼柔软的腹部，刀身没进肚腹足足大半截。独耳头狼暴怒起来，扭过头对着吴邪张开血盆，一颗颗尖牙直嵌入吴邪握着鬼头刀的手臂。

成年野狼的咬合力大得惊人，可以轻易咬碎强壮野牛的腿骨。胡狼虽比野狼小得多，可咬断人骨头还是绰绰有余的！独耳头狼又判断失误才，这是吴邪故意露出的破绽，他就是想牺牲一点皮肉来猎得独耳头狼罢了，不入虎穴焉得虎子！

“去死！”吴邪大叫着把左手展成坚硬的铁掌，朝头狼的喉咙狠狠砍去。这一击掌削是吴邪的硬功夫，摞齐的青砖一次就能劈开三块，更别说是肉长的喉咙！吴邪这一击下了死手，独耳头狼浑身一哆嗦，发出一声凄惨的尖叫，咬住吴邪手臂的狼嘴慢慢松开，只留下一排细小的血窟窿淙淙地冒血。

“再来一下，让你死得痛快点！”吴邪的鬼头刀随即插进独耳头狼的腹中，手臂猛地发力，将他的肚子上纵向划出一条长长的豁口，肠子哗啦一下挤出体外，死了！

另一边，剩下的青毛胡狼已被龙靓逼到角落里，龙靓用的是雪狼弯刀，比夜王刺要稍微短一些，但是刀背有很美的弧线，很适合她天使杀手的身份。

青毛胡狼嗓子里发出低沉的声响，那是对敌人最后的威胁。

凌峰和吴邪已很默契地围上来将青毛胡狼包围，吴邪小心翼翼地挪到它身后用鬼头刀对准它精瘦的脊背。青毛胡狼被三个人围住，没有太多精力去关注背后，只得把耳朵竖起来仔细聆听背后的风吹草动，余光也时不时地瞟一下。不过这并不意味着它不在乎尾部的敌人，相反，它把全身除瞟一下眼睛之外的全部注意力都集中背后那个拿匕首的敌人身上！

吴邪手握鬼头刀缓缓移动，动作轻微得让人根本无从察觉，也轻而易举地躲过了青毛胡狼灵敏的听觉。鬼头刀的刀尖一点点往前移动，在快要触及尾尖的毫毛时，吴邪眼中突然凶光一闪，在极短的距离内将胡狼的尾巴削去半截！吴邪一击得手，立刻轻笑着迅速撤离胡狼的扑咬范围。

青毛胡狼在手起刀落的瞬间就反身回咬，血盆大口差点咬住吴邪的手腕。龙靓不禁暗暗为他捏了把冷汗，还好他的反应够快，要是躲闪不及此刻半条手臂就报废了！

吴邪没有时间去理会自己的安危，心中只在暗自估算青毛胡狼遭受攻击后回身扑咬的时间，只有 0.01 秒，好快的速度啊！

凌峰与吴邪关注的一样，内心也被深深震撼了：这速度太快了，不是人类可以比拟的！他冲龙靓使了个眼色，手指在空中画了个来回旋转的手势。龙靓是个聪明的女特工，立刻领会了他的意思。

“嗨，小家伙，这里！”龙靓故意挑逗青毛胡狼，让它把注意力转移到自己身上。青毛胡狼果然上当了，龇着獠牙，调转脑袋对着龙靓低吼。凌峰趁机对吴邪做出同样的动作，他的目的就是把青毛胡狼搞晕，在它失去耐心之际寻找机会干掉它！

吴邪却冷哼一声，轻轻摇头，对他稍稍一扬下巴，好像在说：看我的！凌峰的眉头瞬间皱起，他原本想阻止吴邪乱来，但此时根本没有别的选择，只有配合他的行动，况且他很了解吴邪的个性，他是不会听人劝的！

“嗨！”

吴邪大吼地声，青毛胡狼被突如其来的尖叫刺激到了，半截断尾一扫，龇出獠牙回身就要逃跑。“飕——”吴邪手里的鬼头刀在它脚步刚刚拔起的瞬间就旋风般射出，只见一道银白色的箭矢朝青毛胡狼射去！

“嗷嗷——”

锋利的鬼头刀直插进青毛胡狼的右眼，半截刀身深深刺进它的脑袋！青毛胡狼怒嚎着一跃而起，朝正对着它手无寸铁的吴邪扑过去！凌峰眼疾手快，一个箭步跃上来倾斜着身体让手臂尽量伸远，一把抓住青毛胡狼的半截断尾，另一只手里的夜王刺手起刀落，胡狼半截断尾贴着尾骨被硬生生削断，而滴着鲜血的尾尖就攥在凌峰手里！

连连受挫使青毛胡狼失去了理智，它再也不顾什么安全，扭过头张嘴就咬，凌峰一闪身原地趴下，就地几个翻滚逃过青毛胡狼的扑咬！

“飕——”又是一道冷厉的疾风划过，吴邪捡起一块巴掌大的石头一甩，砸向胡狼鲜血淋漓的脑袋。青毛胡狼早已变成一条疯狂的野狼，不去理会吴邪的挑衅，直扑向龙靓！

龙靓挥动着雪狼弯刀虚张声势，失去理智的青毛胡狼哪里还能分辨，直接扑过来！凌峰将半截断尾扔掉，一个虎跃扑到青毛胡狼跟前，一抬手将夜王刺刺进它左肋区，使劲豁出一道口子！

吴邪也不闲着，一个飞腿朝它脑后踹去。

“凌峰，接着！”吴邪随即又大喝一声，将它朝凌峰的方向整个踢飞出去！青毛胡狼哀嚎一声，被直直地踢到空中。凌峰看着直飞过来的胡狼，明白了吴邪的意图，心里暗叫这小子下手够狠的，这一招下去胡狼必死无疑！

胡狼身体在空中没有着力点，只能自由落体，凌峰往前几步，在心中计算好角度和速度，随之一跃而起，腾到胡狼的前方，一记凌厉凶狠的弹腿挟裹着千斤之力正中胡狼细长的脖子！

“咔嚓”一声，青毛胡狼的颈椎骨被硬生生踢断，三角形的脑袋不受控制地坠落下来，彪悍的躯体接着轰然倒地，砸在凌峰身上。

另一边，头狼已经死去多时，身体微微有些僵硬。看着独耳头狼肚子上那条长长的豁口，吴邪不禁觉得有些惋惜，好歹也是头狼，这种死法实在有失头狼的尊严！他弯下腰抓紧头狼脑袋顶上的皮肉，将鬼头刀雪亮的刀刃抵在它的喉咙上，手起刀落间一颗头颅已滚落到地上。

凌峰走上来脱下上衣把独耳头狼的头颅包裹起来，感叹道：“忙活了半天就为了这颗脑袋，它可是咱们在金三角立足的资本啊！

第二十七章　落草为寇

血祭！吴邪的脑海里忽然冒出这个字眼！一定是的！在中国，很多古老的民族还保留着这个野蛮古老的祭祀仪式，其野蛮和血腥程度可想而知！

凌峰、吴邪和贝鲁特停下脚步，望着面前漫山遍野的绿色好一番感慨，这里就是他们此行的目的地——小勐棒村。这是M国西南部一个靠近海岸的偏僻小山村，几乎还处在铁犁牛耕的落后状态。根据江萨的指示，他们想与李文焕的鸦片兵团合作，就必须在复兴三岛之外的M国境内有立足地！“复兴”部队和鸦片兵团、高功兵团、卢尔旺家族一决雌雄是早晚的事，所以必须在金三角的边缘地带有一块根据地，否则待双方交战再坐着快艇风风火火地从岛上赶来，还没上岸船就被炸翻了！

山民的草房在山林间忽隐忽现，大多数位于山脚下或半山腰。山坡的另一面和附近几座没人居住的山上则能隐约看到绿油油的作物，还有大片的玉米地和茶林。

贝鲁特伸手遮住头顶的阳光远眺，又在胸前划了一个十字，喃喃自语道：“上帝，想不到在M国还能见到小麦和玉米！我还以为金三角长叶的植物只有罂粟花呢！”

“白痴！”吴邪骂道，在四周的山林间扫了一圈，指着远处的一座山说，“M国人民种植罂粟无非是为了赚钱，罂粟和小麦在他们眼里没什么差别！山民都是穷人，吃的用的大都是自己种出来的，罂粟只能给他们带来一点额外的收入！你看，那座山头全部是盛开的罂粟花！”

贝鲁特看了一眼远处，果然全部都是罂粟花，不觉反问道：“穷人？没什么钱？吴邪你没搞错吧？他们种的是罂粟，毒品可是最暴利的买卖！他们应该是世界上最富有的山民才对！这是常识问题，用脑子想一下就知道！”

“啪！”不等贝鲁特说完，凌峰就在他脑门上拍了一个巴掌：“罂粟只是最低级廉价的原料，海洛因和鸦片烟才是高利润的制成品！中国农民种植农作物几千年，可为什么老美老英会富得流油？咱们玩的是廉价的原料，人家玩的是高利润的制成品！同样的道理，M 国山民种罂粟仅能够糊口，谋取暴利的是那些毒枭！不然你以为大毒枭的那些私人武装哪里来的？大风吹来的的？这是常识问题，有脑袋的人都知道！”

贝鲁特被呛得一愣一愣的，不知该如何反击，他用大手挠挠后脑勺，眨巴眼问道：“你以前不是特种侦察兵嘛，怎么对毒品这么了解？”

凌峰也是一愣，忽然哈哈一笑，用手指着脑袋：“常识性问题，有脑袋的人都知道！”

就凌峰和贝鲁特说笑的时候，吴邪始终没有插话，一直静静地察看周围山上的情况，见他们没有停下的意思才忍不住插嘴道：“快走吧，还有任务呢！”

根据江萨的部署，“复兴”部队下一步将分两部分同时进行：一是由他和龙靓带着厚礼——独耳头狼的头颅——去和李文焕商谈合作的事情，由韩震云负责引荐；二是凌峰、贝鲁特和吴邪在 M 国的西南部寻找复兴三岛之外的第二立足地。

“真不明白参谋长是怎么想的！”贝鲁特一边走，一边小声嘀咕着，“和毒枭谈判是很危险的，他为什么非要龙靓一个人跟着去！万一谈判失败，龙靓一个人能应付过来吗？”

“怎么，你是觉得龙靓不行？”凌峰原本不想搭理贝鲁特，可他提到了龙靓，他忍不住了，“还是信不过参谋长？”

“我可没说信不过参谋长！”贝鲁特急了。“复兴”部队的所有人都心知肚明，江萨虽然只是参谋长、二把手，但他才是真正的灵魂人物，邓克宝不过是个躯壳而已，“我的意思是他去和李文焕谈判干嘛不带着你或吴邪，这样不是更有安全感和压迫感嘛！”

“呵呵，这就是参谋长的精明之处了！”凌峰轻轻一笑，不由得肃然起敬，“我和吴邪之前是中国‘蓝剑’特种部队的侦察兵，经常配合云南的缉毒警察抓捕毒贩，打击武装贩毒，而且亲手击毙过境外的毒贩！目前金三角的毒枭李文焕算得上一号，虽然不确定我是否杀过他的人、截过他的货，可麻烦能避免还是避免的好！还有，你对龙靓可能还有一些偏见，她这个人其实……”

说到这，凌峰忽然止住了，因为他发现贝鲁特根本没有在听，正呆呆地望着前方有些发痴！一股子无名火蹿上凌峰的心头，他正要出手教训一下这小子，忽然发现吴邪的表情也有些怪异，不是惊奇也不是害怕，给他一种说不出来的奇怪感觉！

凌峰顺着吴邪目光的方向望向不远处的山坡，那是一块小麦地，绿油油的麦苗已经抽穗。麦田的尽头，三个身材袅娜的女子正在收拾农具。她们都是普通山里人家女儿的打扮，很朴素，蓝底白花的家织土布，长长的乌黑如墨的辫子，没有浓妆艳抹，一副自然清新的模样。

贝鲁特、凌峰，包括一直沉默寡言的吴邪都看得愣神了。贝鲁特更是夸张，一双大眼睛直往外放光，嘴里喃喃自语道：“美，美，真美！”

“滚到一边去！”凌峰实在受不了贝鲁特那副饥渴难耐的德行，一脚踹在他身上，“她们都是朴实的山里姑娘，别用你邪恶的目光去看她们！我警告你，别打她们的主意！”

贝鲁特的眼睛仍旧没有挪开，只是嘴上争执道：“知道！知道！我们有任务！你把我看成什么人了？我是雇佣兵，又不是采花贼！”

三个M国女子没有注意到不远处的凌峰他们，收拾完农具嬉笑着往山的另一面走去。贝鲁特一看她们要走，急了，冲凌峰喊道：“参谋长不是给我们任务了嘛，当地人就在眼前，还不上去打听打听？再不去人家可走远了啊！”说着就要跟上去。

凌峰怕他毛毛躁躁的会把几个女子吓走，当下按住他：“你别把人家吓坏了，还是我去吧，你和吴邪跟在我后面！”

“我怎么吓着她们了？凌峰你不要……”贝鲁特还想争取，可是一扭头见三个M国女子已经走远，当下不再斗嘴，着急地催促凌峰说道，“你去就你去！快点啊！她们要走远了！”

“出息!”凌峰一脚踹在贝鲁特屁股上，大步流星地朝几个女子的方向追过去。贝鲁特早已按耐不住内心的欢喜，急匆匆地追上去，一边跑一边催促凌峰快点快点。

“哎，前面的姑娘等一下!”凌峰语气温和地在后面轻呼，声音却被山风吹散在半空中，三个M国女子压根没听见，仍旧嬉笑着朝前走。贝鲁特急了，扯着嗓子大吼一声：“前面的人站住!”

这一嗓子吼得地动山摇，三个M国女子被吓了一跳，齐刷刷地回过头来望向这边。

凌峰他们速度很快，几秒钟工夫就跑到M国女子跟前。小勐棒村这样的小山村平日里很少有人光临，眼看三个男子冲过来，三个M国女子吓坏了。

凌峰看出三个女子眼中的局促和不安，便在距离她们不远的地方停下来：“你们不要害怕，我们不是坏人，只是想跟你们打听一点事儿!”

贝鲁特的注意力一直在中间那个脸蛋可人的女孩身上，根本就没听见凌峰的话他，一时收不住步子一下撞在凌峰和吴邪身上，三个人“扑通”一声齐刷刷地倒在三个女孩子跟前。

看着三个男人狼狈不堪的模样，三个女孩子掩起小嘴偷笑起来。凌峰恶狠狠地瞪了贝鲁特一眼，赶紧爬起来尴尬地朝女孩子笑笑。贝鲁特依旧一副白痴状，望着清秀可人的女孩子傻笑。就连一向冷漠不言的吴邪也有了细微的变化，躲闪的眼神中透露出青年男子面对漂亮女孩子时的局促!

相对于凌峰、吴邪和贝鲁特的尴尬局促，三个女孩子倒是显得落落大方，中间那位最漂亮的女孩子先开口了：“喂，你们是什么人?”

贝鲁特心里很愉快，女孩子的眼睛是望着自己的，当下笑容可掬地答道：“我们是‘复兴’部队的雇佣兵战士。”

漂亮的女孩子眨眨眼，不明白贝鲁特嘴里的“复兴”部队和雇佣兵是什么意思，回过头去用眼神寻问自己的同伴，另外两个女孩同样迷茫，只得对着她摇了摇头。

凌峰看出了大概，走上来对三个女孩子浅浅一笑，简单地说道：“我们是当兵的，想见你们的族长。”

三个女孩子同时“哦”了一声，很显然，“当兵的”这个词要比“雇佣兵”容易理解得多。况且江萨已一再叮嘱他对待当地的山民一定要诚恳，决不能动粗，因为一旦给山民留下不好的印象，那可就很难再抹去了！

想在金三角站稳脚跟必须得到当地山民的支持，如果仅仅是灭掉三个毒枭不会很麻烦，直接让龙靓他们去暗杀就是了，一了百了。可是之后呢？“复兴”部队若歼灭了金三角的三股势力，将是最虚弱的时候，M国的正规政府军队定会用武力驱逐他们出境，这个时候就需要山民的支持！

“你们找族长有什么事吗？”后面一个女孩子插嘴问道。

贝鲁特刚要回答忽然想起什么，又把嘴边的话咽了回去，为难地看着那女孩。那女孩很聪明，看到贝鲁特欲言又止的样子已明白八九分，于是甜甜地一笑：“既然不便说我就不多问了，你们跟我来吧，我带你们去见族长！”

“谢谢！”见女孩子答应带他们去见族长，凌峰很高兴，双手合十朝女孩子行礼。

前面，两个女孩子在带路，漂亮女孩子走在贝鲁特他们身边，不时斜瞄他们几眼，然而在和贝鲁特四目相对的一刻，她小巧的脸蛋腾地红了，忙跑到两个姐妹身边去了。

“嘟嘟——”一阵沉重的号角声从不远处的山脚下传来，凌峰、吴邪和贝鲁特停下脚步，眼睛飞快地捕捉四周的可疑之处，一只手也在第一时间摸到腰间的利器。

漂亮女孩子见贝鲁特他们个个表情严肃，忍不住偷笑起来，边笑边解释道：“这是号角声，今天是我们族里的祭典日，族长就在那里！你们要等到祭典之后才能见到族长！”

凌峰敏感的神经没有捕捉到任何风吹草动，便对她们呵呵一笑：“当兵都习惯了，听到号角声还以为要打仗呢！”

“不会！不会！”漂亮女孩子连连摆手，“我们族里每年都会给山神上供，山神会保佑族里平安无事的！而且大祭司法术高强，他让族里风调雨顺，庄稼每年都有好收成！”

听了这话贝鲁特差点笑出声来，真想不到今天还有人相信这些迷信！大祭司？山神？法术？那些东西恐怕只在神话小说里出现！他刚要说些什么，却被身边的吴邪拦住了："不要多嘴，越是落后的山村把祭祀看得越重！你可以在这里杀人，但不能亵渎尊贵无比的神灵！你没有在落后的山村生活过，不清楚这里面的厉害！"说完，吴邪朝几个女孩子点点头，轻声说道："你们继续带路吧！"

没走多久，贝鲁特又耐不住性子了，索性乐呵呵地跑过去和女孩子们搭话："这里的天真热啊！"

漂亮女孩子回过头朝贝鲁特露出一个甜甜的笑容："一直都是这么热啊！怎么，你们那里不热吗？"

我们那里？贝鲁特被小姑娘的话问得一愣，不明白她指的是复兴三岛还是他漂泊过的世界各地？一时间不知该如何回答问道："对了，我还不知道你们的名字呢？"

漂亮女孩子浅浅一笑，很阳光很甜美："我姓李，叫李小慧。这两位是我的好姐妹，小芸！阿芳！"

这时，浑厚而低沉的号角声越来越响，凌峰已经能隐约看到成群的人影在四处走动。那是山脚下一个空旷的角落，山民很看重这种原始的祭祀仪式，平日里宁愿省吃俭用也要把最好的祭祀品上供给尊贵的神灵，祈求风调雨顺。

"这种祭祀对当地人来说非常重要，一定要表现得非常尊重！"眼看着祭祀台越来越近，凌峰再次提醒贝鲁特，"特别是你贝鲁特，最好不要多嘴！"

祭祀台中间立着一个巨大的青面獠牙的凶神，样子和惯常的慈眉善目的神佛有很大不同。凶神身上披着一件巨大的披风，其前面摆着一个长木桌，上面摆满了祭祀品，丰收的五谷、煮熟的鸡鸭。供桌前面是一个巨大的铜香炉，几束气味特别的熏香在冒着袅袅的青烟。在场的村民有条不紊地排成若干队伍虔诚地祈祷着。

一头壮硕的家猪被绑住四肢脚扔在地上哀嚎着，它脑袋上画了个简单的油彩，脖子上挂着一串类似于动物牙齿的饰物。一个光着膀子露出黑胸毛的汉子拄着一把大砍刀立在一边，很像即将行刑的刽子手。

在供桌的一边，凌峰注意到两个格外的醒目人：一个是身材魁梧的中年人，比贝鲁特要稍微矮一点，健康的古铜色皮肤，方面阔首，墨眉大眼，一派大家风范，应该是族长。他的旁边是一个矮个子，小眼尖眉，长发用黑色的丝带束成一条条的，头上戴有用黑白羽毛制成的头饰，脖子上挂着骷髅项链，身上披着乌黑如墨的袍子，应该是李小慧刚刚所说的大祭司。

“哎，你们这么快就到了呀！”

贝鲁特正盯着热闹的场面看得出神，背后冷不丁被人在拍了一下，转过头一看居然是李小慧她们！她们已换节日盛装，深蓝的绣花褂子配上长长的褶裙，头上戴着银饰，可人的脸蛋化了淡妆，很清秀的样子。

“你们不是要找族长吗?”李小慧指着人群中最前面的两个人，“那个很高大的就是族长，他身边那个看着很神秘的男人是我们的大祭司。”

凌峰若有所悟地“哦”了一声，果然跟他猜的一样。

贝鲁特盯着李小慧俊俏的小脸笑呵呵地问道：“姑娘，今天是什么日子? 你们要举行这么隆重的祭祀?”

“今天祭祀的是风雨神，谢谢他一年里保佑族里风调雨顺、五谷丰登！”李小慧耐心地解释着，脸上始终挂着浅浅的笑容，“每年我们还要祭祀尊贵的天神，祈求他保佑族里平平安安、万事顺利；还有勇敢的武神，让他赐予我们勇敢和无畏；还有祖先，求他们保佑族里能够香火永传……”

“你们的族长叫什么名字?”凌峰无视熙熙攘攘的人群，眼睛里只有那个正闭着眼睛虔诚念着祭文的族长。

“他姓蓝，叫蓝齐，是族里最德高望重的人！”

“那个大祭司呢?”始终在一旁闷声不语的吴邪轻声问道。比起高大的族长，他对那个其貌不扬但浑身散发着浓郁神秘感的大祭司更感兴趣。

“大祭司啊，他叫季山昂。”说到大祭司，李小慧的神色严肃起来，同时收起可爱的笑容，“大祭司的地位很特殊，仅次于族长！他非常厉害，懂得很多东西，懂得占卜、星相、风水，还会很可怕的蛊术！”

蛊术? 听到这个词，凌峰、吴邪和贝鲁特同时一惊。据说中国只有湘西那边还有异人会异术，不过也都是赶尸斗尸之类的，而能掌握这种古老异术的也许只有古老的苗族！难道这个身材短小的 M 国祭司真的会蛊术?

“上供！”

一个浑厚低沉的声音打断了凌峰的思绪，说话的是族长蓝齐。在他的吩咐下。众人迅速向四周散开，祭祀台前马上空出了很大一片地方。摆在正中央的是那头正歇斯底里哀嚎的家猪，几个身体壮硕的男子上来，一起用力将家猪抬起来。家猪个头很大，几个强壮的男子很勉强才抬起来！

家猪被抬到一个巨大的石台上，头颅悬在外面。几个男子搬来一个一人多高的石像立在家猪的侧面，石像上雕刻着一种凌峰他们从未见过的长相奇异的动物。

光着膀子的彪悍黑汉子在众人的注视下慢慢走到石台上，手中握着一把巨大的大砍刀。家猪好像知道了自己的结局，不再哀嚎，只是鼻息里不断发出低沉的哼声，像是在告别这个世界。

血祭！吴邪脑海里忽然冒出这个字眼！一定是的！在中国，很多古老的民族还保留着这个野蛮古老的祭祀仪式，其野蛮和血腥程度可想而知！

第二十八章　金三角

但是下一幕更让他惊叹：三五成群的小孩子就在这些荷枪实弹的枪手面前戏耍，妇女抱着婴儿也漫步其中。恐怕除了金三角，任何地方的妇女和儿童都不会轻易见到这些极具杀伤力的军火！

这时，插在地上的、写着古老文字的黑幡忽然摇晃起来，呼啦呼啦地响，最后竟然飞到空中盘旋起来！凌峰、吴邪和贝鲁特全都傻眼了，连祭祀场的山民都露出惊恐的表情，仿若很恐怖的事情即将降临！

物体必须在外力的作用下才能运动，这是人们普遍能接受的，但是如果有物体凭空活动起来你能接受吗？而且是凌空飞起来！这已经超出了人类科学的范畴，属于古老神秘的东方玄学。凌峰简直不敢相信自己的眼睛，十几只黑幡就那样呼啦呼啦地在空中盘旋漂浮着！

吴邪也死死盯着像鬼火一样不可思议飞翔着的黑幡，一丝不安袭上心头，因为那十几只黑幡正慢慢朝他们这边飘过来！

凌峰也感觉到不妙，因为在那一瞬间，他的眼睛瞄到祭祀台上的大祭司——季山昂，发现他那双阴暗的眼睛正死死地盯着他们三人。出于习惯，凌峰慢慢向后挪了一步，左手已触到腰间的夜王刺。即使祭祀场的山民有数百之多，而且有神秘诡异的大祭司，他还是有九成的把握能和吴邪全身而退！

和吴邪料想的一样，悬在头顶的十几只黑幡是冲他们来的，在他们上空停住不动，那尖尖的木刺虽不比匕首锋利，但在这种高度也足以让人触目惊心，要是落下来扎在人身上，必死无疑！山民们被吸引着看向这边，发现了凌峰、吴邪和贝鲁特三个外来人，好奇的同时都为他们捏了一把冷汗。

见状，李小慧紧张得浑身都在发抖，因为吴邪他们是她未经族长许可领来的，万一死在了这里，她一定会自责的！

“嗖嗖嗖——”几乎是在一瞬间，十几只悬在空中的黑幡忽然再次诡异地活动起来，最前面的三只甚至直直地朝吴邪他们射过来！换作常人根本就来不及躲闪，因为太突然了，而且距离太近，根本无法做出反应！

“啪啪啪！”三只黑幡就像是三只疾飞而出的箭矢，以极快的速度射来！哼！吴邪冷笑一声身子一闪，箭矢就射在他脚前几厘米的地方！而凌峰也不惧那些木箭矢，抓住贝鲁特也闪过威胁！

几乎没有间隔的时间，吴邪耳际又有一股极细微的风声疾驰而来，不用看也知道第二批木箭矢射下来了！吴邪眼中寒光一闪，拳头握得咯咯作响，那个大祭司把他惹毛了！

于是，吴邪身体向后一闪，木箭矢又射在他脚前一公分的地方！木箭矢的力量很大，以至于一米长的黑幡有近三十公分射进了泥土里！如果吴邪慢了一点点，脚上肯定会多了一个直径几公分的血窟窿！

“嗖！”又一道凌厉的风声闪过，这次吴邪不再躲闪，眼神冷得就像雪山上的寒冰，他纵身一跃而起，准确地将射下来的木箭矢截住握在掌心！

就在这时，一道模糊的影子朝祭祀台上的大祭司飞去，伴之“砰”的一声巨响，祭祀台后面的巨像脸上插进了一只黑幡，没进去足足十公分之多！

季山昂只觉得脸上一麻，就像被虫子叮咬了一口，他伸手一摸，后背不禁冒出一层冷汗——手心有一小片鲜红醒目的血迹！他回过头看到巨像上插着的黑幡，不由得打起哆嗦，这才明白刚刚那一丝麻木的感觉是因为被疾飞而过的黑幡擦破了脸上的皮肉！如果不是对方手下留情，此刻的脑袋上一定多了个大血窟窿！

“啪啪啪……”原本在空中盘旋的黑幡此时全部掉落下来，是掉下来，不是射下来！季山昂明白对方绝非常人，自己的异术在对方就像小孩子过家家！看他们刚刚的身手，这里显然没有人是他们的对手，但季山昂不肯罢休，作为大祭司，他有责任守卫古老的部族，于是指着吴邪头问道："你们是什么人？胆敢擅闯祭祀圣地！还破坏尊贵的天神石像！"

此时，人群自觉地让出一条空道，这边是大祭司季山昂和族长蓝齐，另一边是吴邪他们。只见吴邪一双冰冷犀利的眼睛直视季山昂："是你们先出手的。"

季山昂无言以对，脸上的肌肉不自觉地抽搐了一下。这时蓝齐从后面走出来，脸上一片平静，他对吴邪稍稍欠了欠身子："你们是外来的客人，我代表族人向你们致歉，今天是族里重大的祭典，我不希望有不愉快的事情发生，如果你们是来找我的，等到祭典结束后我会和你们谈的！"

说罢，他转过头对人群说道："把族里最壮硕的猪献给尊贵的天神，祈求他保佑我们四季平安、五谷丰登！请凤凰公主行叩首大礼！"

凤凰公主？贝鲁特心生好奇，低声问身边的李小慧："凤凰公主是什么人？"

"凤凰公主是族长蓝齐的女儿，叫蓝凤凰，是族里最高贵、圣洁的圣女，祭典必须由她向天神行叩首礼。"

嘿！李小慧话音刚落，手持大砍刀的黑汉子就大吼一声，高高举起大砍刀，对准趴在地上的猪首奋力砍去，只一刀，硕大的猪首就"咕噜"一声滚到地上，鲜红温热的血液溅得四周一片红艳。一个男人连忙跑过去捡起带血的猪首毕恭毕敬地献到供桌上，行一个大礼方才退下去。

就在人们的一片恭敬之中，一阵芬芳的香气扑鼻而来，凌峰眉头一皱，敏感的神经立刻捕捉气味的来源。山民的目光纷纷向巨像后面的小路投去，只见天空中慢慢散下花瓣雨，四个身材袅娜、身着绿衣的女子走出来，手里各自端着一只花篮，里面装着各色花瓣。她们扬手将花瓣撒到空中，那阵阵芬芳就是那些花瓣散发出来的！

四个绿衣女子中间是一位身段姣好的白衣圣女，身披一袭白色的丝纱，头戴银光闪闪的头饰，脸上也挂着白银的挂饰，显然就是凤凰公主。凤凰公主的脸庞被白色的纱巾遮盖，只露出一双迷人的丹凤眼。她目不斜视地走到供桌前，玉膝跪地颔首轻拜，口中默念着祭祀的经文。

蓝齐和季山昂跟着蓝凤凰一起下拜，接着是祭祀台下的山民，所有人都面色严峻，虔诚地行着东方人最厚重的叩首大礼。凌峰站在后面呆了一会儿，最后跟着轻轻跪下来，随山民一起叩起头来：“拜一拜吧，入乡随俗。”

整个祭祀仪式持续了三个小时才结束，现在凌峰他们已被邀请到蓝齐家里。

凌峰他们席地而坐，面前摆着一张小木桌，上面放着山里人家当地的山茶。一个身穿霓裳彩衣的漂亮女孩子在给他们斟茶，看着女孩一双楚楚动人的眼睛，凌峰总觉得在祭祀的时候看到过她。这时蓝齐对女孩子一摆手，低声说道：“凤凰，你先出去吧，我和大祭司要陪外来的客人谈话。”

凤凰？凌峰这才反应过来，眼前这个清秀的女孩子就是刚才祭祀场上那位穿白纱衣的圣女蓝凤凰——族长的女儿！蓝凤凰朝凌峰他们浅浅一笑，慢慢退了出去。褪去白色的盛装换上山里女孩朴素的衣服，蓝凤凰看上去显得亲切可人，和之前的圣女简直判若两人！

“说说吧，你们到这里来找我有什么事？”蓝齐开门见山地问道。

“我们是‘复兴’部队的战士，基地一直在M国南部海洋的三座小岛上。由于任务的需要，我们要在大陆上寻找一片基地，也就是你们村子不远的山地。根据参谋长的指示，我们特意来拜访不久将成为友邻的你们。”凌峰从容地说道。

“不可能！”一听这话，季山昂站起来愤怒地说道，“这里是我们部族的领土，决不允许任何外来人侵占！我们会誓死捍卫自己的土地！”

吴邪眼中一股杀气闪过，正要动手，忽然感到站在身后的贝鲁特拽住了他的胳膊。贝鲁特虽然身手不及吴邪，但脑袋还是很好使的，要是事情真的像吴邪想的那么简单，参谋长直接让他一个人来把山民全杀了多简单，何必要他们三个一起来呢？

蓝齐看凌峰没有作声，先开口道：“我们部族一直是向往和平的，很少与别的部落发生冲突，但这不代表我们允许其他人侵占我们的土地。”蓝齐的话音虽不重，但弦外之音很明确，即在领土问题上没有回旋的余地！

凌峰觉察到了气氛的骤然变化，知道他们的目的已经被曲解，连忙解释道："族长您误解我们参谋长的意思了。我们只是暂时驻扎，绝不是蓄意侵占！'复兴'部队会在你们部族没人居住的地方安营扎寨，绝不会占用你们的耕地！'复兴'部队是类似于商业公司的组织，不会涉足战争，所以绝对不会对你们构成任何威胁。而且我们会保护你们的安全，如果有其他部族或毒枭侵占你们部族，'复兴'部队绝不会袖手旁观的！"

"当兵的手里都有枪，你们怎么能保证不会侵占我们部族的土地?"季山昂继续逼问道。

凌峰早料到这个奇怪的家伙不会轻易相信他的话，更加耐心地解释道："我以男人的尊严向你们保证，'复兴'部队绝对不会让你们为难，如果我骗了你们将会受到天神最严厉的惩罚！"凌峰说得信誓旦旦的，表情真挚得让人很难怀疑。

听了这话，蓝齐慢慢站起身子，盯着寨子外面忙碌的族人，喃喃说道："尊贵的天神赋予每个人生存的土地，希望我们可以成为最友好的朋友！"

再往前已经依稀可见村落，龙靓和江萨已经赶了将近一天的路，马上就要到达他们的目的地——李文焕的鸦片兵团总部，也就是韩震云所在的毒枭据点。

在很多人的意识里，毒枭是专门生产走私毒品的大老板，肯定有一片戒备森严的地方，方圆几十里都是武装禁地，随时都有荷枪实弹的私人武装在巡逻站岗。其实，现实的毒枭和这是有很大出入的。首先毒品据点就只是M国当地一个大一点的村落，负责种植罂粟的都是当地的山民，制成鸦片烟或精制提纯的海洛因贩卖到世界各地，只是这些生产鸦片烟的村落里充斥着手持枪械的武装，村落的周围还有一些明哨暗哨，除去这些，它们和普通的村落没有什么区别。

走了这么久，龙靓和江萨只遇见一处明哨，里面有三名手持冲锋枪的人虎视眈眈地望着他们，龙靓他们稍费周折从这处明哨的背后绕了过去。比起这个明哨，那些隐藏在暗处的暗哨更具杀伤力，他们非常隐蔽，还做了绝妙的伪装。但龙靓凭借超强的洞察力还是捕捉到了这些暗哨的蛛丝马迹，在被他们发现之前就绕过了他们，避免了不必要的麻烦。想必韩震云已经将他们要来的事情告诉了李文焕，而这个臭名昭著的毒枭一定会在来的路上试试他们的身手，这是合作最起码的前提。

前面已经依稀可见村落，不出意外的话半个小时就可以见到李文焕了。越是在这个时候越不能大意，龙靓想提醒江萨加倍小心一些，他们进行得实在太顺利了，这样的戒备，别说是中 M 联合，就是 M 国自己的部队都有能力歼灭！

忽然有一股不好的感觉袭上龙靓的心头，她轻叹一口气，果然不是那么简单，凭着直觉她已经感到有枪口在对着他们，而且至少有三支隐藏在暗处的枪口正对着他们的脑袋！

龙靓将脚步放得很慢，给了江萨一些微小的提示。江萨是久经沙场的老将，不用提醒也感觉到了潜在的危机，要是连这个直觉都没有，他也不知道死多少回了！龙靓的右手下意识地放到腰间，触碰到藏在里面的瓦尔特 p99 手枪。这是她很喜欢的手枪，枪长只有 180 厘米，9 毫米口径，很适合东方美女杀手的小手。近身厮杀冷兵器是最好的选择，但是对于这种潜藏在暗处的中距离射杀，手枪是最合适的选择。

风是一种很好的介质，风吹草动可以让一个洞察力敏感的杀手捕捉到潜藏在暗处的自然与非自然物体之间的细微差别。尤其是微风，在常人听来都是一样的沙沙声，但在有经验的杀手听来，微风吹过树叶、草叶和人身体是有很大的差别！最好的杀手从来不需要看到潜伏的敌人才射击！

不到两分钟，龙靓已经将隐藏在暗处的三个敌人找了出来，都是直线距离，中间没有障碍物，这样她有十成的把握三枪将他们从隐藏的树上全部撂下来！龙靓没有鲁莽地拔出 p99 手枪，而是思索了一下。从踏入这片潜藏着危机的村落开始她就小心翼翼的，避开了所有暗哨里的枪手，怎么会走进一个位置糟糕到极点的三角射击点？没有任何的掩体，这对于她来说是一个很大的失误！

龙靓闭上眼睛将所走的路程在脑海里过滤，她要找出让自己走进致命误区的蛛丝马迹！不要担心三个隐藏的敌人会趁龙靓闭上眼睛的瞬间挂掉他们，他们还没有修炼到这个火候！他们隐藏的地方已经在龙靓的脑海里定格，即使她闭上眼睛，也能在他们开枪之后她轻易躲避子弹并将他们一一射杀！这就是一流杀手的绝对自信！

龙靓细细地回顾着，她清楚地记得，进入这个山林不久后，的确有一处非常可疑！那个地方暗哨的密布程度要远远超过其他地方！在绕道前行的同时一定会进入另一处暗哨的警戒线！

那一处的暗哨几乎呈一个圆形将鸦片兵团总部牢牢地封锁在中心，只是最后龙靓才找到一处漏洞勉强穿过，就是进入这处漏洞之后他们才进入这个射击交叉点的！

漏洞？射击交叉点？龙靓这一刻才明白过来，原来那根本就不是什么漏洞，而是李文焕故意露出的破绽，为的就是让潜伏者进入这个毫无掩体的射击交叉点！这有点类似于中国古代的请君入瓮！

原来是这么回事！龙靓觉得有些高估自己的实力了，这个李文焕还真有两下子。

一阵细细的微风拂过，低沉的虫鸣声断断续续传来，龙靓的心猛地一惊，她又出现失误了！她一直对走进李文焕的布局耿耿于怀，居然没发现那阵阵虫鸣声中的异样。这不可饶恕的失误！

那微风拂过时有很明显的异样，她很轻易就捕捉到枪手的位置，但是那断断续续的虫鸣声……一丝恐惧掠过龙靓的心头，除了潜伏在树上的三个枪手之外，前方某处灌草丛下一定还藏着一个隐藏绝妙的枪手！

这个念头在龙靓脑海中出现的同时，她也随之躲开了，可就是这样还是晚了一步，一颗子弹从她侧面 60 度的方向急速射出来，贴着她的胳膊划过！“当！”p99 紧接着响起，一颗飞旋的子弹朝相反的方向射过去，“噗”的一声没入草丛里。

在子弹没入点后面不到 2 厘米的地方，做了伪装的韩震云浑身一惊，这子弹要是差之毫厘，他的额头上这会就多了一个黑乎乎的血洞！

龙靓就地向前一个翻滚，单腿跪地，举起手枪射发了一颗子弹，接着上身扭动 30 度瞄准另一处再次射击，最后身体回旋 180 度，单手握枪，眼睛微微一眯，第三颗子弹破膛而出！

“噗噗噗！”三声清脆的树枝折断的声音依次响起，三个隐藏的枪手“哗”地从三个不同的地方掉下来。龙靓的三颗子弹都打中了枪手脚下的树干，中弹的树枝不堪子弹巨大的冲击力和枪手的体重，纷纷折断后从树上掉下来！

前方不远处的灌草丛忽然站起一个类似狗熊的东西，接着上面的伪装“哗啦”一声被扔掉，只见韩震云抱着一把加了消声器的狙击步枪

“哒哒哒”跑过来。三个枪手也从地上爬起来，跌跌撞撞地向江萨这边走过来。

龙靓将p99重新掖到腰间，忽然感觉手臂有一丝微疼，这才发现刚才被子弹划破了皮肉。她知道刚刚对方手下也留了情，不然她受的绝不会仅仅是一点皮肉伤！

韩震云几步跑到江萨面前，麻利地收起步枪恭敬地敬了个礼：“参谋长好！龙小姐好！”

江萨一怔，然后哈哈笑起来：“想不到会是你来迎接我们！老韩你还是老样子！”

“请原谅，参谋长，这都是我们大老板的意思！”韩震云有些不好意思地笑笑，转过头盯着龙靓浅浅一笑，“想不到龙小姐这么厉害，看来是我低估你了！谢谢龙小姐手下留情！”

龙靓盯着韩震云的眼睛淡淡地说道：“可我还是输了。”

“你在明我在暗，而且你是以一敌四，算起来是我略输一筹。”韩震云看到龙靓手臂上的那道伤口已经流血，很抱歉地低下头，“不好意思，伤到龙小姐了。”

这时，一个中年枪手叹了口气，一把将枪托砸在地上：“以前我以为自己挺厉害的，可是刚刚看到这位小姐的身手才觉得自己差得远了，自愧不如啊！”

龙靓冷冷地看了那个枪手一眼，对韩震云说道：“现在可以让我们进去了吗？”

“当然！当然！我带路！”韩震云赶紧端起步枪在前面开路。

江萨经常转战世界各地，但是真正意义上的和毒枭打交道还是第一次，一路上不禁被那些真家伙深深震撼了！几乎所有枪手都配有冲锋枪，轻机枪也很多，更惹眼的是那几个黑人大个子肩上扛着的火箭炮！但是下一幕更让他惊叹：三五成群的小孩子就在这些荷枪实弹的枪手面前戏耍，妇女抱着婴儿也漫步其中。恐怕除了金三角，任何地方的妇女和儿童都不会轻易见到这些极具杀伤力的军火！

鸦片兵团的总部就在这个人群密布的村落的正中央，是一个两层的木质阁楼。一进门，众人就看到正中坐着一个三十岁左右的男人，应该就是鸦片兵团的头头李文焕了。韩震云上前对那人轻声说道：“老板，

‘复兴’部队的参谋长来了。”

李文焕麻利地从躺椅上站起来，微笑着走过来和江萨握手：“复兴公司雇佣兵集团，江参谋长的大名可是如雷贯耳啊！经常听韩震云提起在欧洲和你并肩作战的日子！”

“李老弟言重了，那都是很多年前的事了。”江萨说着将手里的东西“啪”的一下扔到李文焕面前，“李老弟，这是你想要的东西。”

那是一个包裹，布上还残留着斑斑血渍。李文焕用刀挑开包裹，一个毛茸茸的脑袋咕噜滚了出来，那脑袋上只有一只耳朵，是凌峰他们追了很久才杀死的独耳头狼的头颅！

李文焕不禁两眼放光，他可是花了不少心思要宰了这个畜生，可它实在太狡猾了，每次都是无功而返。每次想到这里，李文焕就气不打一处来，现在它脑袋被人割了，他心里甭提多爽了！

“现在不知李老弟能否和我们‘复兴’部队合作呢?”江萨观察着李文焕的表情，试探着问道，他不敢说得太直白，能在金三角混出一片天来的自然不是一般人！

李文焕心里其实非常愿意和“复兴”部队合作，那么他将会是金三角最强大的力量！高功兵团和卢尔旺家族就不再是他的对手，可是之后呢?“复兴”部队的名号几年前也是响当当的，等到他的羽翼丰满了呢?保不准会掉过头来对付自己！江萨是走一步看三步的主儿，他想的自然要比自己长远！

“李老弟的担忧我可以理解！”江萨看出了李文焕的担忧，其实这些他老早就考虑到了，换作是谁都会有这个顾虑，眼下的金三角是三足鼎立，一旦轻重失衡就将导致灭亡！江萨可是有真才实干的，十分善于攻人的心术，看到李文焕有所顾虑的表情便豪爽一笑：“‘复兴’部队是雇佣兵公司，这个想必李老弟是知道的，我只想干我的老本行，在这招兵买马壮大实力后回到欧洲杀出一片天来！”

“鸦片兵团在M国有自己的身份，‘复兴’部队可不能比，我们是寄人篱下，M国政府随时都有可能武力驱逐我们出境！”江萨见对方不搭话，又补充道，“不瞒李老弟，‘复兴’部队现在可谓弹尽粮绝、山穷水尽，随便一支队伍都有可能把我们歼灭！‘复兴’部队和鸦片兵团合作都有各自的利益，金三角从此将会是鸦片兵团的天下，而‘复兴’部队将会东山再起！我江萨保证，‘复兴’部队绝对不会在金三角久留！要是李老弟还有顾虑，要不这样，从高功兵团和卢尔旺家族所得的兵力补充，鸦片兵团可以得到八成，‘复兴’部队只要两成，怎么样?”江萨装出一副没有退路的样子，用祈求的口吻询问李文焕。

李文焕动心了，他又不是傻子，没有“复兴”部队鸦片兵团在金三角永远只能是三国之一，要是联手的话他将是金三角唯一的主宰！何况江萨也许诺鸦片兵团会得到绝大多数兵力补充，就算是他江萨想要打金三角的主意也得有人有枪才是啊，他“复兴”部队那时候又拿什么资本和鸦片兵团叫板?

李文焕沉思了很久，终于开口了：“好吧，我也不想看到“复兴”部队就此衰落下去，我答应和你们合作!”

“谢谢李老弟!”江萨激动极了，紧紧地握住了李文焕的手。

兵不厌诈，这是不变的定律！不能怪江萨老谋深算，他也是迫不得已，如果“复兴”部队要从此灰飞烟灭的话，他宁愿做一个奸诈的恶人。其实，江萨对鸦片兵团的实力并不看好，他只想要一个临时的盟友，以便在灭了高功兵团和卢尔旺家族时不会腹背受敌！他手里唯一的王牌就是凌峰、吴邪和龙靓，这最最精锐的三颗“毒牙”！而另外吸引他的就是即将成为第四颗“毒牙”的韩震云！韩震云的身手他在欧洲早已领教过，虽比不上凌峰、吴邪和龙靓这样的绝世好手，但做一个一流好手还是绰绰有余的!

第二十九章　善意的威胁

蓝凤凰装作若无其事的样子坐起来，左手悄然放到小箩筐内，将几枚绣花针捻于食指和中指之间，身子一斜，几枚绣花针“啪啪啪”同时朝梁上那个人影射过去！

热带的昼夜变化永远那么节律有致，6 点日出，18 点日落。现在太阳已经快要落下西山，暗红色的余晖就像一团朦胧的雾气，很有些诗情画意的感觉。江萨看着小勐棒村的方向心里思索着，不出意外的话，凌峰他们已经在山村周围安营扎寨了。

“老韩，跟着我你不会后悔吗？鸦片兵团以后可是如日中天啊！”江萨问韩震云，作为合作的唯一条件，韩震云已经被江萨挖到“复兴”部队，确切地说，第四颗“毒牙”已经定下来了！

“绝不后悔！”韩震云仰起头笑着，“在欧洲的时候就想跟着参谋长的，可那时情况不允许，现在终于有机会了！而且在李文焕身边根本没有用武之地，他的防范布置参谋长也看到了，的确很到位！更重要的是，在不久以后鸦片兵团将不复存在，不是嘛？”

江萨自然明白韩震云话里的意思，也早就猜出他看出了自己的野心，但是他坚信老韩不会出卖自己，这就是谋划者决胜于千里之外的雄才大略——用人不疑，疑人不用！于是，江萨故意试探地问道：“老韩你这话是什么意思?”

“参谋长是人中龙凤，不是一般人能比的，您绝不会甘心居于人下，现在‘复兴’部队的确很困难，但我相信走到这一步绝不会是您的错误！我跟着您也是因为这一点!”韩震云一改平时的随和，脸色异常严肃，“高功兵团和卢尔旺家族都会被灭掉，连鸦片兵团也不例外！我早就在那里呆够了!”

说到这，韩震云突然把脑袋凑过来，神秘地说道：“我还有一个私人目的，小勐棒村有一位才貌双全的凤凰公主，我老早就拜倒在她石榴裙下了。”

“呵!”一直在旁边默不作声的龙靓突然笑出声来，瞥了韩震云一眼，“凤凰公主？我倒是想见识一下!”

正说着，龙靓看到迷彩帐篷前闪过两个人影，心跳不自觉地加快了。这不是遇到危险时的警觉，而是另一种情愫。为什么每次见到他们都会有莫名其妙的感觉？仅仅是因为他们身手和自己一样甚至超过自己吗?龙靓也搞不清楚，只是掩饰住内心的那份愉悦，故意把目光转移到两个人身后高大的贝鲁特脸上。

“参谋长好!”

凌峰、吴邪和贝鲁特齐声恭敬地向江萨敬礼，丝毫没有注意到龙靓脸上细微的变化。

韩震云走上前来，“啪啪”给了凌峰、吴邪两拳：“终于能和你们并肩作战了!”

“你怎么来了?”凌峰对于韩震云会和江萨一起回来颇感到意外。

“你能来为什么我就不能来?”韩震云笑着反问，又看了看旁边面无表情的吴邪，“别忘了你们以前可是‘蓝剑’！我才是个不起眼的小保镖!”

“参谋长，事情谈得怎么样了?”贝鲁特着急地问道，比起凌峰和吴邪的处变不惊，他更关心这些，“李文焕会和我们合作吗?”

“为什么不?”江萨一脸的严肃，他的心思可不是一般人能看透的，他真正的目的知道的人越少越好，“我给的条件非常优厚！鸦片兵团得到的利益远远大过‘复兴’部队得到的!”

“嘶嘶——”一阵马群的嘶鸣声传过来，江萨好奇地循着声音望过去。小勐棒村的脚下，一大群马队正停着休息，几个身材魁梧的汉子在和山民谈话。不一会儿，从山上跑下来一个女孩子和那些人聊起来。贝鲁特眼力奇好，一眼就发现那个女孩子就是带着他们来村里的那三个M国女孩里最漂亮的那个——李小慧。

“那些是什么人?”江萨看着成群的马匹皱着眉头问道，马背上还都挂着两个竹筐。

“是马帮，类似于中国古代长途贩卖的商队。咱们所在的M国西南部山地众多，汽车很难走这样的山路，只能换成马帮进来收购鸦片，把鸦片运出去之后再换成汽车、轮船转运到世界各地。这里的鸦片大部分都运到了欧洲。”凌峰解释道。他在“蓝剑”的时候经常配合边境缉毒警察打击跨国走私毒品，对这些事情多少知道一些。

马帮带头的是两个中年人：一个络腮胡子的胖男人看上去有几分邋遢；另一个身板很硬朗，常年的奔走让他的皮肤显得十分黝黑，下巴上有一小撮胡子，看上去竟有些像日本人。和他们交谈的是李小慧的父亲。

“大叔，怎么你们都换人了，上次来的不是你们?”李小慧看着面前的两个中年人好奇地问道。来这里的马帮都是长途跋涉的，大多会在山里人家住一晚第二天再离开，朴实的山民也能赚一点点房钱。这一队马帮李小慧也接待过，不过里面多了很多新面孔，连带队的两个头头都换了人。

听了李小慧的话，小胡子的眼中凶光一闪。胖男人倒是蛮和善地拍拍她：“他们去了别的地方，以后这里由我们俩负责!”

干这行的自然绝非善类，帮派之间火拼吞并的事情也并不少见，李伯虽久不经世事但还是明白人，悄悄拉过李小慧往后面推了一把：“小孩子不懂事，两位不要见怪!”

“没事没事!”胖男人连连摆手，一双狡诈的眼睛却在李小慧年轻的脸蛋上贼溜溜地转了一圈，最后落在微微鼓起的胸脯上。

“是李小慧!”贝鲁特显得很兴奋，音调也格外高，两眼直盯着那个小巧的身影，“参谋长，就是这个小姑娘领我们来小勐棒村的!”

凌峰还是第一次看到高头大马的贝鲁特表现得像小孩子一样幼稚可笑，脑子一转就明白了——这个傻大个子也春心萌动了，不禁强忍住笑低声说道：“没有她我们照样能找到路。”

江萨脑子里都在盘旋自己的事情，根本没有太在意贝鲁特的表情，只是若有所思地问："这个小姑娘怎么样?"

"嗯，很好！很单纯！"贝鲁特想都没想就回答。

江萨望着那群长长的马队，思考了一番突然对贝鲁特说道："你把那个小姑娘叫过来，我想问她点事儿。"

"好！"贝鲁特话音刚落，人已经地跑出去好几米。凌峰在后面看着贝鲁特傻傻的样子觉得很有趣，脑海不由得里出现一个穿迷彩服的女孩子：她叫邓雪灵，是在"蓝剑"的时候他和吴邪同时喜欢上的女孩，只是现在……

很快，李小慧就忸怩地跟在贝鲁特身后走过来，小巧可人的脸颊上挂着两抹难以掩饰的红晕。凌峰看到她的样子不由得愣了一下，看来这个贝鲁特不是单相思，这个 M 国小姑娘真的对他有意思！

"参谋长您找我有事?"李小慧很有礼貌地对江萨行了个礼。

"小姑娘，我想跟你打听一下，刚刚和你说话的那些人是干什么的?他们经常来这里吗?"江萨淡淡地问道，声音很平和，没有威胁也没有巴结，就像一个长者在问年轻人一些简单的问题。

"他们是来收购鸦片的！每过几个月他们都会来一次！"李小慧回答得很利索，干净的脸上没有半点掩饰，说话的同时还偷偷地往贝鲁特那边瞄了几眼。

"那这些人你都认识吗?"江萨继续问。

李小慧摇摇头，回头幽幽地望了那些人一眼，小心翼翼地说道："我只认识他们当中的一部分人，很奇怪，他们换了很多人，连两个头人都换掉了！而且——"说到这，小姑娘又扭过头瞥了那些人一眼，确定他们不会听到才压低声音继续说道："而且我发现他们关系并不好，互相都不说话，两伙人对彼此都很警惕！我对他们知道的也不多，要不你问我爹吧，他肯定知道很多！"

"哦。"江萨若有所思地点点头，拍了拍李小慧的肩膀，呵呵一笑，"谢谢你了小姑娘，没事了，你赶紧回去吧，天快黑了山路不好走！"

李小慧跟江萨告别后"哒哒哒"地跑开了，没走几步忽然停下来转过身子对贝鲁特浅浅一笑："哎，没事来找我玩啊，我带你到山里玩！"说完扭头就跑了。龙靓也看出两人之间有点什么，冷笑着说道："你还挺受欢迎的嘛！山里姑娘单纯，你别害了人家！要不我宰了你！”

“好了，天要黑了，都回去收拾一下休息吧。”江萨打断了两人，背起手独自先走了。要处理的事情还很多，有些事情还得跟邓克宝商量，金三角远比他想象的要复杂。

一行人跟在江萨身后慢慢向山脚下的营帐走去，韩震云却忽然掉转头向进小勐棒村的山路走去，凌峰想拉住他，却被龙靓一把拦住：“别管那么多，他有自己的事情。”

热带山区的天要比平原上晚早，才刚刚六点已经是灰蒙蒙的一片了，只能在淡淡的光亮中依稀辨别一切。韩震云小心翼翼地摸到族长蓝齐寨子边的大树上，他已经摸得很清楚，每次马帮来收购鸦片时，族长和大祭司以及一些年长的老者都会去。鸦片收购的价钱很低，但却是这些贫穷山民一笔不小的收入。

韩震云瞪大眼睛仔细关注着寨子里的动静，任何风吹草动都逃不过他的眼睛！寨子里很安静，除了偶尔会有一点细微的脚步声外，别的什么也听不见。韩震云的心“扑通扑通”直跳，如果和他猜得没错，那细细的脚步声就是他日思夜想的凤凰公主发出的。

这时，寨子二层的一间阁子里有了光亮，借助微弱的光芒，韩震云看得清清楚楚：蓝凤凰穿着少数民族女孩的那种袍子，刚刚没过膝盖，以黑色为主题，大红青绿淡蓝镶嵌其中，领口处是白色的纱。脚上是那种近似中国古代的长靴，用黑色的布带系着，上面还有灰色的网织，在袍子和长靴的交接处能望见一小段白皙的肌肤。

蓝凤凰还戴着简单的头饰，前面是白银的花朵和纹饰，侧面悬挂着珍珠挂饰，在淡淡的烛光下反射着熠熠的光芒，整个人就像落入凡世间的天使。韩震云看得有些发痴，一失足竟从树干上掉下来！慌忙之中，他伸手抠住树干，双腿凌空一荡借势将身体荡起来，瞅准二楼阁子外的一个露台猛地荡过去！

韩震云身法矫健轻盈，可木质的楼板到底不比现代的石材，即使这样轻逸的身法落地时还是免不了发出一丝轻微的声响！

韩震云很警觉，落地的同时一个就地翻滚将身体隐藏在了黑暗的角落里。烛光下，蓝凤凰秀气的柳眉一皱，她也听见了外面细微蹊跷的声响，慢慢站起身将手移到腰间的佩刀手柄上，小心翼翼地挪到窗边。“喵呜——”一只躲在黑暗中捕食的狸猫被两个人的动静吓坏了，尖叫一声窜到外面的林子里去了。

蓝凤凰走到小台子上看看下面漆黑一片的树林子，没发现什么异常，吐吐舌头进屋了。韩震云暗叫一声“好险”，要不是那只狸猫来得正是时候，他非得暴露不可！

蓝凤凰又坐回桌前，从旁边的小竹筐里取出还没有绣好的挂饰。那是一幅满是牡丹的丝织挂饰，牡丹有红色、白色、黄色，在绿色枝叶的映衬下显得很娇艳逼真。

韩震云小心地从黑暗的角落里摸索出来，看着烛光下蓝凤凰那端庄舒雅的大家闺秀模样不禁傻了眼。在他眼里，蓝凤凰素手一扬，将拈花细指间的绣花针在头发上蹭蹭，很有中国古代簪花仕女的韵味，简直美极了。

一阵山风从窗子里吹进来，那微弱的烛光，蓝凤凰忙用手护住油灯，挪挪身子挡住窗外吹进的山风。这下可急坏了韩震云，好不容易能这么近距离地看着心仪已久的凤凰公主，怎么甘心被不识抬举的山风坏了好事?

韩震云心急如焚，换作平日早就一脚把窗子踹了进去，可是现在心仪的女孩就在眼前，给他十个胆子也不敢放肆！怠慢了佳人，吃亏的还是他自己！

韩震云正心急之际，忽然瞄到窗子和屋顶之间的缝隙，似乎刚好可以容一个人侧身过去，于是赶紧平心静气收起肚腹贴着墙壁爬上去。他的动作很轻，半点声音都没，梁上功夫比那水泊梁山的鼓上骚时迁还略胜一筹！

韩震云还是第一次这么近距离地和凤凰公主待在一个屋子里，不禁怦然心动，甚至能清楚地听到自己急速加快的心跳声！

蓝凤凰却浑然不觉，看了一眼外面漆黑的夜色有些心神不宁，不知道父亲大人与大祭司要和那些马帮的头谈多久。有了心事难免会分神，蓝凤凰心不在焉地绣着牡丹花，一不留神将尖锐的绣花针扎进了纤细的手指！

“小心！”见状，韩震云忘了自己的处境，竟然险些叫出声来，还好回神快捂住嘴才没发出声响。

“哎呦！”蓝凤凰轻唤一声，纤纤细指上顿时多了个细小的针孔，针眼里渗出一股血水。蓝凤凰将受伤的手指含在口中，轻轻吮掉流出的血液。

还好绣花针扎得不深，蓝凤凰看着手指已经止住血，弯下身子去捡刚刚甩到地上的绣花针，眼睛的余光忽然瞥见屋顶上有一抹和周围色调不同的黑影。凭着模糊的轮廓，蓝凤凰可以断定那是一个人！

蓝凤凰装作若无其事的样子坐起来，左手悄然放到小箩筐内，将几枚绣花针捻于食指和中指之间，身子一斜，几枚绣花针“啪啪啪”同时朝梁上的那个人影射过去！

韩震云暗叫一声“糟糕”，将身子缩到房梁后面，只听见“啪啪啪”几声，绣花针全部射到挡在他前面的房梁上，劲道很大，针脚没进去一大截！韩震云背后“噌”地冒出一身冷汗，这个凤凰公主看似弱不禁风，想不到下手这么狠！要不是自己躲得快，恐怕身上得多几个针眼！

蓝凤凰见飞针没有射中，退后一步拔出腰间的佩刀虎视眈眈地望着房梁之上的韩震云！韩震云一看不妙，这凤凰公主根本不像看上去那般端庄舒雅，弄不好两人真会打起来，这样一来他对蓝凤凰的心思可就真没戏了！

“公主手下留情！”想到这，韩震云赶紧从房梁上跳下来，冲蓝凤凰连连摆手，“别误会！别误会！我没有恶意！”

借着柔弱的烛光蓝凤凰这才看清楚韩震云的脸，猛然间想起这人自己见过！其实蓝凤凰早就认识韩震云，在他来村里时就从远处望过他。族里的男子都很忠厚甚至木讷，韩震云又是“见过世面”的英俊男子，她自然会对他有几分好感，只是想不到他们今日会在这里以这种方式见面！

蓝凤凰虽然对韩震云印象不坏，但第一次和女人见面就以梁上君子的身份，蓝凤凰还是难以释怀，所以并没有放下手里的佩刀，而是将锋利的刀口对着韩震云：“你是什么人？胆敢擅闯公主的闺房！”

韩震云一跃从房梁上下来，小心地和蓝凤凰保持着一定的距离。他还不知道蓝凤凰对自己感觉如何，所以不敢靠得太近，万一她再射出十几根钢针来那可不是闹着玩的：“公主，别误会，我不是坏人，没有恶意！”

蓝凤凰正在气头上，哪里听得进去他的话，拔出佩刀就朝韩震云砍来：“你是什么人?”

现在的韩震云真是骑虎难下，不能正面硬碰，只能步步后退躲闪，不过他身形步法轻柔飘逸，一看就知道底子很好，是经受过严格训练的！

蓝凤凰的几记削砍被韩震云轻松闪开，内心更是不甘，在整个村落除了父亲就属她身手最好，连大祭司都比不上她，现在却拿韩震云一点折都没有，她面子上很过不去，于是纤纤素手在头上戴的头饰上一划而过，掌心里已有了十几枚绣花针。其实她对韩震云并没有什么敌意，只是一时急于挽回公主的面子。

蓝凤凰急火攻心，甩手将手佩刀掷出去，雪亮的弯刀在空中划出一道很美的弧线。她早就料到这飞刀伤不了韩震云，又将身体在空中翻卷出一记漂亮的蛟龙出海将桌上的烛台踢翻在地。烛台里全是灯油，只有一根细细的灯芯，在这种速度之下烛火被她带出的劲风吹灭，整个屋子顿时陷入一片黑暗之中。蓝凤凰心中一喜：看你还敢在本公主面前放肆！

蓝凤凰在烛光吹灭的一瞬间记住韩震云的位置，纤纤素手迎空一甩，十几枚绣花针“啪啪啪”呈一字型先后射出！

“叮叮叮……”一连串尖细的碰撞声接连而至，接着木窗子发出“砰”的一声响，等到蓝凤凰再次点亮油灯时，屋子里只剩下她一个人。她急忙去查看射进木墙里的绣花针，好像意识到什么，心竟“扑通扑通”跳得厉害！一，二，三，四，五，六，七，八……木墙上一共插着八枚绣花针，呈一字型没进木墙里！

蓝凤凰一下子愣住了，一颗心好像沉入湖底般难以呼吸。她清楚地记得自己一共朝韩震云射出十枚绣花针，而现在眼前只留下八枚，也就是说有两枚绣花针射中了韩震云！蓝凤凰眼圈一下子红了，她并没有害韩震云的意思，也不是不喜欢他，相反对他很有好感，只是出于女孩的羞涩不能主动示好，却没想到竟伤害了他！

他会记恨我吗？他还会来吗？我是不是太自私了？一连串问题闪现在蓝凤凰的脑海里，娇媚的脸上不由得挂上斑斑泪痕。

就在蓝凤凰出手的一瞬间，韩震云从阁子里蹦下来，蹿进黑漆漆的林子里躲了起来，这时他小心地拨开前面的树枝慢慢往回走，末了又回过头望了一眼蓝凤凰重新燃起烛光的闺房，依依不舍地往回挪着步子。

直到再也看不见那高高的阁楼韩震云才停下来倚在树上，额头上冒出了一层冷汗。他卷起袖子想看看伤得重不重，这一看不要紧，不由倒吸了一口冷气，好嘛，两枚绣花针扎进了左手臂里，一枚正好扎在静脉血管上，皮肤下渗出一个瘀血包！

公主就是公主，下手比一般女人黑多了！韩震云苦笑着，咬住那枚扎穿血管的绣花针一抬头拔出来！血液顺着针眼渗出好大一片，韩震云赶紧用手按住针眼，还好公主手下留情了，这一下要扎的是动脉血管，血非喷出来不可！想来，这份血淋淋的印迹他一辈子都会难以忘怀的！

韩震云正要离开，忽然听见一阵“沙沙沙”的脚步声朝自己走来，赶紧一猫腰躲在茂密的灌草丛里。脚步声慢慢近了，他一抬头望见是两个来收购鸦片的马帮头人，一个胖男人，一个小胡子。他们不是和族长去商谈事情了吗？怎么会在这里？韩震云一瞅天色已黑才反应过来，这都几点了，该谈的早就谈完了！

等到两个马帮头人走远了，韩震云才从灌草丛里走出来，朝“复兴”部队驻扎的方向走去，才走了几步忽然停下来：不对啊，马帮临时的营帐不是在那个方向啊，那两个家伙在搞什么鬼？

第三十章　摧残

她张开嘴一口咬在贝鲁特的肩头，两排牙齿深深地嵌入他结实的肌肉，温热的鲜血顿时喷涌而出，顺着嘴角流出来！现在的李小慧不像是一个人，更像是一只已经发疯的野兽，满嘴的鲜血让人看了心惊胆战！

他想追上去看看，却感到手臂上一阵隐隐作痛，不由得倒吸了一口凉气。算了，多一事不如少一事，还是赶紧回去吧，要是被参谋长看见就麻烦了，才刚来就招惹凤凰公主，这个罪名可不轻！

满脸横肉的胖头人喝得有些高了，走起路来摇摇晃晃的。那个留着日本胡的头人倒还精神，一路扶着胖头人。胖头人显得很亢奋，嘴里含混不清地说个不停："老子走南闯北的什么世面没见过？玩过的女人没有一百也有八十，可就是没有一个比得上她！那小脸水灵的……"

"呃……"胖头人没走几步就蹲下身来哇哇哇地吐出一滩秽物才舒服地躺在地上哼唱起来，日本胡看着胖头人连站都站不稳，有些担心地说道："你行吗？要不改天吧，这里漂亮的女孩多得是！"

胖头人"刷"的一下坐起来，恶狠狠地盯着日本胡"啪"的一个巴掌扇在他脸上："老子正在兴头上，别扫了老子的雅兴！"

"是是是……"日本胡连屁都不敢放一个，还得装孙子赔不是，扶起胖头人继续赶路。

山林里晚上要比白天凉快得多，虽然是热带但也能明显感觉到凉飕飕的。一阵山风吹来，胖头人的酒醒了不少，走路也稳当了，他眯起眼拍拍日本胡的肩膀："跟着老子日后少不了你的好处！"

不多会儿他们就来到一户人家屋前，胖头人在边上转悠了半天没发现人，里面也没动静，他抡起两个大巴掌啪啪在脸上猛拍几下让自己清醒一下，再走到屋前敲门。不一会儿屋子里有了光亮，点的是油灯，所以不是很亮。"吱"的一声门从里面打开了，一个老头披着蓝大褂走出来，费劲地瞪着眼睛："谁啊？"

"是我，老李！"胖头人笑着走上去，一双贼溜溜的眼睛一直往敞开的门里瞅。

又一个小巧的人影从屋子里走出来，是李小慧。她睡意朦胧的，身上披着蓝底白花的布衣，揉揉眼睛："这么晚了有什么事啊？"

"这个——"胖头人一双贼眼直在李小慧单薄的身子上打量，瞄到她胸前时眼睛直往外放光。

"是族长让我们来找李伯的，说这次的收购价格有些变动，要去商量一下。"日本胡替胖头人回答道。他很清楚这个死胖子是什么德行，只要见到漂亮姑娘脑子肯定得断几根弦。其实他也看不惯这个鸟人，对那些风骚的女人不怎么感兴趣，就是喜欢糟踏朴实的好姑娘！要不是看在他还有利用价值的份上，他早就一枪崩了这个死胖子！

"这些……不都是族长大人负责的嘛？"李伯一边说一边往前挪几步把小慧挡在身后。他对这两位访客不是很欢迎，尤其是胖头人，他早就注意到他的眼睛一直在小慧身上打转儿。

"这个我们就不清楚了，族长只是让我们顺道叫你去，村里很多德高望重的老者都去了，说事情很重要！"日本胡见老头子有些警戒，故意把事情说得严重一些！

"这个……"李伯有些心动了，既然村里的老者都去了，他自然不能落下，可是这么晚了把小慧一个人留在家里有些不妥，何况这个胖头人还对她有邪念！

胖头人到底是走南闯北的老江湖，一眼就能看出老头子的心思，他拍拍日本胡的肩膀，故作轻轻地说道："走吧走吧，话咱们传到了，去不去就不关咱们的事了！走走走，赶紧回去，老子喝高了头疼！”

望着两个人走远了，老头子才算放下心来，把披在肩头的衣服穿上对小慧说：“既然是族长的意思我还是去一趟好，免得人家说不是！你自己一个人在家好好呆着！”

李小慧望着外面漆黑的夜色很害怕，跟在李伯身后怯怯地说：“爹，要不我跟着你去吧！”老头子一下怒了：“去什么去，大人的事情小孩子跟着瞎掺合什么！你老实在家里呆着，我去去就回！”

然而，李伯还没走出去多远，两个人影就从一棵大树后面闪出来。胖头人望着老头子远去的背影狡诈地一笑，对身边的日本胡说道：“我喝酒坏了肚子，得找个地方方便方便，你先回去吧！”

“头人你……”日本胡当然知道胖头人想干什么，但他还没胆子阻止，除非脑袋想挪挪窝了！

胖头人正在兴头上，哪里听得进去劝，恶狠狠地瞪了他一眼，吐出一个字：“滚！”

趁着茫茫的夜色，胖头人摸回到小慧家门口。屋子里的油灯还亮着，透过单薄纸窗上的孔洞能看到李小慧正趴在桌上。小小的孔洞眼里，李小慧直直地盯着油灯的火焰，只穿着一件薄薄的土布短衣裤，身上盖着蓝底白花的布衣。那白皙的皮肤、清纯可人的脸蛋儿，直撩得胖头人心里火热火热的！

胖头人窥视了半天，内心欲火越烧越盛。他舔了一下厚厚的嘴唇，咽了一口唾沫，再也忍不住了，伸手“咚咚咚”地敲响门。

突然而至的敲门声把李小慧吓坏了，她浑身一激灵，坐起来双手紧紧抓住衣角，低声问道：“谁啊?”

“我……马帮的头人！”胖头人急不可耐地说道，此刻他满眼都是小慧散发着诱人魅力的青春身体，恨不得立刻就破门而入。他怕小慧不肯开门，末了又加了一句：“是你爹怕你害怕让我来看着你的，他得过一会儿才能回来！”

单纯的李小慧这才放下心来，这队马帮她已经见过好几次，而且是爹让他来的，那还怕什么?

“小慧，吓坏了吧?”胖头人跟着李小慧进了屋，贼溜溜的眼睛一直在她身上打转：乌黑的长发、洁白的脖颈、单薄的身体、纤细的腰肢，都在他眼中散发着无穷的诱惑力！

“头人，我爹什么时候能回来?”小慧并没有注意到这些，轻声问道，声音甜美而轻柔，直听得胖头人轻飘飘的，如坐云端，呆呆地盯着李小慧俊俏的小脸流口水。

“头人，你喝酒了吧？我们山里人的酒后劲大，刚开始可能不醉人，可走不了几步就晕晕乎乎的！我给您倒杯茶吧，醒酒!”

一会儿，李小慧就从外间端来一个冒着徐徐热气的砂质茶壶，侧着身子斟茶，拈花细指轻轻扣住壶盖，显得很是优雅。

胖头人顿时心神荡漾，忍不住向李小慧靠过去，粗大的胳膊紧紧地挨着她纤细的腰肢。

“头人，您喝茶!”李小慧却浑然不觉，将茶盏轻轻推到胖头人面前，朝他浅浅一笑。

胖头人饥渴难耐，端起茶盏一口就将茶水喝净。李小慧愣了一下，觉得这个粗枝大叶的男人很有趣，笑着过来又为他斟茶。胖头人顿时心猿意马，不经意地用手背蹭了一下小慧小巧纤细的小手。山里姑娘哪里知道对方是在打自己的坏主意，只当是无意之举一笑了之。

这一下更是大大刺激了胖头人，他的眼神瞬间变得贪婪无比，前臂轻轻蹭到小慧纤细的腰肢上，脸上全是龌龊的笑。

李小慧这才发觉情况有些不妙，她连连后退着摆脱胖头人肮脏的咸猪手，眼圈红红地说道：“头人……您喝多了。”

胖头人并没有就此罢手，反而站起身一把抓住小慧的胳膊将她拽过来搂在怀里：“小慧，天冷起风了！你穿这么少会感冒的，让叔叔抱着你吧!”

“别!”李小慧这一刻才完全清醒过来，无尽的恐惧和委屈一下子袭上心头，她拼死想挣脱这个混蛋，无奈瘦弱的身躯怎么拗得过五大三粗的胖头人?

“放开我！放开我!”

李小慧想逃出去可是已经晚了，拼死也挣脱不了胖头人有力的胳膊，只能任他扑上来，一手掀开自己所有的防卫，贪婪地抚摸她光滑如玉的少女胴体!

当清晨第一缕阳光洒在这片充满生机的热带土地上时，一切都活跃起来，到处是鸟语花香，好一片生机盎然的景象。

一间山间小屋前，李伯正蹲在地上“吧嗒吧嗒”地抽着旱烟，一脸的愁苦不安。

“大爷，小慧在吗?”突然，一个声音在头顶响直，是凌峰。

老头抬头看了一眼凌峰和他旁边的贝鲁特他们，什么话也没说，摇摇头重重地叹了一口气，“吧嗒吧嗒”继续抽的旱烟。虽然老头一句话也没说，凌峰却从他布满血丝、绝望无奈的眼神中看出了端倪——发生了麻烦的事情，立刻转头冲贝鲁特大喊道：“老贝，进屋看看!”

“别!”李老头忽然站起来拦住众人，“别进去，我闺女……没脸见人了!”李老头起得匆忙，烟袋掉了下来，烟斗里正在燃烧的烟叶散落出来，在微风的吹动下快速燃烧着，火红火红的就像他眼中的红血丝一样触目惊心!

贝鲁特哪里顾得了李老头的叫喊，直接冲进屋子里。虽然是白天，屋子里却很黑，所有的窗子都被帘子遮住了。光亮和黑暗突然交叉让贝鲁特一时间难以适应，什么也看不清楚，等到渐渐适应才发现屋子里凌乱不堪：桌子椅子东倒西歪，油灯被打翻在地，茶杯茶壶摔得粉碎，看样子这里不久前曾有过激烈的争执。

“小……”贝鲁特还没喊出小慧的名字，就发现一个小小的身影正蜷缩在阴暗的角落里，头深深地埋在两臂之间嘤嘤啼哭着，长长的头发凌乱不堪，身上的衣服。看到女孩子这副模样，傻子也知道发生了什么事!贝鲁特脑子里一片空白，真的不敢想象昨天还好端端女孩子现在会是这般模样，“小……小慧……”

听到有人呼唤自己的名字，李小慧慢慢抬起头，略显呆滞地望着贝鲁特。在和李小慧四目相对的一瞬间，贝鲁特浑身一震，一步跨过去将她搂在怀里：“小慧别怕，我不会让人伤害你的!”

“放开我!放开我!”李小慧发疯般叫喊起来，过度的惊吓已让她有些精神失常，竟然认不出抱着自己的是贝鲁特!小慧拼命地抓咬着，抓过之处便是几道血印!

凌峰、吴邪和龙靓在外面听到嘈杂的声音都冲了进来，却被眼前的一幕深深的震撼贝鲁特正背着他们抱着李小慧跪在地上，小慧蓬头垢面、衣衫褴褛，却在拼命撕咬着贝鲁特!

龙靓要上去拉开李小慧，谁知贝鲁特猛然抬起头，眼睛直视着她，示意她不要过来。龙靓不禁被那感情复杂的眼神震撼了，她能看出贝鲁特眼中正燃烧着熊熊烈火！

李小慧渐渐哭累了，咬住贝鲁特的牙齿也慢慢松开了。大家能清楚地看见他结实的肩头上正冒着血，他愣是咬紧牙关连眉头都没有皱一下！

“哥——”李小慧终于平静下来，艰难地吐出一个字来。

贝鲁特紧绷绷的心总算稍稍放松了一点，要是李小慧始终干哭不说话，他真怕她会精神崩溃了！他紧紧地抱住小慧，泪水直流下来：“丫头别怕，哥在这里！”

“哥，别走！我怕！我怕！”李小慧还处在极度的恐惧中，死死地抱住贝鲁特，细长的指甲陷入他腰间的皮肉！

“告诉哥，是谁干的？”贝鲁特轻轻捋顺小慧额前散乱的头发，低声问道，声音虽低，但凌峰能清楚地听出其中隐藏的杀气。他明白，那个人死定了！

李小慧拼命着摇头就是不肯说半个字，好像还没从那可怕的场景中解脱出来。贝鲁特有些急了，追问道：“丫头，告诉哥是谁干的？我去杀了他！”

李小慧还是不肯吐一个字，只是死死地抱住贝鲁特不肯松手。一边，凌峰、龙靓也是干着急没办法。凌峰很清楚贝鲁特的秉性，他是绝不会就此罢休的，就是把整个小勐棒村杀干净了也会把那个杂碎揪出来！

果然，贝鲁特问了半天始终问不出个所以然来，猛地站起来将李小慧推到龙靓怀里：“龙小姐，帮我照顾李小慧。”

“贝鲁特，别冲动，冷静一点！”龙靓不想贝鲁特贸然地去乱冲乱撞，要是乱杀了山民可是会坏了大事的！

贝鲁特却丢下一句话头也不回地：“放心，我只杀那个混蛋！绝不滥杀无辜！”

李老头仍蹲在一块青石板上抽着他的旱烟，见状，贝鲁特一下子火大了，走过去揪住他的领子大声问道：“谁干的？”

李老头抬头望了贝鲁特一眼，苦着脸摇摇头没吱声。贝鲁特的忍耐到了限度，一把抢过李老头手里的旱烟斗折成两截，狠狠地摔在青石板上，石板中间立刻出现一道裂痕！

“是……是……收购鸦片的那个马帮胖头人……”李老头被吓得够呛，结结巴巴说了半天才说出一句完整的话。贝鲁特松手将李老头扔到一边，扭过头望了一眼屋子里的李小慧，攥起拳头就要去宰了那个胖头人！

就在这时，凌峰忽然蹿出来拦在贝鲁特面前，一只手按在他的肩膀上，正色说道：“贝鲁特，事情变成这样我们都为小慧感到难过，你一定要冷静一点，我们不是不给她报仇，只是现在还不是时候！”

贝鲁特用极度失望的眼神望着凌峰，他原以为凌峰会是第一个站出来帮小慧主持公道的人，却没想到他会拦着自己，他在失望之余带着哭腔吼道：“小慧就这样被那个混蛋糟蹋了吗？我一直把你当作最信赖的大哥，想不到你——”贝鲁特一把抹掉眼泪，掰开凌峰的手，一字一顿地说道：“是兄弟就不要拦着我！等我杀了那个混蛋要杀要剐悉听尊便！”

“贝鲁特——”凌峰很为难，一边是自己出生入死的兄弟，另一边是“复兴”部队的未来，很难说孰重孰轻！可考虑再三，他还是挡住了贝鲁特的去路，“相信我贝鲁特，小慧的仇我们一定会为她报！只是早晚的问题，你想过没有，如果现在把事情闹大，马帮背后的黑势力来捣乱的话，‘复兴’部队该怎么办？我们也会……”

“啪！”贝鲁特不等凌峰说完就一拳头打在他胸口，满眼尽是愤怒的火焰：“要是换了别人敢拦我一刀劈了他！如果连自己喜欢的女人都保护不了，‘复兴’部队还不如死在中国！”

这时，一直跟在后面没说话的吴邪站出来，一计闷拳把凌峰放倒，眼神比平时还要冷上十倍，他斜了贝鲁特一眼，说道：“走，我陪你去！”

这时，龙靓扶着李小慧从屋子里走了出来，贝鲁特回头看着小慧伤心欲绝的样子，反手抽出插在后腰的宽背猎刀，将刀柄对着龙靓，流着眼泪默默地说道：“龙小姐，这一次我非去不可！你要是也想拦住我的话先用这把猎刀劈了我！”

此刻，其实除了李小慧和贝鲁特，最难受的就是龙靓了，刚刚李小慧悲惨至极的样子勾起了她那段不愿意回忆的往事，那段在冰火生不如死的日子！她也经受过非人的待遇，比任何人都清楚小慧心中的苦楚！她比任何人都要痛恨侮辱女人的混蛋！

不知何时，一丝冰凉的泪水从龙靓的眼中流下，她默默地闭上眼睛，再次睁开时眼中已燃起了熊熊烈火，她指着贝鲁特怒吼道："听着贝鲁特，现在就去把那个杂碎宰了！不能一刀就杀了他，那样太便宜他了，要把他身上的肉一片一片地割下来，再把他的每一根骨头敲碎！让他比死还难受！"

所有人都惊呆了，龙靓的表现实在太异常了，就好像她才是受伤的人一样，而且她那几近绝望的眼神绝对不是装出来的！贝鲁特一愣神，收回猎刀就朝马帮的营帐跑去。吴邪瞥了一眼凌峰，也跟着跑去。

凌峰从地上爬起来，朝地上吐了一口被贝鲁特打出的血水，走到龙靓身边低声说："这种事我们男人不好多嘴，你多照顾一下小慧，别让她想不开，多劝劝她！"说完，人也不见了。

现在已经是十点钟左右，马帮的那些汉子都去小勐棒村收购鸦片了，只剩下几个在照看行李。几顶营帐前，几个家伙无聊地走来走去，胖头人还没醒过来，在一顶营帐里呼呼大睡，那个和他一起去的日本胡正在喂马。

贝鲁特大步流星地冲过来，挨个儿把营帐地查看一番，生怕放走了那个该死的杂碎，手里的猎刀明晃晃的，让人看了心里直发毛。吴邪跟在后面，挨个帮忙找人。

"喂，你们两个是干嘛的?"正在喂马的日本胡扭头看到贝鲁特和吴邪，刚大声呵斥一句，忽然看到两人手里寒光闪闪的猎刀，马上猜到事情不妙了。

其他几个人也发现了贝鲁特和吴邪，赶紧过来把他们围住，虎视眈眈地望着他们，丝毫不惧怕贝鲁特手里的那把猎刀。他们干的也是玩命的买卖，枪林弹雨也见识过，怎么会被一把猎刀唬住?

要说在江湖混，除了胆识之外，还真得有眼力。日本胡从贝鲁特和吴邪身上散发出来的煞气就猜到他们绝非常人！尤其是吴邪，沉默不语的背后隐藏着极为浓重的戾气！这种戾气不是在江湖上混几年杀几个人就能磨砺出来的，而是源于骨子里的霸道，可不是一般人可以比拟的！日本胡心里隐隐约约感觉到：这两个人惹不起！

"你们头人在哪儿?"吴邪先开口了，一双冰冷的眼睛只在日本胡身上扫了一眼就让对方脊背一阵发凉！

马帮的几个年轻人不知轻重，看着贝鲁特和吴邪只有两个人，根本不把他们放在眼里，上来就要为难，却被日本胡一把拦住，只见他满脸堆笑地说道：“在下就是头人，不知道两位找我有什么事?”

贝鲁特在日本胡脸上瞥了一眼，想起李老头说是个胖头人干的，当下说道：“不是你，另一个呢?”

“嘿，我说你这人真是的……”一个小子见贝鲁特很蛮横，直觉得很不顺眼，上来一下揪住他的衣服，“他就是我们的头人，怎么了？有话就说，我们没工夫搭理你们!”

日本胡被吓得一哆嗦，正要上去掰开那不知死活的家伙，眼前忽然白光一闪，接着一道厉风从耳边吹过！等他回过神来不禁惊呆了，原来白光一闪的片刻，吴邪那把短小精悍的鬼头刀已抵在那没轻重的家伙的颈间动脉，锋利无比的刀口划破了皮肉!

“这位兄弟，手下留情！留情!”日本胡吓得手都哆嗦了，又不敢去阻止吴邪，只能眼巴巴地看着他。

“在哪儿?”吴邪嘴里再次飘出三个字，声音很低，却有着不容置疑的威严。他的脸上看不出任何表情，深邃的眸子里没有愤怒也没有其他感情，旁人根本无法猜测他到底在想什么!

日本胡犹豫再三，瞅年轻人脖子上那抹锋利的刀刃，不由得咽下一口唾沫，颤颤巍巍地指了指营帐中最大的一顶。

“妈的!”贝鲁特愤愤地骂了一句，右手握紧猎刀朝那顶帐篷走过去。吴邪刚收起鬼头刀还没转身，那年轻人就“哗”的一下子倒在地上，裤裆已湿成一片!

正在这个时候，忽然传来几声马的嘶鸣声，营帐边上出现几十个人影，黑压压地朝这里围过来，那些家伙已经收购完鸦片回来了!

第三十一章　血性复仇

毒贩的猎刀被崩出一个不规则的豁口，而吴邪鬼头刀的刀刃依旧寒光闪闪，没有丝毫损耗！吴邪自信地一笑，左脚直接一记后踢腿截击身后来袭的敌人，且后踢腿的方向偏下，“嘣”的一声正中毒贩的裆部，凭着撞击时所感受到的冲击感，吴邪阴险地一笑：碎了！

屋子里的东西已经收拾妥当并放回原处。按照凌峰的吩咐，龙靓一步也没有离开李小慧，就怕她想不开，在这里女孩的第一次比什么都重要，如果不是给了自己的丈夫将是很丢人、很可耻的，不仅会遭受丈夫家人的虐待，连娘家也要跟着抬不起头来！这也是龙靓最担心的，命是救下来了，人呢？李小慧以后该怎么办？她的下半辈子怕是毁了！

看到李小慧平静下来龙靓总算是松了一口气，握住她的手关切地说道：“别害怕，没事了。”

“嗯。”李小慧懂事地点点头，微微笑一下，眼睛时不时地望向门外马帮营帐的方向。

龙靓明白李小慧在担心贝鲁特他们的安危，也很能体会她现在的心境：“在担心贝鲁特吗？”

李小慧惨白的脸上泛起一丝红晕，咬紧住嘴唇不说话，眼圈红红的却再也流不出眼泪。龙靓看透了她的心思，要是没发生昨晚上的事，李小慧应该会接受贝鲁特，但是现在她一定会觉得自己配不上他！

龙靓搂住李小慧的肩头将她贴近自己的身子，嘴角悄然爬上一抹难以察觉的微笑："放心吧，他会没事的，那两个家伙都跟着去了！"龙靓坚信，无论再大的困难，只要凌峰和吴邪在一起，就难不住他们！

"哗啦——"迷彩帐篷的帘子被人掀开，胖头人还四仰八叉地，睡得像死猪一样，口角不断地流着口水。让贝鲁特眼里直往外冒火，高高地举起宽背猎刀就想一刀劈了他，把他的脑袋砍下来去喂狗！

"豁"的一声风响，就在贝鲁特绝对有自信把那颗该死的猪脑袋劈成两半时，锋利的刀刃忽然在半空中停下来，贝鲁特诡异地一笑，他想起了龙靓交代的话：绝不能便宜了这个狗杂碎！要让他在煎熬中慢慢死去！

回来的人越来越多，他们牵着马，马背上的两个大竹筐里装满了鸦片烟。他们先是发现了站在迷彩帐篷外放风的吴邪，也看到了他手里那把寒光闪闪的鬼头刀。他们干的是卖命的买卖，很快都明白过来是怎么回事儿了，纷纷从大竹筐里取出长枪慢慢向这边围过来。看到大队人马回来，日本胡稍稍镇静了一点，但还是不敢靠过去。

"啊——"一声凄惨至极的哀嚎声响彻山林，接着一个庞然大物从吴邪背后的迷彩帐篷里飞出来"扑通"一声摔在地上！所有人的神经都绷得紧紧的，因为摔出来的不是别人，正是刚刚还在酣睡的胖头人！他的身体肥硕，怎么也在180斤以上，能将这么巨大的身体甩飞出来，那人肯定是个厉害的家伙！

"啊……啊！"胖头人发疯似地哀嚎着在地上打滚儿，豆大的汗珠挂在肥大的脸上，使劲地甩着右腿。原来，他的右脚掌已被齐刷刷地斜着砍断，断肢处能清晰地看见皮肉间惨白的骨头！伤口不断地往外冒血，才一会儿工夫裤子已被血水染红了大半截！

帐篷的帘子被一只大手从里面掀开，一个高大的身影慢慢地从里面走出来，等他站直腰，马帮那些家伙都吸了一口冷气：此人将近两米，前臂上道道凸显的肌肉彰显着巨大的力量，两只眼睛里充满复仇的火焰，手里紧紧地攥着一把宽背猎刀，原本雪亮的刀身此刻浸染着鲜红的血液，温热的鲜血正顺着刀身一滴滴流到地上。显然，胖头人的半截脚掌就是被这把猎刀砍下来的！

人群中一阵骚动，那些家伙都忙着抄家伙准备开火，十几把猎刀一起举起来对着吴邪和贝鲁特，二三十把步枪猎枪的枪口齐刷刷地举起来对着中央的两个人。

吴邪眉头一皱，深邃的眸子一瞬间暗淡下来，同时慢慢移动脚步将身体调整到最佳备战状态，眼睛耳朵则快速捕捉敌人任何一个细微的动作。

贝鲁特根本无视马帮那些家伙的猎刀和步枪，握着浸血的猎刀一步步逼向还在地上哀嚎的胖头人。二三十把步枪一起开火的话他相信吴邪可以安全躲过，而他是无论如何也逃脱不了的，既然横竖是一死，那不如在临死之前把那个狗杂碎宰了，也不枉李小慧对他的那份信赖！

"还愣着干什么？开枪！把这个人给我打成筛子！"胖头人一边打着滚儿一边发狠地命令。他到底是个狠主儿，竟然能忍住极度的疼痛为自己报仇！

日本胡站在安全地带观察着战场上的风吹草动，他丝毫不怀疑自己对吴邪的直觉，他绝对不是常人！能在几十个枪口下还处乱不惊足以说明心里素质绝对过硬！这种人根本就是唬不住的！虽然自己这边有五六十人，但日本胡丝毫不敢大意，那个沉默的家伙想要杀谁是任何人都拦不住的，这点他丝毫不怀疑！

几个大胆的家伙已经把枪口对准贝鲁特"哗哗"打开枪栓，只要手指稍稍一动那个大个子身上就会多几个弹孔！

吴邪的耳朵迎着微微拂过的山风动了动，在极其微弱的风声中他听到一串轻盈而又熟悉的脚步声正朝这边疾驰而来！在他抬起头的一瞬间，一个人影流星般从那些家伙头顶飞过，身手敏捷，这么多人竟然没有一个听到他的脚步声！

果然，凌峰稳稳当当地拦在马帮和吴邪、贝鲁特之间，"啪啪啪"，站在最前面的三个人手里的步枪枪膛被拦腰斩断！三支半截的枪膛一起落到地上，断口处整齐平整，一刀斩断！夜王刺在炎炎烈日的照射下依旧阴气森森，散发着极重的阴气！

那些举着枪的家伙都惊呆了，步枪枪管可是上等精钢锻造，别说是拦腰折断，就是拿铡刀铡也未必能铡断！先不去想那把通体乌黑、阴气森森的夜王刺是何等神器，光是斩断三只步枪的力量就足以让人胆战心惊了！

凌峰反手握着夜王刺，食指和中指扣在它三股尖刺之间，眼睛极快地在人群中打量一圈，确定对方已经被震住暂时不会轻举妄动才慢慢移到吴邪身边，对着人群大声说道：“大家不要轻举妄动！这个家伙是罪有应得！”

“哼，罪有应得？”一个魁梧的中年汉子率先开口了，“头人犯了什么罪要受这样的惩罚？就算是犯了不可饶恕的罪也得由我们帮会处罚，还轮不到你们！”

看双方敌对的气氛凌峰就猜到了缘由，贝鲁特和吴邪肯定没有跟帮里的人说半句话就直接杀人了！

看着双方剑拔弩张的样子，凌峰知道必须先下手为强，他倒不是怕马帮这些人，担心的是小勐棒村那些朴实的山民，在他们眼皮子底下杀这么多人行得通吗？再就是要能把马帮的人拉过来一些岂不是更好？他们可都是些亡命徒，职业雇佣兵最好的苗子！这时，他一下子瞄到站在人群里的日本胡，一个主意从脑袋里闪过，他马上说道：“你们不是想知道你们头人犯了什么罪吗？问他吧！他是当事人，比我更加清楚！”

几十双眼睛一起聚集在日本胡的脸上，他瞥了一眼在地上哀嚎打滚儿的胖头人一下子慌了，倒不是怕说出那些丑事，整个马帮干的都是丧尽天良的买卖，谁没糟蹋过几个女人？只是胖头人运气差了点儿，动了不该动的女人！想到这，支支吾吾的，就是说不出半个字：“我……我……他……”

“怎么，张不开嘴吗？好吧，我来替你说！”凌峰说着慢慢走到胖头人跟前，夜王刺三刃的刀尖在他脸前晃着，“就是这个混蛋，昨晚上和你强暴了一个当地的女孩！你们骗她家人说族长叫他去商量鸦片价格把他支走，在一个女孩最无助的时候强暴了她，是不是？”

凌峰说到这里顿了一下，眼睛一扫呆愣的众人，“我知道你们当中大部分也都是山里人，贞洁对于山里女孩的重要性你们肯定很清楚，你们也有老婆、爱人、姐妹，如果她们被人强暴了，你们会帮她们讨回公道吗？你们能眼看着那些禽兽逍遥法外吗？”

“而那位受害的女孩就是我兄弟的未婚妻……”凌峰实在想不出该给

贝鲁特和李小慧套上什么关系，兄妹是八竿子打不着，夫妻也不着边际，未婚妻还勉强一点，“我们是生死兄弟，绝不会坐视不管的！”

贝鲁特感激地望着凌峰和吴邪，他是抱着一死的心来为李小慧报仇的，根本想不到他们会为自己出头，就算是死，有了真正喜欢的女孩和过命的兄弟，这辈子也值了！他猛地一抽鼻子，将猎刀重新对着胖头人冲在场的人说道：“事情你们都知道了，这个杂碎今天非死不可！想为他报仇的等我宰了他拿枪和我说话！和我这两位兄弟无关！”

马帮众人还在犹豫不决，凌峰能看出其中人分出明显的两派：绝大部分人从开始就站在一边根本没有打算插手，完全是旁观者的态度；而一部分人则始终对吴邪他们虎视眈眈、怒目而视！如果凌峰猜的不错的话，这队马帮是两伙互不相干的人凑起来的。冷漠的旁观者应该是李小慧所说的见过很多次的那伙人，而敌视他们的则是胖头人和日本胡这一伙，胖头人杀了头人后自立为王！

“大家别冲动，不该为了一个贼人大动干戈！”一直躲在人群中的日本胡终于站出来表态，他心里比谁都清楚，胖头人今天非死不可，即使吴邪他们不来，这件事传到族长耳朵里他也会和马帮拼命的，宗族人就是这样血性！与其死更多的人还不如让该死的人一个人了结事端！况且胖头人死了他就能顺理成章地成为新的头人，这才是他最关心的！日本胡拔出腰间的佩刀朝胖头人走过去，眼神瞬间一变：“这个贼人坏了马帮的名声，让我亲手宰了他！”

“你个白眼狼！他妈的是老子把你捧起来的，你倒反过头来咬老子一口！”胖头人吓坏了，破口大骂起来。真的是阴险莫过于人心啊！他真不敢相信自己不是死在敌人的手里，而是死在一手栽培起来的所谓的“兄弟”手里！

日本胡高举佩刀对着胖头人的喉咙，冷冷地说：“别怪我，是你自找的！”

说着，日本胡眼神一冷，豁地挥刀劈下去，嘴角挂起一抹得意的笑容。众人闭上眼睛不忍看到头人死在眼前。只听见“当”的一声清脆的金属碰撞声，日本胡只觉得虎口一麻，佩刀差点脱手而下，一把宽背猎刀赫然挡住他砍下去的佩刀！

“兄弟，这——是什么意思？”日本胡不明白对方是何意，正要开口却看到自己的佩刀刀刃上有一个刺眼的豁子，而那把宽背猎刀的刀背竟然一点小小的印痕也没有！

贝鲁特咬着牙指着胖头人一字一顿地说道：“他……必须死，但必须死在我手上！”

听了贝鲁特的话，日本胡浑身一激灵，僵硬的脸上挤出一丝苦笑：“那是那是，兄弟的女……未婚妻嘛！”

日本胡灰溜溜地退回来，他实在不敢在凌峰、吴邪和贝鲁特身边待太久，否则总会感觉脑袋不长在自己脖子上！

“按龙靓说的，让他生不如死！”吴邪冷冷地说。

“你放心收拾他，有人敢乱来先问问我手里的夜王刺！”凌峰说着靠上来，和吴邪一左一右把贝鲁特和胖头人夹在中间。

“这位兄弟饶了我的狗命吧，我再也不敢了！”形势已至此，胖头人像啄米鸡一样跪在地上磕着头，他是真的吓坏了，没几下就磕出血来！

“去跟鬼忏悔吧！”贝鲁特诡异地一笑，慢慢举起宽背猎刀对准胖头人的脑袋。

“别……别，放过我！”胖头人的头磕得更快，粗糙的土地把他的额头磨得皮开肉绽！可贝鲁特那高大的影子一点点将胖头人笼罩在巨大的黑暗中，胖头人终于知道自己难逃一死，霍地站起来，咬着牙想要逃跑，可一个没站稳狠狠地栽倒，只得哀嚎着伸出胳膊架起受伤的身子发疯地往前爬，死亡的恐惧实在是太可怕了！

一只大手猛地伸过去抓住胖头人的脚踝，贝鲁特咬牙一拧将胖头人肥硕的身体在空中翻了个个儿，一声清脆的骨头碎裂声过后，一声震耳欲聋、凄惨至极的哀嚎声响彻山林！胖头人四仰八叉地仰躺在地上，额头上青筋暴起，身体剧烈地抽搐着！原来只剩下半截脚掌的断腿胫骨下端被硬生生地拧断了！骨头的断口划破了里面的肌肉，断口处很快肿起一个淤青的血包！

“混蛋！”马帮里终于有人看不下去了，大骂着拉开枪栓对准了贝鲁特。日本胡张开嘴刚想制止，就看见一道黑色的影子以极快的速度朝那个举枪的家伙飞去！“噗”！一声沉闷的刺穿皮肉的声音刺痛了日本胡的心脏，在他棕色眼珠反射的影像中能清楚地看到一把短小精悍的匕首直直地插在那个举枪家伙的脖子上，手柄上赫然雕琢着一只青面獠牙的阎罗鬼！

又是一道疾风驰过，一个模糊的影子在空中一闪即过，吴邪悬在空中蜻蜓点水般闪踢那个倒霉蛋的胸膛，一只手刷地拔出插在他脖子里的鬼头刀！鲜红的血液“噗”的一声喷涌而出，染红了吴邪身上破旧的迷彩服！他的头微微一斜，冰冷的目光扫过所有人的脸，低声问道：“还有谁?”

日本胡的双腿抖得厉害，脸色瞬间惨白，伸手扶着旁边的骏马才没倒下去。他真的不敢相信刚才看到的那一幕，几乎就在一瞬间，那个沉默少言的家伙甩出鬼头刀刺穿自己手下的喉咙，然后以不可能的速度“飘”过来凌空拔出匕首，整个过程连两秒钟都不到，他是怎么做到的?他是人吗?

“还有谁?”吴邪侧过脸来，冰冷的眼睛在所有人脸上扫了一圈。没人敢回答，也没人敢轻举妄动，都还沉浸在刚刚那不可思议的一幕中，静得只剩下胖头人撕心裂肺的哀嚎声在山林里久久回荡！

“开……开枪啊！救……救救我！”胖头人强忍住剧烈的疼痛艰难地地爬行，比起难以忍受的疼痛，死神的脚步要更加可怕！

又有几个人壮着胆子慢慢端起枪想要偷袭，他们的动作很轻，要是对付常人的确绰绰有余，可吴邪是常人吗?

任何细微的动作都逃不过吴邪鹰一般犀利的眼眸和异常敏感的耳朵！他根本不用出手，冰冷的眼神只往那几个家伙那里瞥了一眼，便吓得他们再也不敢乱来！

贝鲁特一把抓住胖头人的断腿，抬起脚一脚踹在他的小腹上，直接把他肥胖的身体踹出去两米多远！胖头人仰躺在地上，“噗”的一口吐出血水溅得满脸都是。

“哼，你也知道疼吗?你也知道难受吗?”贝鲁特看着胖头人煎熬的模样，恶狠狠地说道，“你强暴她的时候想过她的感受吗?你能体会那生不如死的滋味吗?”

贝鲁特完全恼了，举起猎刀对着胖头人的一条腿狠狠地劈下去！

然而，他的手却在半空中停住，将猎刀翻了个个儿，宽厚的刀背狠狠地砸在胖头人的膝盖上！

钢铁锻造的猎刀和人体最坚硬的膝盖骨撞击在一起，迸发出足以震撼人心的剧烈响动！胖头人的膝盖完全变形了，皮肉被砸烂，里面有一个深深的陷窝。皮肉破损处能清晰地看见膝盖骨碎成很多碎片，乳白色的就像人的牙齿一样，并很快被喷涌而出的血液吞噬！

而可怜的胖头人在那一刻眼球突兀，滚圆的眼珠子像要爆出来一样！他的精神已经处在崩溃的边缘，嘴巴张得很大，就是吐不出半个字来！

“头人！”一个剽悍的中年汉子忍不住了，转过头来对身边的家伙吼道，“怎么了？怕了？我们是干什么的？我们是毒贩！谁手里没几条人命？就被这三个乳臭未干的毛小子唬住了？你们还是带把儿的爷们吗？是的话就抄起你们的枪，跟老子一起把头人抢过来！咱的命可以丢，人不能丢！”

“不愧是跟着老子跑江湖的，他妈的有种！”胖头人看着几个兄弟要为自己拼命很安慰，迎着贝鲁特的目光大笑道，“看到没有，老子不是无情无义的人，有兄弟和老子一起上路，他妈的值了！”

吴邪并没有对有人来送死表现出兴趣，他扭头望了那个带头的中年人，“滚开，我不想杀你们！”

中年汉子敞着怀儿，露出两块结实的胸肌，单手抱着一把冲锋枪冲吴邪吼道：“也得看看你有没有这个本事！”

凌峰勾起黝黑的夜王刺，和吴邪背靠着背，说心里话他真不愿杀这些“无辜”的人。

“你们真的愿意陪这个混蛋去死？”凌峰看着那些意气用事的家伙，心里很为他们惋惜，“我可以最后给你们一次机会，现在后悔还来得及！”

中年汉子“啪”地拍了一把手里的冲锋枪，一点儿也不领凌峰的情：“废话少说！来吧，我倒要看看是你的刀快还是我的枪快！”

贝鲁特望着奄奄一息的胖头人，对自己的手法很满意，笑意盈盈地说道：“怎么样，我的手段您还满意吗？”

“有种你就一刀劈了我！杀人不过头点地，脑袋掉了碗大的疤。老子二十年后又是一条好汉！”胖头人大吼着，声音很浑厚，回光返照般显得格外有精神！

凌峰微微有些心软了，从男人的角度来说这个胖头人还真是条汉子！要不是他干了这件混蛋事，凌峰真的很愿意把他拉入“复兴”部队，他们一定会成为好兄弟！不过，现实和梦想之间永远有着天壤之别！

“想死？没那么容易！”贝鲁特可没工夫去想凌峰的那些事，他满脑子只有一件事：杀了胖头人，而且不能让他死得太顺当！“我要慢慢折磨你到死！”说着，贝鲁特再次挥起猎刀，脸上挂着的和胖头人那天晚上一样阴险狡诈的笑容，将刀口慢慢移到胖头人的裆部，“我要一刀废了你，看你以后怎么祸害女人！”

胖头人的脸“刷”的一下变得惨白惊恐地望着贝鲁特：“别、别乱来！你大可一刀杀了我！”

“混蛋！你敢动我们头人试试！”那个中年汉子把冲锋枪对着贝鲁特，大吼，“老子把你打成筛子、马蜂窝！”

凌峰也犹豫了一下，他并不是很赞成贝鲁特的做法，压低声音劝道：“贝鲁特，别乱来！折磨他死就是了，没必要干这么绝！”

“你别管！”贝鲁特粗暴地打断凌峰的话，在他看来胖头人给李小慧和他带来的创伤是怎么也抹不去的，他唯一能做的就是让他这辈子不得好死！说着，贝鲁特眼神一冷，手中的宽背猎刀猛地向胖头人裆部的男根砍去！

“别冲动！别冲动！”一直在旁观的日本胡这时站了出来，“这个该死的贼人不值得我们为他拼命！”

“你个白眼狼！”那中年汉子火大了，转而用冲锋枪顶住日本胡的下巴，“你小子是头人一手提拔起来的！现在他还没死呢你就盯着他的位子，小心不得好死！”

“这位兄弟你先把枪放下来，有话好好说，别激动！”日本胡有些怕了，生怕中年汉子一激动自己脑袋就开花了，“咱这些人的确是混蛋，但是有个不成文的习惯，玩女人归玩女人，从来不淫人妻女！那位姑娘虽说还没过门，但已经是那位兄弟的人，是头人坏了规矩，怨不得别人！人家来为老婆报仇谁也管不了，这是他们两个人的事情，咱们外人插手不得！”

“放屁！别跟老子讲大道理，老子是粗人听不懂！”中年汉子暴躁地怒吼着，丝毫不给日本胡情面，“今天谁想要头人的命先问问我们这帮兄弟！你个白眼狼，老子先崩了你！”

“哒哒哒……”中年汉子手里的冲锋枪一下子甩出去老远，在半空中一梭子子弹扫出来，日本胡吓得差点尿裤子，“扑通”一声跪倒在地上！

“啪！”飞出去的冲锋枪足足飘了三米远才掉在地上，接着一块巴掌大的石头跟着落下来。吴邪立在原地，右手还保持着甩出石头后的潇洒姿势。他最后一点耐心已经消失殆尽，重新拔出鬼头刀用冰冷的眼神逼视着中年汉子：“滚，或者死在这里。”

凌峰也勾起夜王刺将身体调整到最佳战备状态，他本想避免这场战斗，可这帮混蛋就是听不进去！这怨不得别人了，是他们自找的！凌峰稍一侧脸对贝鲁特说道，“按照龙靓说的，让这个家伙死得煎熬一点！别担心有人偷袭，有我和吴邪在这儿！”

一场战斗在所难免，日本胡看到双方剑拔弩张，赶快灰溜溜地撤回来，现在不是逞英雄的时候，先出头先死是不变的真理！马帮里出现了一阵骚动，能看出很多人在相互使眼色，用暗语交流着，接着有近乎一半的人“哗啦啦”把手里的武器扔掉，举起手慢慢退出战场！

看着这些人异常的举动，凌峰一下子明白过来。李小慧曾经说过，这队马帮里有很多熟面孔，占了将近一半，而那些新面孔就是胖头人自己的势力。那些被迫的家伙并不是心甘情愿的，眼下胖头人马上将不复存在，他们没必要为他卖命，所以选择了退出，既是保存实力，也是借他人之手为自己报仇！

凌峰快速在人群里扫了一圈，退出的有二十多人，占了绝大多数，还有十几个是胖头人的“心腹嫡系部队”，从始至终枪都没有离开过手！这马帮的武器实在不怎么样，总共也就三四十只步枪，现在退出很多人，剩下的也就七八杆步枪，其他人手里都操着猎刀或匕首。

“杂碎，你慢慢享受吧！”贝鲁特抓住胖头人一只肥厚的手掌按在地上，反握着猎刀狠狠扎进他的手背，锋利的刀口毫不费力穿破皮肉挫断他的手骨，牢牢地扎进泥土里。贝鲁特是何等的力量，宽厚的猎刀足足没进泥土中七八公分！

这已经不是胖头人第一次接受非人的虐待，他的嗓子早已嚎不出声音，干张着嘴粗重地呼吸着，浑身不自主地抽搐着，眼球突兀得就像要爆裂一样！

“头人——你们几个混蛋，我干你姥姥！”中年汉子再也看不下去，操起一把大砍刀朝凌峰冲过来。

以凌峰的身手躲开这近乎慢动作的进攻简直轻而易举，可他不想，这样不就显得胆怯了吗？嘴角扬出一个极度自信微笑，反手握住夜王刺并用食指和中指夹住刀柄径直迎着朝他脑袋劈下来的大砍刀刺去！

一道黑影在凌峰头顶飘过，接着他耳边响起一阵轻微的厉风，他想都没想，反手握住夜王刺直迎着那股凌厉的劲风刺去！

“嘎嘣”一声，清脆的钢铁断裂的声音在凌峰耳边响起，鬼魅般的夜王刺用它锐不可当的三股刀刺三刃血槽将中年汉子的大砍刀瞬间斩断！旁边的人甚至能清楚地看到夜王刺在大砍刀侧锋崩离出来的痕迹，而它那极细极尖锐的刀刺竟然丝毫没有损坏，依旧那么阴气森森！

一口鲜血从中年汉子嘴里吐出来，他的手抖了一下，被斩断的大砍刀“咚”的一声掉下来，只剩下半截断刀攥在手里，他深色的眸子里写满了恐惧！原来，夜王刺中间那股最长的刀刺已经横着穿过中年汉子的脖子出来，另外两根短刀刺深深地没进他的脖子里！

凌峰的脸上看不出什么表情，对于杀人他已经麻木。他伸出手在中年汉子的脸上一抹，替他把眼睛闭上，再将夜王刺拔出来让他慢慢地倒下去：“我警告过你们了，不要用你们所谓的无知来挑战我的耐性！”

见状，那些想出头的家伙都觉得脖颈上一阵寒意，后脊背凉飕飕的！“砰！”人群中有人放了一枪，一个脸色极其难看的家伙正端着猎枪，枪口还冒着一缕青烟。他的枪口十米左右的地方，胖头人的额头上多了一个黑乎乎的血洞，巨大的冲击力几乎将他的头骨震碎！

贝鲁特将身子转过来，找到放枪的家伙，怒气“噌”地蹿上心头，抄起宽背猎刀冲过去：“你个混蛋！我说了他必须死在我手上！”

“一起上！为头人报仇，杀了他们三个！”这时，人群中爆发出一声怒吼，忍耐已久的毒贩们纷纷掏出家伙想和凌峰他们拼个你死我活！“啪啪啪！”几个家伙举起步枪朝三个人开了枪，其他抄着猎刀的毒贩则在步枪的掩护下迅速跑过来，一把把开了刃的猎刀向凌峰他们三个人砍过来！

枪声响起的同时，凌峰和吴邪鬼魅般忽地在原地消失不见，只留下一阵窸窸窣窣、极其细微的脚步声！贝鲁特的身手没有那般矫健，速度也没有飞行的子弹那么快，刚想躲避时，急速飞行的子弹已经贴着他的胸口飞过去，在他结实的胸膛划出一道血口！

“打中了！”一个毒贩看见贝鲁特中弹格外兴奋，狂妄地大笑起来。

“他妈的！”贝鲁特忍住疼痛，一抬手将宽背猎刀“刷”地甩出去！

猎刀在空中快速盘旋翻滚转着，以雷霆之势挟裹着劲风席卷而至。那个毒贩正在得意忘形之际，被突如其来的飞刀打得措手不及，不等躲避直被猎刀插进裸露的胸膛，半截刀身没进身体。他只觉得心口一闷，体内一股巨大的压力突降而至！“噗”的一口血水从嗓子眼喷出来，飞溅到空中绽开一朵血绚丽的花朵！

两个毒贩冲到贝鲁特面前一前一后将他围住形成包围之势！毒贩的手里都有一把猎刀，刀身上能看出斑驳的锈迹，好像很久都没有用了，长长的刀口上还有几个细小的豁口，像犬牙一样纵横交错着。

细细的山风从高处的林子间吹来，带着叽叽喳喳的鸟鸣声传入每个人的耳朵里，但却没人有心思去聆听这份美好。营帐外的这片空地上静悄悄的，所有人都屏息凝气地逼视着对方。凌峰和吴邪背靠着背，手里都握着最原始、最有效的冷兵器——匕首！在这种近身厮杀的情况下，短小精悍的匕首要比大砍刀或手枪有效得多！

此刻，贝鲁特那双蓝色的眸子紧紧地盯着和他对峙的毒贩，同时将更多注意力放在耳朵上，仔细聆听任何风吹草动。他是雇佣兵，怎么会不明白偷袭都是在看不到的角落里！

这时，后面的毒贩跟前面的同伙使了个眼色，两人小心翼翼地握着猎刀向贝鲁特逼过去，动作很小心，丝毫不敢马虎！前面的毒贩在贝鲁特目光的扫视下慢慢举起猎刀，刀锋直指他最柔软的脖子。很奇怪，在胜算不大的情况下一般人都会选择偷袭，这样成功的几率要大一些，这个毒贩却反其道而行，且每个动作看起来都破绽百出！

贝鲁特怎么会不清楚这两个毒贩的伎俩，他是职业雇佣兵，拼命的话毒贩根本不是他的对手！贝鲁特的眼睛稍稍一侧，用余光瞥了一眼身后的方向，这完全是出于人类对潜在危机的好奇。

就是现在！前面的毒贩终于等来了这一刻，就在贝鲁特眼睛移动的那一刻，他猛然挥起猎刀砍来，显然想一招要了贝鲁特的性命，就算他能躲过，也足以卸下他的一只胳膊！

机会来了！贝鲁特身后的那个毒贩也挥起猎刀向他砍来，他在时间上要比前面的伙伴慢一拍，但速度却是他的一倍以上！锋利的刀口挟裹着凌厉的劲风向贝鲁特的后脊背劈来！他用的是后发先至，而前面毒贩的那一招是虚招，故意吸引贝鲁特的注意力，真正的杀招在后面这个家伙！一旦被这两把刀的其中之一劈中的话，非死即伤！

见状，贝鲁特眼中闪过一丝难以察觉的笑容，他是“复兴”部队优秀的雇佣兵战士，怎么会被两个小毒贩偷袭呢?

贝鲁特连想都不用多想，在前面毒贩出手的第一刻身子猛地向后退一步，腰部一转侧过身子一记摆拳疾驰而出，在半空中撞到劈下来的猎刀，巨龙甩尾般巨大的力量将刀身猛地砸到毒贩的脸上！只听到一声清脆的“咔嚓”声，那个倒霉毒贩的脖子瞬间被拧断，眼球一爆，倒在地上抽搐几下便不再动弹！

另一个毒贩一下子慌了，刚刚还准备偷袭的同伙被秒杀，这是他见过的最快的杀人速度！他后悔自己的愚蠢，想收起猎刀逃跑，可是已经晚了，贝鲁特根本不给他机会，借着身体扭转的力道踮起脚尖将身体旋转起来，左脚抬起，一个连招接踵而至！

贝鲁特属于典型的西方战士，注重拳法而腿法稀松平常，这一招旋转摆腿侧踢得很一般，力量不够，形体上也欠缺美感，和凌峰、吴邪神乎其神的腿法根本没得比！可倒霉的毒贩动作太慢，还没来得及收住步伐，贝鲁特的摆腿已经到了跟前，“砰”的一声将他掀翻在地！

贝鲁特的腿法虽不怎么样，但力量实在太大，是美洲人那种牛高马大的蛮力，虽被他踢中能保住性命就很不错了！贝鲁特在心里暗算了一下放倒两个毒贩的时间，也就五十秒左右，还不算太差，勉强可以接受！

就在贝鲁特这边打得如火如荼之际，另一边的凌峰和吴邪正被三十多个毒贩团团围住，显然就打算从正面强硬地干掉他们两个！

“愚蠢！”日本胡在一胖冷眼旁观，已把战场上双方的情况看得很清楚。贝鲁特那边的战斗已经结束，可以说胜得毫无悬念。这帮愚蠢的马帮毒贩居然想杀死这三个人，真是愚蠢至极！日本胡斜了一眼躺在血泊里的胖头人，他额头上那个黑乎乎的血窟窿很醒目！

日本胡觉得很庆幸，虽然马帮的人折了一半以上，但挂掉的几乎都是胖头人带来的原班人马，这三个身手了得的小子也算是帮了他一个大忙！

这时，吴邪率先开攻，右手向后一伸猛地将鬼头刀向前掷去，刀身急速飞出去，只在空中划出一道长长的模糊的黑影！吴邪的动作很快，几乎是在鬼头刀飞出去的同时，他的身体就好似一支出弦的利箭划破长空！一剑一人一前一后地向前面的敌人飞去！

“噗——”一个尖锐的声音过后，站在最前面的一个毒贩还没搞清楚怎么回事就觉得脖子上一凉，接着被一股巨大的力量直往后拖拽了三米远！等他回过神来已经晚了，阎罗鬼那尖尖的獠牙已经嵌入他柔软的脖子，大半截刀尖从后颈穿出来，锋利的鬼头刀刺穿了椎骨划破了他的喉管！

难以忍受的刺痛从毒贩的脖子蔓延到了全身，他身体仿佛要撕裂一般张开嘴想要喊叫，却感到一阵微风从他面前一吹而过，紧接着吴邪的影子一闪而过，肘部顶住毒贩的胸膛，手腕一弯握住鬼头刀的刀柄猛地一拔！

脖子是人身体中最窄瘦的部位，又有颈动脉流过。人在精神亢奋时血压会升高，在鬼头刀拔出的那一刻，毒贩的身体就好像一只加压的血液泵，一股强大的动脉血在压力的驱使下猛地喷射而出！这才是真正的血溅五步！

“啊——”毒贩低吼一声，捂住脖子上巨大的刀口，难以忍受的痛苦让他的脸扭曲得变了形！他张开嘴想呼吸，可是新鲜的空气再也进不到他的肺部，数秒之后他“扑通”一声倒在地上，抽搐几下悲惨地死去！

见状，吴邪丝毫不为所动，眼睛一斜，手中的鬼头刀又向下一个敌人飞过去，好像要用这锋利的刀刃去饮尽每一个毒贩的鲜血！

“兄弟们，一起上！宰了他！”

此情此景让一些人讯速明白自己已面临生死边缘，一个毒贩挥着猎刀大吼起来，几个人跟着一起挥舞着猎刀冲上来！吴邪眼神一冷，脚步轻快地连连后退，在连退了三步之后脚尖点地一个蜻蜓点水反弹而去，人则在空中收起鬼头刀，右脚一摆，一记“龙摆尾”在无形中踢出，这是吴邪的拿手绝技，可以凌空踢翻五个人！

吴邪在空中就好似一条出水的蛟龙摇曳龙尾，“劈劈啪啪”连着把冲在最前面的四个家伙放翻！接着白光一闪，鬼头刀在空中凌厉劈下，一个毒贩的脸顿时被斜着划出一道深深的刀痕！

“啊——”中刀的毒贩捂住脸撕心裂肺地哀嚎着，发疯一般蹿出战场扑在地上打滚儿。吴邪没有心思理会他，挥舞着鬼头刀继续他的厮杀！

“呼呼——”两道疾风从左右两边向吴邪劈过来！他根本不用去看，

那凌厉的风声已经准确地告诉他敌人进攻的手法和速度！真正以寡敌众厮杀过的战士都有体会，面对数倍多于自己的敌人，光靠眼睛是不够的，必须用十二分的注意力去捕捉任何一点对自己有威胁的迹象！直觉、视觉、听觉、敌人的眼睛和表情，甚至细细的微风、游弋的气息都能为一个优秀的战士提供很多情报，从而保全他的性命！

“当”的一声清脆的金属撞击声，毒贩粗大的猎刀被吴邪寒光闪闪的鬼头刀截住，尖锐的刀锋猛烈碰撞在一起，火花四下飞溅。毒贩的猎刀被崩出一个不规则的豁口，而吴邪的鬼头刀依旧寒光闪闪，没有丝毫耗损！吴邪自信地一笑，左脚直接一记后踢腿截击身后来袭的敌人，且后踢腿的方向偏下，“嘣”的一声正中毒贩的裆部，凭着撞击时所感受到的冲击感，吴邪阴险地一笑：碎了！

毒贩的脸一下子变得惨白，脸庞因为无比的疼痛而扭曲得变了形，手里的猎刀在地上，双手慢慢捂住裆部直直地栽倒下去！

一招制敌的同时，吴邪的左手化拳为掌一记削砍准确地击中另一个家伙的喉咙！他功夫很好，虽然距离很短但依旧能爆发出强大的力量，足以将对方的喉骨瞬间击碎！杀人高手用的永远是最简单、最有效的手法，拳击、肘击、脚踢、膝撞，越是简单的攻击越有效，那些耍起来很酷、很威风的花架子根本不实用！

“嗖嗖嗖”，三把急速旋转着的猎刀飞旋着朝凌峰飞过来！三把刀三个不同的方向，一般人想要闪开的话恐怕根本不可能，因为距离太近而速度又太快！

凌峰慢慢挪着步子，脚下踩到的一块巴掌大的石头给了他灵感，他眉毛一扬，抬脚将那块石头踢飞出去！石头“嗖”的一声飞到空中撞到那把猎刀，快速飞驰的猎刀受到巨大的撞击，偏离了原来的轨迹。

眼看第二把猎刀已经飞到眼前，凌峰一个后翻闪到一边，弓起的身体像弹簧一样弹起来，人悬在空中用两根手指头捏住第三把猎刀，振臂一挥甩了出去！

接着，凌峰以一个很漂亮的单腿跪地姿势落下来，几乎同时，那群围着他的毒贩中的一个“扑通”后仰着栽倒下去，心口处插进一把猎刀，半截刀身已经深深没进他的体内！才几秒钟的工夫，几个毒贩就倒在血泊里，剩下的那些家伙傻眼了，有些后悔自己的鲁莽，莫名的恐惧爬上每个人的心头！

凌峰没有给毒贩悔过的机会，这一次他是主动进攻的，原本跪在地上的他猛地弹起身来，离弦的箭矢一样贴着地面射出去！那些愚蠢的毒贩还没回过神来，只觉得眼前人影一晃，凌峰已经到了身边！

凌峰一个正踢踢中一个毒贩的心口，迅猛的爆发力让他的心脏接受不了突然的重创而瞬间休克！借助毒贩身体的支点，凌峰又一跃而出向下一个敌人扑过去，右脚像镰刀一样勾住那家伙的脖子，左脚合并夹住他的脑袋，脚踝一拧，生生将他的脖子拧断！

随之，凌峰整个人倒挂下来，头朝下贴着他的身子猛地坠下来，一个“倒拔葱”将那个倒霉的家伙丢出去！毫无意识的尸体飞了几米远，重重地砸在另一个同伙的身上，直把他压得口吐白沫！凌峰又借着刚才倒立的姿势，双臂猛地发力再次将身体弹到空中，急速旋转了360度之后朝距离最近的那个家伙飘过去！

这是凌峰最凶狠霸道“鬼拜佛”的最后一式“断头台”，在落地时会用有力的双膝砸碎敌人的喉骨或胸膛，受击者必死无疑！果不其然，凌峰极快的速度让那个毒贩根本来不及闪开就被砸倒，接着被他铁一般坚硬的膝盖扣住喉咙，只听见“咔嚓”一声脆响，毒贩的眼珠子翻了白！

这时那些毒贩才悔悟过来，没一个人想再送命，“当当当”手里的猎刀纷纷丢到地上，膝下一软全部跪倒在凌峰和吴邪面前！

第三十二章　禁闭

贝鲁特坐在营帐外的草地上，叼着一根烟漫无目的地抽着解闷儿，烟屁股一明一暗有规律地闪亮着，一缕袅袅的青烟从他嘴里吐出来徐徐地爬到半空中。作为对上次杀人事件的处罚，参谋长江萨下了命令，绝不许他离开营帐之外三米的范围，违抗的话直接枪毙！

这里是“复兴”部队在小勐棒村外的临时营帐，帐子里挤满了人。邓克宝和江萨坐在最里面，两人的脸色都很不好看，尤其是邓克宝，僵硬的脸上分明显示着内心的愤怒。凌峰、吴邪、龙靓和贝鲁特站在一边：吴邪还是那副冷冰冰的面孔；凌峰和龙靓稍微好一点，他们知道因为李小慧的事情闯了祸，都忧心忡忡地望着江萨，不知道他会说些什么；贝鲁特倒很坦然，一副要杀要剐悉听尊便的架势。

帐子里的气氛一时间沉闷到了极点，连人的呼吸声也能清楚地听到！邓克宝虎着脸，一双毒辣的眼睛从每个人脸上扫过，他希望有人先挑开事端，这样他好借机把心里的火气撒出来！可是很无奈，这帮小子就像约好了似地就是不说话，呆呆地望着他和江萨。

终于，邓克宝再也忍不住了腾的一下站起来，扯着嗓子吼道：“说，是谁带的头?”

没有人吱声，也没有人动一下，又好像事先约好了一样！这就更加刺激了邓克宝，他脑门上青筋暴起，猛地一拍桌子吼道："你们以为不说话我就什么都不知道了吗？你们当我是吃干饭的吗？这可是十几条人命！凌峰，你来说是谁杀的人。"

"我。"凌峰很爽快地答道，声音很平静。他说的是实话，既没有大包大揽也没有推卸责任，他的的确确是杀了，而且还不止一个！

"还有我。"吴邪也跟着开口了，无论什么任务他都是和凌峰一起的，无论是杀人还是逃命，从见面的那一刻起就注定了他们不解的缘分！

邓克宝看着两人冷笑了一声，真的是兄弟，连闯祸受罚都要一起！他正要开口骂人，贝鲁特咳嗽了一声一步来到凌峰和吴邪身边，很自豪地说道："是我带的头，而且杀人的事情也是因为我！要罚就罚我一个人吧，凌峰和吴邪是不想看我死才出手的！"

贝鲁特理直气壮的样子让邓克宝很难接受，邓克宝猛地一拍桌子，指着贝鲁特大吼道："你以为是在邀功是吧？'复兴'部队才刚刚有了一块落脚之地，你们就在这里杀了这么多人，族长还会容得下我们吗？别等着人家来撵咱们，趁着还没撕破脸赶紧收拾东西滚蛋吧！去哪里？再回那个可怜的小岛！'复兴'部队就守着那三个破岛过一辈子吧！"

贝鲁特不吱声了，这件事情的严重性是他没有料到的，在看到李小慧被人糟蹋的那一刻，他的脑袋里几乎是一片空白。邓克宝一说他还真的有些后怕，不是怕"复兴"部队退回复兴三岛，而是怕连累了凌峰和吴邪，他宁愿死也不愿意对不起自己的兄弟！想到这儿，贝鲁特望着邓克宝愤怒的脸，支支吾吾起来："我……我……"

吴邪的情绪丝毫不受现场气氛的影响，他望着邓克宝冷冷地说道："你根本就不知道。"

邓克宝被呛得一时不知该做何反应，只能用奇怪的口吻反讽道："我不知道什么？不知道你们杀了人？还是族长会亲自来叫我们滚蛋？"

吴邪早就料到邓克宝会有这种反应，冷笑一声把头扭到一边不再搭理他。

邓克宝不是糊涂人，虽然体会不到吴邪话中全部的意思，但也能从他异样的口气里猜到他对自己的态度，顿时气得浑身直打哆嗦，他失态了："你……你这是什么态度！"

吴邪瞥了邓克宝一眼，说出的话更加意味深长了："我是什么态度你不清楚吗?"

"吴邪你——"邓克宝拿吴邪没辙，只得转向一边的江萨，"参谋长，你看看吴邪这是什么态度? 到底他是大老板还是我是大老板?"

贝鲁特杀掉马帮那些人的事情江萨已经知道了，杀人的原因也从龙靓那里知道了个八九不离十，虽然在处理手段上有些欠妥，但也算情有可原，雇佣兵要是遇到这种事情还能冷静下来那还能叫雇佣兵吗? 但既然邓克宝开口了，怎么他也是"复兴"部队的大老板，面子还是要给的，所以他开口了："吴邪，注意你的态度。"

热带的天永远是那么热，整座山林都在炎炎赤日的照射之下。热带雨林虽然降雨丰富，但高温把水分蒸发在空气中形成了闷热的气层；热带沙漠则是一望无际的茫茫黄沙，在烈日常年的照射下温度都高得惊人，把活人都能蒸熟！热带，永远是高温酷热的天下！

贝鲁特坐在营帐外的草地上，叼着一根烟漫无目的地抽着解闷儿，烟屁股一明一暗有规律地闪亮着，一缕袅袅的青烟从他嘴里吐出来徐徐地爬到半空中。作为对上次杀人事件的处罚，参谋长江萨下了命令，绝不许他离开营帐之外三米的范围，违抗的话直接枪毙！

贝鲁特"吧嗒吧嗒"地抽着香烟，他的身边已经扔了十几个烟头，看得出他很无聊、煎熬。对他这样闲不下来的人来说，蹲禁闭真的不是一般的煎熬！

他望着不远处绿油油的山林直发呆，猜测着凌峰、吴邪他们在干什么：老子蹲禁闭他们两个也不来看看，亏自己还拿他们当兄弟！忽然林子里有几只飞鸟扑腾着翅膀子飞出来，贝鲁特心里一喜，掐灭烟头站起来急匆匆地跑到营帐里扒拉起来！

"太好了！找到了！"不久，贝鲁特大笑着从营帐里跑出来，怀里抱着一杆巴雷特狙击步枪！"参谋长只说我不能随便出去，没说我不能玩枪吧！"贝鲁特熟练地端起狙击枪对准远处的山林，希望能在那里搜索到猎物，虽然打到了也捡不回来但能开枪玩玩也是不错的，雇佣兵要是连枪都摸不着，那和山上的土匪有什么区别?

贝鲁特给狙击枪加了消声器，抱着它在营帐边上转悠了半天，参谋长那句“不许离开营帐之外三米，违抗的话直接枪毙！”一直萦绕在他的心头，让他犹豫不决。打猎嘛，当然是要跟着猎物跑，那些猎物能傻乎乎地蹲那儿等着你拿枪打它？贝鲁特瞅瞅四下无人，胆子大起来，只要不被参谋长抓住就是，就算被抓住打只野兔子还能毙了他不成？

前面不远处的草丛里忽然抖了一下，贝鲁特心上一喜，猎物来了！他捡起一粒石子“啪”的一声丢过去，草丛里的动物受了惊吓慌忙跑出来，居然是只肥大的灰野兔！

灰野兔受了惊吓在林子里飞快地逃命，贝鲁特端起狙击枪哒哒哒地跟着冲进树林子，参谋长的话早已被他丢到九霄云外！野兔子在树林子里蹿得飞快，就像一道灰色的影子飘来飘去的捉摸不定！可惜它这次遇到了强劲的对手，雇佣兵都是追击的好手，“复兴”部队出来的老牌雇佣兵更是好手中的好手！亚洲的热带丛林对他来说根本就是轻车熟路！

贝鲁特和灰野兔之间的距离越来越近，才十几分钟不到，他就将之间的距离拉近到七八米远！前面的树林渐渐变得稀疏，树与树之间的空隙拉大了很多，贝鲁特心上一喜，该下手了，他端起狙击枪开始在瞄准镜里追踪目标。

毋庸置疑，野兔子是奔跑逃命的好手，但这种树木密布的山林却很大程度限制了它的速度，这也是贝鲁特能够很快追上它的原因之一。贝鲁特的脚步紧跟着灰野兔飞来蹿去，在野兔子蹿到一棵大树背后时他果断停下脚步，熟练地端起狙击枪将瞄准镜定格在大树之外的一个角落。

“嗖——”灰野兔飞快地从大树后蹿出来，贝鲁特果断地扣动扳机，啪的一声轻响，野兔子向前翻滚了一米多远倒在地上，身体哆嗦几下便不再动弹。贝鲁特蹭蹭蹭几步蹿上来，眉宇间流露出难以言喻的得意，好肥大的兔子！一顿大餐解决了！

“沙沙沙——”贝鲁特头顶上枝叶茂密的树冠里发出一阵小小的骚动，接着从树冠里伸出一个小脑袋，大大的眼睛盯着贝鲁特看了老半天才从树冠里蹿出来跳到别的树上去，居然是一只黄毛猴子！

看着猴子在树上蹦来跳去的，贝鲁特乐了，在M国蹲禁闭还蛮有意思的，饿了能打野兔子，无聊了还能抓一只猴子解闷儿！反正参谋长也不会到他那里去，无聊的时候他大可以牵着猴子出去遛弯儿！等到参谋长释放了他，他也就把猴子放了！万一小猴子不听话他还能尝尝猴肉的滋味！

贝鲁特对自己的想法非常满意，眼看着小猴子在树上蹦来跳去地快要跑远，他急了，用猎刀从旁边树上砍下一段缠绕的藤蔓，将灰野兔拴在腰间抱着狙击枪跟着小猴子的踪迹追过去。

林子里的山风习习，树叶随着山风的吹拂“哗哗”作响，黄毛猴子的影子在茂密的林间忽隐忽现，快速熟练地攀爬，从这棵树上一跃到另一棵树上，行动非常迅速。贝鲁特抱着狙击步枪，眼睛和枪口随着猴子的移动在不时地转晃着角度，以确定黄毛猴子的每一步都位于他的瞄准镜之内。

贝鲁特的眼睛跟着猴子的身影快速地移动，其实一枪把它打下来也不是什么难事，瞄准它的脑袋放一枪就是，但贝鲁特不想暴殄天物，猴子的一身肉可以不要，但猴脑可是绝美的佳品！子弹开花实在是太浪费了！贝鲁特的枪口瞄准了黄毛猴子前面一根手腕粗的树枝，在它的爪子触及树枝的那一刻，只听见“砰”的一声很轻微的声响，接着是“咔嚓”一声树干折断的清脆的响声，黄毛猴子尖叫一声从树上掉下来！

贝鲁特咧开大嘴一笑，露出两排白灿灿的牙齿，和他计算的一样，只要在猴子的两条腿上补上两枪这崽子就跑不了了！有了一顿营养丰富的猴脑佳肴！贝鲁特的眼睛快速地从树干往猴子跌落的地面移动，却在瞄准镜的视野定格在猴身上的那一刻忽然愣了一下。刚才瞄准镜划过之处有几个模糊熟悉的影子一划而过，虽然时间极其短暂但凭着直觉他能感觉到是有人向这边靠过来！

贝鲁特收起步枪，站直将近一米九的身子伸手拉住一枝粗大的树枝，两腿“哒哒哒”地踏着树干一下子荡到树上，隐藏在茂密的枝叶间。随即，碧绿而茂密的树叶间伸出一支黑乎乎的枪洞，一只犀利的眼睛在瞄准镜里盯着远处的一举一动，如果有任何异常的话他会在第一时间将来者击毙！

窸窸窣窣的脚步声传来，凭着密集的程度能很容易听出不是一个人。贝鲁特眯起一只眼，食指扣在扳机上随时准备射杀敌人！突然，一抹艳丽的颜色出现在瞄准镜里，接着是一个身形袅娜的女孩，居然是李小慧！

贝鲁特明显感到自己的呼吸加速、心跳加快，更加专注地望着瞄准镜里那个日思夜想的身影。咦？在她的身后还有两个同样熟悉的身影——凌峰和龙靓，他们怎么来了？

李小慧很焦急的样子，一直急切地望着前方，步子迈得很快很凌乱，就像她此刻的心情一样！龙靓和凌峰是作为超级保镖跟着来的，要是这个小姑娘有什么意外的话贝鲁特还指不定能干出什么事来！

一个军用帐篷出现在眼前，李小慧着急地跑过去，心急之下眼圈红了，一汪晶莹的泪水在眼眶里直打转，嘴里喊道："大哥——"

"哗——"李小慧同时掀开帐子，里面的空间不是很大，一览无余，摆满了各种杂物，可就是没有贝鲁特的影子。该不会是出了什么意外吧？李小慧一急，眼泪止不住流下来，她带着哭腔喊道："大哥——"

看到心上人哭成泪人，贝鲁特在树上呆不住了，竟然忘了现在的处境，站起身子就直往前迈步子，结果可想而知，"扑通"一声从树上跌落下来，结结实实地和大地来了个近距离接触！还好跌落的瞬间他凭本能将步枪荡在背上，这个距离这个高度要是磕在身上，就算他结实得跟铁似的也得断几根肋骨，毕竟真铁和坚硬如铁之间还是有区别的！

"小……小慧我在、在这里！"贝鲁特麻利地从地上爬起来就朝李小慧奔去，满眼都是他的李小慧，"小慧，我在这里！你怎么到这里来了？很危险的！"

"大哥，你……没事吧？"李小慧羞涩地问道，两抹淡淡的红晕悄然爬上脸颊。

贝鲁特看着李小慧着急的样子心里顿时乐开了花，山里的女孩不比都市里的女人，一般都会把事情深深地隐藏在心底，一旦能够抛头露面去为一个人担心，那么原因只有一个——这个人在她心目中的地位不一般！贝鲁特望着李小慧红扑扑的脸蛋，终于壮起胆子牵住了她小巧的手。

"别——"

李小慧被贝鲁特突如其来的举动吓了一跳，慌忙着想从贝鲁特的手里挣扎出来。生活在大都市里的人是无论如何也想象不到山里女孩的矜持，尤其是处在青春期的女孩，是绝不可以和男人有肌肤之亲的！男女之间身体上的接触必须要在两人结婚之后！如果哪个女孩和男人有了肌肤之亲或者被男人看了身体，她的丈夫就必须是那个男人！如若不是的话结果只有一个，这个女孩从此再也抬不起头来。这也是贝鲁特知道李小慧被人侵犯后离奇愤怒的原因！

李小慧红着脸使劲挣扎着，无奈她的小手在贝鲁特的“大蒲扇手”里简直就像袖珍品一样，任她怎样挣扎也无济于事！不远处龙靓和凌峰一直没有吱声，只觉得他们的存在特别多余。龙靓冷笑一声转身离开：“走吧，有这个家伙在这李小慧安全得很！咱们才是多余的！”

李小慧的挣扎慢慢弱下来，最后变成了顺从，红着脸呆呆地望着贝鲁特：“大哥，你……没事吧？他们会很重地惩罚你吗？”

贝鲁特是个大大咧咧的家伙，从来不把任何烦心事放在心上，以往他一定会满不在乎地拍着胸脯说“没事，小事一桩”，可是这一次他说不出来了，看着李小慧那双为他担心的眼睛实在豪迈不起来，只是牵着她的手将她慢慢拉过来靠在怀里：“没事的，我又没有做错事。”

“真的吗？”李小慧还是不很相信的样子，饱含泪水深情地望着贝鲁特。

“不要为我担心！参谋长是个明事理的人，他不会怪我的！”贝鲁特说着眼神一下暗淡下来，将怀里的李小慧抱得更紧，低声说道，“小慧，那你……怎么办？”

“我？”李小慧整个人一下子顿住了，脑海里一片空白。现在整个小勐棒村都知道了她的事情！少女被男人糟蹋了，这是多么羞于言齿的事情！她该怎样面对村民那一双双怪异的眼神？她该怎样面对接踵而至的冷言冷语？死，可以让自己得到解脱吗？李小慧在心里问自己。

“我？我会好好地活着呀！”李小慧故作轻松地说道，两行泪水却不争气地从眼角悄然滑下。她对自己的未来彻底绝望，一双漆黑的眸子仿佛在这一刻坠入无底的深渊！

李小慧说的每一个字都像一把尖刀深深地扎进贝鲁特的心里，他很清楚这件事将会给李小慧带来怎样的伤害！他把李小慧紧紧地搂在怀里，两行热泪沾湿满是胡茬的脸庞。

李小慧幸福地闭上眼，任凭贝鲁特久久地把自己抱在怀里，要在平时她肯定会尖叫着把贝鲁特推开，可是她没有！可怜的人在临死之前和爱的人拥抱也有错吗？想到这，李小慧侧过脸轻轻地靠在贝鲁特结实胸膛上，抽泣着说道：“哥，你一定要开心地活着！”

贝鲁特听出了李小慧话中的弦外之音，紧张地按住她的肩膀盯着她的眼睛说道：“小慧，你想干什么？千万不要做傻事啊！”

“嗯。”李小慧勉强挤出一个笑容，望着贝鲁特焦急的脸庞僵硬地笑着，“大哥，一定要开心幸福地活着哦！”

贝鲁特一下子慌了，现在的李小慧已经心灰意冷，怀着一死的决心，好话坏话都听不进去的，必须抚平她心灵的创伤才行！贝鲁特壮着胆子搂过李小慧。

贝鲁特的心扑通扑通跳得很厉害可出乎他的意料，李小慧没有挣扎，只是安静地闭上眼睛，两只手紧紧地抓住他的衣服。由于紧张，她的手很用力，以至于长长的指甲深深地嵌入贝鲁特的皮肉！贝鲁特倒吸了一口凉气，苦笑着忍住疼痛慢慢地向李小慧红润的嘴唇贴上去。

李小慧紧闭着双眼，眼角处悄悄滑下丝丝透亮的泪水。看她那过度紧张的模样，贝鲁特能猜得出这是小慧第一次和除父亲之外的男人有如此亲密的接触！她娇小瘦弱的身躯在瑟瑟发抖，贝鲁特甚至能清楚地听到她加速的心跳声和加重的呼吸声！

就在贝鲁特快要吻到李小慧那娇艳红润的嘴唇时，她却轻轻侧过脸去用一只手挡住他，低声说道：“哥，别——”

贝鲁特不免对自己的行为有些后悔，慢慢松开小慧愧疚地说道：“小慧，对不起，我……”

“哥，你别这么说……”李小慧眼含泪花，纤纤玉指贴到贝鲁特的嘴唇上，“不怪你！是我，我……脏……”

说着李小慧把脸背过去，忍耐已久的泪水再也拦不住，倾泻而下，她忙伸手护住哭泣的脸庞，不想让贝鲁特看到自己现在的样子！

贝鲁特的心猛地疼了一下，小慧的话一字一顿地印在了他的脑海里，像是人用尖刀剜去他心头的肉一样难以忍受。他真恨自己当时不在李小慧身边！她最无助的时候为什么不在她身边保护她？贝鲁特心里很不是滋味，慢慢低下头想再次亲吻小慧：“不会，你在我心中永远是最纯洁、最美丽的！就像天使一样！”

可李小慧再次拒绝了贝鲁特，侧过脸去将他推开，点点泪痕让她原本憔悴的脸颊显得更加落寞。她真不敢想象以后的日子会怎样，与其屈辱地活着还不如死了痛快！李小慧使劲想从贝鲁特的怀抱里挣脱：“对不起，哥，你让我走吧！”

贝鲁特不想听李小慧这些丧气话，牵住她的手奋力向山上跑去，那里是“复兴”部队的临时总部所在，邓克宝和江萨都在那里，还有他的好兄弟凌峰和吴邪，他相信他们会帮助自己的！

贝鲁特牵着李小慧的手跑得很快，急促的步子划过草丛发出细碎的沙沙声。此时贝鲁特脑子里只有一个念头，绝不可以让李小慧寻短见！就算是死他也要和这个纯朴的姑娘在一起！

李小慧被贝鲁特拖拽着往山上跑，她身子小，只能勉强跟上他的步伐。

透过贝鲁特厚厚的手掌，李小慧感觉到一丝温暖慢慢融进体内，让她原本冰冷的心苏醒过来！她心里很矛盾，要是在以前她会毫不犹豫地跟着他一辈子，可是现在呢？她的身体已经不纯洁了，配不上这个心地“善良”的大个子！

龙靓在山里曲折盘旋的小道上踱着步子，不紧不慢地走着。龙靓的身后，凌峰紧紧地跟着。龙靓并不着急着回去，她已经很久没有和凌峰静静地呆在一起了，每次都是和江萨或贝鲁特在一起，独处的机会好像真的很少！

凌峰低着头，机械地往前走着，一只手心不在焉地把玩着夜王刺。乌黑如墨的夜王刺飞快地在凌峰指尖转动，刀尖肆意在五根手指间转来转去。

两个人一前一后距离不到两米，可都没有主动开口说话，就这么一直沉默地走着各自的路。这样的场景龙靓已经不止想过一次，而且把合适的对话也反反复复想了十几遍，甚至连凌峰每一个细微的动作都做了细细的猜想！可是真的和凌峰独自在一起时她却胆怯了。她很清楚自己对凌峰和吴邪的感觉不一般，有时候也会觉得自己很贪婪、很自私，怎么会同时对两个人都有感觉？

凌峰的脑子也是浑浑噩噩的，思想处于游弋状态。除了和龙靓一起执行任务外，每次和她独处时他都会怪怪的，那种莫名其妙的感觉他也说不准到底是什么！兄弟之情？姐弟之情或兄妹之情？又或是男女之间的那种喜欢？好像不单纯是哪一种，而是全部混杂在里面，让人措手不及。对于杀人，凌峰是好手中的好手！但是对于男人和女人之间的那点儿事就……他就头疼了！不光是凌峰，吴邪在这方面和他一样！凌峰能感觉到吴邪对龙靓的感觉也不一般，虽然他嘴上不说，但搭档就是搭档，不开口就能感觉出来！

“凌峰，你打算怎么办？对贝鲁特。”龙靓先开口了，她实在不知道现在除了贝鲁特他们两人还能说点什么，同时停下脚步站定背对着凌峰。

凌峰从断断续续的思绪中回到现实，抬头望了一眼龙靓的背影，说道：“不知道，看参谋长和大老板的意思吧，这种事情咱们决定不了。”

“哼！”龙靓轻笑一声转过身来，盯着凌峰的眼睛说道，“贝鲁特不是你的兄弟嘛？你不想帮他吗？”

第三十三章　危机

锋利的刀口紧紧贴着季山昂的喉咙，距离不过一毫米！季山昂甚至能清楚地感受到猎刀的冰冷，说不害怕那是骗鬼的，但他很清楚贝鲁特不敢杀他！从第一次见到这伙人季山昂就看透了，那个站在最前面的叫大老板的家伙不过是个幌子，真正管事、说话有分量的是江萨！

贝鲁特牵着李小慧的手直冲进“复兴”部队的临时总部，他跑得很快很急，直接把几个挡在路上的家伙顶翻了！连韩震云都被他横冲直撞的架势惊呆了，傻傻地看着他牵着李小慧冲进临时营帐！贝鲁特在“复兴”部队算是元老级的战士了，论硬功夫他以前在“复兴”部队是数一数二的，直到野狼凌峰和蛇眼吴邪加入才把他比下去，接着是雪豹龙靓，再就是现在的美洲狮韩震云！

贝鲁特现在脑袋正发热，哪里还记得自己是在蹲禁闭，直接撩开帘子就进了大老板的营帐，恭恭敬敬地敬了个礼：“大老板好！参谋长好！”

江萨正和邓克宝在简易沙盘上研究金三角的地形，贝鲁特冷不丁冲进来把他们吓了一跳。邓克宝有些恼火，大声呵斥道：“贝鲁特你是怎么回事儿？不懂得进来要先请示吗？”

这时贝鲁特的脑袋才稍微清醒一点，握住李小慧的大手里哗地冒出一层冷汗，支支吾吾就是说不出话来："我……我……"

"你什么你？有话就说，没事赶紧滚出去！你以为我和参谋长都没事闲得慌？"邓克宝看到贝鲁特扭扭捏捏的样子心里更有气，一个念头随即从在脑海里闪过，不由自言自语地哦了一声："贝鲁特你好像在蹲禁闭吧？不好好反思跑到我这里来干什么？要造反不成？"

江萨没吱声，瞥了李小慧一眼，心里立即猜出了七八分，说实话他也不知该如何处置，贝鲁特这次惹的麻烦的确不小，而且很棘手！这要在以前也没什么，有"复兴"部队的大名在，谁敢说半个"不"字？关键是"复兴"部队今非昔比，哪还有工夫去招揽麻烦事？

江萨心里很纠结，贝鲁特是一直跟着他出生入死的战士，不过即使他有心包庇，也得看邓克宝的意思，毕竟在这里他才是名正言顺的老大，贝鲁特是生是死就看邓克宝一句话了！

"参谋长，大老板，我要娶小慧。"贝鲁特可不顾邓克宝的愤怒，直接说道。

江萨还沉浸在自己的思绪中，猛然间听到这番话有些不知该作何反应。他在"复兴"部队这么久了还是第一次有战士当面提出要结婚的！邓克宝的表情更怪异，一个正在蹲禁闭的家伙居然莫名其妙地冒出这么一句话来，他怀疑自己听错了，狐疑地问道："贝鲁特，你说……说什么？"

"我说……"贝鲁特望着江萨，一字一顿地说道，"我说我想结婚，我要娶李小慧！"

这次吃惊的不光是邓克宝和江萨，连李小慧都被惊着了，脑子里乱哄哄的。这事情变化得太快，她一时间还接受不了！她刚刚还在担忧以后该怎么活下去，现在贝鲁特突然说出来要娶她，她真不知该如何应对？

邓克宝这时才发现一直站在贝鲁特身后的李小慧，乍一看容貌很一般，仔细看才发现朴素的衣装难掩她的秀丽清纯，活脱脱一个美人胚子！连他看了都不免有些心慌意乱，怪不得贝鲁特会动心！

李小慧被盯得心里发慌，抓住贝鲁特的手攥得更紧，闪在他身后怯怯地说道："大哥我怕，咱们走吧！"

贝鲁特一只手牵着李小慧的小手，另一只扣在她肩头，安慰着："别怕，有我在这里呢！参谋长一定会帮助我们的！"

江萨从口袋里摸出一盒烟，递给邓克宝一根，自己也点上一根，深深地抽了一口，幽幽地吐出烟圈。贝鲁特说的不错，他想帮贝鲁特，杀几个人在“复兴”部队也许根本就不是什么事儿，可问题就出在事情发生在小勐棒村这么一个原始落后的村寨，封建思想在这里根深蒂固，对女性的禁锢更是变本加厉！

邓克宝的眼睛在李小慧身上贼溜溜地扫了一圈，脸色温和了很多，至少能看到微微的笑意，“你叫小慧是吧？你的事情我们已经听龙小姐说了，我也很同情你的遭遇，但是贝鲁特毕竟杀了人！那些人在这里的势力想必你也知道一些，他杀了那些家伙不仅给我们惹了麻烦，说不定还会牵涉到你们！”

说这话时，邓克宝的眼睛一直在李小慧的身上打转，从她娇艳的脸蛋儿扫到微微凸起的胸脯。邓克宝是个好色的家伙，第一次见到龙靓时也是这副德行，每次见到漂亮女人他就会管不住自己！

“老板，贝鲁特是个好人，他是为我才杀了那几个人的，他杀的都是坏人！”李小慧抽泣着，她原本就挺害怕的，听了邓克宝的话更觉得问题严重了！

“你说的不错！不过贝鲁特到底在你们这里杀了人，‘复兴’部队是他的老家无所谓，怕就怕你们族长不会轻易放过他！这样一来我也无能为力啊！”

李小慧一下子慌了，山里人经历的事情本来就少，更何况她还是一个女孩子，心急之余刚刚止住的泪水再次袭上眼角。她含着泪花望向贝鲁特，很后悔把贝鲁特扯进来，要不是她贝鲁特也不会犯这么严重的错！

营帐里一时间肃穆得可怕，几个人各怀心事：贝鲁特无话可说，只能等首长发话；江萨还没想出办法，只是干抽着烟；心思最简单的要说还是邓克宝，他和贝鲁特纯粹是老板和战士的关系，本来就没什么感情，也犯不上为他瞎操心，他感兴趣的只是这个泪花满面的李小慧！

正在这时，帘子再次“哗啦”一声被掀开，一个穿着破旧迷彩服的战士走进来，敬个礼道：“报告大老板和参谋长，小勐棒村的大祭司到！”

大祭司？这个名字就像一道闪电击中了每一个人的神经，所有人都一愣。这个时候他来干什么？江萨的脑海里立刻闪现出了那个在祭祀场上见过一面的季山昂，矮小的个子，小眼尖眉，漆黑如墨的长袍，长长的发辫和骷髅项链，就像中国古代的巫师，他的出现总是伴随着邪恶或魅惑！虽不知季山昂的目的是什么，但江萨猜应该和贝鲁特的事情有关！

邓克宝望向江萨，低声问道："参谋长，怎么办?"

江萨将手中的烟掐灭，淡定自若地吩咐道："先听听他怎么说，人多嘴杂，大家尽量少说话！快去，请他进来！"

江萨的心情有些压抑，自从上次在祭祀场见到那个奇怪打扮的大祭司后，总是会把他和暗毒、蛊术联系在一起！他在心里暗暗祈祷，但愿他不会与"复兴"部队为难！

当帘子被掀开时，所有人的目光不约而同地望过去。和料想一样，季山昂还是那副黑巫师的打扮，一身墨色的长袍子垂在地上，长发辫盘在脖子上，阴森惨白的骷髅项链从脖子一直垂到小腹部，怎么看都像一个邪恶的化身！

季山昂站定后并没有开口，双手合十行了个礼，一点看不出他的心里在想些什么。来者皆客，既然季山昂还懂得礼数，就说明他至少没有恶意，江萨也学着他的样子还了礼。邓克宝原本不喜欢这个黑矮的小个子，可是参谋长都表态了，他只能勉强一笑算是打了招呼。

季山昂一眼瞥到旁边的贝鲁特和李小慧，面上仍旧不愠不火的，好像什么事也没发生一样："给长官添麻烦了。"

江萨不明白季山昂的意思，当下小心翼翼地问道："不知大祭司是何意?"

季山昂把头转向李小慧："她的事情我也知道了，虽然是马帮头的人坏了规矩在先，但还罪不至死！你的人把人给杀了实在是妄自尊大！在这里有权利杀人的只有两个，我和族长大人！"

季山昂说话的声音很低沉，加上古怪的打扮，让人在他面前半点放肆不得！他顿了顿，接着说道："小慧的事情交给我，不过不知道长官会怎么处置这个肆意杀人的家伙?"

妈的！贝鲁特在心里愤愤地骂道，这个不知道天高地厚的混蛋竟敢在参谋长面前这么狂、这么放肆！

邓克宝的脸色也变了，惨白得不见一丝血色。他被气得不轻，要知道他可是杀人集团"复兴"部队的老大，雇佣兵世界的主宰（至少理论上是)！他一个原始落后部落的大祭司竟然敢在他面前指手画脚，不想活了？要是以前发生这种情况，邓克宝只会说一个字：杀！一个不留！屠城！

江萨则很冷静。现在的“复兴”部队可是寄人篱下，离开这里将会寸步难行，甚至被迫退回复兴三岛，而且很可能被M国政府军武力驱逐出境！这是他最不想看到的局面。想到这，江萨尽力克制住内心的愤怒，陪笑着：“请大祭司先生放心，我已经处罚了贝鲁特，在一个月之内他不能离开部队半步！”

季山昂一听这话，皱起两道乌黑的眉毛，很显然对江萨的回答并不满意。在原始部落里，杀人偿命是天经地义的，最严厉的处罚就是砍头，蹲禁闭实在是太轻了！他很不满地说：“杀了那么多人关起来就算处罚？那要是只杀一个人呢？是不是说几句就完事了？”

“妈的，你算老几？在参谋长面前对老子说三道四的！”贝鲁特的火爆脾气终于压不住了，刷地拔出腰间的猎刀抵在季山昂的脖子上“他妈的，你个糟老头子活腻歪了是不是？再多说一个字老子一刀宰了你信不信？”

可贝鲁特想错了，能在原始部落里当上大祭司肯定不是一般人，胆识过人是最起码的！季山昂居然连眼睛都没眨一下！要知道那锋利的刀口不知划破了多少人的喉咙，光看着就足够让人心寒意的！

季山昂能清楚地感受到猎刀的冰冷，说不害怕那是骗鬼的，但他很清楚贝鲁特不敢杀自己！从第一次见到这伙人季山昂就看透了，那个站在最前面叫大老板的家伙不过是个幌子，真正说话有分量的是江萨！而那些周身散发出浓重戾气、杀人无数的年轻人只不过是听命杀人！

邓克宝面子上挂不住了，脸色难看得很。江萨倒从容不迫，和季山昂对视一眼，却从他的眼中看不出丝毫破绽。他知道这种人是唬不住的，于是对贝鲁特一招手：“贝鲁特，把刀收起来！”

贝鲁特心里是十二万分不愿意，但参谋长发话了只有照办，于是瞪了季山昂一眼收起猎刀退回来。江萨上来一拱手，客气地说道：“大祭司见笑了，我的手下不懂事。”

“哼！”季山昂冷笑着，他心里很清楚这是江萨的伎俩，倒也没计较，说道，“你们不是族里人，只能按照外人的规矩办，眼下你们只有两条路！”

季山昂说着伸手一指贝鲁特："第一，杀了这个家伙交给马帮的其他人谢罪！第二，你们所有人离开小勐棒村！"

大家都听出了他话里的意识，江萨也听出来了，但他实在不甘心就这样离开小勐棒村被打回原形！要是事情走到最糟糕的一步，他还有最后一招，大开杀戒取而代之！当然不到万不得已他是不会这么做的，于是他试探性地问道："请问这是族长大人的意思吗?"

"族长大人仁慈，不愿意将客人拒之门外。为了部落的安宁，这是我个人的愚见。"季山昂淡淡地说着，虽然说得很客气，但句句拒人于千里之外！这才是他真正的厉害之处，谁说战斗非得用武力，人言也是较量，当年诸葛亮舌战群儒不也是智慧的较量嘛！

"闹了半天不是族长要赶我们走?"听了季山昂的话邓克宝一下子来了精神，"既然族长都没有发话你在这唧唧歪歪半天算什么? 要我们走可以，让族长亲自来送我们!"

"告辞。"季山昂闻言朝江萨一抱拳，转身就要离开，走了几步忽然停下来，头也不回地说，"虽然我的话不代表族长，但我相信为了部落的安宁蓝族长会亲自请你们离开的！即使族长不同意，季某也会为了部落让你们离开的，奉劝你们还是赶快离开!"

说完，季山昂撩开帘子径自出去了，所有人呆呆地站在原地，心情异常沉重。他的意图已经很明显了，"复兴"部队必须离开，即使族长蓝齐不发话他也会不择手段的！邓克宝的火气还没有消下去，一想到那家伙不可一世的样子就觉得窝火，转身对吴邪说道，"吴邪，找个没人的地方把那老头子宰了!"

吴邪看了邓克宝一眼，既没回话也没出去。邓克宝更生气了，扯着嗓子呵斥道："怎么，连你也反了?"

韩震云看气氛不对赶忙出来劝架，给邓克宝点上一根烟："大老板您别生气，那个大祭司敢一个人来'复兴'部队绝对是做了准备的，所以现在咱们不能杀他!"

邓克宝一下子冷静下来，觉得韩震云的话不无道理，这才消了一半火气，干脆背过身去抽起烟来!

江萨对旁人的争吵充耳不闻，一直陷在自己的沉思中，脑海里回想着季山昂说过的每一句话。忽然他眼睛一亮，脸上露出久违的微笑。

这时，营帐的帘子“哗啦”一声被掀开，龙靓和凌峰从外面走进来，看着满屋子人凝重的脸色立刻觉得气氛不对劲，意识到发生了严重的事！

江萨抬头望见凌峰和龙靓，陡然大笑起来，走到贝鲁特身边拍着他的肩膀说道：“贝鲁特，你带着小慧马上去他们家提亲！”

季山昂的来意很明确，让“复兴”部队主动离开，却在无意中为江萨提供了一条有价值的信息：按照族里的规矩，“复兴”部队必须处死贝鲁特或者全部离开，那么如果贝鲁特是族里的人呢？那就另当别论了！

第三十四章　大祭司

事情的发展出乎所有人的预料，不仅韩震云，连江萨、凌峰、吴邪和龙靓都惊呆了，说不出话来，一股无边的恐惧袭上每个人的心头！除了一个人，就是救了江萨一命的那个神秘人！此刻他安静地隐没在“复兴”部队的最后，趁着这暂时的混乱再次悄无声息地隐入树林间的黑暗之中……

现在已经是中午，天气热得厉害，这里又是热带，高热的温度、潮湿的空气让人受不了，就像在蒸笼里一般煎熬！

贝鲁特、李小慧一行人骑马正往半山腰上赶，半个小时前贝鲁特还在为李小慧的事情发愁，害怕江萨和邓克宝不答应他提亲的事，半个小时后就已经准备了“厚礼”去李小慧家跟李老头提亲！事情发展得太快了，正应了那句话：幸福来得太突然！

龙靓和凌峰一人一匹马在崎岖的山路上赶着路，马背上空空的什么也没有。这次很可惜他们两个不是主角，真正的主角是前面那匹高头骏马上的贝鲁特和李小慧！

男人最要面子，“复兴”部队的战士更是这样。为了帮贝鲁特向李老头提亲，江萨可是下了血本，连前几天从贩毒马帮那里抢来的三匹马都牵出来了！不过话又说回来了，头人都给宰了，牵几匹马算个屁啊！贝鲁特在最前面带路，李小慧坐在他身后两只手揽住他的腰，脸一直红扑扑的，满是幸福的笑容。她低头望了一眼箩筐里的一个包袱，两道秀眉微微皱起，小声说道："哥，参谋长给咱们准备的提亲礼物是不是太……"

贝鲁特正骑在马背上乐呵呵的，听了李小慧的话不由得一愣，随即拉紧缰绳把马停下来就要掉头："我就说嘛，参谋长平时挺大方的，这会儿忒小气了点！'复兴'部队好歹也是赫赫有名，咱老贝娶媳妇的聘礼只有五根金条？这也能拿得出手？"

"我不是这个意思！"李小慧连忙解释道，她哪里是嫌聘礼少，她说的和贝鲁特想的压根就不是一回事儿！

听着两人的对话，凌峰在后面苦笑着摇头，这两人根本就不是一路人，真不知道怎么会走到一起？贝鲁特这个傻大个子，五根金条在这个落后的村落是什么概念？别人不清楚他一个拿钱杀人的机器还不清楚嘛？别说是跟李老头提亲，就是全程操办十几个人的婚事也绰绰有余！

贝鲁特怕李小慧受委屈了，当下掉过马头就要回"复兴"部队："小慧你不要担心，聘礼的事你不用操心，我老贝发誓一定会风风光光地娶你过门，保准不让你受半点委屈！"

李小慧觉得又好气又好笑，忍不住在贝鲁特的背上捶了两下，她是没办法和他解释清楚了，干脆就随他去了，只得气鼓鼓地把脸转到一边去不再搭理他。

贝鲁特更纳闷了，难道自己说错话了？或者李小慧真的嫌江萨给的聘礼太少？贝鲁特竟拉住缰绳把马停下来，皱着眉头认真思索起来。他用自己的价值观把李小慧的话认认真真地想了一遍，突然明白什么，一把握住小慧的手，自作聪明地表着态：

"小慧你打得对！""这五根金条是拿不出手！你爹把你拉扯大太不容易了，你等着，我这就回去找参谋长，用马车给你爹拉一箱子金条送去！"

"哼！"李小慧委屈地只想哭，她是这个意思吗？贝鲁特根本就不了解她的心思！她是在乎钱多钱少吗？贝鲁特把她当成什么人了？是妓女吗？随随便便用金子就可以换走？想到伤心处，李小慧竟然抹起眼泪来，斑斑泪痕挂在娇媚的脸蛋儿上楚楚可怜的。

贝鲁特心慌了，一翻身从黑毛骏马上蹦下来。伸出粗糙的大手就想帮李小慧抹去眼泪，却被她抽泣着躲开了，急得团团直转："小慧你别哭啊，我是不是做错事了？你说出来我改！"

龙靓在一旁实在看不下去了，"刷"的一下从马背上跳下来，"啪"的一脚踹在贝鲁特屁股上："给我滚一边去！不懂就别在里面瞎搀和！"

龙靓是天使杀手，接触过各色人，自然对一些原始部落的风俗有所了解。那些落后的村落根本不像都市那么物质化，并不看中男方的聘礼，而是要对方的心意。在M国，山里人嫁女的风俗就是男方带着几袋米、几包茶叶即可，象征着女方勤劳朴实、勤俭持家，是个过日子的女人。可眼下"复兴"部队只有成箱的的金子和珠宝，都是从安达曼海盗那里搞来的，大米什么的却一点儿没有，连战士的口粮都是从小勐棒村的村民那里用钱换来的，哪里有大米给贝鲁特做聘礼呢？

龙靓走过去轻轻地拍着李小慧的肩膀，安慰着说道："小慧你也不要怪贝鲁特，'复兴'部队现在正处于困难时期，什么粮食也没有！现在只能先用金条给你下聘礼，以后一定给你补上！绝不会让你受委屈的！"

李小慧轻轻"哦"了一声，龙靓的话让她清醒过来，不久前她还跟着村里人给"复兴"部队送过粮食，他们真是穷得除了成箱的金条和珠宝什么也没有了！既然这样李小慧也不好再埋怨，一脚踩着马蹬"刷"地上了马，转过头对贝鲁特说："哥，还不快上马！"

大约半个时辰后，龙靓、凌峰和贝鲁特来到李小慧家门前。贝鲁特一只手将包着五根金条的包袱从箩筐里拎出来，走到门前"砰"的一脚把门踹开，李小慧在后面看着脸都气绿了。凌峰和龙靓只能苦笑着摇头，这个傻大个子永远都这么莽撞，这么蛮横地向岳丈家提亲怕是几十年才出这么一个！

李老头正在屋子里打盹儿，突如其来的巨大踹门声把他从睡意朦胧中惊醒过来，他一下子从椅子上滑下来跪倒在地上！贝鲁特跨进门来，大眼瞪小眼地看着李老头跪在地上，场面一时间非常尴尬！贝鲁特还没跪下，倒是岳丈先给姑爷行了大礼！

李小慧从门外进来，看到老爹跪在地上先是一惊，愣了片刻才跑过去把李老头扶起来："爹，你这是干什么？"

李老头这才从朦胧的睡意中清醒过来，板起脸盯着贝鲁特，口气生硬地问道："你来这里干啥?"

贝鲁特把包袱放在木桌上，沉甸甸的金子落到桌面上发出"砰"的一声低响，一听就知道里面放的东西极有分量！贝鲁特恭恭敬敬地站到李老头面前，双手抱拳："李老……岳丈，我是来跟您提亲的，请把小慧嫁给我吧！"

听了贝鲁特的话，李老头脑袋"嗡"的一响，足足傻了十几秒才回过神来，李小慧的事情已经传开了，他正愁闺女嫁不出去呢，贝鲁特却在这个时候来提亲，难道他还不知道小慧的事情? 不对啊，说别人不知道还可以，他怎么可能不知道，是他亲手为李小慧报的仇！他足足望了贝鲁特半分钟，才结结巴巴地说道："你……你说什……什么?"

贝鲁特"扑通"跪在李老头面前，伸出一只手牵着李小慧，诚恳地说道："我想娶李小慧！请您把小慧嫁给我吧！"

李小慧看着贝鲁特跪下来很是感动，眼圈一下子就红了，跟着他跪下来，两只手紧紧握住贝鲁特。李老头心下一喜，这个大个子来得太是时候了，正好了却了他的一桩心事！只是委屈了小慧，论长相人品她真是没得说，整个小勐棒村没别的女孩比得过她！要不是那个该死的胖头人还愁她找不到好人家? 唉，这也许就叫人算不如天算！李老头一想起这事就越发觉得小慧受了委屈，一双昏花老眼里布满了泪花，不行，不能就这么便宜了这个黄毛小子，李老头心一狠，蛮横地说道："想要娶我闺女可以，不过有一个条件！要是不答应的话就请你回去，就算小慧一辈子嫁不出去我也不允许她嫁给你！"

李老头口气坚决，小慧红红的眼眶里顿时蓄满泪水，她怎么也不会想到爹会用这种方式难为她，当下捂着嘴跑出去。贝鲁特气得拳头咯咯响，眼睛里都快要出火来。

龙靓看贝鲁特的样子知道他耐心已经到极限，李老头要是再多说一个字他绝对会一刀劈了他！真是为难他了，凭他的火爆脾气和雇佣兵这个身份，走到哪里都不是受气的主儿，今天为了李小慧能忍到现在也算不容易了！连龙靓都搞不清这个李老头到底是怎么了? 难道他另有苦衷? 龙靓上去拉着贝鲁特，免得他冲动，接着看着李老头试探性地问道："那你说说你的条件是什么? 只要说得过去我们都会答应你！也请你不要故意为难我们！否则……"

“唉！”李老头长叹一声蹲在地上，一时间老泪纵横：“小伙子，我看得出你是真心对我闺女好！可是为了小慧的下半辈子我只能这么做，请你务必答应我这个条件！”

李老头说着竟再一次跪倒在贝鲁特面前，布满皱纹的老脸上早已被眼泪湿透，哪还有一丝蛮横狡诈的模样？剩下的只是一个朴实山里父亲对女儿的无尽关怀。

贝鲁特和龙靓一下子傻眼了，还是龙靓眼疾手快，忙上前把李老头扶起来温和地说道：“老爷子，你有什么难处尽管说！你这么做让我们很为难！”

“是，是。”老爷子满口答应着慢慢站起来，意味深长地望着贝鲁特，“小慧的事情你们比我更清楚，我原本该谢谢你们的，可是这种事情我实在不能开口啊！你们知道这种事情对一个还未出嫁的女子意味着什么吗？”老爷子口气沉重，就像一个即将踏入刑场的人那般了无生气。

说着，老爷子把头埋得很低，瘦弱的身躯完全浸没在贝鲁特高大的身影里：“小慧遇上这种事，这辈子算是完了！就算你娶了她，别人还是会说三道四的！她在别人眼里永远是不纯洁的，永远不能抬起头来做人的！”

“谁敢乱说？我杀了他们！”贝鲁特咬着牙发狠道，“一个人说就杀一个！两个人乱说就杀两个！要是都想死的话我就把他们全给劈了！我倒要看看是他们的嘴巴硬还是我的猎刀硬！”

“别乱来！”龙靓劝住贝鲁特，她是清醒的，知道很多事情并不是拿刀就能解决的，老爷子既然求贝鲁特就肯定有解决的办法，“老爷子，那怎么样才能帮助小慧呢？需要我们做什么？”

闻言，老爷子的眼睛一亮，问道：“你们真的愿意帮助小慧？”

“我都要娶她了还有什么帮不帮的！老爷子你有什么话就直接，别拐弯抹角的！”贝鲁特一副胸有成竹的样子，就算他办不了，还有凌峰、吴邪和参谋长给他撑腰呢，他怕什么？

老爷子刚想开口，话到嘴边又咽了回去，忧心忡忡地望向贝鲁特：“这件事非同小可，后果可能会很严重！失败的话可能会受伤，也可能会被杀死！一般人是绝对办不到的，你真的愿意？”

“妈的！”贝鲁特真的恼了，他是个直来直去的人，有什么说什么，最记恨别人吊胃口，“你活该被这事愁死！你要怎么办就直接说！别拉屎拉一半留一半！”

李老头被贝鲁特火冒三丈的样子吓坏了，连连点头说道：“是，是，是，再过几天就是族里最重要的凤凰盛典，也就是族长的女儿凤凰公主选婿的日子！作为最古老的村落，这里最受尊敬的就是公认最圣洁的公主殿下！那一天临近几个村落里最有本事的年轻人都会来小勐棒村觐见族长，也就是来竞选迎娶凤凰公主，能够最后胜出的人就是蓝族长的女婿——凤凰公主未来的丈夫！”

听着李老头啰里啰嗦地说了一大通，贝鲁特额头上的青筋又要鼓起来，他强压着火气生硬地说道：“说重点！”

龙靓倒是对李老头说的凤凰盛典很感兴趣，冷冷地瞪了贝鲁特一眼，温声细语地对李老头说：“别着急，你慢慢说，这个凤凰盛典和小慧的事情有什么关系？”

李老头小心翼翼地看了贝鲁特和龙靓一眼，确定龙靓的话更有分量才放心继续说道：“蓝族长曾经许诺，在凤凰公主年满20岁时会举行盛大的凤凰盛典，在几个村落里选出最优秀、最勇敢的年轻人给她做丈夫，还会成为下一任族长的继承人！”

龙靓若有所悟，怪不得江萨要去找蓝族长时韩震云死活要跟着去，原来他是在打蓝凤凰的主意！这倒勾起了她的好奇心，这个身份尊贵的凤凰公主究竟长着何等容颜？能让韩震云拜倒在她的石榴裙下？女人遇到这种情况都想去见识一下，在容貌上一较高下，龙靓虽然是不食人间烟火的天使杀手，在女人的本性上却也未能免俗！

说到这，李老头顿了一下，突然神秘兮兮地说道：“也就是说，凤凰公主的凤凰盛典是最圣洁的，蓝族长会亲自主持！只要让小慧的婚礼在凤凰盛典上举行，人们便不会再追究她的过去了！”

龙靓终于听出了老爷子的意思，微笑着说：“您就是想让贝鲁特在凤凰盛典上娶小慧是吗？”

李老头连连点头，激动得又要下跪但被龙靓拦住了，他只得泪流满面恳切道：“小慧以后能过得幸福，我就算死了也能给她死去的娘有个交代了！”

终于听老头子啰嗦完了，贝鲁特长长地吁了口气，将沉甸甸的背包塞到他怀里："这点小意思您先拿着，剩下的交给我！你就等着在凤凰盛典上看你女儿出嫁吧！"

还不等着李老头反应过来，贝鲁特拉住龙靓"刷"的一下蹿到门外，大步流星地往山上跑去。他一刻也等不及了，这就要去找蓝齐说李小慧的事情。

龙靓被贝鲁特拖着，心里却并没有贝鲁特那么乐观，就像李老头说的，凤凰盛典是最圣洁的，作为族长的蓝齐会轻易答应吗？就算他答应了，那个像黑巫师一样幽怨的大祭司季山昂呢？他不是警告过"复兴"部队应主动离开吗？他会袖手旁观吗？凭着直觉，龙靓觉得这件事情绝对没有贝鲁特想的那么简单，隐约中一股不好的预感袭上她的心头！

烈日挂在天空正中，整个山林沉浸在一片沉寂之中，偶尔有轻微的山风带着绿叶的芬芳从林间吹来，同时裹挟着断断续续的鸟鸣声。茂密的树叶在山风的吹拂下四下飘散，偶尔能从间隙中看到村民木制的阁楼或矮小的茅草屋。

一缕缕袅袅的青烟从阁楼间徐徐飘起，飘到空中在山风的吹拂下消散在闷热的空气中。江萨和韩震云沿着林间弯弯曲曲的羊肠小道向小勐棒村走去。按照事先的计划，他们要去族长家祈求贝鲁特和李小慧结婚的事情，如果这件事办成，"复兴"部队在这里的地位将会进一步得到巩固，如果不成江萨将会做最坏的打算，杀！即用最野蛮的武力来征服这个古老的部族！这是他最不愿意看到的结果，在穷途末路之前他是不会动这个念想的！

江萨停下脚步望着木质阁楼里那一缕缕升起的青烟好奇地问韩震云："老韩，怎么回事？怎么每家的房子都会冒出烟？失火了吗？"

韩震云用手遮住刺眼的阳光眺望不远处的村落，才望了一眼就笑着对江萨说道："呵呵，参谋长您误会了，那不是失火，是山里人在做饭呢！山里没有煤炭也没有液化气，一日三餐只能用木材解决！也就是我们平时说的'伐木取薪'！"

江萨"哦"了一声，眼神变得有些迷离，自言自语道："我们干的要不是这提着脑袋跑江湖的买卖，也能享一享这样的清福！"但这只是一瞬间的事，几秒钟后江萨眼神中的那份宁静便消失不见，取而代之的又是之前的那份坚定和决绝！

江萨帮韩震云往上提了提背上沉甸甸的背包，那是一个旧式的军用背囊，看着土里土气的，韩震云却累得气喘吁吁的，一看就知道里面的东西很有分量。没错，里面装的全部是黄灿灿的金子，就像前面说的，“复兴”部队现在穷得除了金子什么也没有了！

不消半个时辰，江萨和韩震云就来到小勐棒村那座最高最大的阁楼脚下。韩震云轻轻嗅一下鼻子，在燥热的空气中闻到一股浓郁的山里人家酿制的米酒的香气！那种即使在风中也久久不会散去的酒香是城里的烈酒无论如何也不能比拟的！背着这么重的背囊走了这么远的山路，韩震云的肚子还真有些饿了。他咽了一口唾沫呆呆地望着飘出酒香的阁楼，问道：“参谋长，他们在吃饭呢，要不要现在进去?”

正说着，韩震云的眼睛忽然一亮，整个人一下子振奋起来。原来，一个袅娜俏丽的身影出现在他的眼中，虽然距离很远，韩震云还是能够看清她每一个细微的动作，甚至她脸上的一颦一笑！

是凤凰公主！她还是那副山里女孩朴实靓丽的打扮，黑色的短袍，袖子和衣摆处有红色和白色的织花，领口处是纯白色的丝织绣花，下面是及膝的褶裙，腰间还有紫色的丝带。因为不是节日，她没有佩戴那种银质头饰，在脑后简单地用丝带把长发束起来，乌黑的发尾披散在肩头，加之两鬓碎散的自然发，不知要比都市女孩那种拉直的头发美多少！

江萨正在犹豫着要不要进去，蓝凤凰忽然哒哒哒地从阁楼里跑出来直朝他们奔过来。韩震云紧张得不得了，喘气也粗重起来，满眼都是蓝凤凰，表情定格在惊愕的状态！江萨心中也是一惊，蓝凤凰在阁楼里根本就没有出门，怎么能看到阁楼下的他们?

正在疑惑间，蓝凤凰已经走到跟前，朝江萨礼貌地一笑：“族长和大祭司请你们进去。”

韩震云只觉得眼前一片闪亮，接着脑海里一片空白，人一下子僵住了，只是直直地盯着蓝凤凰，连打招呼都忘了。

听到大祭司也在这里，江萨略有几分担忧，这个黑巫师一直对“复兴”部队怀有敌意，肯定在暗中对蓝族长说过很多中伤他们的话。江萨有些犹豫地低声问道：“姑娘，按照这里的风俗习惯，你们吃饭的时候我们要不要进去？就这么闯进去是不是很不礼貌?”

“不会！不会！”蓝凤凰连连摆手，甜甜地微笑着，“我们都很热情好客，吃饭的时候有客人更是要请进屋一起喝酒！您就不要担心了，赶快进去吧，族长还在里面等着您呢！”

虽然蓝凤凰这么说了，江萨还是迟疑着没有进去，他倒不是不相信蓝凤凰的话，只是在这种情形下季山昂突然插进来让他有些被动，他还没有想好该如何应付这个讨厌的家伙！蓝凤凰见江萨不肯进屋眼睛却一直往阁楼里瞄，又好气又好笑：“您这位大叔真有意思，既然想进去干嘛还愣在这里？您不进去我也不好跟族长交代啊，您这不是为难我嘛！您要是再不进屋我可把您拽进去了啊！”

江萨连忙陪笑道：“不用！不用！我这就跟你进去！”

韩震云乐呵呵地跟在蓝凤凰和江萨后面一起进了屋，虽然从始至终蓝凤凰都没有对他说一句话，甚至连一个招呼都没打，他还是乐得不行。韩震云觉得浑身都轻飘飘的，酸累的感觉一扫而空，这也许就是爱情的力量吧！

一进门，蓝齐族长就起身迎上来，双手合十地跟江萨行了个礼，脸上满是虔诚，丝毫没有因为自己是尊贵的族长而抬高身份。季山昂依旧泰然地盘腿坐在席子上，没有迎接，甚至连看都没向这边看一眼，兀自端起陶酒杯“吱”地饮了一口酒。

韩震云强压住火气，季山昂这个家伙实在是太傲慢了，见了江萨居然连最起码的招呼都没有！他妈的，要是在以前，一个小小的季山昂在江萨面前算个什么？为他提鞋子都不配！现在居然人五人六地在他们面前装模作样，要不是来这之前江萨严肃地叮嘱过不准乱来，韩震云一脚就会把这个大祭司的肋骨踢断几根！

蓝齐也对季山昂的待客之道颇为不满，眉头微微一皱但没有说什么，很热情地招呼江萨和韩震云坐下：“你们是客人，请坐！”

韩震云乐呵呵地把沉甸甸的背囊卸下来席地而坐，背囊落地时发出“砰”的一声闷响。江萨瞪了韩震云一眼，咳嗽了一声，吓得他单手撑着地赶忙站起来，一个劲儿地跟族长赔不是，样子很是狼狈，惹得蓝凤凰掩住嘴偷偷乐个不停。

江萨知道越是落后的山村规矩越是繁琐，生怕一时疏忽坏了风俗，惹火了族长，坏了大事，所以处处小心。他转过头望了一眼蓝凤凰，用眼神询问她是不是可以坐下？蓝凤凰对江萨回以浅浅一笑，轻轻颔首，面上不露声色。蓝齐将一切都看在眼里，爽朗地笑道："山里人都是好客的，你们尽管坐下就是！"

这时，季山昂放下手里的竹筷，瞥了一眼韩震云身边那个鼓鼓囊囊的背囊，不带任何感情地说道："既然族长让你们坐了，坐下就是！"

江萨这才放心下来，朝蓝齐鞠一个躬后席地而坐。韩震云怕再惹出什么，直愣愣地站在江萨身边不敢坐，等着他发话。

蓝齐是一族之长，虽没有江萨那么丰厚的阅历，眼光还是很独到的。以前他和韩震云也打过几次照面，不过那时都是以鸦片兵团的头头李文焕的保镖身份来的。蓝齐凭直觉能感觉到韩震云绝不是一般人，虽只是保镖，但胆识和魄力远远超过李文焕，即使现在寄人篱下，不久的将来也会有一番大作为。此时，蓝齐看到韩震云对江萨如此敬畏不禁感到惊奇，这个看上去老成和善的江萨到底是一个怎样的人物呢？

"蓝族长都让坐下了，你还愣着干什么？等着我给你让位吗？"江萨转过头看着身后的对韩震云。

"是！是！"韩震云连连点头称是，带着局促和仓惶在江萨身边席地坐下，惹得一旁的蓝凤凰偷偷地掩嘴窃笑。蓝齐瞥了她一眼："还站着干什么？客人已经坐下，还不快上酒？"

蓝凤凰挨了骂，吐着舌头跑到外间取来两只酒碗，山里人喝酒从来都是用碗的，大口灰陶黑釉的那种。蓝凤凰跪坐在韩震云身边，为他和江萨满满地斟了两碗，轻笑着说道："韩震云先生，参谋长先生，请用。"

韩震云心里早已痒痒的，现在又听到蓝凤凰叫他"韩震云先生"，脑子里一阵晕眩，原来蓝凤凰知道自己的名字，激动之下端起酒杯不等江萨发话就一饮而尽，大笑着说道："好酒！"

江萨小心地瞧了一眼蓝齐和季山昂，还好他们没有怪罪的意思，但还是转过脸喝斥对韩震云："蓝族长和大祭司还没有吩咐你怎敢这么放肆？"说罢对蓝齐一抱拳略带自责地说道："这个家伙在鸦片兵团时被李文焕惯坏了，没什么规矩，还请蓝族长不要怪罪！"

蓝齐爽朗地笑了，连连摆手："韩兄弟是直爽之人，这才是男子汉当有之本色！来，韩兄弟，蓝某敬你一杯！"说罢端起酒杯一饮而尽。韩震云大受鼓舞，偷瞄了蓝凤凰一眼，欢喜地端着酒碗又一仰头干了！江萨见蓝齐挺喜欢韩震云的，这才放下心来，也端起碗朝季山昂敬道："大祭司，咱们也陪着吧。"

季山昂原本不想喝这杯酒，尤其是和江萨同饮，可又不好折了蓝齐的面子，只能勉强将酒饮尽。酒过三巡，四个人已经喝了近两坛酒，除了韩震云微微有些醉意之外，蓝齐、季山昂和江萨都很清醒，脸上看不出一点点的酒意。

江萨看时机差不多了，觉得该把贝鲁特和李小慧的事情说一下了。他正要让韩震云把那背囊里的金子取来，一眼看到他脸上微微泛红一想还是免了吧，万一他说错话可是要误事的！

于是江萨从自己的背囊里取出一根金条恭敬地放在酒桌上，说道："蓝族长，江某有一事相求！"

金光灿灿的金子一摆上桌，蓝凤凰、蓝齐和季山昂的表情都有了变化。蓝齐是微微诧异，他还没有完全理解江萨的意思。蓝凤凰是真的震惊，一来她还没有见过这么多金子，但更多的是对江萨和韩震云的好奇，这些都穿着灰绿衣服的家伙在她眼里一直是很"穷"的，连粮食都没有，还得跟他们买，怎么会有这么多黄金？江萨在季山昂眼里看到的则是贪婪的占有欲，是对于财富无尽的渴望！

"我想跟蓝族长提亲，这些黄金算是聘礼。"江萨把背囊里的黄金全部推到蓝齐面前，双手合十作揖，"希望族长可以成全。"

提亲？听到这个词，蓝齐、蓝凤凰和季山昂都愣住了，这个人怎么这么不懂规矩？凤凰盛典就是为蓝凤凰挑选未来丈夫的，要是可以提亲还用得着举办吗？蓝凤凰站在一旁没有吱声，偷偷瞥了韩震云一眼，原来他们来这里就是这个目的！她心中一阵窃喜，不由自主地望向韩震云的胳膊，上次见面她打中了他的胳膊，不知道伤好了没有？

蓝齐将手中的酒碗放下，脸上微微露出不悦之色，眼睛在韩震云脸上一扫而过，说道："虽然我喜欢像韩兄弟这样直爽的男子汉，但并不意味着我会假公济私！请参谋长按规矩办事！"

照规矩办？不就是让李小慧一辈子活在别人的流言蜚语吗？这和死有什么区别？江萨本以为蓝齐会帮这个忙，没有想到他竟拒绝了，这让他回去怎么跟贝鲁特交代？为了贝鲁特能安心，江萨只有再次求道："我知道年轻人的事情我不该插手，但是一想到小慧姑娘以后悲惨的日子我就于心不忍。我再次祈求蓝族长能够答应小慧和贝鲁特的婚事，而且江某斗胆恳请蓝族长亲自为他们主持婚礼！”

蓝凤凰和蓝齐又是一愣。李小慧？贝鲁特？江萨怎么会提到他们？难道他说的不是凤凰盛典？蓝齐略微一想朝江萨敬了一杯酒，试问道：“恕蓝某愚钝，参谋长难道不是为了小女凤凰的婚事而来？”

婚事？听到蓝齐这么说，韩震云一个激灵从醉意中清醒过来，忙转过头去看蓝凤凰的反应，这一下正好迎上蓝凤凰的目光，一时间两人的视线碰撞出火花，都呆呆地望着对方不知该如何是好。

“不是！不是！”江萨连忙解释道，“我来是为我的战士贝鲁特向贵族里的李小慧提亲的，希望您能答应并且亲自为他们主持婚礼。小慧的事情想必您也知道了，现在能救她的只有族长大人您了！”

“唉！”蓝齐长长地叹了口气，“李小慧的事情我也正犯愁呢！好好的一个姑娘就这么给毁了！您的战士愿意娶她自然是好，小慧是好姑娘，就是您不说我也会替他们主持婚礼的，而且就在凤凰盛典上！”

听到这，季山昂脸上的肌肉不自主地抽搐了一下，歹毒的眼睛直望着江萨，心里暗想：这里不欢迎你们，想让一个不贞洁的女子在凤凰盛典上完婚？门儿都没有！季山昂的眼珠子“咕噜”一转，一个歹毒的计策已经想好！

“谢谢！真的非常感谢！”对此，江萨一无所觉只顾着向蓝齐答谢，又生怕他会反悔，马上转移话题，“刚刚蓝族长说的凤凰盛典是一种盛大的节日吗？”

“哈哈，也算是吧！”

说着，蓝齐自豪地把凤凰盛典的缘由给江萨说了一遍，江萨听了直笑道：“凤凰公主论容貌、身手都是女中豪杰，想来凤凰盛典一定是盛况空前！”

“那是自然！”季山昂接过话头，“公主是蓝族长唯一的女儿，容貌出众不说，功夫也是族长大人和我亲手教导出来的，在整个族落里除了族长和我没人能比得过！”

“凭着公主的容貌和身手，您选婿的眼光一定非常高吧？”江萨笑着问道，贝鲁特和李小慧的婚事让他心里的石头落了地，心情自然好了很多，话也多了起来，“不知您对女婿有什么要求？‘复兴’部队里的年轻人都胆识过人，不知道有没有公主看得上眼的?”

“这个是自然!”季山昂再度接过话头，“我们凤凰公主无论身份、容貌和身手都无可挑剔！她的丈夫定会是人中龙！在凤凰盛典上我和蓝族长会亲自把关，务必挑选出一个门当户对的男子!”

门当户对？韩震云差点没笑出声来，大清朝都亡一百多年了，还门当户对！你还真当自己是贵族呢！他在心中默默盘算了一下，怎么都觉得这个凤凰盛典是为他和蓝凤凰准备的！

“大祭司言过其实了，凤凰没他说的那么好!”这时，蓝齐谦卑地打断了季山昂，“我的条件也不是很苛刻。凤凰是个女孩，族长的位子以后定要落在女婿身上，有凤凰在他身边，所以他的身手不一定要非常了得，最主要是品貌端正、秉性忠良！我想他接过位子后能为其他部落继续做好榜样，断不可坏了族落的风气!”

“请问蓝族长，凤凰盛典在哪日举行呢?”韩震云很期待地问道，这个“选婿比赛”他是来定了！不光这样，凤凰公主他也娶定了！想到这，韩震云自信满满地看着蓝凤凰，嘴角一扬，一副胜券在握的样子！

蓝凤凰看韩震云的表情也很甜蜜，她甚至能从老韩坚毅的目光中看出他的感情，他们的缘分是早已注定的！

江萨此行的目的已经达到，而且从老韩对蓝凤凰的表现看出他对这个凤凰公主很感兴趣！年轻人的事情就随他去吧！江萨将最后一碗酒饮尽，起身向蓝齐和季山昂告别：“谢谢族长和大祭司的款待，我们该回去了。”

蓝齐本想亲自送江萨离开，却被他一把按回席子上：“留步！留步！都这么熟了，用不着客气!”

老韩和蓝凤凰也目送着对方，眼中尽是难分难舍的情意。正在这时，季山昂忽然过来拽住老韩的胳膊：“我送参谋长和这位韩兄弟离开，顺便给你们一些忠告，免得日后有麻烦!”

热带永远是一片酷热的海洋，即使在夜晚依旧温度不减，到处是一片闷热。这里基本上保持着原始的状态，电这种能源还未出现在这片广袤的土地上，太阳落下地平线后整个山村很快陷入一片沉寂中。

成群的山岭沉浸在一片惨淡的寂静中，只有小勐棒村的一片山坡下有几处斑斑点点的光亮。那是“复兴”部队的战士在烤着篝火大声谈笑，旺盛的火苗在漆黑的夜色中努力撕开一丝光亮，呼呼的火焰反照出篝火前十几个攒动的人影。这里是热带，篝火的作用当然不是取暖，而是照明！

“复兴”部队也有备用的照明灯，但是在连电都没有的原始地带，照明灯就变得特别宝贵，用完了就只能报废，所以他们宁愿点起篝火。

终于，篝火的光亮一点点暗下去，直到最后完全被漆黑的夜色吞噬！战士们走进各自的帐篷休息，忙碌了一天，接下来还有重要的任务等着他们！整片营地在夜色中慢慢沉寂。

“吱——”一阵细微的拉链声响起，边缘处的一个帐篷里蹿出几个黑影，凭着轮廓依稀能看出在四五个左右，正摸索着朝中间那几个大的营帐靠过来！走在最前面的人影尤其高大，足足比其他人影高出一大截！

几声断断续续的虫鸣声听起来很清晰，原本惨淡的月色忽然变得更加昏暗，能见度大大降低。一阵山风从山上吹下来，哗啦啦地拂动着林间的树叶，在这样漆黑的夜中不免让人毛骨悚然！

几个人影走动的样子很怪异，腿迈步时显得很僵硬，不像是正常人，像极了中国古代巫术操纵下的僵尸，但是他们的步法却很轻盈，好似蜻蜓点水般悄无声息！

低沉的虫鸣声戛然而止，不远处树林深处一个幽灵般的影子正朝这边飘过来，仿佛一团云朵在茂密的树枝间穿梭，慢慢向“复兴”部队这片营地飘过来。等到影子拉近才依稀辨出那也是一个人，暗灰色的原始部族山民的打扮，头上还有羽毛制成的头饰，年轻的脸上没有任何表情，眼睛牢牢地锁定在十几米处营帐外那几个人影身上。他的脸让人有一种说不出的感觉，不仅是诡异，还一定会有一股莫名的不安！

营地里的几个人影没有发现这个神秘的影子，分散开来，目标是帐篷里“复兴”部队的重要人物。身形最高大的那个走到其中一个帐篷前，小心翼翼地拉开拉链敏捷地闪进去，没有发出一丁点声音！一张恬静的熟睡中女人的脸庞映入刺客的眼中，是龙靓！此刻她正闭目沉睡，安静得仿佛童话中的公主。

一般人想刺杀龙靓根本不可能，即使在睡梦中想偷袭她也绝不是一件容易的事！这个刺客能够在龙靓的眼皮子底下潜入她的帐篷可见绝非普通的毛贼！刺客望了一眼龙靓安静的脸颊，僵硬的脸颊上露出一抹诡异的笑，拔出随身的猎刀，刀口对着没有察觉危险的龙靓！

与此同时，另一个人影悄悄潜入另一个帐篷，手中紧握着一把明晃晃的匕首，而他面前是参谋长江萨，那个老谋深算、极富智慧的“复兴”部队的灵魂人物！

情况似乎有些不对，整个“复兴”部队怎么一直沉浸在一片死气沉沉的异常安静中。“复兴”部队在暗夜里被人偷袭不是没有可能，参谋长江萨没有觉察到异样这也有可能，但是凌峰和吴邪也没有发觉潜在危机就有点异乎寻常了！凭着超强的直觉，凌峰、吴邪和龙靓绝不会轻易让敌人潜入他们的营帐，如果连这点也做不到，他们绝活不到今天！

那个高大的刺客在龙靓的帐篷里有些受限，只能勉强伸开手臂将笨重的猎刀举起来，以便能一刀结束这个身手了得的女杀手！

一阵微微的夜风吹过，刺客身后的营帐帘子在风中轻微摆动，闪现出一道细小的缝隙，皎洁的月光透过缝隙洒进帐篷内，散落在龙靓的脸上。

龙靓的眉头微微一皱，眼皮轻微抖动了几下，她的眼睛在黑夜中受到光线的刺激，虽然只是极细微的光线，但足以刺激一个杀手的神经！龙靓猛地睁开眼，看到面前的刺客时身体已本能地闪到一边。

几乎就在龙靓闪开的瞬间，猎刀“豁”的一声毫不留情地斜劈在她原来的位置！刺客的力量很大，一大截刀身已经完全没入睡铺，并扎进下面的泥土中！

龙靓右腿收起想将来犯的刺客踢出去，可是瞥见刺客的脸庞时不禁呆住了！这张脸她太熟悉了，以至于身体看清楚的一瞬间僵住了，收起的腿也没有踢出去。

映入帐篷内的光线很暗，但在这么近的距离下，龙靓丝毫不怀疑自己的眼睛！没错，这个拿猎刀想杀死自己就是贝鲁特，只是现在他的脸看上去很阴郁！

龙靓怎么也想不明白贝鲁特这是怎么了，白天还是好好的，现在竟然要杀死自己？

龙靓犹豫的片刻，贝鲁特已经拔出猎刀再次向她扑来，动作之敏捷、眼神之阴毒，显然丝毫没有收手的意思！算了，现在不是想这些事情的时候，龙靓从思绪中回过神来，在猎刀劈下来之前顶住他的胸口将他踢飞出去！

就在龙靓和贝鲁特打斗的同时，另一个刺客的匕首已经对准了江萨的喉咙！

“嗖——”一道极速的劲风驰过，一直安静地在树上观望的那个神秘人终于出手了。他以极快的速度在营地的空地上一闪即过，忽地扎进江萨的营帐里，揪住刺客后背的衣服，半弓着身子猛然一甩将刺客扔了出去！整个动作在近乎两秒的时间内完成，速度之快，令刺客还没来得及反抗就被丢了出去！

“啪啪啪！”几个偷袭的刺客先后从营帐里飞了出来，有的是被踢出来的，有的是被扔出来的，而从吴邪营帐里飞出来的那个家伙，则是还没动手就被吴邪突然睁开的眸子吓得自己跳出来的！

“哗啦啦”的一片声响过后，“复兴”部队终于从死气沉沉中苏醒过来，这异乎寻常的沉寂实在是太不可思议了，里面一定有蹊跷！凌峰、吴邪先后从营帐里走出来，将以贝鲁特为首的四个“刺客”逼得连连后退！

“复兴”部队的人看清楚“刺客”的脸庞时，不禁全愣住了，一股莫名的恐惧和不祥的预感袭上每个人的心头！因为站在对面的四个“刺客”他们都非常熟悉，除了贝鲁特，另外三个“刺客”也全都是“复兴”部队里的雇佣兵！

望着贝鲁特他们手里寒气森森的刀，他们眼中那透彻骨髓的冰冷以及脸上那股深深的敌意，所有战士陷入一片无尽的深渊！这到底是怎么回事儿？

事情的发展出乎所有人的预料，不仅韩震云，连江萨、凌峰、吴邪和龙靓都惊呆了，说不出话来，一股无边的恐惧袭上每个人的心头！除了一个人，就是救了江萨一命的那个神秘人！此刻他安静地隐没在“复兴”部队的最后，趁着这暂时的混乱再次悄无声息地隐入树林间的黑暗之中……

《毒牙》第一部完